AF236988

MATTHIAS HERBERT

MEMIANA

MATTHIAS HERBERT

MEMIANA

Der Verbannte

Band 5

© Matthias Herbert 2016

Lektorat: Almuth Heuner
Satz: Marcus Meier
Kartenmaterial: Astrid Vollenbruch
Buchherstellung: Garrett Rivers
Umschlaggestaltung: Christian Suhr
Nutzung mit freundlicher Genehmigung von
Lausch Medien
Sämtliche Copyrights liegen bei Matthias Herbert.
Alle Rechte vorbehalten. Nachdruck außer zu
Rezensionszwecken nur mit schriftlicher Genehmigung des
Autors.
Die in diesem Buch beschriebenen Charaktere und
Ereignisse sind frei erfunden.
Jede Ähnlichkeit zwischen den Charakteren und lebenden
oder toten Personen ist rein zufällig.
Herstellung und Verlag: BoD – Books on Demand,
Norderstedt
© Matthias Herbert
Fahrgasse 5
D-65549 Limburg an der Lahn

1. Auflage 2020

ISBN: 9783754372449

Memiana
Band 5 von 14 Bänden

MORD & TOTSCHLAG
FANTASY

Kopfgeldjäger

Die Töne erklangen zuerst am Haupttor. Dann wurden sie von den anderen Türmen aufgenommen, die sich in gleichmäßigen Abständen über der dreißig Schritt hohen Mauer erhoben, und liefen einmal rund um die Stadt. Das tiefe Dröhnen der Signalgeber war so laut, dass man es mehrere Tausend Schritt weit hören konnte. Es hallte von den umliegenden Hügeln wider und verkündete jedem, der noch außerhalb der unüberwindlichen Befestigung war, dass die Tore von Kirusk nun geschlossen wurden.

Nur wenige Augenblicke später knallten die riesigen Doppelflügel einer nach dem anderen zu. Die Riegel wurden quietschend von den Wächtern vorgelegt, dann waren alle siebenundzwanzig Ein- und Ausgänge der mehr als dreihunderttausend Bewohner zählenden Stadt verschlossen.

Salas Strahlen leckten ein letztes Mal über das Raakgebirge, das sich jenseits der Hochebene emporreckte, auf der sich die riesige Stadt ausbreitete. Zur gleichen Zeit schob sich Polos auf der anderen Seite tief unten in den fernen Regionen des langen Anstiegs über den Horizont. Bald würde ihm seine kleinere Schwester Nira folgen und gemeinsam mit ihm dafür sorgen, dass niemals völlige Finsternis auf Memiana herrschte. Die Zeit des Graulichts hatte begonnen.

Die Zeit der Reißer.

Ein tiefes Gebrüll ertönte aus der nächstgelegenen Hügelkette, durch die sich ein schmaler Weg wand. Er führte zum Wall von Molonia, den man ohne Anstrengung in einem Lichtweg erreichen konnte. Doppelt so weit war es bis zu der Ansiedlung Plon, die hoch auf einer kleinen Ebene lag. Dort endete dieser Weg.

Jarek wusste das, obwohl er noch nie dort gewesen war. Ein Memo kannte alle Städte, Ansiedlungen, Wege, Berge und Täler auf Memiana.

Jarek war ein Memo.

Ein Memo wusste auch die Namen aller Tiere. Jarek erkannte die Stimmen der ersten Reißer, die sich hören ließen. Es waren Schneiderrücken, hochbeinige, schnelle Tiere mit kleinen Ohren, einem dichten, feingrauen Fell und geschwungenen, weit vorstehenden Reißzähnen. Die heiße Zeit des Gelblichts verbrachten sie in ihren engen Höhlen. Aber nun kamen sie heraus, um der Beute nachzuspüren, sobald Sala verschwunden war und die Kälte einsetzte.

„Ich will sie sehen. Jetzt kommt doch!" Syme nahm die letzten Treppenstufen, so rasch sie konnte, doch ihr verletztes Bein behinderte sie immer noch beim Gehen.

Das schlanke Mädchen hielt sich an Jareks Arm fest, wie Syme das immer tat, seit der Näher in Chumuli ihr den festen Mörtelverband abgenommen hatte. Ihr Unterschenkel war mehrfach gebrochen gewesen und Syme musste erst mit tapsigen Schritten versuchen, das Laufen neu zu lernen. Inzwischen ging es wieder recht gut, aber im Gedränge brauchte sie noch Hilfe und Schutz.

Syme, Jarek und Carb schoben sich durch die erwartungsfrohe Menge der Besucher von Kirusk, die sich wie immer zum Ende des Gelblichts auf der Mauer drängten.

Sie hatten die größte Stadt Memianas spät erreicht und eine Unterkunft in der ersten größeren Herberge genommen, die sie in der Mitte der Stadt gefunden hatten. Die fünf Reisenden hatten ihre Reittiere untergebracht und versorgt, doch dann hatte Syme darauf bestanden, auf die große Befestigung zu steigen. Sie wollte die Reißer sehen. Ihre Schwester Fuli hatte kein Interesse und hatte beschlossen, bei Yala zu bleiben. Aber Syme zeigte keinerlei Erschöpfung von dem schnellen Ritt. Sie hatten die Strecke vom Pass von Ardiguan, der höchsten Stelle des Pfades, bis nach Kirusk ohne eine Rast hinter sich gebracht und Fuli und Yala waren müde. Doch Syme hatte es sich in den Kopf gesetzt, den Beginn des Graulichts auf der Mauer zu erleben. In der ihr eigenen Sturheit hatte sie so lange gebettelt, bis Yala schließlich Jarek überredet hatte, sie zu begleiten. Carb hatte sich ihnen angeschlossen.

Jarek bewunderte Syme, wie so oft in der letzten Zeit. Es waren noch keine vierzig Lichte vergangen, seit ihre Mutter Lasti unter den Trümmern der Stadt Lastyra gestorben war. Die neue Ansiedlung hatte der ganze Stolz des Clans der Tyrolo werden sollen, doch sie wurde erst von einer Mörderbande angegriffen und dann von einem gewaltigen Beben Memianas zerstört. Nur drei Menschen hatten überlebt.

Syme, ihre ältere Schwester Fuli und Jarek.

Obwohl er es nun schon einige Male mitbekommen hatte, war es für Jarek jedes Mal ein Wunder, wie rasch sich Kinder von grauenhaften Erlebnissen erholen konnten. Keiner war wie sie in der Lage, all das Schreckliche, das sie erfahren, gehört und gefühlt hatten, in verborgene Kammern zu drängen, um mit erhobenem Kopf, wachem Blick und Neugier weiter durchs Leben zu gehen und sich wieder an kleinen und großen Dingen zu erfreuen.

Es hatte siebzehn Lichte gedauert, bis Syme zum ersten Mal wieder gelacht hatte.

Nur siebzehn.

Jarek selbst kämpfte am Ende eines jeden Graulichts direkt nach dem Aufwachen immer noch denselben zähen, aber aussichtslosen Kampf gegen all die furchtbaren Bilder. Dann drängten sie aus der Kammer in seinem Gedächtnis heraus, die er im Gelblicht fest verschlossen hielt. Doch unter Polos und Nira waren die herabstürzenden Mauern und die Erinnerungen an all die Toten wieder da.

Erinnerungen an die Menschen, die er nicht hatte retten können.

Syme und Fuli würden weiter versuchen, ein Leben zu finden und zu führen. Jarek und seine Freunde würden ihnen dabei helfen, so gut sie es konnten. Irgendwann würden die Mädchen vielleicht tatsächlich vergessen, was geschehen war.

Jarek nicht.

Jarek war ein Memo.

Ein Memo vergaß nichts.

Niemals.

„Warum willst du unbedingt Reißer sehen?", brummte Carb.

„Hat dich ja keiner gezwungen, mitzugehen", antwortete Syme frech. Es war der übliche Ton, der in den Unterhaltungen der beiden herrschte. Aber Jarek wusste genau, wie sehr Syme den dunkelhäutigen Muskelberg mochte. Sie würde nie vergessen, dass es Carb gewesen war, der sie unter den Trümmern Lastyras hervorgezogen hatte.

Carb grinste und stellte sich neben das Mädchen. „Darf ich?"

Zwei Händler vom Stamm der Vaka machten ihnen bereitwillig Platz und Syme trat ganz vorne an die Brüstung heran. Carb war nicht nur fast doppelt so breit wie die meisten der unzähligen Menschen, denen sie auf der Mauer Gesellschaft leisteten, er war ebenfalls ein Memo. Und einem Mitglied des Volkes der Boten, Berater und Berechner gegenüber war jeder höflich und zurückhaltend.

Für gewöhnlich.

Wenn er kein Solo war, der zur Räuberbande des Mörders Ollo gehörte. Jarek hätte den Gedanken gerne weggesperrt, aber er war immer da und lauerte in einer Ecke seines Verstandes, seit der Anführer der Räuber dem Volk der Memo ewige Feindschaft geschworen hatte. Alle Memo Memianas waren noch immer in Gefahr. Und Jarek ganz besonders, denn auf seinen Kopf hatte Ollo einen Preis ausgesetzt.

„Hältst du mal?" Syme reichte Carb die Gehstütze, hielt sich an der Brüstung fest und beugte sich weit vor.

Carb nahm den Stab entgegen, den er selbst für Syme angefertigt hatte, und legte ihn vor sich auf die Mauer. Der schwarze Riese war einmal Mitglied des Volkes der Fero gewesen, das als einziges auf ganz Memiana die Kunst verstand, Metalle zu bearbeiten und zu formen. Carb konnte noch immer aus so gut wie allem etwas Nützliches herstellen.

Er würde wohl niemals seine Begeisterung für das Bauen und alle Arten von Mechanik verlieren. So wie der ehemalige Xeno Jarek sein Leben lang immer Jäger, Wächter und Beschützer bleiben würde.

„Da!", rief Syme und deutete nach unten.

Ein Raunen ging durch die Menge, die allein in dem Bereich, den Jarek überblicken konnte, mehrere Tausend Köpfe zählen musste. Vor der Befestigung bewegten sich die Schatten. Das Gebrüll der Reißer kam als Echo von den umliegenden Hügeln. Jarek hatte den Eindruck, dass auch die so nah erscheinende Salaspitze die Laute der Tiere zurückwarf, die sich aus allen Richtungen bedächtig der großen Stadt näherten, um unter Polos und Nira wieder einmal unermüdlich um die hohe Mauer zu streifen. Doch der höchste Berg Memianas war wenigstens fünfundzwanzig Lichtwege von Kirusk entfernt und die Töne des Graulichts konnten unmöglich bis dorthin dringen.

„Sind das viele!" Syme starrte auf das immer dichtere Gewimmel unter ihnen, das die vielen Zuschauer angelockt hatte.

Alle Völker, die Jarek kannte, waren vertreten.

Er sah Hirten von den Stämmen der Foogo und der Mahlo und dazwischen auch viele Vaka, die Nahrhändler Memianas. Kir, die nicht in Kirusk wohnten, sondern auf Reisen waren, ließen sich den ungewöhnlichen Anblick genauso wenig entgehen wie einige Xeno, die nicht in der Stadt lebten. Jarek erkannte sie an den interessierten Blicken, mit denen sie die Bestien vor den Mauern beobachteten. Die Wächter und Beschützer hingegen, deren Clans innerhalb der großen Stadt Kontrakte hatten, achteten mehr auf die Menschen als auf die Tiere, die weit unterhalb der fünf Schritt breiten Mauer ihre Stimmen hören ließen.

Doch es waren auch noch andere Menschen auf dem Wehrgang.

Jarek sah die Solo.

Überall.

In Zeiten, die ihm wie aus einem anderen Leben erschienen, hatte er kaum einmal einen Blick für sie gehabt, doch nun schaute er sehr genau hin. Er betrachtete einzelne ebenso misstrauisch wie Familien und kleine Reisegruppen, die sich das einmalige Bild, das sich ihren Augen bot, nicht entgehen lassen wollten.

Wenn sie nicht etwas ganz anderes im Sinn hatten.

Jarek beobachtete die Ausgestoßenen aus dem Schutz der Kapuze heraus, die er sich weit über den Kopf gezogen hatte, sodass sein Gesicht im Schatten lag. Dem Wächter und dem Beschützer entging keine Bewegung in seiner Nähe, während der Jäger in Jarek seine Aufmerksamkeit dem Leben im Gelände rings um die Stadt widmete.

Es gab auf ganz Memiana keinen Platz, an dem man so viele und so unterschiedliche Reißer gefahrlos beobachten konnte, wie die Mauern von Kirusk.

„Das ist total irre", rief Syme begeistert. „So habe ich mir das nicht vorgestellt." Das Mädchen hatte in seinem Leben Kirusk schon zweimal besucht, aber beim ersten Mal war Syme noch sehr jung gewesen und beim zweiten Mal, das noch keine hundertfünfzig Lichte zurücklag, hatte die Zeit nur gereicht, ein paar Besorgungen zu machen. Dann musste sie rasch zum Pfad zurückkehren und sich wieder den Wanderern der Tyrolo anschließen, die mit der Herde der Fooge weitergezogen waren.

„Es werden immer mehr." Syme hob den Blick und schaute zu den Hügeln, in denen sich überall etwas bewegte.

„Das ist erst der Anfang", erwiderte Jarek. Er zählte nun achtundzwanzig verschiedene Reißerarten, die aus ihren Salaverstecken gekommen waren. Sein Memoverstand hatte mit wenigen Blicken auch die dreiunddreißig Aaserrassen erkannt, die wie immer im Hintergrund lauerten, stets in der Hoffnung, dass die Reißer irgendwo frisches Fleisch erbeuteten oder vielleicht auch übereinander herfielen, was immer wieder geschah. Die Zeit von Polos und Nira war die Zeit des Fressens und des Gefressenwerdens. Am Ende würden die Aaser das vertilgen, was die Reißer verschmähten, und die Schader und Schwanzlinge den ganzen Rest.

Es blieb nie etwas übrig auf Memiana.

„Sind das viele", wiederholte Syme ergriffen und ließ den Blick über das vielschattige Land unter ihnen streifen, um nur nichts zu verpassen.

„Ich verstehe nicht, was du hier willst", brummte Carb noch einmal auf die übliche halb scherzhafte Weise, die Jarek von dem Freund so gut kannte. „Auf eurer Wanderung hast du gehofft, dass du keinem Reißer begegnest. Und jetzt kletterst du sogar auf die Mauer, um welche zu sehen. Für meinen Geschmack sind das zu viele Viecher. Von Reißern habe ich genug. Für mein ganzes Leben." Er stützte sich mit den Ellbogen auf die Steine und knurrte: „Ich brauch die alle nicht."

„Ich finde sie toll", erwiderte Syme. Sie beugte sich vor und beobachtete einen Clan Hauerreißer, der gerade mit tiefen Grunzgeräuschen direkt unter ihnen entlanglief. Kleinere Jäger machten den wuchtigen Tieren rasch Platz, die trotz ihrer kurzen Beine das doppelte Gewicht eines Mannes erreichen konnten.

„Ja, von hier oben vielleicht. Aber wenn du mal mitten unter ihnen gestanden hast, dann findest du sie nicht mehr toll."

„Ich habe unter ihnen gestanden", erwiderte Syme und sah Carb herausfordernd an.

„Das waren aber nur Felsenspringer", erwiderte der. „Wenn Jarek das richtig erzählt hat. Und sie haben dich nicht von fünf Seiten gleichzeitig angegriffen." Er warf Jarek einen kurzen Blick zu, der genau wusste, worauf der Freund mit dieser Bemerkung anspielte. „Wenn du zwischen Breitnacken stehst, ist das was ganz anderes. Und wenn Jarek nicht gewesen wäre, wären wir vor Maro alle gestorben." Er legte Jarek die Hand auf den Arm und drückte ihn kurz.

„Vor Maro?" Syme schaute neugierig erst Carb an, dann Jarek. „Was ist da passiert? Wann war das? Warum hast du mir nie davon erzählt?"

Jarek zuckte die Achseln. „Es gibt Ereignisse, die vergisst man lieber."

„Aber Memo vergessen nie was."

„Genau das macht es so schwer." In Jareks Erinnerung öffnete sich die Tür zu der Kammer, in der er das Grauen verwahrte, als er mit einer Handvoll Freunde, Gefährten und seiner gerade erst geretteten, schwer verletzten Schwester Ili vor den verschlossenen Toren seiner Heimatstadt gestanden hatte.

Dann war Blut geflossen.

Viel Blut.

Wieder einmal.

„Der ist doch viel zu bescheiden, um von seinen Heldentaten zu berichten", meinte Carb und schlug Jarek auf die Schulter.

„Carb übertreibt. Wie immer."

„Tu ich nicht."

„Uns hat Jarek auch gerettet", sagte Syme mit weichem Tonfall. „Immer wieder", flüsterte sie dann und schob eine Strähne ihres hellen Haares aus der Stirn.

„Nur mit Glück, Syme. Mit sehr viel Glück", sagte Jarek leise. „Und ich wünschte, es wäre irgendwann einmal vorbei. Irgendwann magst du nicht mehr kämpfen."

„Ich auch nicht", hauchte Syme.

„Lasst uns wieder runtergehen", sagte Jarek. „Ich möchte Yala nicht so lange alleine lassen."

„Fuli ist doch bei ihr", erwiderte Syme und drehte sich nicht um. „Oh, schau mal die Großen da rechts!"

Ein Rudel Mähnenbreitnacken kam mit bedächtigen Schritten einen flachen Hügel herab und stellte sich auf halber Höhe nebeneinander auf. Es waren dreiundzwanzig mannshohe Reißer. Sie standen stumm da und blickten sich um, als seien sie alleine die Herren des Landes vor der Mauer.

In diesem Augenblick ging ein Aufschrei durch die Menge. Auf dem Weg zwischen den Hügeln, in vielleicht tausend Schritt Entfernung, war eine Karawane aufgetaucht. Fünf Reiter mit zehn Lastkronen eilten mit der größten Geschwindigkeit auf die Mauer zu, die sie aufbringen konnten. Doch sie kamen zu spät. Waren die Tore erst einmal verschlossen, blieben sie es bis zum nächsten Gelblicht.

Sie wurden nicht noch einmal geöffnet.

Niemals.

Für niemanden. Für die Reisenden vor der Mauer gab es keine Rettung.

„Oh Scheiße", knurrte Carb.

„Ich will hier weg!", stieß Syme hervor und drehte sich von der Mauer weg. „Schnell!" Carb reichte ihr die Gehstütze und zog das Mädchen ein Stück zurück. Sofort drängten Neugierige in die entstandenen Lücken vor. Stimmen schwirrten durch die Luft und der Wächter in Jarek spürte die Erregung, die die Menschen hier oben ergriffen hatte. Sie waren gekommen, um Reißer zu sehen. Aber jetzt bekamen sie etwas geboten, das sie sich offen oder heimlich erhofft hatten: einen Kampf der Bestien gegen Menschen.

„Dreißig Fer, dass es die Breitnacken sind, die sie erledigen!" Der lange Kir trug einen teuren Reißerfellmantel, an dem die vielen Aaroverzierungen blinkten.

Sein Begleiter erwiderte lässig: „Ich halte dagegen. Ich sage, es sind die Schneiderrücken!" Der rundliche Hartwarenhändler hielt dem anderen die Hand hin und der schlug ein und nahm damit die Wette an.

Jarek verspürte eine leichte Übelkeit. Als Xeno kannte er die sehr unterschiedlichen Menschen genau und er hatte sich immer bemüht, für jeden Verständnis zu haben, für seine Wünsche, seine Nöte, seine Stärken und seine Schwächen. Doch eines hatte ihn immer angewidert: die Blutgier derer, die nie selbst in Gefahr gerieten. Je sicherer und behüteter die Menschen lebten, desto mehr lechzten sie nach Geschichten und Nachrichten von Grausamkeiten und Blutvergießen. Aber den größten Kitzel schienen sie zu empfinden, wenn sie von einer sicheren Stelle aus Tod, Verderben und Leid anderer beobachten konnten.

Dort unten ritten fünf verzweifelte Männer auf die ihnen verschlossene Stadt zu. Männer die wahrscheinlich Frauen und Kinder hatten, Freunde, Bekannte, vielleicht auch Gegner, Neider und Feinde. Doch keiner hier oben verschwendete einen Gedanken an das grausame Schicksal, das denen dort unten bevorstand, sondern alle erwarteten teils geifernd wie Reißer das schreckliche Schauspiel, Menschen beim Sterben zuzusehen.

„Komm, Syme. Wir verschwinden hier." Jarek nahm das Mädchen am Arm und drängte sich mit ihm durch die Menge, doch es war nicht so einfach, wie er erhofft hatte, die Treppe im Turm zu erreichen. Die Nachricht, dass eine Karawane vor den Toren geblieben war, hatte sich rasend schnell herumgesprochen. Reihenweise eilten immer mehr Neugierige auf die Mauer und versperrten den Treppengang.

Ein vielstimmiges Gebrüll erschütterte die Wände, gefolgt von einem erregten Aufschrei aus mehreren Tausend Kehlen, und der Jäger in Jarek verstand: Die Reißer hatten die Beute entdeckt.

Die Jagd hatte begonnen.

Er spürte, wie Syme sich an seinen Arm klammerte, und er bemerkte das leichte Zittern. Das junge Mädchen hatte mehr Tod gesehen, als die meisten Menschen in ihrem ganzen Leben erblicken mussten, und Jarek ahnte, welche Bilder sich in ihrem Gedächtnis nun wieder den Weg bahnten. Syme wollte nur noch fort von hier.

Sie hatten die Treppe gerade erreicht, als sich ein dicker Kir rücksichtslos zwischen Jarek und Syme hindurchdrängte und das Mädchen Jareks Arm loslassen musste. Die Gehstütze wurde von einem anderen Schaulustigen zur Seite getreten und Syme stürzte.

„Jarek!", schrie sie. „Jarek, Hilfe!"

Der ehemalige Xeno kämpfte gegen die heraufdrängenden Körper, aber es war, als wolle er sich gegen eine Herde von Foogen durchsetzen.

„Jarek!", hörte er wieder Symes verzweifelte Stimme und er schob und stieß gegen Beine, Leiber und Köpfe, um zu ihr zu gelangen. Die Kapuze rutschte ihm vom Kopf und eine Hand zerrte an seinem Mantel, dann spürte er einen muskulösen Arm neben sich und Carb teilte die Menge vor ihnen.

„Platz da!", rief der dunkle Riese und endlich wichen die Schaulustigen zur Seite. Carb war als Erster bei Syme, packte sie am Arm und hob sie von den Stufen auf. „Alles in Ordnung, Kleines?", fragte er besorgt.

Syme nickte nur, dann erstarrte sie, als ein entsetzlicher Schrei über die Mauer hallte. Das Kreischen der Reißer und laute Ausrufe der Gaffer auf der Mauer folgten. Die Jäger des Graulichts hatten ihre Opfer erreicht. Die Meute auf der Mauer johlte, die Angstschreie der Krone mischten sich mit dem Gebrüll der Reißer und Jarek wusste, dass die Mähnenbreitnacken den Angriff auf die Reisenden begonnen hatten.

Carb drückte die Menschen einfach zur Seite und stieg eilig die Treppe hinab. Es wurde immer enger und sie kamen kaum vorwärts. Jarek hatte solche Momente bei seinen Pflichten als Xeno immer gefürchtet, weil sie kaum zu kontrollieren waren.

Wenn sich irgendwo etwas ereignete, erreichte die Nachricht darüber Menschen schneller, als ein Kron rennen konnte, und alle liefen zusammen. Je weniger man wirklich wusste, desto größer war die Neugier und jede Rücksicht wurde vergessen.

Endlich konnten sie die Treppe verlassen. Noch immer eilten Menschen heran, um sich ins Getümmel zu stürzen und einen Platz auf der Mauer zu erobern. Doch es gab auch eine Reihe von Besonneneren, die es den Freunden gleich taten und versuchten, sich aus dem Gedränge zu entfernen, und die gegenläufigen Bewegungen der Menge machten es nicht leichter. Es ging nur schrittweise voran, obwohl Carb ihnen Platz verschaffte. Aber Jarek musste Syme fast tragen, denn sie hatten ihre Gehstütze nicht wiedergefunden.

Der Wächter in Jarek spürte die Blicke und er vernahm hinter sich die Worte, die er auf keinen Fall hören wollte.

„Jarek?"

„Hast du das gehört?"

„Ist er das?"

„DER Jarek?"

Syme hatte seinen Namen mehrfach laut gerufen und genau das hatte Jarek vermeiden wollen. Er durfte auf gar keinen Fall in der größten Stadt Memianas erkannt werden!

Er warf einen Blick zurück und sah dreiundfünfzig Männer und Frauen, die die Hälse reckten und eindeutig in seine Richtung schauten. Es waren Kir, Foogo, Mahlo, Vaka.

Und Solo.

Vier der Heimatlosen starrten Jarek hinterher, als er sich mit Syme und Carb von der Treppe entfernte.

Die Fähigkeit, allein aus den Bewegungen der Lippen zu erkennen, was ein Mensch sagte, hatte Jarek nie bewusst gelernt. Er hatte irgendwann festgestellt, dass er dazu in der Lage war, und sich nie wieder Gedanken darüber gemacht, dass es etwas Besonderes sein könnte. Bis er herausfand, dass er der Einzige in ganz Maro war, der dazu in der Lage war.

Jetzt konnte er an den Mundbewegungen eines langen Mannes mit wirren Haaren sehen, was der zu einem kleineren sagte, der neben ihm stand und Jarek ebenfalls mit Blicken verfolgte.

„Fünfzehntausend Fer."

Der lange Solo, der kleine und die beiden anderen drehten auf der Treppe um und drängten sich entschlossen gegen die Masse der Nachkommenden.

Die Solo folgten Jarek, Carb und Syke.

„Warum laufen wir so schnell?", fragte Syme.

Jarek antwortete nicht. Ein beiläufiger Blick über die Schulter reichte ihm, um die vier Solo zu entdecken, die sich bemühten, sie in dem Gewimmel nicht zu verlieren, ohne ihnen dabei zu nahe zu kommen.

„Jarek!" Er hörte die wachsende Ungeduld und Verärgerung in der Stimme des Mädchens. „Ich will jetzt wissen, was los ist! Warum rennen wir so?"

„Wir werden verfolgt", sagte Jarek. „Nicht hinschauen!" Er drückte Symes Arm, die sich umdrehen wollte. Das Mädchen hatte so viel Beherrschung, dass es den Kopf nicht drehte.

„Verfolgt?", fragte Syme verwundert. „Warum? Von wem?"

„Ollo hat fünfzehntausend Fer auf meinen Kopf ausgesetzt", erklärte Jarek. Er durfte die Wahrheit nun nicht länger verschweigen. „Fünfzehn lebend, fünf tot. Jedem Solo ist das bekannt. Und jetzt wissen sie, dass ich in Kirusk bin. Vier Männer sind hinter uns her."

„Das war mein Fehler!" Symes große, helle Augen weiteten sich vor Entsetzen. „Ich habe deinen Namen gerufen!"

„Dafür kannst du nichts."

„Es tut mir leid", schluchzte sie. „Es tut mir leid, es tut mir leid. Das habe ich doch nicht gewusst. Sonst hätte ich meinen Mund gehalten, ehrlich. Jetzt hab ich dich verraten. Jetzt bin ich dran schuld, dass du in Gefahr bist!"

Carb legte ihr beruhigend die Hand auf die Schulter. „Du doch nicht." Er schaute Jarek mit grimmigem Gesichtsausdruck an. „Wenn einer Schuld hat, dann unser Held hier. Der muss nämlich immer alles ganz alleine machen. Weil er meint, er braucht nie Hilfe, obwohl er Freunde hat."

„Was sollen meine Freunde denn tun?", fragte Jarek. „Was willst du unternehmen? Der Preis ist auf meinen Kopf ausgesetzt, nicht auf deinen. Du hast mich gewarnt. Aber auf mich aufpassen muss ich selbst."

„Du hättest es den anderen sagen müssen. Früher."

„Ich wollte nicht, dass ihr euch zu viele Gedanken macht, Syme", erklärte Jarek. „Deswegen habe ich das mit dem Kopfgeld verschwiegen, verstehst du? Aber es war ein Fehler. Es tut mir leid."

Syme schüttelte den Kopf und schaute Jarek mit großen Augen an. „Jarek", sagte sie. „Mein Bruder wurde vor meinen Augen von Solo erschossen. Und siebenundsechzig andere Menschen. Das waren alles Leute, die ich kannte, Leute, die ich mochte, Leute von meinem Clan. Meine Mutter ist unter den Trümmern unserer Stadt gestorben. Wie alle anderen, die in Lastyra waren. Und du hast Angst, ich könnte mir zu viele Gedanken machen? Du bist verrückt, Jarek. Einfach nur verrückt."

Ihr Blick zeigte nichts anderes als Nähe, Wärme und ein Vertrauen, das ganz Memiana umfasste. „Jetzt verstehe ich, warum du in den Städten immer die Kapuze auf hattest, seit wir aus Chumuli weg sind. Ich hatte gedacht, so kalt ist es doch gar nicht. Und du frierst doch nie, eigentlich. Ich hätte fragen können, aber ich hab's nicht gemacht. Jetzt weiß ich, warum."

Dazu wusste keiner der Männer mehr etwas zu sagen.

Sie erreichten einen kleinen Platz. Trotz der späten Zeit waren überall noch Händler der Vaka, die auf schmalen Tischen Schwimmerfleisch in allen Arten der Zubereitung anboten, das guten Absatz fand.

Jarek blieb an einem Stand stehen, an dem es kleine Spieße gab, auf denen lange Streifen hellen Fleisches in Spiralen gewunden waren. Er tat so, als ob er sich dafür interessierte, fragte aber, ohne sich umzudrehen: „Was tun sie, Carb?"

„Sie folgen uns", sagte Carb. Er hatte unauffällig einen Blick zurück geworfen. „Alle vier. Immer noch."

Jarek schaute auf Symes noch schwaches Bein und die Hand, mit der sie sich an seinem Arm hielt. Sie beobachtete ihn ruhig, betrachtete den weiten Mantel und versuchte, seine Augen im Schatten zu finden.

„Verstehe", sagte sie dann leise.

„Was verstehst du, Syme?"

„Es geht nicht um dich. Du hast keine Angst vor ein paar Solo. Du hast Angst um mich."

Es war keine Frage. Syme sprach das aus, was sie gerade erkannt hatte, und es war einer dieser Momente, in denen diese noch so junge Frau überraschend Gedanken dachte und zum Ausdruck brachte, zu denen die wenigsten Erwachsenen in der Lage waren. Jarek wurde erneut bewusst, wie ungewöhnlich sie war.

„Ich habe versprochen, euch zu eurem Clan zurückzubringen. Das ist für mich im Augenblick das Wichtigste. Danach werde ich mich um meine eigenen Probleme kümmern", sagte er. Es war eine Art von Antwort, wie Jarek sie so oft von Hama, dem Ältesten der Memo, gehört hatte. Hama-Wahrheiten, wie auch Yala sie nannte, waren keine direkten Lügen. Aber sie umfassten immer nur einen kleinen Teil dessen, was man wusste und was man hätte sagen können.

„Das Problem ist aber, dass sich die Probleme nicht darum kümmern, wann du dich um sie kümmern willst. Sie laufen dir nach. Im Augenblick auf acht Beinen." Carb schaute nicht noch einmal zurück. Sie wussten alle, dass die Verfolger immer noch da waren.

„Warum rennen wir vor denen weg? Wenn die zu den Räubern gehören, die uns überfallen haben, dann sag doch einfach den Xeno Bescheid. Hier sind überall welche!" Syme blickte zu zwei Wächtern hinüber, die gerade in geringem Abstand an ihnen vorübergingen.

„Das ist nicht so einfach, Syme. Was soll ich sagen? Dass uns vier Männer nachlaufen? Hier gehen Tausende von Menschen in die gleiche Richtung. Ich weiß nicht, ob die vier wirklich zu Ollos Leuten gehören. Ich kenne sie nicht und kann das nicht beweisen. Vielleicht sind es Räuber. Vielleicht sind es nur Neugierige, die mich kennen lernen wollen. Bis jetzt haben sie nichts getan. Das hier ist Kirusk, nicht Jakat oder Staka. Hier ist alles nicht so einfach wie in einer kleinen Stadt."

„Aber du bist ein Memo", sagte Syme erstaunt. „Dir werden sie glauben, was du sagst."

„Nehmen wir einmal an, ich erreiche, dass unsere vier Verfolger von den Xeno gefangen genommen werden. Sie sperren sie bis morgen ein und weisen sie im Gelblicht aus der Stadt. Was glaubst du, wird dann passieren?" Jarek schaute Syme fragend an.

Das Mädchen zuckte die Achseln. „Wir sind in Sicherheit. Das wird passieren."

„Eine Festnahme von vier Solo wird Aufsehen erregen", erklärte Jarek. „Es werden wieder Hunderte von Neugierigen zusammenlaufen. Es muss nur einer der Xeno laut sagen, dass ich Jarek bin, schon wissen alle in der Nähe Bescheid. Es werden wieder Solo unter den Zuschauern sein. Vielleicht wieder welche, die zu Ollos Räubern gehören. Oder welche, die sich nur das Geld verdienen wollen. Im Augenblick verfolgen uns vier Männer. Wenn wir uns von denen jetzt mit Hilfe von Xeno befreien, werden an ihrer Stelle sofort sechzehn andere sein. Und uns folgen."

Carb seufzte. „Du hast recht. Glaube ich."

„Und das heißt für uns?", fragte Syme ungeduldig.

„In Kirusk werden sie nichts wagen", sagte Jarek. „Sie sind unbewaffnet und sie wissen, dass es nicht so leicht ist, mich im Kampf zu besiegen. Auch wenn sie zu viert kommen. Also werden sie mir folgen, um herauszufinden, wo ich schlafe. Sobald sie das in Erfahrung gebracht haben, werden sie die Herberge bewachen, bis ich die Stadt verlasse, um mir dann wie Gelbschattenfetzer hinterherzulaufen. Dann werden sie auf dem Weg zuschlagen. Wenn sie ihre Waffen wiederhaben."

Jeder Bewohner und Besucher musste seinen Splitter, Schneider, seine Lanze, seinen Stecher und auch Bogen am Tor abgeben und erhielt sie erst zurück, wenn er die Stadt verließ. Waffen waren ein Schutz gegen die Gefahren außerhalb der Mauern, ob sie von Menschen oder Tieren ausgingen. Aber innerhalb der Städte wurden sie nicht geduldet. Nur die Clans der Wächter bildeten eine Ausnahme. Nur sie durften in den Städten und Ansiedlungen Waffen tragen.

„Na gut. Jetzt weiß ich, was diese Kerle vorhaben. Aber was machen wir?", wiederholte Syme die Frage.

„Von euch wollen sie nichts", antwortete Jarek. „Sie sind nur hinter mir her. Also werden wir uns trennen."

„Was?" Syme starrte ihn entsetzt an. „Nein! Ich will bei dir bleiben!", protestierte sie und da war wieder das trotzige Kind, das unter der oft so weise und hellsichtig erscheinenden jungen Frau lauerte. „Bei dir bin ich sicher. Die schlimmen Sachen sind immer nur passiert, wenn du nicht bei mir warst." Ihre Stimme nahm einen vorwurfsvollen Unterton an. „Und du hast versprochen, dass wir zusammenbleiben. Warum lachst du?"

Jarek lächelte. „Ich lache nicht und du kämpfst mal wieder um etwas, das du gar nicht verlieren sollst. Ich habe doch nicht gemeint, dass ich euch verlasse. Wenn wir uns hier trennen, werden die Solo mir folgen, nicht euch. Ihr seid für sie uninteressant. Ich werde sie in die Irre führen. Ich komme zur Herberge, sobald ich sicher bin, dass sie meine Spur verloren haben. Morgen im ersten Licht Salas brechen wir auf. Wir haben Krone. Solo nicht. Also können sie uns sowieso nicht folgen. Wir reiten ihnen einfach davon."

„Verstehe." Syme atmete auf.

„Kommst du alleine zurecht?", fragte Carb doch etwas besorgt.

„Ja. Macht euch keine Sorgen."

Carb schaute ihn voller Bedenken an, aber er sagte nichts mehr. „Komm, Kleines. Dann wollen wir mal." Er griff nach Symes Hand. Das Mädchen zögerte einen Augenblick. „Bis nachher", sagte Jarek.

Syme nickte ihm noch einmal zu und fuhr kurz mit der Hand über seinen Arm, dann folgte sie dem ehemaligen Fero, der ihnen einen Weg durch die noch immer zahlreichen Menschen bahnte. Aber sie sah noch dreimal zurück, bevor die Menge sie schließlich verschluckte.

Jarek schlug die andere Richtung ein, doch aus dem Schatten der Kapuze huschten seine Blicke über den ganzen Platz.

Die vier Solo folgten ihm.

Sie gaben sich alle Mühe, ihre Absichten zu verbergen und zwischen den vielen Bewohnern und Besuchern von Kirusk unterzutauchen, aber Jarek konnten sie nicht entgehen. Jetzt hatte wieder der Jäger in ihm übernommen und bestimmte jede Bewegung. Jarek war noch nie innerhalb einer Stadt verfolgt worden, trotzdem war das Gefühl nichts Neues für ihn. Er hatte es immer wieder erlebt und kannte es von vielen Wanderungen und Jagden. Es war nicht anders als zwischen den Hügeln und Schluchten, wenn er unterwegs war und wusste, dass ihm die Reißer heimlich nachschlichen und er für die blutgierigen Bestien nur eins war: Beute.

Das vielstöckige Kontor der Palmutia warf einen tiefen Schatten auf den schmalen Weg. Jarek stand im Schutz des

Eingangs zu einem kleinen, nun geschlossenen Kaaskontor und schaute sich um.

Der größte Handelsbau von Kirusk erhob sich über ihm und saß auf einem hundertzwanzig Schritt langen und breiten Felsen. Auf der umlaufenden Treppe bewegten sich auch um diese Zeit noch Hunderte von Menschen, die sich mit den billigen und oft auch minderwertigen Hartwaren versorgten, die den Clan der Kir, der diese Geschäfte betrieb, reich gemacht hatten. Die Palmutia gehörten zu den wohlhabendsten Menschen auf ganz Memiana.

Polos und Nira standen nicht mehr senkrecht über Kirusk, sondern näherten sich bereits wieder dem Raakgebirge. Es war die Zeit, zu der in jedem Wall, jeder Ansiedlung und jeder Stadt die meisten ihr Lager aufsuchten, um sich in die Decken zu wickeln und an den Salasteinen zu wärmen, die das gelbe Licht aufgesogen hatten und nun als Hitze wieder abgaben, sodass niemand frieren musste, der sich eine solche Schlafstelle leisten konnte.

Die Zeit näherte sich, in der in jedem Wall, in jeder Ansiedlung und in jeder Stadt, die Jarek kannte, nur noch diejenigen unterwegs waren, die einer Pflicht nachgingen. Oder man gehörte zu den Letzten, die die Schänken verließen, um sich mehr oder weniger betrunken endlich auf den Weg zur Herberge oder zum Wohnbau zu machen.

Nicht in Kirusk.

Auf den Straßen herrschte noch immer ein Betrieb wie während eines Marktes in einer Stadt am Pfad. Der Lärm der Menschen übertönte sogar das Gebrüll der Reißer, die gierig die Stadt umrundeten und deren Laute nur ab und zu von fern herüber drangen.

Jarek hatte zunächst eine völlig andere Richtung eingeschlagen, war in schmale Gassen abgebogen, hatte hinter Mauern auf seine Verfolger gelauert und dann unvermittelt einen entgegengesetzten Weg genommen.

Kirusk bestand aus Stadtteilen, die Kreise genannt wurden, nach den Mauerabschnitten, die jedes Mal neu errichtet worden waren, wenn der geschützte Raum für die Menschen nicht mehr ausgereicht hatte. Jarek hatte auf seinem Weg kreuz und quer durch die Stadt neun der siebenundzwanzig Kreise durchquert, darunter sechs, in denen er noch nie zuvor gewesen war.

Er war über die breiten Straßen gelaufen, hatte zwischen den Kronreitern auf den dicht begangenen Mittelstreifen die Seiten gewechselt, war über weite Plätze geeilt, hatte sich durch enge Durchgänge gedrückt und hinter Ecken verborgen, bis er irgendwann die Schatten des Kontors der Palmutia erreicht hatte.

Als Xeno in Maro hatte Jarek stets sofort erkannt, was in einer Schänke, auf einem Platz oder in einer Straße gerade vor sich ging, was welche Menschen miteinander verband, wer zusammengehörte und welche Stimmung herrschte.

In Kirusk hatte ihn diese Fähigkeit verlassen und sich angesichts der unüberschaubaren Menge an Bewohnern und Reisenden, die ständig im Gelb- und auch noch bis ins letzte Kvart des Graulichts unterwegs waren, kopfschüttelnd zurückgezogen. All die Menschen allein mit kurzen Blicken zu erfassen, dazu waren sogar Auge und Verstand eines Memo nicht mehr in der Lage.

Doch im Augenblick musste Jarek nicht alles erkennen. Es reichte, wenn er seine Verfolger sah, und die hatte er nicht aus den Augen verloren.

Solange sie da gewesen waren.

Den ersten hatte Jarek bereits nicht mehr entdeckt, als er über den Schwimmermarkt der Vaka gegangen war. Der zweite hatte der Überquerung der Reiterstraße vor der neuen Plada nicht folgen können und den dritten hatte Jarek in der Nähe des Kreises der Bringer abgehängt, des Stadtteils, in dem die Lastenbeweger der Kir lebten, die die Einkäufe weit entfernt lebender Kunden mit ihren Kronen gegen gutes Geld zu diesen brachten.

Nun ließ Jarek den Blick wieder wandern, aber er fand auch den langen Solo mit dem gestreiften Mantel und den zu allen Seiten hin abstehenden, auffällig hellen Haaren nicht mehr. Es war ihm offensichtlich endlich gelungen, auch den letzten seiner Verfolger loszuwerden.

Jarek sah noch immer viele Solo in den Straßen und Gassen und auf den Plätzen. Solo, von denen jeder unerkannt ein Anhänger Ollos, ein Mitglied von dessen Bande oder auch nur ein Mensch sein konnte, für den das versprochene Kopfgeld eine Verlockung war, der er nicht widerstehen konnte.

Aber niemand von all denen wusste, dass Jarek hier war und hier im Schatten des großen Kontors lauerte.

Die Herberge war nur zwei Gassen entfernt und sie hatten sie gewählt, weil Syme ihre Schwester immer wieder gebeten hatte, doch dieses Mal mit ihr in den Bau der Palmutia zu gehen, der gerade bei jungen Leuten so beliebt war. Fuli hatte es ihr versprochen. Jarek spürte kurz ein Bedauern für das Mädchen, weil es auch dieses Mal auf den Besuch des Kontors verzichten musste. Syme würde morgen bei den ersten Strahlen des Gelblichts mit ihnen zusammen aufbrechen. Es stand nicht fest, wann sie Kirusk wiedersehen würde. Vielleicht nie.

Der Jäger, der Wächter und der Beschützer in Jarek hatten ihren Rundblick beendet. Alle drei waren nun sicher, dass ihn niemand mehr beobachtete oder verfolgte.

Er war in Sicherheit.

Jarek roch Yala und spürte ihre weichen Haare auf seinem Gesicht und das sanfte, ruhige Pulsieren an ihrem Hals, den er mit den Lippen berührte. Sie lag in seinen Armen unter den zwei Deckenmänteln, die er für sich allein nicht gebraucht hätte, die er ihr zuliebe aber immer über sie beide ausbreitete, wenn sie im Graulicht das Lager aufsuchten, da Yalas unbewegliche Beine und Füße sich für Jarek immer kalt anfühlten, obwohl sie es selbst nicht spüren konnte.

Er lag eng an ihren schmalen Rücken gedrückt und die zierliche Frau kuschelte sich an seine Brust. Ihr Kopf ruhte wie immer auf seinem rechten Arm, während er sie mit dem linken umfasst hielt und unter der Hand durch den dünnen Stoff ihres Hemdes das feste Geflecht der Narben auf ihrem Bauch spürte. Dort hatte Ferobar, der große Näher aus Mindola, mit feiner Nadel und vielen Stichen die furchtbare

Verletzung geschlossen, die der Salafuuch ihr zugefügt hatte.

Jarek atmete ruhig weiter und lauschte.

Es war nicht das übliche Erwachen, das bei ihm immer kurz vor Salas Aufgang kam, seit er sich erinnern konnte. Er war geweckt worden. Der Jäger in ihm, der nie schlief und ständig seine Aufmerksamkeit auf alles gerichtet hielt, was ihn umgab, hatte ihn alarmiert.

Jarek spürte, wie sich seine Muskeln anspannten und sein Herzschlag beschleunigte. Das Blut rauschte in seinen Ohren, doch er drängte die Töne in seinem Inneren zurück, um alle seine Sinne auf den Raum zu richten, in dem die Gruppe lag.

Er hörte Carbs leichtes Schnarchen, das er so gut kannte.

In der Schlafstelle neben ihm lag Fuli und Jarek erkannte an ihrem gleichmäßigen Atem, dass sie wie immer mit offenem Mund auf dem Rücken ruhte.

Syme, die Jareks andere Seite zu ihrem Stammschlafplatz erklärt hatte, gab einen der sehr leisen, gequält wirkenden Laute von sich, von denen Jarek annahm, dass sie von den Träumen hervorgerufen wurden, die wohl immer um diese Zeit des Graulichts aus Symes eigener Kammer der Schrecken hervorbrachen. Sie sprach nie darüber und Jarek fragte sie nicht.

Alle Freunde lagen dort, wo sie sich zum Halblicht Nira zur Ruhe begeben hatten, nachdem Jarek zu ihrer Erleichterung endlich in der Herberge aufgetaucht war.

Fünf Menschen ruhten in den vier Schlafstellen des kleinen Kuppelbaus.

Aber etwas hatte sich im Raum verändert. Carb hatte den Nirariegel, den man nur von innen öffnen und schließen konnte, fest vorgeschoben und zusätzlich mit Symes zweiter Gehstütze verkeilt. Trotzdem spürte Jarek, dass noch jemand hier drinnen war.

Jemand Fremdes.

Vier Männer hatten sich auf die steinernen Tische und Bänke herabgelassen, die in der Mitte des Raumes unter der großen, kunstvoll vergitterten Lichtöffnung standen.

Das Rascheln von Stoff und das kurze Kratzen einer Sohle verrieten dem Jäger, dass der erste Mann jetzt von der Bank stieg, dann folgte ein zweiter, der ein angestrengtes Keuchen nur mühsam unterdrücken konnte. Jarek roch den alten, getrockneten Schweiß in wenig gewaschenen, abgetragenen Kleidern.

Ein Dritter kletterte vom Tisch und der Letzte folgte ihm mit einem sanften Geräusch, als er nicht mühsam herabstieg, sondern sprang und sich gekonnt auf dem harten Boden abfing.

Jarek verriet mit keiner Bewegung, dass er etwas bemerkt hatte, sondern atmete wie ein Schlafender ruhig weiter.

Ein, aus, ein, aus.

Er behielt den Rhythmus der Atemzüge bei, wie er es sich angeeignet hatte, wie er es nie vergaß, unter keinen Umständen, ganz gleich wie tief die Träume waren, aus denen er gerissen wurde. Nie öffnete der Jäger die Augen, bevor er sich nicht rasch mit Hilfe der Ohren, der Nase und manchmal der Hände über seine Lage Klarheit verschafft hatte.

Der Jäger in Jarek wusste, dass es genau diese Momente waren, in denen sich der anschleichende Reißer seiner Beute überlegen fühlte, weil er sie für ahnungslos hielt. Es waren die Augenblicke, die dem Xeno das Leben retten konnten.

Jarek spürte unter seiner Rechten, dass sich Yalas Muskeln anspannten. Sie war wach, atmete aber genauso ruhig weiter wie Jarek und rührte sich nicht. Sie hatte bemerkt, dass irgendetwas Jarek alarmiert hatte, aber die Erfahrungen der gemeinsamen Reisen hatten Yala gelehrt, abzuwarten, was Jarek unternehmen würde.

Er drückte seine Hand einmal kurz gegen ihren Bauch zum Zeichen, dass er wusste, dass auch sie nun wach war, und lauschte weiter.

Mit vorsichtigen Schritten näherten sich die Männer den Lagerstätten. Einer von ihnen trug einen langen Mantel, der über den Boden schleifte und auf dem Weg einen von Carbs Stiefeln umstieß. Mit einem weichen Plumpsen kippte er zur Seite.

Die Schritte verharrten und Jarek hörte am kurzen Keuchen, dass die Vier erschrocken abwarteten, ob das Geräusch einen der Schläfer geweckt hatte.

Jarek gab weiter vor zu schlafen und auch Yala hatte sich nicht gerührt. Carb schnarchte. Syme und Fuli hatten nichts bemerkt.

Das leise Aufatmen der Anschleichenden war nur für die geschärften Sinne des Jägers zu vernehmen. Ein Rascheln von steifen Jacken und Mänteln verriet Jarek, dass die vier Unbekannten sich wieder in Bewegung setzten, vorsichtiger und langsamer als zuvor.

Dann stieg etwas in Jareks Nase. Niemand wusste, wie dieser Geruch entstand, und nur die erfahrensten Jäger, Wächter und Beschützer konnten ihn überhaupt wahrnehmen. Viele Xeno glaubten nicht daran, dass es ihn wirklich gab, aber Jarek wusste es besser, denn er hatte ihn oft genug wahrgenommen.

Jede Klinge, die einmal mit dem Blut eines Menschen oder Reißers in Berührung gekommen war, veränderte sich und kein Wasser, kein Schabegrus, kein Sand und kein Schleifstein konnten diesen Geruch jemals wieder beseitigen.

Die Männer im Raum waren bewaffnet. Sie trugen Klingen, die schon wenigstens einmal getötet hatten!

Der Wächter drängte den Jäger zur Seite und übernahm. Jarek riss die Augen auf, rollte sich mit Yala im Arm aus der Schlafstelle und erfasste in einem einzigen Rundblick die Lage im Raum.

Die vier Solo, von denen er angenommen hatte, er hätte sie in die Irre geführt, waren eingedrungen. Jarek hatte keine Ahnung, wie sie es fertiggebracht hatten, in den verschlossenen Bau zu kommen, doch sie hatten es geschafft.

Der Lange mit dem Mantel stand neben dem Lager, in dem Jarek gerade noch mit Yala gelegen hatte, einen Stecher in der Hand.

Der Dicke, der so auffällig nach Schweiß roch, war bis auf einen Schritt an Syme heran und hielt einen Kurzschneider.

Ein kleinerer Solo beugte sich über Fuli und der breiteste und kräftigste der Männer stand bei Carb und hatte einen schweren Hammer hoch erhoben, bereit, zuzuschlagen.

Innerhalb eines Wimpernschlags hatte Jarek alles erfasst, noch bevor einer der Angreifer überhaupt auf sein Erwachen reagieren konnte.

Jarek hob das Bein und trat mit einer einzigen kraftvollen Bewegung dem Mantelträger gegen den Hals, sodass der mit einem gurgelnden Schrei zusammenbrach, während Jarek gleichzeitig brüllte: „Carb! Zur Seite!"

Der ehemalige Fero war kein Jäger, kein Wächter und kein Beschützer. Doch die gemeinsam überstandenen Gefahren hatten seine Reaktionen geschärft und es gab Dinge, über die er nicht nachdenken musste. Wenn Jarek einen Befehl in diesem Ton gab, dann tat Carb genau das, was Jarek forderte. Der dunkle Riese rollte sich schon aus der Schlafstelle, bevor er richtig wach war. Keinen Augenblick zu früh, denn im selben Moment sauste der Hammer nieder und traf mit einem lauten Krachen die Salasteine des Lagers an genau der Stelle, an der kurz zuvor noch Carbs Kopf gelegen hatte.

Jarek ließ Yala sanft zu Boden gleiten, bückte sich, schnappte den Stecher, der dem Mantelträger aus der Hand geflogen war, drehte sich um und warf die Waffe.

Die nach Tod riechende Klinge flog quer durch den Raum und traf den Dicken seitlich in den Hals. Der junge Mann mit dem merkwürdig schmalen Gesicht hatte sich gerade nach vorne gebeugt und mit dem Handlangen Schneider nach Symes Kehle gezielt, um sie mit einer einzigen Bewegung durchzuschneiden. Er brach über dem kreischenden Mädchen zusammen.

Fuli war aus ihrer Schlafstelle hochgeschreckt und wollte aufspringen, aber da legten sich die Hände des vierten Solos um ihren Hals und der Mann drückte zu.

Mit zwei Sätzen, die einem Mähnenbreitnacken Ehre gemacht hätten, überwand Jarek die fünf Schritte Abstand und packte den Mörder mit einer Hand am Kinn, mit der anderen im Genick. Seine Armmuskeln spannten sich und mit einem einzigen, kräftigen Ruck drehte er den Kopf des Solo zur Seite.

Das dumpfe Knacken hallte durch den Raum und der Körper des verhinderten Mörders erschlaffte.

Fuli saß zwischen ihren Decken, zitterte und starrte mit weit aufgerissenen Augen den Toten an. Jarek ließ den Mann zur Seite fallen und drehte sich rasch um.

Yala stützte sich auf eine der Bänke und ihr Blick war auf Syme gerichtet, die unter der Leiche des Mannes lag, den Jarek mit dem Stecher getroffen hatte. Doch schon schob sich das Mädchen zitternd unter dem schweren Körper hervor.

Der Solo mit dem Mantel war hinter Jareks und Yalas Schlafstelle zusammengebrochen, beide Hände am Hals, und rührte sich nicht mehr. Carb kämpfte gegen den letzten, der noch auf den Beinen stand.

„Komm her, ja!", rief der ehemalige Fero zornig.

Der kräftige Angreifer schwang den Hammer, doch Carb war viel beweglicher, als seine massige Gestalt vermuten ließ. Er wich dem Schlag aus, der an ihm vorüberzischte und den Solo aus dem Gleichgewicht brachte. Carb sprang einen Schritt vor, schlug dem Mann mit der riesigen Faust auf den Unterarm und packte gleichzeitig den aus einem dicken Knochen gefertigten Griff des Werkzeugs mit der anderen Hand. Es gelang ihm, dem Mann den Hammer zu entreißen. Carb holte weit aus und mit einem pfeifenden Geräusch sauste der schwere Ferohauer durch die Luft und traf den Mörder seitlich am Kopf.

Mit einem dumpfen Klang drang das spitze Ende des Werkzeugs in den Schädel des Mörders und Jarek wusste, dass dieser Ton ihn wiederfinden würde in den letzten Stunden des Graulichts, wenn seine Kammer der Schrecken in ihm aufbrach und ihn mit so vielen Bildern des Leides und der Grausamkeiten überschüttete, dass er manchmal darin zu ertrinken drohte.

Doch jetzt war nicht die Zeit dafür und er knallte die Tür zu diesem Raum fest zu.

Jarek hörte ein würgendes Geräusch, drehte sich rasch um und sah, dass Fuli neben ihrer Schlafstelle kniete und sich übergab.

Yala hielt Syme im Arm. Das Mädchen war zu ihr geeilt und half ihr, sich aufzusetzen.

„Yala, bist du in Ordnung?", fragte sie besorgt und Jarek fand die Zeit für einen weiteren Moment der Bewunderung für dieses Kind. Vor wenigen Augenblicken war Syme selbst einem Mordanschlag entkommen, doch jetzt machte sie sich schon wieder Sorgen um einen anderen Menschen.

Carb stand da, das Kinn erhoben, den Hammer noch in der Hand, von dessen Kopf etwas Dunkles zu Boden tropfte. Sein Blick suchte den von Jarek und der massige Mann nickte einmal mit dem entschlossenen Gesichtsausdruck, den Carb immer zeigte, wenn es um Leben und Tod ging.

„Stand?", fragte der Jäger in Jarek und erhielt keine Antwort, bis der Memo ihn darauf aufmerksam machte, dass niemand in diesem Raum zu einem Jagdtrupp gehörte. Keiner konnte etwas mit der Frage des Anführers anfangen, die dieser immer stellte, sobald ein Kampf vorüber war.

„Ist jemand verletzt?", wählte Jarek einen Ausdruck, den alle verstanden.

Alle schüttelten den Kopf.

Jarek ging rasch zu Yala, nahm sie hoch und setzte sie auf die Bank, die eine Rückenlehne hatte, an der sie sich abstützen konnte. Syme glitt neben sie.

Jarek griff ein Tuch vom Tisch, auf dem sie vor gar nicht so langer Zeit noch das Essen ausgebreitet hatten, ging zu Fuli und reichte es ihr.

„Alles in Ordnung?", fragte er besorgt.

Fuli nickte tapfer, nahm das weiche Gewebe und putzte sich den Mund ab. „Geht schon", sagte sie.

Carb ließ den Hammer los, der mit einem lauten Knall auf den Steinboden fiel und dort einen Moment senkrecht verharrte. Dann kippte er zur Seite und der Knochengriff schlug mit einem leiseren, hohlen Geräusch auf.

„So eine viermal verfluchte Schaderscheiße", grollte Carb und ließ den Blick über die Körper der vier toten Mörder wandern. „Wo sind die hergekommen? Ich hatte die Tür verriegelt!"

Jarek schaute nach oben und alle Blicke folgten seinem.

Als sie sich niedergelegt hatten, war die Lichtöffnung mit einem sorgfältig gearbeiteten, feinen Gitter verschlossen gewesen. Doch jetzt gähnte dort ein offenes Loch, durch das das letzte Graulicht vor Salas Aufgang fiel. Das Geflecht war verschwunden.

Alle sahen auf den Hammer, den Carb als Waffe benutzt hatte. Es war ein Werkzeug, wie es die Solo mit sich führten, die von den Clans der Städte dafür bezahlt wurden, Mauern und Bauten zu errichten. Für die Dauer der Arbeiten durften sie an dem Ort bleiben, an dem sie einen Kontrakt zu erfüllen hatten. Sie zogen erst weiter, sobald sie ihr Werk vollbracht hatten.

„Wenigstens einer von den Kerlen ist ein Steinhauer", erklärte Carb. „Die wissen genau, wie man Gitter einsetzt und rausmacht. So einen Hammer hast du schnell mal von einer Baustelle mitgenommen, wenn keiner richtig aufpasst."

„Oder er hat den Hammer jemandem gestohlen", sagte Yala leise. „Steinhauer sind die ehrlichsten und zuverlässigsten aller Solo."

„Und was ist damit?" Jarek hob den Handlangen Schneider auf, den der Mörder in der Hand gehabt hatte, der Syme zu seinem Ziel gewählt hatte. Er hielt ihn auf der flachen Hand. „Kommt das auch von irgendeiner Baustelle?"

Alle starrten die Klinge an.

„Wie kommen diese Leute an Waffen? Wir sind in einer Stadt! Niemand trägt Waffen innerhalb der Mauern, außer den Xeno." Jarek war empört.

Alle schwiegen, bis Yala wieder das Wort ergriff. „Wir sind nicht in irgendeiner Stadt, Jarek", sagte sie leise. „Wir sind in der größten Stadt von ganz Memiana. Hier bekommst du alles, was du haben willst und bezahlen kannst. Und wenn du innerhalb der Mauern eine Waffe brauchst, wirst du jemanden finden, der sie dir verkauft. Das ist in Vakasa nicht anders."

Jarek kannte sich mit dem Leben in kleinen Ansiedlungen aus. Er wusste alles über das sichere Reisen auf gefährlichen Wegen entlang und abseits des Pfades und es gab kaum jemanden diesseits des Raakgebirges, der ihm noch etwas über die Jagd beibringen konnte. Doch die großen Städte waren Jarek immer noch ein Rätsel. Yala dagegen war in der Stadt der Vaka geboren und aufgewachsen. Wenn jemand von ihnen wusste, wie das Leben in diesen riesigen Ansammlungen so vieler verschiedener Völker, Stämme, Clans und Menschen war, dann sie.

Jarek warf den Schneider auf den Tisch, wo er klappernd liegen bleib, dann sah er noch einmal zu der nun nicht mehr verschlossenen Lichtöffnung hoch und schließlich die Freunde der Reihe nach an.

„Wie haben sie uns gefunden?", sprach Fuli die Frage aus, die im Raum gelauert und darauf gewartet hatte, endlich in Worte gefasst zu werden.

„Es ist ...", fing Jarek an, aber Yala hob sofort die Hand und unterbrach ihn.

„Nein", sagte sie scharf und alle schauten sie an.

Sie waren von Yala gewohnt, dass sie immer leise sprach, und Syme und Fuli kannten diesen energischen Ton von ihr überhaupt nicht. „Sag es nicht. Sag jetzt nicht, dass es deine Schuld war oder dein Fehler oder sonst was in dieser Art!"

Sie schaute ihn mit zusammengezogenen Augenbrauen an. Auf ihrer hohen Stirn zeigten sich die Falten, die für Jarek das deutliche Zeichen für ihre Verärgerung war.

Aber es war auch einer der Momente, in denen er dieses warme Gefühl in der Brust spürte, als ob Sala selbst in ihm leuchtete. Es waren die Augenblicke, in denen er sich bewusst wurde, dass er noch nie einen Menschen so geliebt hatte wie diese zerbrechlich wirkende Frau mit dem durch die gezackte Narbe zweigeteilten Gesicht, die der fürchterliche Hieb der Fuuchklaue hinterlassen hatte.

Jarek schloss den Mund und schluckte das Schuld-bekenntnis herunter, das er gerade hatte äußern wollen.

„Ja", brummte Carb, der sich auch zum Tisch begeben hatte. Er ließ sich auf Yalas anderer Seite nieder. „Wenn überhaupt wer schuld ist, dann bin ja wohl ich das." Mit einer kleinen Bewegung seiner starken Arme setzte er Yala wieder bequemer hin, die ein wenig auf der Bank heruntergerutscht war, und schaute suchend zu den Schlafstellen.

Jarek griff nach einer der Decken, die zerwühlt dort lagen, wo sie eben noch geschlafen hatten, vor wenigen Augenblicken, in denen sich alles verändert hatte. Er ging zu Yala, wickelte sie sanft in das weiche, dicht gewebte Tuch und rutschte zwischen sie und Carb auf die Bank. Fuli folgte langsam und suchte sich auf der anderen Seite des Tisches einen Platz.

„Wieso du, Carb?", fragte Syme.

„Ich habe nicht aufgepasst", erklärte der. „Ich bin mit dir direkt hierhergekommen, ohne mich noch mal umzuschauen. Die Kerle waren schlauer, als wir gedacht haben. Die sind gar nicht alle Jarek gefolgt, sondern einer ist uns nachgelaufen. Mindestens einer."

„Der erste war schon auf dem Platz verschwunden, wo wir uns getrennt haben", bestätigte Jarek. „Ich dachte, ich hätte ihn so schnell in die Irre geführt."

„Trotzdem war es mein Fehler", beharrte Carb, aber Syme schüttelte den Kopf.

„Ich hab auch nicht dran gedacht. Und ich hab dich aufgehalten, weil ich so langsam laufe mit meinem Bein", sagte sie mit großem Ernst.

„Was wird das jetzt hier?", ließ sich Fuli mit leicht heiserer Stimme erstmals vernehmen. Sie hatte mehrere Schlucke Wasser getrunken, um den Geschmack des Erbrochenen aus dem Mund zu bekommen, dessen säuerlicher Geruch von ihrem Lager herüberkam. Der Gestank mischte sich mit dem des Blutes, das aus der Halswunde des toten Solo floss, in der noch immer der Stecher steckte, den Jarek so zielsicher und gnadenlos geworfen hatte.

Die ersten Schadlinge huschten aus den Ritzen und machten sich über die vergossene Flüssigkeit des Lebens her und ein Clan von winzigen Niraschalenrücken verschmähte die brockige Pfütze nicht, die Fuli hinterlassen hatte.

Es blieb nie etwas übrig auf Memiana.

„Wird das ein Wettkampf, wer hat mehr Schuld? Und was kriegt der Sieger?" Fuli nahm noch einen Schluck und Yala legte ihr die Hand auf den Arm.

„Du hast recht", sagte sie leise. „Wir haben alle nicht daran gedacht. Wir haben nicht alle Möglichkeiten in Betracht gezogen. Aber wir sind Memo und uns sollte so etwas nicht passieren. Wir haben oft genug mit Solo zu tun gehabt. Aber wir haben sie wieder einmal unterschätzt. Wir hätten es besser wissen müssen."

„Wir haben auch mit Mördern gekämpft und wir haben denselben Fehler gemacht", erwiderte Syme und schaute Yala mit großen Augen an. Es war etwas von dem Trotz des kleinen Mädchens in ihrer Stimme und darunter Trauer und Schmerz.

„Ich weiß, Syme", antwortete Yala mit Wärme und Mitgefühl. „Ich weiß."

„Na gut", knurrte Carb. „Schuld wäre damit geklärt. Wir waren alle gleich doof."

„Es gibt eine viel wichtigere Frage", sagte Yala. Ihre Hand hatte Jareks Rechte gefunden und ihre Finger verschränkten sich fest mit seinen, als wolle sie sie nie wieder loslassen.

Jarek kannte diesen beiläufigen Ton so gut, den sie immer anschlug, wenn sie sich einem Problem auf einem Weg näherte, dem andere nicht immer so leicht folgen konnten, weil ihr Verstand bereits weit vorausgeeilt war.

Alle sahen auf die im Raum liegenden Leichen der Angreifer.

„Was machen wir jetzt?" Es war wieder Syme, die es aussprach.

Der Memo in Jarek meldete sich und der Gedanke war da, den sein Verstand in einer verschlossenen Kammer bewegt und vielfach von allen Seiten seit dem Ende des kurzen, mörderischen Kampfes betrachtet hatte. Er hatte den Einfall einer eingehenden Prüfung unterzogen und ergänzt, um keine der Möglichkeiten zu übersehen, bis er ihn schließlich fertig hatte. „Wir können das, was hier geschehen ist, zu unserem Vorteil nutzen", sagte er ruhig und schaute Yala an, die den Atem anhielt.

„Ja, ganz genau", knurrt Carb angriffslustig. „Wir sorgen dafür, dass jeder verdammte Solomörder weiß, was auf ihn wartet, wenn er denkt, er kann sich mal schnell einen Sack Fer verdienen. So leicht ist Jarek nicht zu töten. Das haben schon ganz andere versucht. Jeder soll wissen, mit wem er sich anlegt." Er ließ die flache Hand auf den Tisch klatschen und Fuli und Syme zuckten zusammen. Der dunkle Riese schaute nacheinander jeden entschlossen an, dann schlichen sich Zweifel in seinen Gesichtsausdruck, als ihm niemand antwortete. „Oder nicht?", fragte er.

Yala sah Jarek in die Augen und er erkannte die Nähe, die Sorge und das Bedauern. Ohne ein Wort wusste er, dass sie ahnte, zu welchem Ergebnis sein eigener Verstand gekommen war.

Schließlich legte sie den Kopf auf seine Schulter und sagte leise: „Wenn es nur so geht."

„Siehst du eine andere Möglichkeit?", fragte Jarek, doch er kannte die Antwort genauso wie Yala. Es war die einzig mögliche, aber deshalb gefiel sie beiden noch lange nicht.

„Nein", antwortete Yala und es war mehr ein Hauch als ein Wort. Jarek fühlte unter seinen Fingern, dass ihr Herz schneller schlug, und er spürte die Angst in ihr.

„Es ist das Einzige, was wir tun können", sagte er leise. „Wenn wir dem ein Ende setzen wollen."

„Wir?", fragte Yala leise. „Nicht wir. Du."

„Ja." Er senkte den Blick. „Ich."

„Wir können nichts dazu beitragen. Wieder einmal", flüsterte sie.

„Doch. Das können wir nur alle zusammen."

„Und wer wird sich wieder in Gefahr begeben?", fragte sie. Beide wussten sie die Antwort, aber weder sie noch Jarek sprachen sie aus.

Jarek spürte Symes Blick mehr, als dass er ihn sah. Sie schaute ihn an, dann Yala, und ihm war klar, dass sie verstand, dass hier noch ein ganz anderes, unhörbares Gespräch lief. Doch sie schwieg, was eher selten vorkam, sackte ein wenig in sich zusammen, ließ die Schultern hängen und sah mehr als jemals zuvor aus wie ein kleines Mädchen.

Carb schaute verständnislos vom einen zum anderen. „Worum geht es?", fragte er.

„Um was ganz anderes", antwortete Syme überraschend ruhig an Stelle von Jarek und Yala.

„Ah so." Carb setzte sich aufrecht hin, drückte den Rücken durch, hob das Kinn, sah einmal in die Runde, dann nickte er auffordernd. „Also dann machen wir das. Sobald Sala aufgeht, sorgen wir dafür, dass ganz Kirusk erfährt, dass diese Mörder versagt haben."

Yala schüttelte einmal kaum merklich den Kopf. „Nein."

Carb zog die Brauen zusammen. „Nein?", fragte er. „Was soll das heißen, nein?"

„Die Mörder haben nicht versagt", erklärte Jarek. Er spürte Yalas Hand in seiner. Ihr Puls raste. „Sie haben Jarek getötet."

Unter falschem Namen

„Das ist verrückt", protestierte Carb. „Das werden wir nicht tun!"

„Sag mir eine andere Möglichkeit", antwortete Jarek ruhig. Carb dachte angestrengt nach, aber er schwieg.

Syme klammerte sich an Jarek und schüttelte immer wieder den Kopf. „Du darfst uns nicht alleine lassen", flüsterte sie. „Du hast es versprochen. Bitte."

„Ich kann nicht bei euch bleiben, Syme. Sie wollten alle ermorden, nicht nur mich", versuchte Jarek zu erklären. Er wies mit der Hand auf die vier toten Angreifer. „Solange ihr bei mir seid, seid ihr in Gefahr. Das hier ist erst der Anfang. Es wird immer wieder passieren, solange Solo mich suchen, um sich das Kopfgeld zu verdienen. Aber die Jagd wird aufhören, sobald sich die Nachricht verbreitet, dass Jarek tot ist."

„Und wie soll das gehen? Wer soll das erzählen?" Carb verschränkte die Arme und erinnerte Jarek viel mehr an ein trotziges Kind als Syme, die mit weit geöffneten Augen dasaß und ängstlich auf jedes Wort lauschte. „Sollen wir überall rumlaufen und jammern, dass du ermordet wurdest? Das kann ich nicht. Und die Mädchen noch weniger."

„Das müsst ihr auch nicht", antwortete Jarek. Es war einer der Momente, in denen ihn sein eigener Memoverstand noch immer in Erstaunen versetzte. Jarek hatte nicht wahrgenommen, dass er sich in rasender Geschwindigkeit mit all den Möglichkeiten beschäftigt hatte, die der fehlgeschlagene Mordversuch hier in der Herberge bot. Als er das Ergebnis der Überlegungen vor sich gesehen hatte, war ihm der Plan gut und zwangsläufig erschienen. Es war die günstige Gelegenheit, die er einfach wahrnehmen musste. In jedem Fall.

Er stand auf und ging zu der Leiche des langen Solo. Er zog dem Toten den Mantel aus und legte sich nach einem winzigen Zögern das Kleidungsstück über die Schultern. Dann richtete er sich auf und sah Carb in die Augen.

„Ich bin der Solo Keraj. Ich habe Jarek getötet. Ich suche Ollo, weil ich mir die Belohnung holen will."

„Du willst als Solo gehen? Alleine? Du willst dich unter diese Mörderbande wagen?" Fuli starrte Jarek entsetzt an.

„Nein", erwiderte Jarek. „So verrückt bin ich nicht. In der Rolle werde ich nur versuchen zu erfahren, wo sich Ollo versteckt. Aber ich werde mich ganz sicher nicht alleine in seine Reißerhöhle begeben. Sobald ich weiß, wo er zu finden ist, werden wir die Xeno schicken, die das Volk der Memo unter Kontrakt genommen hat. Sie werden Ollo jagen. Bis zum Ende. Dann ist die Gefahr vorüber. Für ganz Memiana. Aber erst dann."

Fuli atmete einmal tief durch. „Es ist der reine Wahnsinn. Trotzdem."

„Ich will nicht, dass du das machst", erklärte Syme kurzerhand.

„Ich will es auch nicht tun", antwortete Jarek. „Aber ich habe keine Wahl."

„Stimmt. Hast du nicht. Denn ich lasse das nicht zu", war Carbs Beitrag. Er war offensichtlich mit seinen eigenen Überlegungen endlich fertig. „Ich meine, dass du das alleine machst. Ich dachte, das hätten wir hinter uns. Wenn du so was Beklopptes anfängst, dann will ich dabei sein. Ich komme mit dir."

„Das geht nicht, Carb", widersprach Jarek ruhig. „Jemand muss sich um Yala, Fuli und Syme kümmern. Da bleibt nur einer. Du. Aber du könntest auch dann nicht mitkommen, wenn wir alleine wären. Oder glaubst du, jemand würde dich für einen Solo halten?"

Alle betrachteten den dunkelhäutigen Riesen und Carb verzog unwillig das Gesicht.

„Ich habe noch nie einen dunklen Solo gesehen. Und noch nie einen mit roten Augen und roten Haaren", sagte Syme und das kleine Mädchen in ihr grinste ganz kurz bei der Vorstellung.

„Deine Haare sind auch rot", widersprach Carb noch einmal schwach, aber Jarek spürte, dass der Widerstand des Freundes gebrochen war.

„Nicht seine Augen", antwortete Yala. Es waren seit langer Zeit ihre ersten Worte. Sie hatte das Gespräch aufmerksam verfolgt, aber bis jetzt geschwiegen.

Jarek wusste, dass seine Augen auch unter Salas Licht nicht mehr länger so rot leuchteten wie die der meisten anderen Memo. Sie waren wieder dunkel wie früher, als er noch ein Xeno gewesen war.

Er konnte Syme auf ihre beharrlichen Fragen, woher diese Veränderung kam, immer nur die Antwort geben, die sein Verstand für jeden bereithielt, der versuchte, eines der Geheimnisse des Volkes der Memo zu erfahren: Er konnte es ihr nicht sagen.

Aber Jarek war sicher, dass es daher rührte, dass er kein Partiola mehr nahm. Alle anderen Memo tranken vor Beginn eines jeden Gelblichts den einzelnen kleinen Tropfen der geheimnisvollen Flüssigkeit, die es ihnen ermöglichte, einen abgeschlossenen, kleinen Raum ihres Verstandes und Gedächtnisses den Kontraktpartnern zur Verfügung zu stellen. Sie selbst hatten keinen Zugriff auf diesen winzigen Teil in ihrem eigenen Kopf.

Doch Jarek hatte unter den Trümmern der Stadt Lastyra seine Flasche mit Partiola verloren. In dem Augenblick, als er wieder in Salas Strahlen geschaut hatte, war der geheime Raum in seinem Gedächtnis aufgebrochen. Alles hatte sich über seinen Verstand ergossen, was er unbewusst an Botschaften und Geheimnissen jemals gehört, weitergegeben und gesammelt hatte.

Jarek hatte es vor dem folgenden Gelblicht wieder mit Partiola versucht, aber der Raum hatte sich nicht erneut geschlossen und seine Augen waren dunkel geblieben. Seltsamerweise konnte er auch mit seinen Freunden nicht darüber sprechen. Also wussten auch Yala und Carb nicht genau, was geschehen war. Sie wussten nur, dass sich etwas ereignet hatte, das Jarek mehr verändert hatte als sie.

„Vielleicht seine Augen, ja. Die sind nicht mehr rot. Aber die Haare." Carb war immer noch nicht bereit, aufzugeben.

„Wir werden sie färben", erklärte Yala. „Fuli, kannst du gleich zum Kontor der Palmutia gehen und dort Pekkagrus holen?" Ihr Ton war sachlich und ruhig. „Das ist ein dunkles Färbemittel. Das Schwarz wird mindestens zehn Lichte halten."

„Ja. Ist gut." Fuli nickte ergeben.

„Du hilfst ihm auch noch bei dem Wahnsinn?", fragte Carb mit einem Anflug von ungläubiger Verzweiflung. „Ich habe gedacht, dir liegt was an ihm."

„Ich weiß, dass ihr Jarek liebt", erwiderte Yala leise. „Aber ihr könnt sicher sein, dass ich Jarek noch mehr liebe als ihr alle zusammen. Viel mehr. Doch ich lasse ihn gehen. Weil nur er das kann, was er vorhat. Und weil nur er jetzt diese einmalige Möglichkeit hat. Ich will Jarek nicht verlieren. Ich will Jarek behalten. Mein ganzes Leben lang. Aber was er tun kann, ist wichtig für alle. Es ist die beste Gelegenheit, Ollo endlich zu finden. Ich darf jetzt einfach nicht nur an mich denken." Sie legte Jarek die Arme um den Hals, zog ihn an sich, küsste ihn und flüsterte ihm dann ins Ohr: „Du kommst wieder."

„Ich verspreche es."

Danach sagte niemand mehr etwas.

Auch Carb nicht.

Jareks Kopf fühlte sich seltsam und ungewohnt an und das lag nicht an der Farbe der Haare. Seit er sich erinnern konnte, hatte er den langen Zopf getragen, den er seit der Rückkehr von der Salaspitze neunfach geflochten hatte, als Zeichen eines Clanführers. Doch jetzt fehlten ihm das Gewicht und das leichte Schwingen bei jedem Schritt.

Sie hatten Kirusk durch das Haupttor verlassen, an dem sie ihre Waffen zurückerhalten hatten, und waren von der Stadt weggeritten.

Hinter einem großen Felsen abseits des kleinen Seiten-weges, den sie eingeschlagen hatten, hatten sie angehalten.

Jarek hatte darauf bestanden, seinen Zopf selbst abzuschneiden. Yala hatte ihn sorgfältig in ein Tuch eingewickelt und tief in ihrem Rückenbeutel verstaut. Dann hatte sie Jarek mit ihrem Handlangen Schneider die Haare auf Daumenlänge gekürzt. Schließlich hatte Fuli ihm das in Wasser gelöste Pulver in die Haare gestrichen. Sie hatten sich dunkel gefärbt. Den restlichen Pekkagrus hatte Jarek in ein kleines Gefäß gefüllt und in den Mantel gesteckt. Er wusste nicht, wie lange er brauchen und wohin ihn sein Weg führen würde. Aber es durfte nicht passieren, dass sein Haar wieder das verdächtige Rot zeigte.

Es war für Jarek nicht angenehm, auch die Kleider zu wechseln, aber er hatte keine Wahl. Fuli und Syme hatten die Hose, das Hemd und auch die Stiefel der Solo, die er ausgesucht hatte, nach Kräften gewaschen. Aber trotzdem blieben es fremde Dinge, die Menschen gehört hatten, die versucht hatten, sie zu ermorden.

Der Abschied war kurz.

Der Memo Jarek hatte jeden der Freunde umarmt und Yala ein letztes Mal geküsst.

Gesprochen hatten sie nicht mehr viel. Sie hatten schon vorher alles gesagt.

Carb würde Syme und Fuli nach Jakat bringen. Diese Stadt des Clans der Tyrolo lag in dreiundfünfzig Lichtwegen Entfernung am Anstieg des Raakgebirges. Carb würde dort mit Yala warten. Auf Jarek oder auf eine Nachricht von ihm.

Jedem, der nach Jarek fragte, würden Carb und Yala antworteten, dass sie sich in Kirusk getrennt hatten, weil er auf diese Weise erreichen wollte, dass seine Freunde außer Reichweite der Kopfgeldjäger kamen, nachdem er in der Stadt erkannt worden war.

Es wäre eine Hama-Wahrheit. Das Gesagte war keine Lüge, aber es verriet nicht einmal einen Bruchteil dessen, was wirklich passiert war und was sie planten.

Memo logen nicht. Sie sagten nur nicht immer alles, was sie wussten und dachten.

Doch Jarek war klar, dass er selbst dieses Mal darüber hinausgehen musste, wollte er seine Rolle als Solo ausfüllen. Er war nicht nur gezwungen, Teile der Wahrheit zu verschweigen. Um als Solo zu überzeugen, musste er dieses Mal lügen. Viel lügen.

Er hatte ein Kvart lang gewartet. Dann hatte er zu Fuß den Weg zurück nach Kirusk genommen.

Aber er war nicht mehr Jarek, als er den ersten Schritt tat. Mit der fremden, ungewohnten Kleidung hatte er ein anderes Selbst angenommen, für das die Regeln der Memo und die, die sich Jarek, der Jäger, Beschützer und Wächter selbst auferlegt hatte, nicht länger gelten konnten.

Nun war es Keraj, der Solo, der um Einlass in die größte Stadt diesseits des Raakgebirges bat. Und als Solo war er nicht der Wahrheit verpflichtet, sondern nur sich selbst und seinem eigenen Überleben.

Jarek näherte sich der Mauer, als käme er den Weg pfadab, doch keiner der anderen Menschen, die der Stadt zustrebten wie Schader einem riesigen Kadaver, beachtete ihn. Der Xeno, der mit fünf Gefährten den Zugang bewachte, warf Jarek einen forschenden Blick ins Gesicht und fragte ohne große Anteilnahme: „Was führt dich nach Kirusk, Solo?"

„Ich bin auf dem Weg pfadab und will hier nur das Graulicht verbringen", antwortete Jarek.

Der Xeno nahm den Stecher entgegen, den Jarek ihm demütig reichte.

Es war die billige, schartige Waffe, die der Mörder auf Yala gerichtet hatte. Seinen eigenen Armlangen Schneider und auch den Handlangen hatte Jarek Carb mitgegeben. Wie auch den dreischüssigen Splitter. Kein Solo besaß Waffen dieser Güte. Jeder Xeno wäre misstrauisch geworden, hätte er sie erblickt, und hätte ihm womöglich den Einlass verwehrt und ihn in einen der Solowälle vor den Mauern verwiesen.

Der Wächter warf nur einen beiläufigen Blick auf den Stecher und den Handlangen Schneider, den Jarek ihm ebenfalls in die Hand drückte.

„Wovon lebst du, Reisender?"

Es waren die üblichen Fragen, die den Heimatlosen gestellt wurden. Als Wächter hatte Jarek sie selbst oft genug ausgesprochen, doch es war ein merkwürdiges und irgendwie erniedrigendes Gefühl, sie zum ersten Mal selbst zu beantworten. Und dabei zu wissen, dass von dem, was man sagte, abhing, wo man die Rast verbringen würde.

„Ich bin Berichter", erklärte Jarek. Es war die einzige Tätigkeit eines Solo, die er angeben und auch ausüben konnte, wenn es darauf ankam. Der Memoraum seines Gedächtnisses war angefüllt mit Geschichten und Berichten aus der Vergangenheit Memianas und vielen Ereignissen, die sich erst unlängst zugetragen hatten und von denen noch nicht alle in Worten den Weg rund um den Pfad angetreten hatten.

„Geld?", fragte der Xeno, der sich mit der Auskunft offenbar zufriedengab und keine Probe von Jareks Können verlangte.

Jarek zog seinen Beutel hervor und zeigte die Münzen, die er mit sich führte. Es war eine der Regeln, keinen Solo durch die Mauern zu lassen, der nicht beweisen konnten, dass er in der Lage war, Herberge und Nahrung zu bezahlen.

Der Wächter winkte Jarek dann ohne ein weiteres Wort durch, während er sich bereits den beiden Männern zuwandte, die hinter ihm warteten.

Jarek ging durch das Tor und der Solo Keraj betrat die große Stadt der Kir.

Keraj, Jareks Mörder.

Es gab keine aus großen Steinplatten gefertigten Tische, wie Jarek sie sonst immer an den Stellen gesehen hatte, an denen Waren unter freiem Himmel angeboten wurden. Aber das hier war auch kein Platz, den die Erbauer einer Stadt angelegt hatten, um dort einen Markt zu veranstalten. Es war ein Ort, der einfach entstanden war, weil die dort einst errichteten, schmucklosen Bauten eingestürzt waren. Dann hatten sie nur noch als Steinbrüche gedient, in denen man sich bedient hatte, als kostenloses Material gebraucht wurde, um Unebenheiten auf Straßen und Gassen zu verfüllen, während die Stadt weiter gewachsen war.

Bald waren neue Mauern errichtet und den Reißern damit ein neues Stück der Hochebene abgetrotzt worden, in das diejenigen gezogen waren, die sich die größeren Schlafbauten, Kontore, Schänken und Herbergen des neuen, größeren Kreises leisten konnten.

Zurück geblieben waren die Ärmeren der Gemeinschaft, die die minderwertigen Kuppelbauten übernommen hatten. Sie waren mit jedem Mal schäbiger geworden, wenn ein weiterer, noch größerer neuer Bezirk der so rasend schnell wachsenden Stadt entstanden war. Am Ende waren dann die ersten Bauten in sich zusammengestürzt und in den traurigen Resten der ursprünglichen Ansiedlung, die heute den Ersten Kreis bildete, lebten jetzt nur noch die, die sonst nirgends eine Unterkunft fanden.

Der Erste Kreis war der älteste von ganz Kirusk, aber in der Rangfolge der Wohnorte war er der letzte.

Der allerletzte.

Mit Abstand.

Wenn Jarek die Menschen betrachtete, die ihm begegneten, kam es ihm so vor, als sei er am Ende der Foogherde angelangt. Dort schleppten sich die alten, schwachen und verletzten Tiere mühsam den Pfad entlang und überall lauerten schon geifernd die Reißer, um die zu jagen, die sich nicht mehr wehren konnten.

Jarek ging an den Reihen der Händler entlang, die ihre Waren auf fadenscheinigen, schmutzigen Decken anboten, die sie auf dem unebenen Grund ausgebreitet hatten. Eine Menschenmenge schob sich über den Platz, wie überall in Kirusk, aber von dem Reichtum und dem zur Schau gestellten Überfluss der jüngeren Kreise mit den mehrstöckigen Bauten und den sorgfältig gepflasterten Straßen und Wegen war hier nichts zu sehen.

Was die Nahrhändler anboten, waren die einfachsten, billigsten Fleischsorten, überlagerter Kaas und verwässertes Paasaqua oder solches, dessen Geruch allein einem die Tränen in die Augen trieb. Die Kleiderhändler hatten auf ihren Decken abgetragene Hosen, Hemden und Jacken gestapelt und die Sohlen der Stiefel wiesen kaum noch etwas von dem schuppigen Profil auf, das für den sicheren Tritt auf den Wegen außerhalb der Städte so wichtig war. Wenn irgendwo doch einmal etwas Neues angeboten wurde, dann geschah das eher heimlich. Mit Seitenblicken wurde rasch ein Tuch weggenommen, um den Blick freizugeben, und Waren und Münzen wechselten verstohlen den Besitzer. Es war besser, nicht nach der Herkunft der Dinge zu fragen, die sich sonst kaum einmal in diesen Kreis verirrten, weil sie sich hier niemand leisten konnte, wenn er den regulären Preis dafür zu zahlen hatte.

Es waren wenige Kir unter den Menschen, die sich auf diesem Markt drängten. Jarek sah Vaka, viele Mahlo, wenige Foogo, kaum einmal Xeno und nicht einen einzigen Memo. Dafür trug wenigstens die Hälfte der Besucher die bunten Mäntel und Jacken und hatte den misstrauischen Blick der Solo.

So wie Jarek auch.

„Schwimmer", sagte er zu dem Nahrhändler, der vor ihm hockte.

„Zwei Kvart." Der Ton war unfreundlich und der Vaka, der auf der schmutzigen Decke kniete, nahm die beiden abgegriffenen Münzen entgegen, die Jarek ihm reichte. Er schaute Jarek nicht an und ließ das Geld rasch mit der Rechten in dem Beutel verschwinden, den er um den Hals trug. Mit der Linken suchte er kurz zwischen den Schwimmerstücken herum, die schon eine leicht graue Farbe angenommen hatten. Er wählte ein grob geschnittenes Teil, an dem ein großes Stück Knochen hing, drückte es Jarek wortlos in die Hand und drehte sich dem nächsten Kunden zu.

Jarek nahm das kaum genießbare Schwimmerfleisch und ging weiter. Er kaute die zähe, leicht salzige, aber sonst geschmacklose Masse, während er sich mit den Menschen über den Platz bewegte, ohne sich vorher nach einer Opferraute umzusehen und Memiana ihren Teil des armseligen Mahls zu opfern.

Von Mareibe wusste er, dass Solo Memiana nie etwas gaben, und es wäre aufgefallen, wenn er anders gehandelt hätte.

Die Freundin, die einmal zu diesem Volk der Ausgestoßenen und Heimatlosen gehört hatte, hatte ihm vor langer Zeit den Grund dafür genannt. Warum sollte ein Solo Memiana etwas opfern? Memiana gab auch den Solo nie etwas. Memiana nahm ihnen nur.

Er ließ den Knochen fallen, als er nichts mehr fand, das er abnagen konnte, und die Schwanzlinge huschten heran, die doch immer noch etwas Genießbares fanden und die er hier überall in einer weit größeren Zahl bemerkte als an jedem anderen Ort auf Memiana, den er bislang gesehen hatte.

Zwei Kir schoben sich durch die Menge und rund um sie entstand ein Freiraum von ein paar Schritt. Es waren dicke Männer, deren glatte Umhänge aus Reißerfell hier aus der schäbigen Menge herausstachen und deren Gürtel reich mit gelblich schimmerndem Aaro verziert waren.

Jarek wusste, dass es Nomiko und Prebst waren, die Brüder, die den Ersten Kreis beherrschten. Ihnen gehörten die meisten der Kontore und Schänken und sie betrachteten auch die Menschen als ihr Eigentum, die hier lebten.

Wie alle anderen Solo senkte Jarek ehrerbietig den Blick und drückte sich zur Seite.

Er hatte rasch gelernt, was es hieß, ein Solo zu sein.

Jarek war sich seiner Sache bei Weitem nicht so sicher gewesen, wie er seine Freunde glauben lassen wollte, als er ihnen den Plan in knappen Worten erläutert hatte.

Sich anzuschleichen, Beute zu belauern, sich mit dem Blutgeruch eines frisch erlegten kleinen Reißers zu tarnen, um den großen zu täuschen, und unter dem Kadaver verborgen zu warten, das war etwas, das er als Jäger kannte und beherrschte.

Doch er hatte sich auf keiner seiner Jagden jemals die Haut eines Gelbschattenfetzers übergezogen und mitten unter einen Clan der Salareißer gewagt, um vorzugeben, er sei einer der ihren.

Die ersten Schritte unter dem gelben Licht in der schlecht sitzenden Kleidung der Solo gehörten zu den unangenehmsten und fremdartigsten Erfahrungen, die Jarek je gemacht hatte. Nie zuvor hatte er sich weniger als er selbst gefühlt. Es war, als ob ganz Memiana ihn anstarrte, und irgendwo tief drinnen in einer Kammer der Befürchtungen hatte sich die Angst geregt, der erste Mensch vom Stamm der Heimatlosen, dem er begegnete, würde sofort erkennen, dass er ein ganz anderer war.

Doch niemand hatte ihn beachtet.

Weder ein Solo noch ein Mitglied eines anderen Volkes hatte ihm irgendeine Aufmerksamkeit geschenkt. So war er mutiger geworden und hatte seine Schritte denen der anderen angepasst, als er durch die Straßen gegangen war, bis er auf einmal die stechenden, abwägenden Blicke mehr gefühlt als gesehen hatte. Zwei Xeno hatten vor einem Kontor gestanden und ihn beobachtet. Ein Schreck hatte Jarek ergriffen. Hätte er selbst Dienst als Wächter und Beschützer in Maro verrichtet, wäre ihm sofort aufgefallen, dass es sich bei ihm um jemanden handelte, der sich nur als Solo verkleidet hatte. Auf keinen Fall wollte er dort auf der breiten Straße angehalten und gezwungen werden, eindringliche Fragen zu beantworten.

Er war in eine Gasse abgebogen, ohne seine Schritte auffällig zu beschleunigen, dann noch einmal und noch einmal, und er war erleichtert gewesen, als die beiden Xeno wohl beschlossen hatten, dass er nicht wichtig genug war, um ihm nachzulaufen und ihn zu überprüfen.

Jarek war neben einem Getränkekontor stehengeblieben und hatte versucht zu ergründen, was er falsch gemacht hatte. Er hatte die Passanten beobachtet und sich aus dem Schatten der Kapuze die Solo unter ihnen genau angesehen.

Er brauchte nicht lange, um seinen Fehler zu erkennen. Wie hatte er so etwas Offensichtliches übersehen können? Schlimmer noch, er hatte nicht einen einzigen Gedanken daran verschwendet.

In seinem Heimatort hatte Jarek als Xeno einem Volk angehört, dem andere mit dem Respekt begegnet waren, den man seiner Aufgabe und Macht als Beschützer und Wächter entgegenbrachte. Später als Memo hatte ihm jeder die Ehrerbietung erwiesen, mit der die Menschen dieses Volk auf ganz Memiana behandelten. Wenn sie nicht gerade zu Ollos Raubmörderbande gehörten oder sich als Kopfgeldjäger versuchten, um diese ungeheure Prämie zu erlangen.

Jarek war durch die Straßen gegangen wie immer. Vielleicht etwas langsamer, da die wenigsten Solo, die er beobachtet hatte, ein bestimmtes Ziel zu haben schienen. Doch er hatte sich mit derselben Sicherheit und dem Selbstbewusstsein bewegt wie immer, sobald er innerhalb der Mauern einer Stadt oder Ansiedlung war. Und das war falsch.

Ein Solo ging nicht durch eine Menschenmenge. Ein Solo versuchte darin unterzutauchen wie ein einzelner Foog in der großen Herde, die auf dem Pfad rund um Memiana zog. Solo gingen allen anderen Menschen aus dem Weg, auch wenn sie mitten unter ihnen waren. Wenn ein Mitglied eines anderen Volkes einem der Heimatlosen entgegenkam, trat immer der Solo zur Seite und ließ dem anderen den Vortritt.

Jarek dagegen hatte seinen Weg fortgesetzt, wie er es gewohnt war, weil ihm sein ganzes Leben lang jeder Platz gemacht hatte.

Doch jetzt war er kein Xeno und kein Memo. Jetzt war er ein Solo. Ein Solo war niemand. Ein Niemand machte sich klein und wich zur Seite, sobald er einem Mächtigeren begegnete. Und jeder war mächtiger als ein Solo. Erst recht, wenn er zu den Kir gehörte und der Herrscher des Kreises war.

Die Brüder kamen direkt auf Jarek zu und er trat rasch einen weiten Schritt zur Seite und schaute ihnen nicht in die Augen.

Keiner der mächtigsten Männer des Ersten Kreises bemerkte ihn.

„Das können wir uns nicht leisten", sagte Nomiko mürrisch, der ältere der beiden, dessen Haare schon einen Anflug von Grau zeigten.

„Aber irgendwas müssen wir tun", erwiderte sein Bruder, der eine Hand mit dem Daumen in seinen breiten Gürtel gehakt hatte. Er fuhr dabei immer wieder mit den ausgestreckten Fingern über die Schnalle aus Aaro, wohl um unbewusst zu überprüfen, ob das wertvolle Teil noch an seinem Platz war.

„Das Coloropack nimmt überhand. Wenn sie noch einen Händler ausrauben, gehen weitere Vaka aus dem Kreis fort. In den letzten dreißig Lichten waren es jetzt schon zwölf. Weißt du, was Loflo gesagt hat, als er weitergezogen ist? Lieber verlässt er Kirusk ganz, als mit seiner Frau und den Kindern weiter in diesem unsicheren Kreis zu leben."

Der Ältere zuckte nur die Achseln. „Xeno kosten Geld. Und seitdem die Memo Xeno unter Kontrakt nehmen, verlangen sie noch mehr, wenn man sie neu verpflichten will. Es sind fast keine mehr zu haben. Das wird mir zu teuer. Die Leute sollen aufhören zu jammern. Sie müssen eben sehen, wie sie klarkommen. Und wem es nicht passt, der soll gehen. Sie werden schon sehen, ob sie in den Schaderhöhlen auf dem Anstieg ein besseres Leben finden als hier bei uns."

Die beiden Herrscher des Ersten Kreises bogen in eine schmale Gasse ab, während Jarek das Gehörte in der richtigen Kammer seines Verstandes sortierte und mit dem verknüpfte, was er schon wusste. Coloro verbreitete sich immer mehr. Offenbar hatten nun auch endlich die Besitzer der Städte erkannt, was für ein Problem damit unbemerkt in ihre Mauern eingewandert war. Ein Süchtiger musste für viel Geld das Rauschmittel kaufen. Aber ein Süchtiger konnte kaum einer Arbeit nachgehen, um sich dieses Geld auch zu verdienen. Also musste er es sich auf eine andere Weise beschaffen und darunter hatten alle zu leiden, bei denen etwas zu holen war.

Wenn in einer Stadt jemand die anderen ausraubte, musste er deshalb nicht auch zu Ollos Bande gehören. Es war viel wahrscheinlicher, dass es sich um einen Süchtigen handelte. Also war die steigende Zahl von Überfällen ein Zeichen dafür, dass Coloro sich weiter ausbreitete. Nicht unbedingt dafür, dass die Zahl der Köpfe von Ollos Bande zunahm.

Jarek verließ den Markt und folgte der breitesten Straße des Ersten Kreises, die in jedem anderen Bezirk von Kirusk höchstens eine Gasse gewesen wäre.

Sala stand im letzten Kvart und er hatte noch Zeit genug, die Umgebung weiter zu erkunden. Dann wollte er sich einen Platz in einer billigen Herberge nehmen, um später im Graulicht jemanden zu suchen, der heimlich Coloro verkaufte.

Das Rauschmittel wurde nie unter Sala gehandelt.

Man musste in die finstersten, schmutzigsten Schänken vordringen oder in die tiefsten Schatten verfallener Bauten, um einen der Händler zu finden, die das begehrte Mittel verkauften, das bereits so viel Unglück über einzelne Menschen, Familien, Ansiedlungen und ganze Städte gebracht hatte.

Jarek schob die Daumen unter die Riemen seines schweren Rückenbeutels und zog ihn ein wenig höher. Er trug das unförmige Gebilde aus grobem Stoff an den mit Foogschwanzhaar verstärkten Gurten wie jeder andere Solo auch. Neben ihren bunten, oft vielfarbig gestreiften Kleidern erkannte man daran die Ausgestoßenen und Heimatlosen. Sie trugen jederzeit alles bei sich, was sie besaßen.

Yala hatte einmal gesagt, in den großen Städten könne man immer nur das behalten, was man verteidigen konnte.

Für Solo galt das überall.

Und immer.

Sie hatten nur das, was sie an Kleidung auf dem Leib und in ihrem Beutel trugen. Deshalb waren die Wanderer vorsichtig und jederzeit bereit, sich zu wehren oder sich zurückzuziehen. Und sie waren misstrauisch, wie Jarek bemerkte. In seiner Verkleidung als Solo war er nun ein Halblicht in der Stadt unterwegs, er sah aus wie ein Solo, bewegte sich wie ein Solo. Aber es hatte ihn bis jetzt nicht ein einziger der Heimatlosen angeschaut oder gar das Wort an ihn gerichtet.

Kreischend rannten die Menschen auseinander, die noch in den Gassen des Ersten Kreises unterwegs waren, und suchten Zuflucht zwischen den Bauten und in den

Eingängen. Die Schreie der gequälten Lastkrone hallten von den Wänden wider und ihre Klauen kratzten auf dem von tiefen Löchern durchsetzten Pflaster, als ihre Reiter sie in die enge Kurve zwangen. Sie kamen rutschend und stolpernd um die Ecke und beschleunigten dann wieder. Im höchsten Tempo hetzten sie über den nun leeren Marktplatz, während die teuren Mäntel der jungen Kir, die sie gnadenlos zu diesen Leistungen antrieben, hinter ihren Besitzern waagrecht herflatterten. Die wertvollen Umhänge wurden nur von dicken Ketten aus Aaro am Hals gehalten, die unter dem fahlen Licht von Polos und Nira leuchteten. Jede einzelne war sicher mehr wert als die meisten kleinen Wohnbauten in diesem Kreis und wohl auch die größte Zahl der heruntergekommenen und von Schwanzlingen heimgesuchten Herbergen.

Jarek zählte sieben Krone, die an ihm vorüberstolperten, dann folgten noch einmal drei, die mit der irrsinnigen Geschwindigkeit nicht mithalten konnten und um Anschluss bemüht waren. Doch sie fielen immer weiter zurück.

Adolo, der nun zu den Botenreitern der Memo gehörte, aber einst ein Mitglied des Stammes der Kir gewesen war, hatte Jarek von diesen verbotenen Rennen erzählt. Doch Jarek hatte es sich nicht vorstellen können, wie es war, wenn die großen Laufaaser mit einer Geschwindigkeit durch Gassen hetzten, die sie sonst nur außerhalb von Städten erreichten. Es war eine der Vergnügungen, denen sich die Jugend der Händlerclans in nahezu jedem Graulicht hingab, wenn die gelangweilten Söhne der reichsten Männer Memianas genug teures, scharfes Paasaqua getrunken oder nun auch Coloro zu sich genommen hatten.

Adolo hatte aber nie erwähnt, dass diese Rennen durch die armen Viertel der Stadt führten. Die Reiter holten sich dazu die Lastkrone aus den elterlichen Pferchen, die für diesen Zweck eigentlich weder vorgesehen noch geeignet waren. Mit den schweren Tieren ging es dann durch belebte Straßen, enge Gassen voller Menschen und über Plätze, auf denen sich noch Hunderte drängten.

„Schon wieder! Diese elenden Söhne von Schwanzlingen", fluchte ein Vaka, der sich mit seiner Frau gerade noch in den Eingang einer Schänke gerettet hatte.

„Wenn ich einen Splitter hätte, ich würde diese Aaser aus dem Sattel schießen. Einen nach dem anderen." Der Mann, der das sagte, gehörte dem Stamm der Mahlo an, der eigentlich als sehr friedlich galt. „Vor zehn Lichten haben sie meinen Bruder niedergeritten", schickte er die Erklärung für alle hinterher, die ihn interessiert anschauten. „Und die Xeno tun nichts. Wie immer. Mit uns können sie es ja machen."

Es war bereits das zweite Mal, dass eine Horde von Kir auf Kronen durch den Ersten Kreis geritten war, seit Jarek wieder in den Gassen unterwegs war. Nach dem, was er gerade hörte, war es wahrscheinlich nicht das letzte Mal, und sicher waren bald neue unschuldige Opfer zu beklagen.

Die Straßen waren immer noch voller Menschen.

Kirusk schlief nie. Nirgends.

Jarek hatte eine Herberge nahe beim Marktplatz gefunden und drei Kvart für das Nachtlager im Voraus bezahlt. Er hatte einen Schlafplatz in der größten Gemeinschaftskammer, mit siebenundsechzig anderen Besuchern der Stadt. Mit denen musste er sich einen Abtritt und zwei Waschstellen teilen. Er hatte vom Besitzer der Herberge ein grob gewebtes, kariertes, handgroßes Tuch bekommen, das als Beweis dafür dienen würde, dass er seine Ruhe in einer der mit dünnen Salasteinen ausgekleideten, ungepolsterten Schlafstellen bezahlt hatte und berechtigt war, die Herberge zu betreten. Zu jeder Zeit, die ihm beliebte. Man konnte kommen und gehen, wie man wollte, und keiner bemühte sich, leise zu sein. Jarek hatte festgestellt, dass niemand irgendeine Rücksicht auf die anderen Gäste nahm, die zum überwiegenden Teil aus Solo bestanden.

Solo, wie er einer zu sein vorgab.

Jarek hatte die Herberge bald wieder verlassen. Er hatte eine Aufgabe zu erfüllen. Er musste einen Solo finden, der Coloro verkaufte. Doch bereits an diesem ersten Schritt seines Plans drohte er nun völlig unerwartet zu scheitern.

Er fand einfach keinen.

Jarek wusste, dass die Xeno aller Kreise Jagd auf die Verkäufer machten und die Geschäfte mit dem Rauschmittel deshalb in aller Heimlichkeit an versteckten, ruhigen oder abgelegenen Orten stattfinden mussten. Damit hatten seine Überlegungen bereits das erste Problem erreicht. Er fand im ganzen Kreis keine versteckten, abgelegenen oder auch nur ruhigen Orte. Bei dem unglaublichen Betrieb in den Gassen war es nahezu unmöglich, irgendwo einen stillen Fleck für Heimlichkeiten zu finden.

Ein ganzes Kvart lang war Jarek unter dem heller werdenden Licht von Polos und Nira durch die Gassen gestreift und hatte Ausschau gehalten. Schließlich hatte er ein regelrechtes Trümmerfeld hinter einer großen Schänke entdeckt, wo eine ganze Reihe von kleinen Schlafbauten irgendwann einmal zusammengefallen war.

Doch auch dort hatte er niemanden gefunden. Obwohl er langsam und eindeutig suchend die engen Durchschlüpfe durchwandert hatte, hatte ihn kein Coloroverkäufer aus dem Dunkel angesprochen, um ihm das begehrte, geheimnisvolle Mittel anzubieten, das auf kleinen, nur mit winzigen Tropfen versehenen Altkaasstücken verkauft wurde.

Schließlich hatte Jarek die Ruinen enttäuscht wieder verlassen. Gefragt hatte er niemanden. Es war ihm klar, dass ihn jeder Solo, an den er sich gewandt hätte, mit größtem Misstrauen behandelt hätte. Wer Coloro brauchte, wusste, wie und wo man es fand. Ein Solo, der nachfragen musste, war möglicherweise ein Spitzel der Xeno. In jedem Fall jedoch jemand Anderes, Verdächtiges, mit dem man besser nicht sprach, wenn man keine Schwierigkeiten bekommen wollte.

Kein Solo wollte Schwierigkeiten.

Jareks Verstand hatte sich unablässig mit dem Problem beschäftigt und der Memo in ihm hatte die Erkenntnis, die er fand, schließlich an den Wächter und den Beschützer weitergegeben. Jarek ärgerte sich ein wenig, weil die Antwort auf die Frage so offensichtlich war, dass er sie einfach übersehen hatte. Im Ersten Kreis wurde kein Coloro angeboten, weil die Menschen, die hier lebten und wohnten, so arm waren, dass sie sich dieses Rauschmittel gar nicht leisten konnten. Geschäfte machten die Händler mit Sicherheit bei den jungen Leuten aus den wohlhabenderen Kreisen, die zu den Völkern der Eco und vielleicht der Phylo gehörten.

Jarek schlug den Weg zur alten Mauer ein, die den Ersten Kreis von den umliegenden trennte. Der einstige Wehrbau, der einmal das neu gegründete Kirusk und die ersten Menschen, die hier gesiedelt hatten, vor den Reißern geschützt hatte, war zum großen Teil abgetragen worden. Die Steine hatten als Baumaterial gedient, nachdem die neu entstandenen Kreise den ältesten nach und nach eingeschlossen hatten und die Mauer so nicht mehr ihrer ursprünglichen Bestimmung dienen musste.

Doch nach wie vor war die Grenze eindeutig zu erkennen und erhob sich an den meisten Stellen wenigstens drei Schritt hoch. Überall dort, wo Straßen die Bezirke verbanden, waren große Lücken entstanden.

Im Schatten der Mauern duckten sich niedrige Wohnbauten. Auf beiden Seiten der Grenze waren diese die unbeliebtesten und billigsten Unterkünfte, in denen es meistens auch unter Sala nie richtig hell wurde, da die Mauer selbst im Gelblicht die Strahlen kaum durch die vergitterten Öffnungen in den Kuppeldecken ließ.

Jarek trat zwischen den Steinblöcken hindurch und folgte dem schmalen Weg, der die einstige Außenseite der Mauer entlangführte. Nach wie vor wies das Bauwerk die fugenlose Glätte auf, die es Reißern unmöglich gemacht hatte, mit ihren schneiderscharfen Krallen Halt zu finden, um sie zu überwinden und über die arglosen Bewohner herzufallen. Er befand sich jetzt im Elften Kreis und sein Memogedächtnis lieferte beiläufig das Wissen, dass dort überwiegend Kir lebten, die mit Kleidung handelten, was ihnen einen bescheidenen Wohlstand einbrachte.

Der Lärm der nie schlafenden Stadt drang über die flachen Bauten zu ihm herüber und Jarek hörte das Brüllen von Reißern, die in mehr als zweitausend Schritt Entfernung wie immer beutelüstern um die Mauern liefen. Es mischte sich mit dem dumpfen, allgegenwärtigen Murmeln von menschlichen Stimmen, durchsetzt mit einzelnen, abgerissen erscheinenden Tonfolgen von Flöten, die aus Schänken kamen, wenn sich deren Türen öffneten und schlossen. Auf der anderen Seite der Mauer, zur Mitte des Ersten Kreises hin, kündeten panisches Gebrüll und die Schreie von Kronen davon, dass das nächste verbotene Rennen durch den ärmsten Bezirk im Gang war.

Kirusk war voll von Menschen und Leben, aber hier im Schatten der Mauer war Jarek alleine.

Fast.

Er ging gerade an einem schmalen Durchlass zwischen zwei schäbigen Wohnbauten vorüber, als er den längsgestreiften Mantel eines Solo bemerkte, der dort stand. Bei ihm war ein junger Kir, der gerade etwas entgegennahm. Jarek hörte das Klimpern von Münzen, als Geld den Besitzer wechselte. Ohne seinen Schritt zu unterbrechen, ging Jarek weiter, aber hinter dem nächsten Bau blieb er stehen.

Er wartete, bis der Kir sich mit raschen Schritten in die andere Richtung entfernte, dann kehrte er um und betrat die Lücke. Der Solo, der an einer Mauer in der Enge lehnte, steckte rasch den dicken Beutel ein, in den er gerade eine Handvoll Münzen gezählt hatte.

Jarek schaute sich um, um zu überprüfen, ob er beobachtet wurde, gerade so, wie er es bei Solo gesehen hatte, die heimliche Geschäfte tätigten.

„Hast du was?", fragte Jarek und versuchte die richtige Gier in den Ausdruck seiner Stimme zu legen.

„Was sollte ich haben?", fragte der Solo zurück.

„Coloro?", antwortete Jarek drängend. „Was denn sonst?"

Der andere betrachtete ihn, schaute vorsichtig den schmalen Weg hinauf und hinunter, ohne einen anderen Menschen zu entdecken. „Hast du Geld?"

„Ja."

„Genug?"

„Wie viel?"

„Zehn für eine Portion."

Jarek war überrascht, aber er versuchte, es sich nicht anmerken zu lassen. Als er das letzte Mal die Preise des Rauschmittels gehört hatte, hatten die Händler siebzig verlangt, und Coloro war immer teurer geworden. Das hatte sich offenbar geändert.

„Gut. Ja, zehn ist gut."

Er kramte eine Handvoll Münzen aus der rauen, unangenehmen Hose, zählte die Summe ab und reichte sie dem Mann. Der nahm das Geld und zog aus einer Innentasche seines Mantels einen Stoffbeutel, aus dem er ein fingernagelgroßes Stückchen harten, grauen Kaas holte. Jarek steckt das Coloro ein, schaute sich noch einmal um, beugte sich vertraulich vor und raunte seinem Gegenüber zu: „Ich muss Ollo sehen."

„Was?" Der Solo erstarrte.

„Ich muss zu Ollo. Ich habe etwas für ihn", wiederholte Jarek.

Die Augen des anderen huschten über ihn, mieden aber seinen Blick.

„Und wieso sagst du mir das?", fragte der schmale Mann, dessen sauberer Mantel, die neue Hose und die nicht billigen Stiefel Jarek verrieten, dass das Geschäft mit Coloro wohl ein recht einträgliches war. „Meinst du, ich kenne ihn? Oder glaubst du, ich weiß am Ende, wo er sich versteckt?"

„Es heißt, jeder, der Coloro verkauft, kann einem weiterhelfen. Wenn man was für Ollo hat", beharrte Jarek.

Der Mann zog die Brauen zusammen. „So? Heißt es? Wer sagt das?"

„Alle."

„Dann frag doch alle. Wenn das alle wissen."

Jarek gab seine etwas zusammengesunkene Haltung auf, richtete sich auf, drückte den Rücken durch und suchte den Blick des Coloroverkäufers. Der trat einen Schritt zurück. Ganz offensichtlich war er es nicht gewohnt, dass ihm jemand direkt in die Augen sah. „Ich frage aber dich. Eben gerade. Was ist jetzt? Kannst du mir helfen oder nicht?" Jarek war etwas lauter geworden. Das Halblicht, das er inzwischen als Solo zugebracht hatte, hatte ihm gezeigt, dass sich beim Volk der Heimatlosen immer der durchsetzte, der sein Ansinnen nachdrücklicher vertreten konnte.

„Was willst du denn von Ollo?", fragte der Colorohändler ausweichend und trat noch weiter zurück.

„Andersrum. Ich will nichts von ihm. Er will was von mir. Ich habe was, das er unbedingt will", erwiderte Jarek.

„Wie heißt du?", fragte der andere.

„Ist das wichtig?" Jarek gefiel die Situation nicht. Der Händler wusste ganz offensichtlich nicht, was er tun sollte, und Jarek hatte keine Ahnung, ob er sich vielleicht falsch verhielt.

Carb hatte in Chumuli jenseits des Raakgebirges davon gehört, dass Ollo einen Preis auf ihn ausgesetzt hatte, und dass der, der Jareks Kopf für Ollo hatte, nur dem erstbesten Colorohändler Bescheid sagen musste. Aber es hatte den Anschein, dass dies nur eins von den vielen Gerüchten gewesen war, die um Memiana liefen.

„Mein Name tut nichts zur Sache. Ollo will Jareks Kopf. Ich habe ihn. Ich will die fünftausend Fer. Reicht das?" Jarek ließ den Mann nicht aus den Augen, als er es aussprach.

Der Händler reagierte genau so, wie Jarek es erwartet hatte. Er starrte ihn mit großen Augen an. „Jareks Kopf?", fragte er ungläubig mit gepresster Stimme. „Hast du den wirklich?"

Jarek legte die Daumen unter die Schultergurte, schaute dem Mann wieder in die Augen und ruckte einmal an seinem schweren Rückenbeutel. „Warum frag ich dich sonst?", sagte er.

Die Augen des anderen wurden noch größer und er schluckte einmal heftig.

Die Kammer in Jareks Verstand und Erinnerung hatte eine Tür aus Fera, die mit sieben schweren Riegeln versehen war. Es wurden leider nicht mehr, sosehr Jarek sich auch bemühte, die Pforte noch viel fester zu verschließen. Es waren immer die dunkelsten Augenblicke in ihm und um ihn herum, in denen sich dieser Raum öffnete. Meistens war es im Halbschlaf in der letzten Spanne des Graulichts, bevor er wirklich wach war und Salas Strahlen nicht nur die Mitte des hohen Himmels streichelten, sondern auch die Felsen erreichten und die Farben zurückbrachten.

Dort in der Kammer waren die schlimmsten Augenblicke seines Lebens verwahrt, die sein Memogedächtnis nie wieder loslassen würde. Er hatte ihnen diesen eigenen, verborgenen Bereich in sich geschaffen, um sie dort hineinzutreiben, wenn sie ihn jagen wollten.

Dort rumorten sie umeinander und versuchten sich gegenseitig zu übertreffen, was denn nun schlimmeres Leid hervorgerufen hatte, der Anblick der Klauenreißerkralle, die seinen Bruder Kobar von hinten durchbohrt hatte, oder das flatternde Pulsieren der zerrissenen Ader in Yalas Bauch, aus der das letzte Leben zu fliehen schien. Aber vielleicht war es auch der Moment, als die Decke der Cave von Lastyra unter dem Beben geborsten war und eine ganze Stadt auf Jarek, Lasti und die Mädchen herabgestürzt war.

Doch all das, was er bis zum vergangenen Graulicht in dieser Kammer der Schrecken verwahrt hatte, war immer nur etwas gewesen, das Jarek zugestoßen war. Er hatte keinen oder nur wenig Einfluss gehabt und hatte allem, was geschehen war, hilflos gegenübergestanden.

Doch nun verbarg er ganz hinten im äußersten Winkel der Kammer den Anblick, den Geruch und die Geräusche von etwas ganz Anderem. Von etwas, das er selbst getan hatte.

Yala hatte Fuli und Syme losgeschickt zum Kontor der Palmutia, das oberhalb der Herberge auf dem Felsen lag, an den ihre Unterkunft gebaut war. Unter Salas Licht, aber auch unter Polos und Nira hatte das Kontor unaufhörlich den Lärm der hinein- und herausstrebenden Käufer über die nahen Kreise der großen Stadt geschickt.

Die Mädchen sollten Pekkagrus zum Färben von Jareks Haaren kaufen und dazu noch vier der großen, grob gewebten Transportsäcke, in denen die reisenden Kirhändler ihre Ware beförderten.

Sie hatten nicht darüber gesprochen, aber alle hatten gewusst, wozu die Säcke dienen sollten. Die dichten, festen Behältnisse waren groß genug, einen menschlichen Körper aufzunehmen. Sie konnten die Leichen der Mörder nicht in der Schlafkammer der Herberge lassen. Auch wenn sie Kirusk sicher längst verlassen hätten, bis jemand die Toten entdeckte, würde die Nachricht darüber rund um Memiana laufen. Drei Memo, ein Kind und eine junge Frau, die vier Leichen in ihrer Schlafkammer zurückgelassen hatten, hätten ein gewaltiges Aufsehen erregt.

Aber sie durften nicht auffallen.

Auf keinen Fall.

Sie mussten die Toten aus der Stadt bringen und irgendwo jenseits des Weges ablegen, wo sich die Aaser, Schadlinge und Knochenbeißer um sie kümmern würden, sodass von ihnen nichts übrig blieb.

Es blieb nie etwas übrig auf Memiana.

Carb hatte später die Leichen in die Säcke gestopft und sie in einem unbewachten Augenblick zu den Kronen getragen und auf den Sätteln verstaut. Niemand hatte sie in den Straßen und am Tor aufgehalten, als sie die Stadt verließen.

Niemand hatte sie nach ihrer Last gefragt.

Niemand hielt einen Memo an.

Niemand stellte einem Memo Fragen.

Die Schwestern waren sofort losgezogen, als Yala sie darum gebeten hatte, und sogar Syme hatte nicht widersprochen, obwohl ihr die Treppen hinauf zum Kontor mit Sicherheit Schwierigkeiten bereitet hatten.

Jarek hatte ihren Blicken angesehen, dass beide gewusst hatten, dass während ihrer Abwesenheit in diesem Raum etwas vor sich gehen würde, das sie nicht sehen sollten und sicher auch nicht wollten.

„Wir brauchen Nikapulver", hatte Yala gesagt, kaum dass die beiden den Raum verlassen hatten.

Jeder Memo, der einen Kontrakt außerhalb von Mindola hatte, besaß einen kleinen Vorrat davon in seinem Bau. Nicht weit von der Herberge wohnte eine Frau aus dem Volk der Boten und Carb war gegangen, um dort rasch das Mittel zu besorgen. Nikapulver färbte Stoffe, Horn, Fera und Stein leuchtend rot. Aber auch Haar, Haut und jedes andere lebendige Gewebe.

Und totes.

Wie Augen.

Tote Augen.

„Schau nicht hin", hatte Jarek gesagt. „Und halte dir die Ohren zu."

Yala hatte sich abgewandt und die Hände fest an den Kopf gelegt.

Jarek hatte den schartigen Stecher seitlich durch den Hals des Toten gezogen, in dem er immer noch gesteckt hatte, und damit die Hälfte des Werks bereits vollbracht. Er hatte das Würgen heruntergeschluckt, das gedroht hatte, ihn zu überwältigen. Jarek hatte gewusst, dass er dieses Gefühl unter seinen Fingern noch lange spüren würde. Genauso wie das sägende Schneiden der stumpfen Klinge durch Sehnen und Knorpel und das Glitschen der fettigen, halblangen Haare, die er mit der Linken gepackt hatte. Am Ende hatte sich mit einem letzten hohlen Knacken schließlich das Haupt des jüngsten der verhinderten Mörder gelöst. Von seiner Form her war es für den fetten Körper des Toten seltsam schmal. Er hatte das Gesicht, das Jareks am meisten ähnelte.

Der Torso war zurück auf den Boden geplumpst und Jarek hatte sich nicht umgedreht, als Carb mit dem roten Färbemittel den Raum wieder betreten und hörbar einmal geschluckt hatte.

Der Begriff Kopfgeld war in diesem Fall wörtlich zu nehmen.

Es gab keine andere Möglichkeit.

Wer das Geld wollte, musste Ollo beweisen, dass er Jarek getötet hatte, indem er ihm dessen Kopf brachte.

Den Kopf eines jungen Mannes mit roten Haaren und roten Augen, wie Jarek ihn nun in seinem Rückenbeutel trug.

„Du hast den Kopf? Von Jarek?", wiederholte der Solo heiser. Jarek konnte nicht recht erkennen, ob es Bewunderung war oder Entsetzen oder beides.

„Ja", sagte er nachdrücklich. „Habe ich. Wo finde ich Ollo?"

Der Coloroverkäufer schüttelte rasch den Kopf. „Ich hab keine Ahnung, wovon du redest." Der Mann machte einen kleinen Schritt zurück. „Keine Ahnung, wirklich. Ich weiß von gar nichts."

Ehe Jarek ihn aufhalten konnte, drückte er sich an ihm vorbei, eilte im Schatten der Mauerreste davon und schob sich durch eine Lücke zwischen zwei Gebäuden. Jarek hörte noch einen Augenblick die eiligen Schritte, dann auch die nicht mehr. Er starrte auf die Stelle, an der der Mann verschwunden war. Er wusste nicht, was er zu erwarten hatte, aber ganz sicher nicht, dass jemand ihm, einem völlig Fremden, den genauen Aufenthaltsort des meistgesuchten Mannes von ganz Memiana nennen konnte. Wahrscheinlich kannten die wenigsten Colorohändler ihn selbst.

Doch nur Ollo wusste, was Coloro war und wie er es erlangen konnte. Nur er wusste, dass man es in verkäuflicher Form herstellte, indem man winzige Tröpfchen Partiola auf überlagerten Kaas träufelte. Das würde er sicher keinem anderen Menschen überlassen. Ollo traute niemandem wirklich, hatte Mareibe immer wieder betont. Also würde man irgendwann Ollo finden, wenn man nur lange genug dem Coloro folgte.

Der Memo in Jarek hatte die Vorstellung gehabt, dass ihm einer der Solo einen Ort und einen Namen nennen würde, wo er mehr erfahren konnte. Dorthin würde er reisen, den anderen Kontaktmann suchen und von diesem weitere, genauere Auskünfte erlangen, die ihn erneut ein Stück näher an den Gesuchten heranführen würden. Auf diese Weise würde er in der Rangfolge von Ollos Unteranführern langsam aufsteigen, bis er sicher sein konnte, den Aufenthaltsort des vielfachen Mörders zu kennen.

Aber was im beginnenden Gelblicht wie ein guter Plan erschienen war, wurde immer schwieriger.

Schon der erste Schritt machte die größten Schwierigkeiten. Jarek hatte nicht die Kontrolle über das, was um ihn herum geschah, und das war wieder einmal einer der Momente, die er von Herzen verabscheute.

Wildes Geschrei drang von jenseits der Mauerreste herüber und er wusste, dass erneut ein Kronrennen der Kir durch den Ersten Kreis jagte. Diesmal mischten sich Schmerzlaute und ein Wutgebrüll zwischen die Angstschreie, Flüche und das Kreischen aus den Kehlen der gequälten Lasttiere. Es war wieder etwas passiert.

Jarek schaute zum Himmel, an dem Polos und Nira sich bereits dem finster über der Stadt drohenden Raakgebirge näherten, und fasste einen Entschluss. Wenn er auf dem

Weg zurück zur Herberge einen weiteren Colorohändler fand, dann würde er es noch einmal versuchen. Falls nicht, musste er auch das kommende Licht in der Stadt verbringen und es im nächsten Graulicht in einem der noch reicheren Kreise versuchen.

Er drehte sich um und ging in Richtung des Mauerdurchbruchs, hinter dem der verrufenste und heruntergekommenste Kreis der größten Stadt Memianas lag.

Die Tür der Schänke flog auf und schlug hart gegen die Mauer. Ein Solo kam herausgestolpert, stürzte zu Boden und überschlug sich zweimal. Jarek musste zur Seite springen, um dem Mann auszuweichen. Der Solo lag wimmernd da und wagte nicht, aufzustehen.

„Lass dich hier nicht mehr blicken", rief einer der beiden Vaka, die den offensichtlich unerwünschten Gast herausbefördert hatten, und sein Begleiter spuckte einmal kräftig aus. Dann verschwanden die beiden wieder in dem lärmerfüllten Raum, aus dem lautes Lachen, Stimmengewirr und die hohen Töne einer kleinen Flöte drangen. Die Tür schlug klappernd zu und die Geräusche der Schänke mischten sich gedämpft wieder mit den anderen Lauten der Nacht.

Jarek machte einen Bogen um den stöhnenden Mann und schaute nicht nach unten.

Als Xeno hätte er versucht zu ergründen, weshalb der Solo aus der Schänke geflogen war, als Memo hätte er sich erkundigt, ob er verletzt sei und ob er ihm helfen könne, doch er war jetzt ein Solo und ein Solo kümmerte sich nicht um andere, nicht um deren Schmerzen und nicht um deren Sorgen und Nöte.

Ein Solo hatte genug eigene Probleme.

Jarek auch.

Der Wächter war aus seiner Kammer getreten und hatte den Blickkontakt mit dem Jäger gesucht, der seinerseits den

Beschützer alarmiert hatte. Alle drei hatten gelauscht und sie waren sich ihrer Sache sicher.

Jarek war dreimal abgebogen und trotzdem war das Geräusch einer knarrenden Sohle aus Kriecherhaut immer noch da, der Laut eines noch nicht viele Lichte gut eingetragenen, sondern eines neuen Stiefels. Für Jareks scharfe, jagderfahrene Ohren war er so leicht von anderen Tönen zu unterscheiden wie die verschiedenen Stimmen der Reißer vor der großen Mauer von Kirusk.

Jemand folgte ihm.

Jarek bog ein weiteres Mal ab und nahm einen schmalen Durchgang zwischen der Schänke und einem geschlossenen Paasaquakontor, aus dessen grob vergitterter Lichtöffnung der beißende Geruch von verschütteten Getränken drang.

Kaum war er außer Sicht der breiteren Gasse, beschleunigte er seine Schritte, huschte voran, bog dann rechts ab, sofort noch einmal rechts und gleich noch einmal und umging so rasch den Laden. Er fand sich am Rand der breiteren Gasse wieder, die er gerade erst verlassen hatte.

Im selben Augenblick verschwand jemand hinter der Schänke und Jarek hörte das Geräusch der knarrenden Sohle bei jedem der eiligen Schritte.

Jarek erkannte seinen Verfolger mit einem Blick. Es war der Mann, der ihm das Coloro verkauft hatte. Der Mann, der angeblich nichts von Ollo wusste! Jarek eilte ihm lautlos hinterher, wich einer jungen Solo aus, die gerade aus der Schänke kam, und folgte seinem Verfolger.

Der Coloroverkäufer ging rasch die Gasse entlang und schaute in jede Querverbindung, die sich zwischen den Bauten auftat. Er wurde immer unruhiger und lief immer eiliger, als er bemerkte, dass er Jarek verloren hatte.

Der Jäger übernahm. Mit fünf leisen Schritten war Jarek heran, packte den Mann mit dem linken Arm um den Hals und hatte seine Kehle in der Armbeuge, bevor der Verfolger überhaupt reagieren konnte. Mit einem raschen Tritt in die Kniekehle zwang Jarek den Solo nach unten. Der Mann klammerte sich erschrocken an den Arm, der ihm die Luft abschnürte, und Jarek schob ihn in den tiefen Schatten einer verfallenen Unterkunft.

„Warum folgst du mir?" Jareks Mund war dicht am Ohr seines Gefangenen und der erstarrte, als er die Stimme erkannte.

Dann machte der Colorohändler einen überraschenden Versuch, sich zu befreien, indem er sich schnell nach vorne beugte, um Jarek über seinen Rücken zu werfen. Doch damit konnte er bei dem erfahrenen Wächter und Beschützer nichts erreichen. Jarek rammte ihm sein Knie seitlich in den Oberschenkel, dass der andere vor Schmerz japste, und spannte die Armmuskeln an.

Der Solo würgte und zerrte an der Hand, um sie von seinem Hals wegzudrücken, doch Jarek erhöhte ohne große Anstrengung den Druck. „Warum?", wiederholte er grollend.

„Weil ..." Der Mann brachte das Wort mit gepresster Stimme kaum hervor und Jarek ließ ihm ein wenig mehr Luft.

Nur ein wenig.

„Weil?", fragte er.

„Jareks Kopf", würgte der Mann hervor. „Ich ... ich wollte Jareks Kopf."

Jarek spürte, wie sich sein Puls beschleunigte. Den Verfolger zu überlisten war nicht schwerer gewesen, als mit Kindern Springreißer zu jagen, und sein Herz hatte auch keinen Schlag zugelegt, als er hinter sich die raschen Schritte gehört hatte. Doch jetzt spürte er, wie das Blut in seinen Adern rauschte und sein Herz an seinem Hals pochte, und er hielt den Atem an.

„Du wolltest Jareks Kopf?", wiederholte er langsam und der Mann nickte hastig.

Doch Jarek hatte keine Frage an den Solo gerichtet. Er hatte eine Erkenntnis ausgesprochen. Jarek spürte in seinem Bauch eine Kälte, die sich langsam ausbreitete, als er erkannte, was für einen schweren Fehler er gemacht hatte.

Ollo hatte einen Preis ausgesetzt.

Für den, der ihm Jareks Kopf brachte.

Nicht für den, der ihn getötet hatte. Wer immer bei dem Anführer der Raubmörder mit dem Beweis von Jareks Tod auftauchte, würde die Summe erhalten. Aber Jarek war so unvorsichtig gewesen, dem Solo deutlich zu machen, dass er genau das in seinem Rückenbeutel trug, was diese unerhörte Belohnung wert war.

Viele Solo würden dafür morden.

Wahrscheinlich jeder.

Kein Wunder, dass der Coloroverkäufer nicht bereit war, Jarek weiterzuhelfen. Er wollte das Geld für sich!

„Ich sollte dich töten", knurrte Jarek und seine Wut war echt, auch wenn er selbst das Ziel seines Ärgers war. „Ich könnte dir das Genick brechen. Hier und jetzt!" Er erhöhte den Druck seines Armes und der Gefangene zerrte verzweifelt an dem ferahartten, unbarmherzigen Griff. „Soll ich das tun?", fragte er, seiner Rolle als Solo entsprechend, als Mörder des gesuchten Memo. „Ich habe Jarek getötet. Da werde ich mit dir ganz schnell fertig."

Der andere konnte nicht antworten, aber Jarek spürte sein Zittern.

„Du hast Glück. Ich kann mir nicht leisten, dass irgendein Xeno deinen Kadaver findet und dumme Fragen stellt."

Er löste seinen Griff ein wenig und der Mann schnappte nach Luft. „Du verschwindest aus diesem Kreis. Du läufst, bis Polos im letzten Kvart ist. Denk nicht daran, stehenzubleiben. Denk nicht daran, dich umzuschauen. Denk nicht daran, umzukehren. Ich könnte direkt hinter dir stehen. Und dann bist du doch tot. Das verspreche ich dir. Haben wir uns verstanden?"

Der Solo nickte hastig, so gut er es fertigbrachte.

„Wenn ich dich jetzt loslasse, läufst du geradeaus. Ist das klar?"

Wieder ein Nicken.

Jarek richtete sich auf und lockerte den Druck weiter, bis er schließlich losließ. „Hau ab!", knurrte er und gab dem Mann einen heftigen Stoß mit dem Fuß, dass der Colorohändler stolperte. Der überlistete Verfolger setzte sich mit zitternden Beinen in Bewegung und lief erst unsicher, dann immer schneller, bis er nur noch rannte.

Jarek stand da und schaute ihm nach, aber die Vorsicht war überflüssig. Der andere war so froh, mit dem Leben davongekommen zu sein, dass er hastig weiterlief, ohne sich noch ein einziges Mal umzudrehen, bis er außer Sicht war.

Das leise Geräusch war kaum wahrnehmbar, aber der Jäger hatte es vernommen. Ein langer Mantel hatte den Boden berührt und dabei einen kleinen Stein bewegt, der innerhalb des finsteren Eingangs zu dem eingestürzten Bau links von Jarek zur Seite kullerte.

Er ruckte einmal an den Gurten seines Rückenbeutels, machte einen Schritt, als ob er losgehen wolle, doch dann drehte er sich überraschend um, griff in die Türöffnung und zerrte die schmale Gestalt heraus, die sich dort verborgen hatte. Er drückte den Lauscher gegen die Wand und packte mit der Hand nach der Kehle.

Es war die Frau, die aus der Schänke gekommen war. Sie starrte ihn erschrocken an. „Mann, bist du schnell. Das gibt's doch gar nicht. Jetzt glaub ich es", brachte sie mühsam hervor.

„Was?", fragte Jarek verblüfft. „Was glaubst du?"

„Dass du ihn wirklich getötet hast."

Jarek ließ seine neue Gefangene nicht los und betrachtete sie. Die Solo mochte älter sein als er selbst, aber höchstens einen halben Umlauf. Ihre langen, dunklen Haare hatte sie sorgfältig in viele Zöpfe geflochten, wie nur die Solaga sie trugen, die jungen, anziehenden Frauen, die sich für Geld an Männer verkauften, um mit ihnen im Graulicht das Lager zu teilen, und die für gewöhnlich mit den Märkten rund um Memiana zogen. Eine Solaga in einer großen Stadt anzutreffen war eher ungewöhnlich und dieser Kreis und dieser Weg im Schatten der alten Mauer waren erst recht nicht die Gegend, in der man eine solche Frau üblicherweise fand.

Jareks rasche Beobachtungen und Überlegungen verzögerten seine Antwort um keinen Augenblick. „Wen soll ich getötet haben?", fragte er barsch.

„Jarek", antwortete die Frau. In ihren großen, ebenfalls dunklen Augen erkannte er viel weniger Angst als Überraschung und sogar einen Anflug von Bewunderung.

„Wer sagt das?", fragte er, obwohl er die Antwort schon kannte.

„Du. Du hast es gesagt."

Jarek verringerte den Druck auf ihren Hals ein wenig, sodass sie leichter sprechen konnte, doch er war weiter vorsichtig. Er hatte auch dem Coloroverkäufer nichts Schlimmes zugetraut und war eines Besseren belehrt worden.

„Warum hast du mich belauscht?"

„War ... war keine Absicht", erwiderte die Solo. „Ich wollte nur an meinen Platz hier, da bist du gekommen. Und, na ja. Der andere da."

Ihre Augen blickten in die Richtung, in der der Solo verschwunden war. Jarek nahm die Hand von ihrem Hals und trat einen Schritt zurück. „Das hier ist dein Platz?", fragte er.

Sie nickte, strich sich über den Mantel, zog drei Zöpfe heraus, die unter die Decke geraten waren, und legte sie zu den anderen. Es waren tatsächlich die Bewegungen einer Solaga, die jederzeit darauf achtete, wie sie aussah, und die ihre Kleidung immer sauber und ordentlich hielt.

„Du verkaufst Coloro?"

„Was denkst du? Steine? Wäre auch eine Möglichkeit, was?" Die Frau schien erstaunlicherweise keine Angst vor ihm zu haben.

Jareks Memoverstand lieferte ihm die Erklärung, bevor er ihm überhaupt den Auftrag erteilen konnte, darüber nachzudenken. Wenn die Solaga ihn und den anderen beobachtet und belauscht hatte, hatte sie mitbekommen, dass Jarek den Verfolger am Leben gelassen und welche Begründung er dafür geliefert hatte. Der Mann wollte ihn berauben und er hatte ihn weggejagt. Die Frau wollte gar nichts von ihm, sondern hatte nur zufällig beobachtet, was sich ereignet hatte. Warum sollte er ihr dann etwas antun?

„Brauchst du was?", fragte sie. „Fünfzehn die Portion. Sonderpreis, nur heute. Und weil du es bist."

„Ich habe eben zehn bezahlt", antwortete Jarek und die Colorohändlerin zog die Augenbrauen zusammen.

„Schwanzlingsarschlöcher. Verderben die Preise", knurrte sie.

„Ich habe was für Ollo", sagte Jarek, nachdem er einen Blick nach rechts und links geworfen und festgestellt hatte, dass niemand in der Nähe war.

„Hab ich gehört", erwiderte die Frau zögernd. Sie ließ ihn nicht aus den Augen und ihr Blick streifte seinen Rückenbeutel. „Jareks Kopf. Hast du den bei dir?"

„So dumm bin ich nicht. Damit ihn mir einer wegnimmt? Den verwahren Freunde von mir", antwortete er. Jarek hatte aus der Begegnung von soeben gelernt.

„Freunde", sagte die Frau verwundert. „Freunde hast du auch? Du bist ein ziemlich glücklicher Mann, ja?" Der leichte Spott war nicht zu überhören. „Was bekomme ich dafür, wenn ich dir helfe, Ollo zu finden?"

„Was verlangst du?"

„Er gibt fünftausend für Jareks Kopf", sagte die Solaga. „Ich kriege die Hälfte."

Jarek schob die Daumen unter die Gurte seines Rückenbeutels. „War nett, mit dir zu reden", sagte er. „Gute Geschäfte noch." Er drehte sich um und ging davon.

Sofort hörte Jarek die raschen Schritte hinter sich, doch er ging weiter, ohne sich umzusehen.

„Hey, hey, hey, nicht so schnell." Die Solo eilte mit fliegenden Zöpfen neben ihm her. „Man kann doch über alles reden."

„Nicht über die Hälfte", erwiderte Jarek und spürte, wie ihm warm wurde. Er war stolz darauf, dass er wohl den richtigen Ton getroffen und die richtige Reaktion gezeigt hatte.

„Was bietest du denn?", fragte die Solaga.

„Hundert", antwortete Jarek.

„Da kann ich auch weiter Coloro hier in der Gasse verkaufen." Die junge Frau verzog das Gesicht. „Da lohnt es sich gar nicht, die Stadt zu verlassen."

„Wie weit ist es bis zu Ollo?", fragte Jarek und wusste, dass er auf der richtigen Spur war. Er durfte jetzt keinen Fehler machen, der Misstrauen hervorrief.

„Weit", kam die Antwort. „Hast du vielleicht gedacht, er versteckt sich in Kirusk?"

„Keine Ahnung. Aber du weißt, wo er sich verbirgt?", fragte er.

Die Frau war in den gleichen Schritt gefallen wie Jarek und ging neben ihm her. „Ich weiß, wie du ihn findest. Aber ich muss dich zu jemandem bringen, der dich weiterführt", erklärte sie im Ton einer geschäftlichen Verhandlung, gerade so, als ob sie über den Preis für ein Rund Kaas sprachen. „Fünfhundert. Das ist mein letztes Wort. Sonst musst du einen anderen suchen. Und du wirst so schnell keinen finden, das sage ich dir."

„Dreihundert. Und das ist MEIN letztes Wort." Jarek blieb stehen und sah die Frau an, die zögerte.

„Du wirst unterwegs sicher weiter Coloro verkaufen, stimmt's?", setzte er nach. „Also hast du keinen Verlust, weil du mich führst. Ein besseres Angebot bekommst du nicht. Und ich bin sicher, ich werde jemanden finden, der es dafür macht."

Er deutete eine Bewegung an, als wollte er seinen Weg fortsetzen, und das gab den Ausschlag.

Widerwillig nickte die junge Frau. „Na gut. Ja, schön." Sie verzog das Gesicht. „Dann dreihundert. Aber zweihundert bekomme ich sofort."

Jarek lachte und sie sah ihn mit großen Augen an. „Du hältst mich für ziemlich dumm, was? Ich gebe dir zweihundert und du rennst damit los."

Die Solaga schaute Jarek wütend an. „Wenn wir ein Geschäft haben, haben wir ein Geschäft", fauchte sie empört. „Welche Aasermutter hat dich denn auf der Flucht verloren, dass du glaubst, ich würde so was tun? Bist du selbst einer von Ollos Kerlen oder wie? Ach nein, dann würdest du mich nicht fragen. Was bist du also für einer?" Sie stützte die Arme in die Hüften und schaute ihn aus zusammengekniffenen Augen misstrauisch an.

Jarek wusste, dass er erneut einen Fehler gemacht hatte. Genau das hatte er vermeiden wollen. Wieder einmal zeigte sich, wie wahr das war, was einst Hama zum Ausdruck gebracht hatte. Er hatte in Mareibe eine geborene Memo gefunden, die er beinahe übersehen hatte, weil auch sein eigenes Volk die Solo nur am Rande wahrgenommen hatte. Selbst die Memo wussten viel zu wenig über die Heimatlosen, Ausgestoßenen und Wanderer. Obwohl Jarek mehrere hundert Lichte mit Mareibe gemeinsam unterwegs gewesen war und mit ihr in der Stadt der Memo die meiste Zeit verbracht hatte, hatte er von der einstigen Solo sehr wenig über ihr Volk erfahren, da sie nicht darüber sprechen wollte, was sie in ihrer Vergangenheit erlebt und erlitten hatte.

Über jedes andere Volk, jeden Stamm und jeden großen Clan hatte Jarek in den Unterrichtungen der neuen Memo Unmengen an Wissen in dem unendlich großen Raum in seinem Gedächtnis angesammelt, in dem er alles verwahrte, das er über Memiana, seine Städte, seine Tiere und seine Völker gehört hatte.

Nicht jedoch über die Solo. Er wusste nicht, wie sie Geschäfte tätigten, wem sie trauten und wem nicht und wie sie miteinander sprachen. Seine einzigen Kenntnisse darüber hatte er aus eigenen Beobachtungen, aus Gesprächen, die er zufällig mit angehört hatte, und aus einigen Geschichten und Erzählungen, die er über sie vernommen hatte.

Jarek stand da und schaute die junge Solaga an. Ihre Wut war echt, doch er wusste, dass jede Entschuldigung seinerseits ihr Misstrauen noch größer gemacht hätte. Jarek war Keraj, ein Solo, der einen Memo ermordet hatte, um ein Kopfgeld zu erlangen. Er war ein brutaler, gewissenloser Mann, der niemandem trauen konnte und wollte und der immer nur an seinen eigenen Vorteil dachte.

Er zwang sich zu einem abweisenden Gesichtsausdruck und zuckte betont gleichgültig die Achseln. „Ich würde laufen, sobald ich das Geld habe. Ich gebe dir fünfzig, sobald wir Kirusk nicht mehr sehen." Für Jarek hörte sich das überzeugend an, doch die Solo rührte sich nicht von der Stelle.

„Dann habe ich erst fünfzig. Woher soll ich wissen, dass du mir am Ende den Rest auch gibst?" Sie zog sich den Mantel fester um die Schultern. „Du sagst selbst, dass es dich einen Schaderscheiß interessiert, dass du ein Geschäft hast. Also, wo ist meine Sicherheit? Warum sollte ich mit dir gehen?"

Die junge Frau war nicht dumm, musste Jarek erkennen. Mit seinen Versuchen, die gewählte Rolle weiter und überzeugend zu spielen, hatte er sich in einer Falle gefangen, die er sich selbst gestellt hatte, ohne es zu merken.

„Weil fünfzig Fer fünfzig Fer sind. Auch für dich", erwiderte er.

„Zweihundert. Zweihundert, wenn wir einen halben Lichtweg von Kirusk entfernt sind. Dann werde ich dich zu Ollo führen."

„Ich dachte, du weißt nicht, wo er ist."

„Zu einem führen, der dich weiterbringt", verbesserte sie sich und biss sich auf die Lippe. Es war ihr nicht entgangen, dass sie ihre Verhandlungsposition gerade geschwächt hatte.

„Hundert. Und das ist mein letztes Angebot", brummte Jarek.

„Gut", erwiderte die Solaga ohne weiteres Zögern. „Ich warte im ersten Licht Salas am sechzehnten Tor."

„Welche Richtung werden wir einschlagen?", fragte Jarek.

„Pfadab", war die Antwort.

Solaga

Die junge Frau hieß Ko, aber das hatte Jarek von ihr erst erfahren, als sie zu Beginn des nächsten Graulichts Unterschlupf in einem Wall am Weg gesucht hatten. Er musste sie dreimal fragen, bis sie ihm widerwillig ihren Namen genannt hatte.

Jarek folgte Ko im Abstand von zwei Schritt und beobachtete, wie ihre Füße auf dem abschüssigen, schmalen Weg immer einen sicheren Tritt fanden. Sie ging wie alle Solo in der Geschwindigkeit, die erfahrene Reisende immer wählten. Sie hatte einen gleichmäßigen, kraftsparenden Schritt, der es einem Wanderer ermöglichte, große Entfernungen ohne zu viel Anstrengung zurückzulegen, ohne sich zu verausgaben, damit genug Kraft blieb, falls man um sein Leben rennen musste. Dieser Umstand konnte sehr schnell eintreten. Außerhalb der Mauern war ein jedes Wesen auf Memiana entweder Jäger oder Beute.

Ko drehte sich nicht nach Jarek um und schwieg weiterhin beharrlich. Seit drei Lichten waren sie nun gemeinsam unterwegs. Sie hatten einander die Namen genannt, sie suchten nebeneinander liegende Schlafstellen in den Wällen, in denen sie rasteten, und sie saßen zusammen an den grob gehauenen Tischen und Bänken oder auch auf dem glatten Boden der Schutzbauten, in denen sich auch immer die anderen Solo einfanden, die das Graulicht dort verbringen mussten.

Man hätte sie für Gefährten halten können.

Aber jeder aß die Nahrung, die er mit sich führte, ohne etwas davon mit dem anderen zu teilen, und sie sprachen nicht miteinander. Ganz offensichtlich gab es für Ko nicht viel, das sie von Jarek wissen oder was sie ihm selbst gerne mitteilen wollte. Sie hatte ihn wie verabredet am sechzehnten Tor erwartet und ihm knapp hingeworfen: „Gehen wir."

Er war ihr gefolgt und das tat er noch immer, zu Beginn eines jeden Gelblichts erneut. Da Jarek nicht wusste, wie Solo auf Reisen miteinander umgingen, und seine Rolle ohnehin von ihm forderte, einen Mörder zu spielen, dessen Bedürfnis nach Unterhaltung eher gering war, schwieg er genauso beharrlich wie seine Führerin.

Er hatte nur im ersten Licht einmal gefragt, wohin Ko ihn bringen würde, und darauf die knappste aller möglichen Antworten erhalten: „Ans Ziel."

Also gingen sie ohne ein Wort hintereinander her, aber Jarek fühlte sich nicht unwohl dabei. Der Jäger in ihm kannte es nicht anders. Sobald ein Xeno die Mauern verließ, schwieg er und richtete alle seine Sinne auf die Stille des Gelblichts, um zu lauschen, ob nicht doch von irgendwoher eine Gefahr drohte.

Es war noch immer seltsam und ungewohnt für Jarek, wieder zu Fuß zu gehen. Der Weg folgte an dieser Stelle den Windungen des Pfades der Phyle, der am steilen Anstieg des Raakgebirges große, mehrere Lichtwege weit reichende Schleifen bildete. Bald jedoch würde der Weg den Pfad verlassen und die größte Kurve abschneiden, die sie sonst zu einem Umweg von zehn Lichten gezwungen hätte.

Falls Ko dem Pfad nicht doch weiter folgte. Es konnte genauso gut sein, dass ihr Ziel in einer der drei kleinen Ansiedlungen lag, die der Pfad auf seinem Weg herauf ins Raakgebirge berührte. Doch wissen konnte Jarek das nicht und Ko schwieg.

Es waren mehr als hundertfünfzig Lichte vergangen, seit Jarek zuletzt auf einer Reise gewesen war, bei der er nicht auf einem Kron geritten war. Er hatte zwei Lichte gebraucht, sich wieder an diese viel geringere Geschwindigkeit zu gewöhnen. Die Zeit des Fußgängers war eine ganz andere als die des Reiters, bei dem alles im zehnfachen Tempo ablief. Ein Mann auf einem Kron war in der Lage, zur Not die Entfernung in einem Licht zurückzulegen, für die er zu Fuß fünfzehn Mal so lange brauchen würde.

Die Berge, die Täler, die Hügel, Felsen, Einschnitte, Ebenen und Wegmarken, die an dem Reiter vorbeihuschten, veränderten ihre Lage und Größe für den Gehenden nur langsam und bedächtig, mit jedem Schritt kaum merklich. Erst bei der Rast im Graulicht sah der Wanderer beim Blick vom Turm des Walls oder der Mauer wirklich, wie weit die Füße ihn unter den Strahlen Salas getragen hatten.

Für den Reiter war es vollkommen anders. Für ihn vollzog sich die Veränderung in weiten Sprüngen und Berge, die aus dem Blick des Fußgängers nur nach und nach verschwanden oder sich neu erhoben, schossen für den Kronreiter in die Höhe und versanken wieder, von einem Licht zum anderen. Irgendwo tief drinnen nahm man auf einem Kron bald auch die Geschwindigkeit an, mit der man sich bewegte, und alle anderen um einen herum schienen in der Zeit stillzustehen.

Jarek hätte gerne diese Erfahrung mit jemandem geteilt. Er hätte gerne von Carb gehört, ob der ehemalige Fero, der sowieso kein Freund der schnellen Ortswechsel war, das alles genauso empfand. Doch es war niemand da, mit dem er darüber sprechen konnte, und der beharrlich schweigenden Solaga, die da vor ihm ging, konnte er auf keinen Fall davon erzählen, selbst wenn er es gewollt hätte.

Kein Solo besaß einen Kron. Kein Solo wusste, wie es war, in einem einzigen Gelblicht den Weg zwischen zwei großen Städten zu überwinden. Fast keiner. Die einzigen Solo, von denen Jarek wusste, dass sie Krone hatten, waren ein paar von Ollos Leuten, die die Tiere ermordeten Reisenden geraubt hatten.

Jarek und Ko hatten dreimal in einem Wall gerastet, seit sie Kirusk verlassen hatten und er der Solaga die versprochenen hundert Fer gegeben hatte, sobald die riesigen Mauern der Stadt der Kir hinter den Felsen zurückgetreten waren. Aber noch immer befanden sie sich hoch im Raakgebirge, wo die Luft dünner als auf der Ebene war und das Graulicht so kalt. Die Reisenden lagen zitternd im letzten Kvart unter zwei Deckenmänteln, falls sie so wohlhabend waren und sich mehr als einen zum Schutz gegen das kräftezehrende Frieren in den nur dünn mit Salasteinen ausgelegten Schlafplätzen der Schutzbauten leisten konnten.

Ko besaß nicht weniger als drei Mäntel, von denen sie im Gelblicht zwei auf ihren prallen Rückenbeutel geschnallt trug. Solaga gehörten zu den Wohlhabenderen unter den Solo und Ko verdiente dazu an ihrem Handel mit Coloro nicht schlecht, wie Jarek sich immer wieder ins Gedächtnis rief, wenn er die gut gewachsene, aber schmale Gestalt betrachtete. Sie wirkte verletzlich und schutzlos.

Doch auch diese Frau gehörte zu Ollos Leuten und damit zu der Mörderbande, die Memo jagte, die Karawanen von Händlern überfiel und jeden niedermetzelte. Sie war ein Mitglied der Meute, die einem Kopfgeld auf ihn nachhetzte und die mit dem Verkauf von Coloro dafür sorgte, dass die so lange bewahrte Ordnung der Städte und Ansiedlungen immer mehr aus den Fugen geriet und das Leben dort immer gefährlicher wurde. Ko war einer der Menschen, die dafür mitverantwortlich waren, und sie war genauso gefährlich wie jeder andere Räuber, dem Jarek je gegenübergestanden hatte. Auch wenn sie einen ganz anderen Eindruck vermittelte.

Trotzdem kostete es Jarek überraschend viel Mühe, diesen Gedanken jederzeit in der Nähe zu halten. Vielleicht war Ko sogar noch gefährlicher als die brutalen, gewissenlosen, stinkenden, mordlüsternen, colorosüchtigen Menschenschlächter, mit denen er es bei seinen Kämpfen gegen die Räuber bislang zu tun bekommen hatte. Ko sah harmlos aus und ihr Lächeln brachte ihr immer wieder ein solches auf dem Gesicht ihres Gegenübers zurück. Doch Jarek hatte schon im ersten Gelblicht bemerkt, dass Kos Lächeln ihre Augen nie erreichte und dass es zu ihrer ganz eigenen Verkleidung gehörte, genauso wie Jareks Mantel und die gestreifte Hose, die abgetretenen Stiefel und der Rückenbeutel ihn selbst zu jemandem machten, der er nicht war.

Jarek wusste, dass Ko wenigstens drei verborgene Stecher neben dem Armlangen Schneider trug, den sie offen zeigte, und er hatte im letzten Graulicht zu seiner Überraschung gesehen, dass sie auch einen der ganz neuen, sehr teuren Handsplitter versteckt unter dem Mantel hatte. Es war eine kurzläufige, dreischüssige Waffe, die die Hartwarenhändler der Kir gerade erst auf den Märkten anboten. Ko hatte nicht die Absicht, sich irgendetwas wegnehmen zu lassen, was sie besaß. Von niemandem. Und sie hatte nicht die Absicht, irgendetwas davon mit einem anderen zu teilen.

Es war ihr nicht entgangen, dass Jarek nur den einen Mantel besaß, den er dem verhinderten Mörder abgenommen hatte. Doch sie hatte ihm keinen ihrer beiden überzähligen angeboten.

Noch nie.

Jarek fror deshalb nicht. Er hatte ganz andere Temperaturen erlebt, als er auf der Jagd nach dem Großen Höhler auf die Salaspitze gestiegen war, wo es so kalt war, dass Wasser zu glattem Stein erstarrte. Doch Ko war es völlig gleichgültig, ob Jarek fror oder nicht, genauso wie es ihr egal war, ob er etwas zu essen und zu trinken hatte. Sie fragte ihn nie, ob er etwas aus ihrem reichlichen und sorgfältig zusammengestellten Vorrat haben wollte. Ko teilte nie. Nicht mit Memiana und nicht mit den Menschen.

Es war eine weitere seltsame Erfahrung für Jarek. Wann immer er in der Vergangenheit mit anderen außerhalb der Mauern von Städten und Ansiedlungen unterwegs gewesen war, hatte er mit den Freunden oder den Gefährten alles geteilt und jeder hatte sich um das Wohlergehen des anderen gekümmert.

Doch Ko und er waren keine Freunde. Sie waren nicht einmal Gefährten. Sie waren zwei Menschen, die ein Geschäft miteinander hatten, das sie dazu zwang, eine Weile zusammen zu reisen. Das Geschäft besagte, dass Ko führte und Jarek folgte.

Mehr nicht.

Für alles andere war jeder der beiden alleine verantwortlich.

Jarek hörte das Geräusch lange bevor auch Ko es wahrnahm, stehenblieb und sich umschaute.

Das Kratzen der Krallen auf dem harten Untergrund war für den Jäger deutlich zu vernehmen und es dauerte nicht lange, bis die beiden Krone in Sicht kamen, rasch größer wurden und dann an den zwei Wanderern vorbeihuschten, um schnell in der Ferne zu verschwinden.

In jedem Licht begegneten die Menschen auf dem Weg den Botenmemo, die mit dem Lauf der Nachrichten und Mitteilungen rund um Memiana befasst waren. Einer ritt im Gelblicht pfadauf und gab allen ortsansässigen Memo in den Ansiedlungen und Städten, die am Weg lagen, das weiter, was er in seinem Gedächtnis verschlossen bewahrte, und ein anderer tat dasselbe pfadab.

So war es seit Hunderten von Umläufen immer gewesen und deshalb waren die Begegnungen mit den Reitern etwas, an das sich die Reisenden gewöhnt hatten und das zu Wanderungen einfach dazugehörte.

Doch jetzt gab es etwas Neues, Ungewohntes, das noch immer die Menschen dazu brachte, stehenzubleiben und zu staunen. Seit einiger Zeit waren die Boten der Memo nicht mehr alleine. Jeder wurde von einem Xeno begleitet, der mit einem Splitter bewaffnet das Leben des Reiters bewachte und mit Misstrauen die Wanderer beobachtete, die sie auf ihrer raschen Reise trafen.

Die besondere Aufmerksamkeit des Beschützers galt den Solo.

Jedem von ihnen.

Der Xeno starrte Jarek und Ko an. Er ließ sie auch nicht aus den Augen, nachdem die beiden vorüber waren, so lange, bis sie außer Schussweite seines Splitters waren, den er die ganze Zeit über im Arm bereitgehalten hatte.

Ko stand da und schaute nachdenklich den kleiner werdenden Gestalten hinterher, die in Richtung des Horizonts verschwanden.

Sieben Memo mit Begleitschutz hatten sie seit ihrem Aufbruch gesehen, aber zum ersten Mal machte Ko eine Bemerkung zu dieser Beobachtung. „Wieso sind das jetzt immer zwei?", fragte sie, aber sie sprach mehr mit sich selbst als mit Jarek.

„Weil sie Xeno unter Kontrakt haben, neuerdings. Das müsstest du doch wissen", antwortete er seiner Rolle entsprechend schroff. „Dass ausgerechnet du das fragst."

Ko schaute ihn zum ersten Mal seit längerer Zeit wieder interessiert an. „Warum ich?", fragte sie verwundert. „Was habe ich mit Memo zu schaffen?"

„Die Memo haben doch nur wegen euch die Xeno verpflichtet", antwortete Jarek und schritt wieder bergab.

Ko setzte sich gleichfalls in Bewegung, aber sie blieb diesmal neben ihm und versuchte nicht wie sonst immer, einen Abstand zwischen sich und den Begleiter zu bringen.

„Wegen uns? Was heißt wegen uns? Wen meinst du damit?", fragte sie und Jarek hatte den Eindruck, dass sie wirklich nicht wusste, wovon er sprach.

„Ollos Leute", antwortete er knapp.

Ihr Kopf ruckte herum und sie warf ihm einen forschenden Blick zu. „Du meinst, ich gehöre zu seiner Bande?", fragte sie mit einem empörten Unterton.

„Du bringst mich zu ihm." Für Jarek war das Antwort genug.

„Ja und? Das heißt noch lange nicht, dass ich zu ihm gehöre." Sie warf unwillig die vielen kleinen Zöpfe mit einer energischen Kopfbewegung nach hinten und schaute Jarek böse an.

„Wenn du das sagst", antwortete er betont gleichgültig und zuckte die Achseln. „Interessiert mich auch nicht."

Sie gingen eine Weile nebeneinander. Jarek spürte ihre Blicke zum ersten Mal seit längerer Zeit wieder auf sich und sie waren misstrauisch.

„Woher weißt du das eigentlich so genau?", fragte Ko schließlich.

„Woher weiß ich was?"

„Dass die Memo Xeno unter Kontrakt genommen haben."

Jarek zuckte wieder lässig die Achseln und steckte die Daumen unter die Tragegurte. „Du kriegst wohl nicht viel mit. Das weiß doch jeder." Doch sein Herzschlag hatte sich im selben Moment beschleunigt. Hatte er schon wieder einen Fehler gemacht? Er war einfach davon ausgegangen, dass es rund um den Pfad kein Geheimnis war, dass das Volk der Memo nach Xenoclans gesucht hatte, die den Schutz der Boten und auch der Berater und Berechner übernahmen. Die Morde an den Männern und Frauen, denen bisher alle immer nur mit Respekt und Zurückhaltung gegenübergetreten waren, so lange sich die Menschen zurückerinnern konnten, hatten ganz Memiana erschüttert.

Es war Jareks Idee gewesen, Xeno zum Schutz zu verpflichten, statt die Memo selbst zu bewaffnen und so für große Unruhe zu sorgen. Nie hatte er geglaubt, diese Bestrebungen könnten ein Geheimnis sein. Doch im selben Augenblick, als er daran dachte, erkannte Jarek auch schon seinen Fehler. Zum wiederholten Mal hatte er die Solo nicht beachtet. Warum sollten Solo davon erfahren? Wer sollte mit einem Solo über den Schutz der Memo sprechen? Jeder Solo war selbst eine mögliche Gefahr, der man ja gerade mit der Verpflichtung von Xeno zu begegnen versuchte. Wieso also sollte jemand aus dem Volk der Heimatlosen und Ausgestoßenen wissen, was es zu bedeuten hatte, wenn auf einmal die Reiter der Memo nur noch mit einem Begleitschutz auftauchten?

„Jeder. Aha. Ich hatte davon jedenfalls keine Ahnung. Bedeutet das jetzt, dass ich niemand bin?", fragte Ko herausfordernd.

„Ich weiß nicht. Vielleicht bist du nur jemand, der sich nicht für andere interessiert. Dabei ist es immer gut zu wissen, was rund um den Pfad vor sich geht", antwortete er und wusste, dass es nicht einmal eine Hama-Wahrheit war, was er da aussprach, sondern nur leeres Gerede. „Ich als Berichter interessiere mich jedenfalls für alles Neue", schickte er als Erklärung hinterher. „Vielleicht erzählen mir die Menschen mehr als einer ..."

„... Solaga?", ergänzte Ko und lachte laut. „Wenn du das glaubst, dann glaubst du alles." Sie kicherte. Jarek war von ihrem plötzlichen Stimmungsumschwung überrascht. „Was denkst du, was sich eine Solaga alles anhören muss, wenn bei dem Kerl nichts mehr hart wird, der sie bezahlt? Dann musst du zuhören und das ist viel schwerer und langweiliger, als wenn du nur an der richtigen Stelle japsen und quieken musst wie ein Schwanzling und deinem Kunden zeigen, was für ein Mann er ist. Das kannst du mir glauben."

Jarek spürte Wärme an seinen Ohren und die kam nicht durch Salas Strahlen, die noch nicht hoch am Himmel stand. Er hoffte, dass Ko seine Verlegenheit nicht sah. Er hatte sich keine weiteren Gedanken über die Tätigkeit gemacht, die Ko für gewöhnlich ausübte.

Jarek hatte auch zu seiner Zeit in Maro nie die Dienste einer Solaga genutzt und das nicht nur, weil es eine der Regeln war, die der Kontrakt mit einschloss, den ein Xenoclan mit einer Stadt einging. Er hätte es auch sonst nicht getan. Für ihn hatte es nichts mit Nähe zu tun, eine Frau dafür zu bezahlen, und es gab Dinge, die konnte man sich nicht kaufen.

Nicht einmal die Vorstellung davon.

Jarek kannte und erkannte die Frauen selbstverständlich, die immer zu den Marktzeiten in der Ansiedlung erschienen waren und nicht selten für Streit zwischen den Reisenden und auch den Bewohnern gesorgt hatten, den die Xeno dann schlichten mussten. Doch er hatte es immer vermieden, sich Gedanken über die Einzelheiten der Dienste zu machen, die Solaga den Männern boten.

„Dann musst du es aber eigentlich wissen. Wenn du so viel mehr hörst als ein Berichter", sagte er mürrisch.

„Ich habe seit einem halben Umlauf nicht mehr als Solaga ..." Ko brach ab und schwieg, aber Jarek bemerkte, dass sie ihre Schritte etwas beschleunigte und heftiger auftrat. Offenbar hatte er etwas berührt, über das sie eigentlich nicht reden wollte. „Außerdem hab ich's mit keinem Xeno getrieben. Die kommen nicht zu uns. Memo auch nicht. Woher sollte ich von diesem komischen Kontrakt wissen?"

Er zuckte die Achseln. „Du hast damit angefangen. Ich habe gesagt, mir ist es egal, was du weißt und was nicht."

Darauf fand Ko keine Antwort, aber Jarek spürte, dass etwas sie beschäftigte. Sie ging nach wie vor neben ihm und versuchte nicht, ihn wie üblich auf Abstand zu halten.

„Du bist Berichter", sagte sie schließlich nachdenklich.

„Habe ich doch gerade gesagt, oder?"

„Hätte ich nicht gedacht", gestand sie schließlich.

„Warum?"

Ko ließ den Blick über Jarek wandern, betrachtete seine sehnige, hochgewachsene Gestalt, die breiten Schultern, die schlanken, aber kräftigen Hände, deren Flächen die feste, hornige Haut eines Menschen zeigten, der es gewohnt war, anzupacken.

„Alle Berichter, die ich kenne, sind Salaschader."

Jareks Memogedächtnis lieferte die passenden Bilder der daumengroßen Schadlinge, die anders als ihre vielen Artgenossen keinen harten Panzer, sondern eine weiche Schale auf ihrem Rücken trugen und daher leichte Beute für alle kleinen Reißer waren. „Wenn ein Berichter einen Schwanzling sieht, dann hebt der den Mantel und springt kreischend auf den Tisch", ergänzte Ko, wobei sie Jarek nicht aus den Augen ließ. „Kann ich mir bei dir nicht vorstellen. Und du bist wirklich einer, der in den Schänken Geschichten erzählt?"

„Bin ich." Jarek hatte keine Idee, wohin das Gespräch führen würde, aber er wusste, dass seine Möglichkeiten, Fehler zu begehen, nahezu unbegrenzt waren. Zu schweigen erschien ihm daher als die beste Lösung. So wenig wie möglich zu sagen die zweitbeste.

„Das passt nicht zu dir." Ko schüttelte langsam den Kopf.

„Soll ich mir wegen dir was anderes suchen?"

Bevor Ko antworten konnte, ließ ein keckerndes Kreischen sie zusammenfahren, und sie schaute sich hektisch um. Das Geräusch war von einem Hügel weiter rechts gekommen, doch es war nicht zu erkennen, welches Tier diese Laute von sich gegeben hatte.

„Was war das?", fragte Ko wachsam.

„Das war ein ..." Jarek unterbrach sich. Er hatte in der entsprechenden Kammer seines Gedächtnisses den kleinen, hellgelb-grau quer gestreiften Aaser mit den runden Ohren und den so seltsam längeren Vorder- als Hinterbeinen gefunden. Beinahe hätte er unbedachterweise das Tier als Hangel benannt. Doch der Wächter hatte ihn rechtzeitig gewarnt, dass ein Solo wohl kaum den Namen eines solchen Wesens wissen konnte, das in dieser Region nur sehr selten zu finden war, weil es sonst in den weiter entfernten Ebenen lebte.

„Nur ein Aaser", erklärte er. „Keine Ahnung, wie er heißt, aber ich habe schon mal welche gesehen. Sind harmlos."

Ko schaute noch einmal zu dem Hügel, wo erneut das Keckern ertönte, aber diesmal schon etwas weiter entfernt, und sie setzten ihren Weg fort.

Sie sah Jarek wieder an, während sie weiter neben ihm herging. „Wie hast du ihn eigentlich gefunden?" Der Ton war beiläufig, als hätte sie sich nach etwas völlig Nebensächlichem erkundigt, aber der Wächter in Jarek war hellwach. Der Jäger fühlte die Anspannung der Frau neben sich und der Memo wusste, dass sie damit eine für sie ganz entscheidende Frage ausgesprochen hatte.

„Wen?", fragte er und war froh darüber, dass sie offenbar das Interesse an der Frage verloren hatte, ob die Beschäftigung eines Berichters zu ihm passte oder nicht.

„Jarek."

„Zufall", antwortete er mit einem Achselzucken.

„Erzähl's mir trotzdem."

„Warum?"

„Damit ich es dir glaube", sagte sie betont. „Damit ich dir glaube, dass du ihn wirklich gefunden hast. Ausgerechnet du, ein Berichter. Während alle Mörder Memianas auf der Suche nach ihm sind."

Jarek zögerte einen Moment. Dann beschloss er zu reden. „Wir waren auf der Mauer von Kirusk. Da kamen Reiter im Graulicht. Zu spät, das Tor war zu. Alle wollten es sehen. Es gab ein Riesengedränge. Ein Mädchen ist hingefallen und hat um Hilfe gerufen. Jarek. Ja, Jarek. Und da war er dann selbst."

Ko schaute ihn mit großen Augen an.

„Wann war das?", fragte sie ihn und Jarek erkannte am Ton, dass sie von den Vorkommnissen auf der Mauer gehört hatte.

„Im Graulicht, bevor wir uns begegnet sind", kam die Antwort, die Jarek bereithielt, seit sie zusammen unterwegs waren. Er hatte erwartet, dass genau dieses Gespräch stattfinden würde, wenn er auch gedacht hatte, dass er es gleich führen müsste, nachdem sie Kirusk gemeinsam verlassen hatten.

Jarek hatte sich seine Geschichte gut überlegt. Er wusste, dass er viele kleine Wahrheiten erzählen musste, damit man ihm die große Lüge glaubte, und bis jetzt hatte er wohl das meiste richtig gemacht.

„Er war mit anderen da", fuhr er fort. „Mit einem großen Schwarzen. Ein schwarzer Memo. Wie seltsam. Wir sind ihnen nachgeschlichen."

„Wir?"

„Ich habe dir doch gesagt, dass ich mit ein paar Freunden unterwegs bin."

„Die jetzt seinen Kopf haben." Ko runzelte die Stirn.

„Genau die", antwortete Jarek scharf. „Wenn du keine Freunde hast, bedeutet das nicht, dass es jedem so gehen muss. Ich habe welche. Nicht viele, aber ich habe sie und auf die kann ich mich verlassen."

„Ist ja gut", erwiderte Ko rasch. „Ich glaube dir."

„Glaub, was du willst."

Ko erwiderte nichts darauf. Aber ihre Neugier ließ ihr dann doch keine Ruhe. „Und wie hast du ... Wie habt ihr ..."

Jarek gab ein bemühtes, kurzes Lachen von sich. „Wie wir ihn erwischt haben?"

Sie nickte wortlos.

Er zuckte die Achseln. „Er ist nicht dumm. Er war ein Xeno und ein Jäger. Er hat natürlich verstanden, dass er erkannt worden war, und hat alles versucht, uns abzuhängen. Er hat sich von ihnen getrennt und hat versucht, irgendwo im Vierten Kreis unterzutauchen. Wir sind an ihm drangeblieben, ohne dass er es gemerkt hat. Er ist in einer miesen, abgelegenen Herberge geblieben, als er dachte, wir hätten seine Spur verloren."

„Und dann?"

Jarek machte eine Pause. Dann fügte er hinzu, als hätte er bereits zu viel gesagt: „Das willst du gar nicht wissen."

Ko schaute auf den Weg vor ihnen, der nun in ein kleines Tal führte und etwas steiler wurde.

„Stimmt", antwortete sie dann leise. „Ich will das gar nicht wissen."

Das heisere Heulen der Rollschwänze wurde vom dumpfen Bellen einiger Kolo beantwortet. Es drang von der anderen Seite der Ansiedlung herüber, aber die Geräusche des Graulichts ließen sich nicht mit denen vergleichen, die rund um Kirusk zu hören waren. Die große Stadt zog Reißer und Aaser genauso an wie Menschen, sodass für das Umland nicht viel übrig blieb. Jarek hatte schon bei den vorherigen Unterbrechungen ihrer Reise festgestellt, dass nur sehr wenige Tiere die Wälle auf der Jagd nach Beute umkreist hatten. Kirusk bot jedem Raubtier mehr, ob es vier Beine hatte oder zwei.

Er drehte sich um und schaute über die niedrigen Bauwerke von Fustiba, der kleinen Ansiedlung, die sie im letzten Kvart Sala erreicht hatten.

Sein Memoblick hatte hundertsiebenundachtzig Schlafbauten gezählt, sieben Kontore, neun Herbergen, elf Schänken und einen Memobau. Jarek wusste, dass hier weniger als tausend Menschen ständig lebten, aber er hatte die Ansiedlung noch nie gesehen. In der Zeit, als die Wanderer der Tyrolo mit der Herde diesen Teil des Pfades entlanggezogen waren, war er mit Aliak und Moyla auf der Jagd gewesen. Er sah hinauf zu der steilen, unnahbar erscheinenden Salaspitze, die sich über dem Raakgebirge erhob. Dort oben hatten sie den Großen Höhler erlegt und dort oben hatten sie Moyla begraben, unter Steinen, mit einer kleinen Öffnung für die Augen, die ihr für immer den Blick in den Himmel ließ.

Jareks Nase bemerkte einen würzigen Geruch, der von unten heraufkam. Fustiba lebte von dem Kaas, den der Clan der Mahlo, der die Stadt gegründet hatte, in der ungewöhnlich tiefen Cave reifen ließ. Aber der Mangel an Wasser verhinderte, dass die Stadt viel größer wurde. Die lebenswichtige Flüssigkeit füllte nur ein Rund von vielleicht zwölf Schritt und die Bewohner Fustibas lebten in der ständigen Angst, irgendwann könnte der Wasserstand fallen, was das baldige Ende der Ansiedlung bedeuten würde.

Jarek stand auf der Mauer nahe dem Turm. Er wäre gerne auch dort hinaufgestiegen, hatte es aber gelassen, weil er wusste, dass ein Solo dort oben Misstrauen erregt hätte. Kein Xeno sah es gern, wenn Fremde auf den hohen Beobachtungsposten kamen, und die Heimatlosen waren gerade in diesen Zeiten am wenigsten erwünscht.

Es war eine dieser Gewohnheiten, die er schon als Memo nicht ablegen konnte und die er auch als Solo einfach nicht aufzugeben vermochte. Er wusste, dass er wenigstens ein einziges Mal im Graulicht auf die Mauer steigen und sich einen Überblick verschaffen musste. Er musste sich selbst davon überzeugen, dass das Tor geschlossen und Wachen auf ihren Posten waren, sonst konnte er nicht schlafen.

Sie hatten keine Schwierigkeiten gehabt, in die Ansiedlung Einlass zu erhalten. Die Xeno am Tor hatten Jarek und Ko nicht mehr als die üblichen Fragen gestellt.

Jarek war es bis dahin recht gewesen, dass sie die Ansiedlungen und Städte gemieden hatten. Je weniger Menschen er auf der Reise zu Gesicht bekam, desto geringer war die Gefahr, dass er jemanden traf, den er kannte. Jarek hatte zwar diese Gegend noch nie vorher bereist, weder als Xeno noch als Memo, doch er musste unbedingt verhindern, dass ihn irgendjemand als den erkannte, den er angeblich ermordet hatte.

Doch er hatte sich zu viele Sorgen gemacht. Noch immer hatte er sich nicht daran gewöhnt, dass andere den Solo so gut wie keine Aufmerksamkeit schenkten. Die hübsche Solaga zog zwar einige Blicke auf sich, aber er selbst verblasste neben ihr völlig. Dazu hatte Jarek sich den gebeugten Gang der Solo mit den eingezogenen Schultern angewöhnt. Mit dieser Haltung zeigten die Solo eine Unterwürfigkeit und Harmlosigkeit, wie Jarek sie auf seinen Jagden bei Tieren gesehen hatte, die in der Gegenwart stärkerer Reißer lebten und auf deren Wohlwollen oder Gleichgültigkeit angewiesen waren. Doch er wusste, dass dies bei den Solo eine Tarnung war. Eine sehr wirkungsvolle.

Ko hatte ihren Aufenthalt in Fustiba damit erklärt, dass sie ihre Vorräte ergänzen mussten. Das Wasser war inzwischen knapp geworden. Ko war außerdem nicht gewillt, sich mit wenig oder gar minderwertigem Essen zufriedenzugeben. Sie war jetzt unterwegs, um in den noch geöffneten Kontoren nachzusehen, was im Angebot war.

Jarek brauchte nichts. Seine Wasserflaschen hatte er gleich nach der Ankunft wieder gefüllt und sich im ersten Kontor, das am Weg lag, einen Vorrat an Springgaaserbeinen zugelegt.

Im Gelblicht wollten sie dann weiterwandern, pfadab, einem Ziel entgegen, dessen Namen Ko Jarek nach wie vor beharrlich verweigerte, und er fragte inzwischen nicht mehr.

„Da bist du ja", hörte er ihre Stimme hinter sich und drehte sich um. Sie stand an der Treppe, die hinunter zur Ansiedlung führte, und schaute Jarek unwillig an. „Ich habe dich überall gesucht. Was machst du eigentlich hier oben? Immer bist du auf irgendeiner Mauer. Warum?"

„Wieso hast du mich gesucht?", fragte er. „Gibt es Schwierigkeiten? Oder hast du Angst, ich laufe dir im Graulicht davon?"

„Angst habe ich nie. Aber bei dir muss man auf alles gefasst sein", erwiderte sie mit lauerndem Gesichtsausdruck.

Wieder zuckte Jarek die Achseln und überging die Bemerkung. Inzwischen verkörperte er den Mann recht gut, dem es ziemlich gleichgültig war, was andere dachten und sagten.

„Geschäfte gemacht?", fragte er und ließ den Blick über die engen Gassen der Ansiedlung streifen.

„Hier?" Kos überraschter Ton veranlasste Jarek, sich nach ihr umzudrehen. „Hier verkaufe ich nichts. Ich bin doch nicht verrückt. Wenn dich die Xeno in so einer kleinen Ansiedlung erwischen, dann weiß es zwei Lichte später jeder Wächter pfadauf und pfadab. Dann kommst du nirgends mehr rein", erklärte sie mit bestimmtem Ton. „Ich verkaufe nur in größeren Städten. Es gibt andere, denen ist das ziemlich egal. Aber ich habe es als Solaga, die nicht mit dem Markt zieht, schon schwer genug, irgendwo reinzukommen."

Jarek schwieg.

„Vom Colorogeschäft hast du wirklich überhaupt keine Ahnung", stellte Ko fest.

„Ich bin Berichter."

„Ich dachte, die interessieren sich für alles", stichelte sie weiter.

„Ich interessiere mich für Geschichten, die ich erzählen kann", antwortete er. „Soll ich mich hinstellen und berichten, wie die neuesten Preise für Coloro sind? Wer ein besonderes Angebot hat? In welcher Menge und in welcher Güte? Heute zum Sonderpreis bei Ko. Ihr trefft sie im Schatten der Schänke 'Zum Fuuch', direkt neben der Mauer."

„Woher weißt du, dass es hier eine Schänke gibt, die so heißt?"

„Die gibt es in jeder Stadt."

„Stimmt. Nein, von Coloro sollst du nicht erzählen. Was berichtest du denn sonst so?" Weil sie nicht lockerließ, war der Wächter in Jarek gewarnt. Sie verfolgte ganz offensichtlich ein Ziel, auch wenn er nicht wusste, welches.

„Was die Menschen hören wollen", sagte er.

„Dann bin ich ja mal gespannt."

„Worauf?"

„Auf deinen Auftritt." Ko hatte sich der kleinen Ansiedlung zugewandt und schaute zum größten Kontor, das noch geöffnet hatte und zu dem ein paar Reisende gingen. Aber Jarek sah, dass sie ihn aus dem Augenwinkel beobachtete.

„Was für ein Auftritt? Ich hatte nicht vor, hier zu arbeiten", erwiderte er leichthin.

Ko sah ihn mit schräg gelegtem Kopf an. „Musst du aber", sagte sie betont. „Alle Herbergen sind voll. Ich habe nur deshalb noch zwei Schlafplätze bekommen, weil ich erzählt habe, dass ich mit einem Berichter unterwegs bin. Der Wirt überlässt uns einen Raum. Aber nur, wenn du seine Gäste unterhältst."

Jarek starrt Ko an, die den Blick ungerührt erwiderte.

„Hast du damit Schwierigkeiten?", fragte sie spöttisch. „Du bist doch ein Berichter. Dann kannst du uns ja auch was erzählen."

Die Herberge war die älteste und wurde von ihrem Besitzer „Zum Großen Höhler" genannt. Jarek hatte auf seinen Reisen ein solches Bauwerk noch nicht gesehen. Der geschäftstüchtige Inhaber bot nicht nur Schlafplätze an, sondern hatte den mittleren, großen Kuppelbau so gestaltet, dass er gleichzeitig zur Bewirtung der Gäste diente. Und zu deren Unterhaltung.

Jarek stand auf der kleinen Bühne zwischen den Öffnungen in der Wand, die zu den Schlafkammern führten, und er fühlte, wie sein Herz raste.

Er hatte Fuuche gejagt und Große Höhler. Er hatte Klauenreißer erlegt und sich einundzwanzig Kämpfe mit den verschiedenen Arten der Breitnacken geliefert. Und er hatte Schlachten gegen Mörderbanden geschlagen, die in der Überzahl gewesen waren.

Doch noch nie hatte er sich so unsicher und hilflos gefühlt wie hier oben auf diesem Steinpodest, das zwei Schritt breit und einen Schritt tief war. Von den Tischen und Bänken unten im Schankraum der Herberge starrten ihn fünfundsiebzig Augenpaare neugierig an.

Nicht einmal der erste Anblick der riesigen Stadt Kirusk mit ihren unzähligen Gebäuden, Straßen, Gassen und Menschen hatte Jarek einen solch abgrundtiefen Schrecken und so viel Angst eingejagt wie die freudige Erwartung der zweiunddreißig Mahlo, siebzehn Kir, elf Vaka, vier Foogo, acht Solo und drei Memo, die ihm fast greifbar entgegenkam.

Als wäre die Aussicht darauf, hier Geschichten erzählen zu müssen, nicht genug, hatte Jarek auch noch entdeckt, dass Mitglieder seines eigenen Volkes unter den Gästen waren. Er hatte zu seiner Erleichterung festgestellt, dass er keinem der drei Memo jemals begegnet war. Erleichtert sah Jarek in ihren Blicken nichts als Vorfreude auf eine gelungene Darbietung und keinen Moment des Wiedererkennens. Für sie war er offenbar ein beliebiger Solo, dem man keinen genauen Blick schenkte.

Das machte es leichter. Aber nur ein wenig.

Jarek hatte niemals vorher vor so vielen Fremden gesprochen. Der Schankwirt hatte ihn großspurig als den berühmten Berichter Keraj angekündigt, dessen Ruf ihn pfadauf und pfadab zu einem der begehrtesten Geschichten- und Nachrichtenerzähler von ganz Memiana gemacht habe, den aber er und nur er hier und heute präsentieren könne.

Jarek kannte das aus Maro. Jeder, der einen Berichter verpflichtete, bezeichnete ihn als den größten, bekanntesten und besten seines Faches, auch wenn er selbst seinen Namen in diesem Licht zum ersten Mal gehört hatte.

Jarek hatte früher über diese Ankündigungen immer gelächelt, die zur guten Unterhaltung einfach dazugehörten.

Doch nun spürte er die Verpflichtung, dem Anspruch auch gerecht zu werden. Sein Mund war trocken und sein Puls raste, als sei er mitten im Kampf. Doch der Jäger, der Wächter und der Beschützer hatten sich zurückgezogen und beobachteten gespannt, was vor sich ging, ohne ihm in irgendeiner Weise zu helfen. Es gab nichts, was sie hätten tun können. Das war nicht ihre Zeit. Der Memo war gefragt und er allein.

Jarek spürte die Blicke von Ko, die alleine auf einer Bank rechts von der Bühne saß, einen Becher Paasaqua vor sich, den sie zum Gruß hob. Mit einem spöttischen, überlegenen Lächeln.

Er nickte ihr knapp zu, dann suchten seine Augen einen Punkt in der Ferne und fanden eine Lichtöffnung über dem Eingang des Gebäudes, eine schöne Arbeit aus ineinander verflochtenen Ferakreisen, und er dachte, dass Carb dieses Schutzgitter gefallen würde.

Dann gab es nichts mehr, an das er sich klammern konnte.

Jarek musste anfangen.

Es waren nur drei Wimpernschläge seit der Ankündigung durch den Wirt vergangen, Zeit, in der das Gemurmel der Gäste rasch verstummt und Jarek die alleinige Mitte aller Aufmerksamkeit geworden war. Er versuchte sich an einem Lächeln, wie er es von den Berichtern kannte, die er selbst gesehen und gehört hatte, aber es fühlte sich falsch an, und er spürte, wie sich all seine Muskeln leicht verkrampften. „Ich grüße Euch", sagte er, bevor die Unsicherheit noch weiter über ihn kriechen konnte. „Bewohner von Fustiba, Reisende und Gäste dieser wunderbaren Herberge und Schänke, benannt nach dem größten, entsetzlichsten und gnadenlosesten Reißer von Memiana." Ein kurzer Blick über die Gesichter konnte Jarek nicht entspannen. Das war kein besonderer Anfang gewesen. Einige der Zuhörer verzogen sogar die Gesichter. Kein Wunder, es war eine Begrüßung, wie Jarek sie auch immer wieder von Berichtern gehört hatte.

„Ich komme von weit her und ich ziehe mit dem ersten Licht Salas wieder in die Ferne, um für Euch Neuigkeiten und Nachrichten zu sammeln", fuhr er rasch fort. „Ich will Euch von Ereignissen berichten, die Euch bisher unbekannt waren. Und auch die eine oder andere Geschichte erzählen, die Ihr so noch nicht gehört habt."

Jarek hoffte, dass es keine Täuschung war, aber er glaubte zu sehen, dass ihm wenigstens die Zuhörer an den vorderen Tischen jetzt mehr Aufmerksamkeit schenkten als ihren Getränken und Speisen. Er wurde etwas zuversichtlicher. Der Anfang war geschafft und nun konnte er sich aus dem großen Vorrat bedienen, den sein Memogedächtnis in einer Kammer verwahrte, die er in Mindola gut gefüllt hatte. Immer wieder war er mit den Freunden in den Turm des Wissens gegangen, um sich Geschichten und Mitteilungen über neue Ereignisse anzuhören. Er wählte eine spannende Erzählung über einen Kampf zwischen verfeindeten Clans jenseits des Großen Anstiegs in den Sandlanden und öffnete den Mund.

„Das kann ich Euch nicht ..." Jarek schluckte und verstummte.

Alle starrten ihn an. Jarek blinzelte einmal, zweimal, und stieß einen unhörbaren Fluch aus. Er hatte etwas vergessen. Etwas Wesentliches. Er konnte nichts von dem, was er aus Mindola mitgebracht hatte, berichten! Alles, was im Turm des Wissens von Memo zu Memo gesprochen wurde, war ein Geheimnis, das er keinem mitteilen konnte, der nicht zu seinem eigenen Volk gehörte!

Jarek spürte, wie ihm der Schweiß ausbrach, aber er wagte nicht, den Arm zu heben, um ihn von der Stirn zu wischen. Daran hatte er nicht gedacht! Er war sich seiner Sache viel zu sicher gewesen und jetzt stand er hier auf der kleinen Bühne wie ein Kind, das sich zu weit von seinen Mitreisenden entfernt und verlaufen hatte. Nun war es von einem Rudel blutgieriger Reißer eingekreist und Rettung war nicht in Sicht.

Seine Augen huschten zu Ko hinüber, die die Arme verschränkt hatte und ihn mit schräg gelegtem Kopf anschaute, und er erkannte ein verächtliches Lächeln auf ihrem Mund.

Er griff nach dem ersten Gedanken, den er fand.

„Ich werde von Ereignissen berichten, die sich zutrugen. Manche vor tausend Lichten, manche erst kürzlich."

Jarek hatte in seinem Leben viele Berichter gehört und er war ein Memo, der nie etwas vergaß. Wenn er keine Erzählungen aus Mindola nehmen konnte, dann musste es eben etwas sein, das er selbst in der Vergangenheit in einer Schänke gehört hatte. Den letzten Berichter hatte er in Briek gehört, kurz nachdem er mit Hama und den anderen losgezogen war. Wingort war sein Name und sein Vortrag war erfolgreich gewesen. Also konnten Wingorts Geschichten auch hier nicht falsch sein.

„Ich erzähle Euch vom Unglück in Bolopo, unter dessen Fels sich eine neue Cave auftat und den halben Ort verschlang", fuhr er fort.

Eine Gruppe links von Jarek stöhnte. „Kennen wir schon!", rief einer der Männer und viele im Raum stimmten zu.

Das war schlecht. Sehr schlecht.

„Über die wundersamen Ereignisse von Noss kann ich Euch unterrichten, als der Clan der Hirk gegen einen Kriecher kämpfte, der zwanzig Mannslängen hatte", versuchte er es weiter. Dieses Mal stöhnten noch mehr Leute. Unwilliges Gemurmel ging durch die Reihen.

„Die Geschichte der Liebe zwischen Mondra vom Stamm der Vaka und Ekol vom Stamm der Kir wird Eure Herzen bewegen", versuchte er es schon verzweifelt, aber er spürte sofort, dass es nicht besser wurde.

Ein paar Männer lachten verächtlich und sogar die Frauen, die für gewöhnlich nichts dagegen hatten, eine Liebesgeschichte zu hören, schüttelten enttäuscht die Köpfe.

„Was ist das denn für ein Berichter?", fragte ein Kir den Wirt mit lauter Stimme. „Der hat ja nur alten Kaas!"

Andere Zuhörer stimmten ein. „Los, was Neues! Wir wollen was hören, das wir noch nicht kennen!" Die Rufe hallten unter der Kuppel und Jareks Verstand raste. Der Jäger, der Wächter und der Beschützer in ihm hoben bedauernd die Schultern. Sie konnten nicht helfen und auch der Memo war machtlos.

„Der Große Höhler!", hörte Jarek dann seine eigene Stimme.

„Nicht der Jagdzug von Pollok!", rief der Kir, der sich anscheinend zum Sprecher der Zuhörer erklärt hatte. „Den kennen wir auch schon!"

Jarek schüttelte den Kopf, während sich in seiner Erinnerung eine Tür langsam öffnete und ein Felsrutsch von Bildern über ihn hereinbrach.

„Nein", sagte er laut. „Ich werde Euch von Aliaks Jagd erzählen", und es wurde in der Schänke ganz still.

„Von Jarek und Moyla?", fragte eine Frau erwartungsvoll.

Jarek schluckte einmal, räusperte sich, dann nickte er. „Auch davon werde ich berichten. Ich werde Euch diese Geschichte erzählen, wie sie wirklich war. Wie Ihr sie noch nie gehört habt. Wie sie mir einer der Gefährten von Jarek, Aliak und Moyla berichtet hat, den ich in Kirusk traf."

Ein Raunen ging durch den Kuppelbau und die Gäste schauten sich überrascht an. Jarek spürte, wie sich die Haare auf seinem Rücken und den Armen aufrichteten. Niemand kümmerte sich mehr um den Teller mit Essen, der vor ihm stand, Trinkbecher blieben unbeachtet und die drei jungen Frauen, die die Gäste bedienten, waren stehen geblieben und schauten Jarek an.

„Ihr kennt die Geschichte von einem, der selbst dabei war?", fragte der großsprecherische Kir ungläubig.

„So ist es", bestätigte Jarek. „Man hat sie mir berichtet und nur deshalb kann ich Euch davon erzählen, als sei ich selbst dabei gewesen. Nur deswegen kann ich Euch die Wahrheit sagen, nichts als die reine Wahrheit. Also hört, was sich auf der Salaspitze zugetragen hat. Das Hartwasser wurde unter den Berührungen der Hände flüssig", begann er und alle lauschten. Jarek spürte, wie er ruhig wurde, so ruhig wie in dem Augenblick der Jagd, wenn der Reißer seinen letzten Atemzug getan hatte und der Jäger wusste, dass er der Sieger war. „Doch wenn man zu lange im selben Griff verharrte, konnte es geschehen, dass es wieder fest wurde und die Finger an den Felsen hängen blieben. Dann musste der Jäger sie gewaltsam lösen, mit einem kurzen, schmerzhaften Ruck, der Haut auf dem Stein zurückließ, jedes Mal. Seit vier Lichten kletterte der Jagdtrupp nun die steilen Wände der Salaspitze empor und erst zweimal hatten die Männer und Frauen, die Aliak folgten, den Ruf des Großen Höhlers vernommen ..."

Jareks Blick wanderte über seine Zuhörer, während die Bilder aus seiner Erinnerung die Worte formten. Hier und da zogen Menschen ihre Mäntel straffer um die Schultern, als wäre es in dem Raum kälter geworden und jeder könnte es selbst spüren.

Kurz fand sein Blick Ko. Das überhebliche Lächeln war aus ihrem Gesicht verschwunden. Sie saß leicht nach vorne gebeugt, den Mund ein wenig geöffnet, als ob sie jedes einzelne Wort aufsaugen wollte, und er sah in ihren Augen nichts anderes mehr als gebannte Aufmerksamkeit.

Gemurmel füllte die große Kuppel und an allen Tischen sprachen die Menschen miteinander. Immer wieder drehte sich jemand nach Jarek um, der am Tresen stand, und warf ihm einen Blick zu und nicht selten nickte derjenige wohlwollend.

Jarek spürte eine Hand auf der Schulter und sah einen Vaka neben sich, der ihn anlächelte.

„Ich danke Euch", sage der Mann und zog zwei Münzen aus der Tasche, die er neben Jarek auf die steinerne Platte legte. Dort stapelte sich inzwischen das Geld. „Und das ist wirklich alles so passiert? Sie haben den Höhler mit zwei Frauen angelockt?"

„Das hat man mir berichtet."

„So spannend hat noch nie jemand von einer Jagd erzählt", schwärmte der Mann. „Und schon gar nicht von dieser. Als ob man selbst dabei gewesen wäre!"

Jarek lächelte ihn freundlich an. „Es freut mich, wenn ich Euch etwas Besonderes bieten konnte."

„Das konntet Ihr, oh ja, Keraj, der Berichter. Ich werde allen meinen Freunden von Euch erzählen. Bald wird man Euren Namen überall kennen, ganz sicher." Der Mann klopfte Jarek noch einmal auf die Schulter und kehrte dann zu seinem Tisch zurück.

Der Besitzer der Schänke stellte einen großen Becher vor Jarek. „Hier, für Euch!"

Jarek schaute das Gefäß mit dem schäumenden Paasaqua an. Er machte sich immer noch nichts aus berauschenden Getränken, denn er zog es vor, jederzeit zu wissen, was er tat und was er dachte.

„Danke", sagte er trotzdem, setzte nach einem kurzen Zögern und einem Seitenblick auf die Opferraute in der Theke den Becher an und tat so, als nähme er einen Schluck.

Der Wirt, der Bado hieß, legte seine massigen Arme auf die Steinplatte und beugte sich vor. „Da habt Ihr es ja richtig spannend gemacht. Am Anfang habe ich gedacht, Ihr seid irgendein Anfänger. Der schlimmste Anfänger, den ich je gehört habe, ehrlich."

Jarek lächelte. Er wusste nicht, was er antworten sollte. Er war ja auch ein Anfänger und beinahe hätte sein Auftritt dort auf der Bühne verraten, dass er ein ganz anderer war. Nur eben kein Berichter.

„Ich kann dafür sorgen, dass Ihr bleiben dürft", sagte der Wirt jetzt in vertraulichem Ton zu ihm. „Der Älteste der

Xeno ist ein guter Freund von mir. Zehn Lichte kann ich für Euch rausholen." Er schaute Jarek erwartungsvoll an.

„Zehn Lichte?" Das war zwar keine Antwort, aber irgendwie musste er reagieren.

Bado zuckte die Achseln. „Vielleicht sind auch fünfzehn möglich. Für Euch und Eure Freundin. Ich biete Euch Schlafplätze in einer Zweierunterkunft, freie Nahrung, Trinken ebenfalls. Ich gebe Euch zwanzig Fer für jedes Graulicht, in dem Ihr erzählt. Was Ihr auf den Tresen bekommt, bleibt Euch."

Er warf einen kurzen Blick auf das kleine Häufchen Münzen, das neben Jarek lag. „Ihr seid der ungewöhnlichste Berichter, der jemals in dieser Herberge war. Und hier waren viele, das kann ich Euch sagen."

„Meint Ihr?"

„Ganz sicher. Warum habe ich vorher noch nie von Euch gehört?" Bado betrachtete Jarek interessiert.

Wäre er tatsächlich berühmt gewesen, hätte er seinen Fuß gar nicht in diese kleine Ansiedlung gesetzt, sondern hätte sich größere Städte ausgesucht. Oder er wäre mit einem der vier Märkte rund um Memiana gezogen und ein reicher Mann geworden. Doch das konnte und wollte Jarek dem Wirt nicht sagen. Es lag nicht in seiner Absicht, den Mann zu beleidigen.

„Ich bereise zum ersten Mal diese Seite des Raakgebirges", sagte er daher.

Das war eine Erklärung, die Bado verstand. „Auf jemanden wie Euch habe ich gewartet. Wir können zusammen Geld verdienen. Richtig viel Geld. Also, wie sieht es aus? Ihr habt mein Angebot gehört. Haben wir ein Geschäft?"

Jarek zögerte. Nach wie vor wusste er nicht genug über die Solo und die Art, wie sie ihren Lebensunterhalt verdienten. Doch wenn er all das bedachte, was er bisher erfahren, beobachtet und selbst erlebt hatte, war Bados Angebot nicht schlecht.

Jarek schaute sich in der Schänke um und der Blick des Memo zählte achtunddreißig Tische mit je vier Plätzen. Der Raum war zu Beginn seiner Vorstellung nur halb voll gewesen. Ganz sicher würde sich die Kunde von dem außergewöhnlichen Berichter herumsprechen und im folgenden Graulicht wären alle Plätze besetzt. Wie in jedem weiteren, zu dem Jarek hier seinen Auftritt hätte.

Bado würde gut verdienen. Sein Angebot an Jarek war angemessen. Doch er wollte ja gar nicht bleiben. Im folgenden Gelblicht würden sie weiterziehen. Ein Solo würde sich die Gelegenheit nicht entgehen lassen, an einem Ort zu verweilen und mehrere Lichte lang seinen Geldbeutel zu füllen. Ein Solo hatte es nicht eilig und er hatte keine Verpflichtungen, die ihn zwangen, irgendwo hinzueilen.

Jarek sah sich einem ernsthaften Problem gegenüber, wenn er seine Tarnung als Solo und Berichter glaubhaft aufrechterhalten wollte. Sein Memoverstand raste und er suchte nach einer Lösung, die überzeugend war. „Dreißig", sagte Jarek schließlich.

„Was?" Bado starrte ihn an.

„Dreißig erhalte ich gewöhnlich für jeden Vortrag", erklärte Jarek. „Für die ersten fünf Lichte. Vierzig für die folgenden fünf. Wenn die Schänke bis auf den letzten Platz besetzt ist, bekomme ich noch einmal zehn Fer zusätzlich."

Bado schluckte einmal, aber Jarek sah etwas in seinem Blick, das Respekt nahe kam, und er erschrak. Er hatte Bado abschrecken wollen, aber nun hatte er ganz offensichtlich eine Forderung gestellt, die gar nicht so übertrieben war. „Das sind die Preise, die man mir jenseits von Raak zahlt", ergänzte er rasch. „Wenn Ihr das geben würdet, wäre ich gerne bereit, auf Euer Angebot einzugehen. Aber ich habe bereits eine feste Verpflichtung. Wir sind auf dem Weg nach Jakat und mehr als ein Graulicht Aufenthalt ist für uns nicht möglich, wenn wir zeitig dort sein wollen."

Bado sah ihn enttäuscht an. „Und da ist nichts zu machen?"

„Ich habe mit einem Wirt dort ein Geschäft", erklärte er.

Bado seufzte enttäuscht. „Ja, dann. Aber wenn Ihr wieder nach Fustiba kommt, dann berichtet Ihr nur bei mir. Einverstanden?" Er hielt ihm die Hand hin.

„Eine solche Vereinbarung kostet Euch zwanzig Fer", sagte Jarek und schaute dem Schankwirt in die Augen.

„Wir haben ein Geschäft", sagte Bado und schlug ein.

Jarek spürte Wärme in sich. Er war stolz darauf, dass er seine Rolle so überzeugend gespielt hatte. Er war der Gefahr, aufzufallen und Misstrauen hervorzurufen, geschickt ausgewichen. Dazu hatte er es auch nicht versäumt, weiter den geschäftstüchtigen Solo darzustellen, der auf seinen Vorteil bedacht war, immer und überall.

Bado nahm einen großen Beutel aus einem tiefen Fach unter der Theke, griff hinein und holte eine kleine Aaromünze heraus, die er Jarek reichte. „Zwanzig", sagte er und Jarek nahm das Geldstück entgegen. Dann öffnete er seinen eigenen Geldbeutel und sammelte die kleineren Münzen von der Theke. Es waren alles nur Okt- oder Kvartstücke, aber die Menge zeigte die Anerkennung der Gäste für seinen Vortrag. Der Wirt bezahlte den Berichter. Zuhörer gaben nur etwas, wenn sie beeindruckt oder bewegt waren oder beides.

Jarek zog die Schnüre seines Geldbeutels zusammen, verstaute ihn in einer der vielen Innentaschen des Mantels, den er inzwischen als seinen betrachtete, und spürte Kos Anwesenheit, ohne dass er sie sah.

Er drehte sich langsam zu ihr um, während sein Memoverstand in rasender Geschwindigkeit alle Möglichkeiten einer angemessenen Reaktion auf das Geschehene bedachte. Er versuchte, eine davon zu wählen, die dem Menschen entsprach, der zu sein Jarek vorgab. Nicht dem, der er wirklich war.

Ko stellte sich neben ihn an den Tresen und schaute ihn nicht an. Sie sah auf die vielen Nischen der Wand, die sorgfältig mit dünnen Grauglimmerplatten gemauert waren. Neunundachtzig verschiedene Sorten Staatpaasaqua standen darin, die Bado zu unterschiedlichen Preisen anbot.

„Du hast mich angelogen." Es gelang Jarek, die Worte mit dem richtigen Groll und so leise hervorzupressen, dass nur Ko sie verstehen konnte.

„Hab ich?", fragte sie und versuchte, ihre Stimme harmlos klingen zu lassen. Aber Jarek bemerkte das ganz leichte Zittern doch.

„Bado hat genug freie Schlafplätze." Jarek behielt den verhaltenen Zorn in der Stimme bei. „Es gibt keinen

Mangel. In der ganzen Ansiedlung nicht. Er hat nicht gefordert, dass ich als Berichter auftrete. Du hast es ihm angeboten."

Ko zuckte die Achseln. „Du hast doch gut verdient, oder? Du hast deine Arbeit gemacht, allen hat es gefallen, alle erzählen, wie großartig du bist, was willst du mehr?"

Ihre hastige Erklärung verriet Jarek viel mehr, als Ko bereit war, offen zu zeigen. Sie war verunsichert und verlegen.

„Warum?", fragte er.

Ein Foogo trat auf sie zu und legte zwei Kvart auf den Tresen. Jarek nickte einmal kurz und der Mann ging weiter.

„Warum?", grollte er. Er ließ Ko nicht aus den Augen, aber die antwortete nicht.

Sie wartete, bis der Foogo außer Hörweite war, dann drehte sie sich endlich zu Jarek um. „Ich war mit dort oben auf der Salaspitze", sagte sie leise. „Meine Hände haben an Glazia festgeklebt und ich habe die Flügelschläge des Großen Höhlers gespürt und ... und das Knacken gehört, als der Felsen unter Moyla gebrochen ist und ..." Sie zog einmal die Nase hoch und ihre Augen wurden feucht.

Jarek wartete.

„Und ich habe den Schmerz gespürt", fuhr Ko leise fort. „Ihren. Den ihres Bruders. Und den von Jarek. So etwas habe ich noch nie erlebt. Und es ist jedem hier drinnen so ergangen." Sie schaute sich kurz im Raum um. Noch immer konnte der Jäger in Jarek spüren, dass die Menschen aufgewühlt waren, weil sich etwas Ungewöhnliches ereignet hatte. Es war nichts, das ihre Besorgnis erregt hätte, aber es war etwas Unerwartetes geschehen, das sie immer noch beschäftigte und Gespräche erforderte.

Und nachdenkliches Schweigen.

„Du bist unglaublich gut." Kos Blick war nur Bewunderung, aber er ließ sich davon nicht beeinflussen. Wenn Ko eine Rolle zu spielen hatte, dann Jarek erst recht.

„Das weiß ich", erwiderte er schroff. „Ich weiß, wie gut ich bin. Und du hast die Frage nicht beantwortet. Warum?"

Sie hob den Blick wieder und Jarek sah, dass sie eine Entscheidung getroffen hatte. „Ich musste die Wahrheit wissen."

„Was ist das für eine Antwort? Was für eine Wahrheit? Weißt du sie jetzt?"

Ko schüttelte den Kopf und biss sich auf die Lippen. „Nein", sagte sie leise. „Jetzt ist alles noch viel verwirrender. Ich habe gedacht, du bist einer dieser Lügner, die man so trifft. Bist du aber nicht. Aber trotzdem stimmt irgendwas mit dir nicht", sagte sie mit festerer Stimme.

Der Wächter in Jarek trat vor seine Kammer und beobachtete Ko aufmerksam. „Und was soll das sein? Was stimmt mit mir nicht?", fragte er leichthin, gerade so, als langweile ihn das Geplapper seiner Begleiterin und Führerin.

„Ich weiß es nicht", sagte sie hilflos. „Aber man kann dir nicht trauen."

Jarek schnaubte einmal kurz und lachte bitter. „Ja. Kann man mir nicht. Du traust mir nicht, ich traue dir nicht. Was hast du erwartet? Man kann niemandem trauen."

„Aber trotzdem bist du anders", sprach Ko leise weiter, als ob Jarek nichts gesagt hätte.

„Wie meinst du das?"

„Ich weiß nicht. Irgendwas sagt mir, dass du gefährlich bist. Wirklich gefährlich. Dass man besser Abstand von dir hält. Aber trotzdem fühle ich mich bei dir sicher. Warum?"

Sie schaute Jarek Hilfe suchend an, als erhoffte sie sich von ihm eine Erklärung für ihre eigenen seltsamen und widersprüchlichen Gefühle.

Er schob den unberührten Becher mit Paasaqua ein Stück zur Seite, legte die Hände flach auf den Tresen, lauschte auf seinen beschleunigten Herzschlag und hoffte, dass Ko nichts von seiner eigenen Anspannung wahrnahm. „Bei mir?" sagte er und versuchte, seiner Stimme einen belustigten Ton zu geben. „Sicher? Ausgerechnet bei mir? Wenn du das glaubst, dann bist du noch verrückter als dein Gerede. Hast du vergessen, was für ein Geschäft wir haben? Warum du mich führst? Und zu wem?"

Sie schaute zu Boden und ließ die Schultern hängen.

Sie schwiegen beide eine Weile.

„Nein, habe ich nicht", sagte sie nach einer Weile, wandte sich ab und ging ohne ein weiteres Wort zu den Schlafräumen.

Die Liegen waren dick mit Salasteinen ausgekleidet und Jarek spürte die Wärme, die sie immer noch abgaben, obwohl das dritte Kvart des Graulichts längst angebrochen war. Polos und Nira schienen nun nicht mehr durch die kleinen Lichtöffnungen oben in der Kuppel herein. Er hatte die Augen geschlossen, aber er wusste genau, wie viel Zeit vergangen war.

Jarek spürte nichts von den sonst so harten Steinen, weil zwischen ihm und dem Untergrund eine dicke Mahldecke lag.

Die Kammer war nicht groß, gerade einmal fünf Schritt im Durchmesser, und sie wies nur vier Schlafstellen auf, aber sie hatte ihre eigene Waschkammer, die durch einen großen Vorhang aus dem Fell von Gelbschattenfetzern abgetrennt war. Es gab einen steinernen Tisch mit Bänken, die sogar mit Rückenlehnen und ebenfalls mit Polstern versehen waren.

Es war eine gute Kammer, wahrscheinlich die beste der ganzen Ansiedlung, und Jarek fragte sich kurz, wie Ko es wohl erreicht hatte, dass Bado ihnen diese zur Verfügung gestellt hatte. Wahrscheinlich hatte sie ihm vorgeschwärmt, was für ein großartiger Berichter Jarek war und dass für ihn nur die allerbeste Unterkunft infrage kam.

Ko konnte sehr überzeugend sein, wenn sie Wert darauf legte. Aber hier war es zu ihrer beider Vorteil und Jarek würde sich bestimmt nicht über die Unterkunft beschweren. Selbst wenn er es immer noch gewohnt war, auch unter ungünstigen Umständen zu ruhen und Erholung zu finden, lehnte er eine weiche Unterlage nicht ab, wenn sie ihm geboten wurde. Außerdem lag Fustiba noch immer in einer Höhe des Raakgebirges, in der es im Graulicht richtig kalt wurde, auch wenn es nicht mehr dazu reichte, Wasser zu Glazia erstarren zu lassen.

Ko hatte in der Schlafstelle ganz rechts gelegen, als Jarek hereingekommen war, aber sie war noch wach gewesen. Jarek hatte den Nirariegel vorgelegt, der verhinderte, dass jemand die Tür von außen öffnete. Er hatte einen Augenblick darüber nachgedacht, ob Bado oder irgendjemand anderes annahm, dass er mehr als ein vorübergehender Weggefährte der Solaga war, dann hatte er gemerkt, dass es ihm gleichgültig war.

Er war für sie der Berichter Keraj, nicht Jarek, und was andere über ihn als Solo dachten, interessierte ihn nicht, solange niemand einen Zweifel daran hegte, dass er Keraj war.

Ko hatte sich die Decken von zwei der anderen freien Liegen genommen. Ganz links hatte sie eine einzelne übrig gelassen und ihm damit mehr als deutlich gezeigt, dass sie einen möglichst großen Abstand zu ihm wünschte.

Jarek hatte es mit einem inneren Achselzucken zur Kenntnis genommen. Er selbst legte keinen Wert darauf, direkt neben Ko zu schlafen, und dass sie zuerst einmal an sich dachte, war er inzwischen gewohnt. Vielleicht musste er sogar dankbar dafür sein, dass sie ihm überhaupt eine Decke übrig gelassen hatte, hatte er kurz gedacht und ein Lachen unterdrückt.

Ko hatte Jarek wortlos, aber ohne Scheu beobachtet, als er sich auf die Liege gesetzt, die Stiefel aufgeschnürt und die bereitliegende, weiche Decke ausgebreitet hatte.

Erst dann hatte er den Rückenbeutel abgesetzt und ihn neben sich gelegt, wie er es seit ihrem Aufbruch jedes Mal tat, wenn sie einen Ort zum Schlafen gefunden hatten. So wie jeder Solo. Auch Ko hatte all ihre Besitztümer immer in Reichweite.

Sie hatten nicht gesprochen. Es hatte nicht lange gedauert, da hatte sich Ko fester in ihre Decken gewickelt und ihm den schmalen Rücken zugewandt. Bald darauf hatte auch Jarek die Augen geschlossen.

Es war der Jäger, der ihn jetzt geweckt hatte. Jarek behielt den Rhythmus seines ruhigen Atmens bei und lauschte, ohne die Augen zu öffnen. Er spürte Anspannung in sich, die Bereitschaft, aufzuspringen und um sein Leben zu kämpfen. Es waren erst fünf Lichte vergangen, seit die vier Solo sie in der Herberge überrascht hatten, aber Jarek drängte die Erinnerung an den Geruch des Blutes und besonders an die Geräusche zurück, die er nicht viel später hatte hören müssen.

Hier war es anders.

Niemand näherte sich mit einer Waffe in der Hand. Es war kein Fremder im Raum. Ko war wach und sie ruhte nicht mehr auf ihrer Liege. Das feine Knistern ihres teuren Unterkleides war kaum wahrnehmbar, aber dann war da das leise Knacken ihres rechten Fußgelenks, das er auf der Reise immer mal wieder gehört hatte. Es verriet ihm, dass die Solaga sich mit vorsichtigen Schritten bewegte.

Es war nicht die Rücksicht eines Gefährten, der sich bemühte, leise zu sein, um den anderen nicht zu wecken. Ko war nicht auf dem Weg zur Waschkammer oder zum Abtritt. Ko schlich sich zu seiner Schlafstelle und sie war nur noch zwei Schritt entfernt.

Jarek lag mit dem Rücken zu ihr und atmete weiter wie ein Schlafender, aber Jäger und Wächter in ihm waren bereit. Sie kam näher. Ko roch anders als jede Frau, in deren Nähe er jemals gewesen war. Es war kein unangenehmer Duft, aber er zeugte davon, dass sie gerne und viel Öl für die Haut benutzte. Es war nicht das billigste, das nur dazu diente, das Gesicht zu glätten und die Hände weich zu halten. Es war eines der Sorte, die man in den teuren Kontoren fand, in denen auch die Frauen der Kir und der Vaka einkauften, und dessen Herstellung ein großes Geheimnis war.

Sie war nun direkt hinter Jarek und er konnte ihren Atem hören. Sie holte durch den Mund Luft und bemühte sich angestrengt, keine Geräusche zu verursachen, aber sie hatte keinerlei Erfahrung darin, sich heimlich an jemanden anzuschleichen.

Der Memo in Jarek bedachte rasend schnell alle Möglichkeiten. Was konnte Ko beabsichtigen? Es war unwahrscheinlich, dass sie ihn bestehlen wollte. Wie hätte sie mit der Beute entkommen sollen und wohin? Der Ort war klein, die Tore im Graulicht geschlossen und ganz gleich, in welche Richtung sie beim ersten Strahl Salas gehen würde, Jarek würde ihre Flucht bemerken und könnte sie jederzeit einholen.

Aber was war, wenn Ko unter seine Decke kriechen wollte? Was sollte er tun, wenn die Solaga versuchen würde, sein Misstrauen und seine Missstimmung damit zu beseitigen, dass sie sich ihm hingab wie einem ihrer Kunden?

Jareks Herz kam einen Moment ins Stolpern und er musste alle Kraft aufbieten, weiter so ruhig zu atmen wie bisher.

Er wollte das nicht. Auf gar keinen Fall wollte Jarek ihre Haut auf seiner spüren, ihre Lippen, ihre Fingerspitzen, ihre Feuchtigkeit und ihr falsches, lüsternes Stöhnen, wie sie es ihm selbst erzählt hatte. Aber wie würde ein Solo auf so etwas reagieren? Würde der Berichter Keraj, Jareks Mörder, einen solchen Körper als Geschenk ablehnen? Würde es ihr Misstrauen nicht noch weiter steigern, wenn er falsch reagierte?

Aber was war richtig?

Jarek fühlte, wie die Decke in seinem Rücken vorsichtig angehoben wurde, und er war noch immer zu keiner Entscheidung gekommen. Was sollte er nur tun? Jeden Moment konnte er Kos Hände auf sich spüren und er merkte, wie er sich verkrampfte.

Ko erstarrte.

Jarek gab ein kurzes Räuspern von sich, als hätte ihn irgendwas kurz im Schlaf gestört, dann zwang er sich mit aller Kraft, sich wieder zu entspannen, seine Lage ein wenig zu verändern und ruhig zu atmen, als sei er wieder in einen tieferen Schlaf gefallen.

Ko holte vorsichtig Luft. Sie hatte den Atem angehalten und war zurückgeschreckt. Jetzt näherte sie sich wieder, doch sie bewegte die Decke nicht weiter. Sie hob das dicke Tuch nicht an und kroch nicht darunter. Ko kauerte in Jareks Rücken neben seiner Schlafstelle und verharrte in höchster Anspannung.

Dann fühlte Jarek die leichte Bewegung und den Widerstand der geflochtenen Schnüre.

Ko wollte nicht zu ihm unter die Decke.

Sie wollte an seinen Rückenbeutel!

Vorsichtig zog sie die Schleife auf und hob die Klappe an. Dann zog sie die Schnur weiter auseinander, die durch feraverstärkte runde Öffnungen lief und für dichten Verschluss des großen Tragebeutels sorgte.

Jareks erste Erleichterung wich Schrecken, als ihm klar wurde, was geschah. An Jareks Geld wollte Ko nicht. Sie wusste, dass er es im Inneren seines Mantels verwahrte. Die wenigen Kleidungsstücke, die er im Beutel trug, konnten auch nicht das sein, wofür sie sich interessierte. Es gab nur eins, das sie dort suchen konnte: Jareks Kopf!

Er rührte sich nicht, doch sein Verstand raste. Aber es war ganz gleich, welche Möglichkeiten er bedachte, das Ergebnis jeder Überlegung war dasselbe. Wie auch immer er sich jetzt verhielt, am Ende wäre Ko überzeugt, dass er Jareks Kopf mit sich führte. Wenn er sie daran hinderte, weiterzusuchen, wäre sie überzeugt, dass er im Beutel war. Ließ er sie die grausame Trophäe finden, wusste sie es erst recht.

Er fasste einen Entschluss.

Jarek fuhr herum, packte Kos Hände, zerrte sie heran, warf sie auf den Rücken und presste sie zu Boden, bevor sie überhaupt dazu kam, einen Schrei auszustoßen.

Fassungslos starrte sie ihn an. „Ich ... Ich ...", stammelte sie, dann verstummte sie voll Angst.

Jarek starrte ihr mit zusammengezogenen Brauen drohend in die Augen. „Hast du wirklich gedacht, du kannst dich an mich ranschleichen?" Er hob die Stimme nicht und gab ihr einen überheblichen Klang. Dann lachte er kurz und höhnisch auf und spürte, dass es richtig war. Er fühlte, wie Ko sich unter seinem harten Griff zusammenduckte.

„Noch nie hat es jemand geschafft, mich zu bestehlen. Und jetzt versucht es ausgerechnet eine wie du. Du machst einen Krach wie eine ganze Herde Schneiderrücken auf der Jagd. Hat nur noch gefehlt, dass du grunzt. Du warst noch nicht aus deinem Lager, da habe ich dich schon gehört. Du bist eine verdammt miese Diebin. Die schlechteste, der ich je begegnet bin."

Unvermittelt ließ er sie los und setzte sich auf seinen Schlafplatz. Ko blieb auf dem Boden liegen und starrte ihn an. Dann richtete sie sich vorsichtig auf, zog rasch die Beine an und blieb in der Hocke. Sie beobachtete Jarek ängstlich.

„Ich wollte nichts stehlen", sagte sie kleinlaut.

Jarek zuckte die Achseln. „Also gut", sagte er. „Du hast recht. Verrätst du mir, wie du das erraten hast? Was habe ich falsch gemacht?"

Ko atmete einmal tief durch. Dann blickte sie ihm in die Augen. „Kann ich dir nicht sagen. Nichts, was du gemacht hast oder so. Ist nur so ein Gefühl, die ganze Zeit schon. Es passt nicht zu dir."

„Du meinst, ein Kerl wie ich hat keine Freunde?" Jarek versuchte sich an einem bitteren Grinsen.

„Was meinst du damit?" Jetzt sah Ko verwirrt aus. „Wovon redest du?"

„Es gibt keine Freunde von mir, die uns hinterherlaufen, davon rede ich. Von was denn sonst?"

Ko fuhr sich mit dem Daumennagel über den Stoff des Hemdes und zuckte dann einmal mit den Schultern. „Ach so. Ja. Klar gibt's die nicht. Warum auch?"

Jarek sah, dass sich die Haare auf ihren Armen hochgestellt hatten, aber es war vor Kälte und nicht vor Angst.

Syme oder Fuli hätte er eine Decke geholt, Mareibe sowieso und bei Yala hätte er erst gar nicht zugelassen, dass sie mit nackten Füßen und nur der dünnen Unterkleidung im Graulicht auf dem Stein saß. Aber als Solo musste ihm so etwas gleichgültig sein.

Ko hob den Kopf und sah ihm erneut in die Augen. „Aber warum das alles? Das verstehe ich nicht. Wieso?"

„Was wieso?" Es gelang Jarek recht gut, den Verwirrten zu spielen, wie ihm Jäger und Wächter beeindruckt bestätigten. „Warum willst du unbedingt Ollo finden?", fragte Ko. „Und du willst es wirklich! Du gibst mir so viel Geld dafür. Also musst du es wollen. Warum? Was willst du von ihm?"

Jarek starrte sie an. „Was ist das denn für eine bekloppte Frage?" Er schüttelte den Kopf. „Was ich von Ollo will? Die verdammte Belohnung will ich. Dafür bezahle ich dich. Damit du mich zu ihm bringst!"

„Aber ..." Ko hob verwirrt die Hände. „Aber wie soll das denn gehen?" Sie lachte hohl. „Du hast ihn doch gar nicht umgebracht. Warum soll Ollo dir dann ..." Sie brach ab.

Jarek griff hinter sich nach dem Rückenbeutel. Er setzte ihn mit einem plumpsenden Geräusch direkt vor Ko ab. „Da."

Sie schaute den Beutel an, wagte aber nicht, ihn zu berühren. Dann hob sie den Blick und sah Jarek mit offenem Mund an.

„Schau rein!", sagte er barsch. „Das wolltest du doch. Also los. Schau ihn dir an! Wenn du mir nicht glaubst."

Ko bewegte sich nicht.

Jarek zerrte die Öffnung des Sacks auseinander, griff mit beiden Händen hinein und hob das Bündel aus ölgetränktem Tuch an. Er schüttelte den Rückenbeutel von seinen Händen und legte Ko das Paket in den Schoß. Sie starrte darauf, bewegte sich aber nicht.

Jarek wusste, dass es grausam war. Er wusste, dass er Ko damit neue Träume für ihre eigene Kammer der Schrecken schaffen würde, aber er hatte keine Wahl. Er hatte damit angefangen und nun musste er den eingeschlagenen Weg weiter verfolgen.

Bis zum Ende.

Er knüpfte die zusammengeknoteten Zipfel des Tuchs auf und schlug den Stoff auseinander.

Ko stieß einen Schrei aus und sprang auf. Der Kopf mit den dichten, gefärbten Haaren, die jetzt im Graulicht nur hell schimmerten, schlug mit einem hohlen Geräusch auf den Boden und rollte ein Stück zur Seite.

Ko wich drei Schritt zurück, schlug beide Hände vor den Mund und starrte entsetzt auf das, was da vor ihr lag. Sie zitterte, aber nun nicht mehr vor Kälte.

Jarek verschränkte die Arme und schaute sie mit schräg gelegtem Kopf an. „Du hast mir nicht geglaubt", sagte er, als sei ihm dieser Gedanke gerade eben erst gekommen. „Du hast gedacht, ich lüge dich an. Du hast mir nicht zugetraut, dass ich Jarek erwischt habe!"

Sie konnte den Blick nicht von der schrecklichen Trophäe wenden.

„Da hast du ihn." Jarek lachte bitter, dann packte er den Kopf lässig mit einer Hand an den Haaren und legte ihn zurück auf das Tuch. Es kostete ihn fast alle Kraft, die er besaß, diese einfachen Bewegungen mit der beiläufigen Gleichgültigkeit auszuführen, die ein gewissenloser Kopfgeldjäger und Mörder dabei zeigen würde. „Und ich habe gedacht, du glaubst mir die Geschichte von den Freunden nicht", sagte er wie zu sich selbst. Er wickelte den Kopf wieder ein und verknotete die Enden des Tuches. „Na ja, jetzt weißt du eben Bescheid. Ich hatte den Kopf die ganze Zeit dabei. Das verdammte Ding ist fünftausend Fer wert. Da verrate ich doch nicht, dass ich ihn mit mir herumschleppe. Damit irgendein Schaderfresser kommt und glaubt, es könne sich das Kopfgeld holen. An meiner Stelle. Aber der muss ihn erst mal bekommen. Es ist nicht so leicht, mir was wegzunehmen. Das hast du ja gemerkt. Wenn du noch einmal etwas anfasst, das mir gehört, dann bist du die Nächste. Dann findet irgendjemand deinen hübschen kleinen Kopf in einer Ecke. Oder das, was die Aaser davon übrig gelassen haben. Dann muss ich mir einen neuen Führer suchen, aber ich werde schon einen finden. Hast du das verstanden?"

Ko nickte wortlos ein paarmal.

„Und das gilt genauso, wenn ein anderer versucht, mir was wegzunehmen. Zwei Menschen wissen jetzt, dass ich den Kopf habe. Du und ich. Ich werde es keinem verraten. Wenn einer kommt und ihn mir wegnehmen will, dann weiß er es von dir. Dann werde ich ihn töten. Und dann dich. Haben wir uns verstanden?"

Ko nickte wieder hastig.

Jarek packte das Tuch mit dem Kopf wieder in den Rückenbeutel und verschloss ihn sorgfältig. „Und jetzt geh endlich in die Waschnische. Bevor du noch in meine Liege kotzt", sagte er, ohne sie anzuschauen.

Es war ihm nicht entgangen, wie sehr die junge Frau gegen die in ihr aufsteigende Übelkeit kämpfte.

„Wenn du fertig bist, machen wir uns zum Aufbruch bereit. Noch einmal schlafen zu gehen lohnt sich nicht. Sala geht bald auf."

Sie rührte sich nicht.

„Jetzt mach endlich", herrschte Jarek sie an, aber es war Keraj, der sprach. „Du bringst mich zu Ollo. Wir haben ein Geschäft."

Sie nickte hastig und Jarek sah den Ekel in ihren Augen, die grenzenlose Verwirrung und etwas Neues.

Zum ersten Mal, seit sie mit ihm unterwegs war, hatte Ko wirklich Angst.

Angst vor ihm.

Weggefährten

„Das waren Riesen", sagte Rapo mit verstellter, tiefer Stimme. Jarek wusste, dass er nun eine weitere Geschichte hören würde. Es wäre dann die vierte, die der Junge mit den braunen Haaren und den dunklen Augen erzählte, seit sie Fustiba hinter sich gelassen hatten. Rapo war Jarek seit dem Aufbruch nicht von der Seite gewichen und er redete ununterbrochen. „Einer der Riesen wohnte da ganz oben, über den Spitzen von Raak, und der andere da unten, in der Ebene."

Der Solojunge, der gerade einmal zweieinhalb Umläufe alt war, deutete erst auf das Gebirge, das immer noch so nahe war, dass es sich über sie zu beugen schien, dann nach unten, in die weit entfernten, sanft auslaufenden, tiefer liegenden Lande.

„Sie haben sich die Steine an den Kopf geworfen. Mann, muss das gekracht haben. Da wäre ich gerne dabei gewesen." Er betrachtete den schwarzen Block, an dem sie gerade vorbeigingen.

„Ich nicht", erwiderte Jarek und Rapo lachte.

Die Felsbrocken hatten eine Länge und Höhe von wenigstens fünfzig Schritt und der Weg wand sich zwischen ihnen hindurch. Der finstere, glänzende Stein war von grauen Schlieren durchsetzt und ganz glatt. Mit etwas Fantasie konnte man sich tatsächlich vorstellen, dass irgendwann in der Vorzeit Riesen diese mächtigen Steine als Wurfgeschosse benutzt hatten. Und Rapo hatte viel Fantasie.

„Wie hießen die beiden?", fragte Jarek.

„Der oben auf dem Berg wohnte, das war Popopok. Der andere hieß ..." Rapo ließ die Augen wandern, bis sie an einem Langohraaser hängenblieben, der in den Schutz eines Felsens davonhoppelte.

„Hopla. Der andere hieß Hopla."

„Und um was ging der Streit?", spielte Jarek weiter mit.

Die ersten drei Geschichten waren auf die gleiche Art entstanden. Rapo hatte mit irgendeinem Gedanken angefangen und ihn mit Jareks Hilfe immer weiter entwickelt, bis er eine spannende Erzählung hatte.

Rapo zuckte die Achseln und meinte in sehr erwachsenem Ton: „Worum sich Männer immer hauen. Eine Frau. Um was denn sonst?"

Jarek lachte und Rapo fiel mit seiner hellen Kinderstimme ein.

Sala stand über ihnen und keiner der Wanderer warf einen Schatten, während ihre Füße festen Tritt auf dem Weg suchten, der sanft abfiel. Ihre Schritte folgten ohne Anstrengung aufeinander. Es war nicht schwer, in diese Richtung zu gehen. Wenn man sich immer weiter pfadabwärts bewegte, würde es mehr als zweihundert Lichte dauern, bis man wieder einen ernsthaften Anstieg erreichte.

In Jareks Memogedächtnis befand sich auch das Wissen über diesen Teil der Strecke, die Memiana umrundete, obwohl er sie vorher noch nie selbst gesehen hatte.

Memo kannten alle Wege rund um den Pfad.

Jarek wusste, dass es hier insgesamt hundertneunundachtzig dieser riesigen Steinblöcke gab, die vor langer, langer Zeit einmal bei einem fürchterlichen Beben, das ganz Memiana erschüttert haben musste, aus dem Raakgebirge gebrochen und bergab gestürzt waren. Hier auf diesem weniger steilen Stück vor dem nächsten tiefen Absatz waren sie liegen geblieben. Es musste geschehen sein, noch bevor es die Phyle gab, denn deren Pfad wand sich wie ein Großer Kriecher zwischen den Felsbrocken hindurch. Der Weg der Menschen lief in dreihundert Schritt Abstand ein Stück mit der Lebensader Memianas, bevor er sie in der Ebene für eine lange Strecke verlassen und erst hinter Briek wieder treffen würde.

Elf Menschen waren gemeinsam von Fustiba aufgebrochen. Als Jarek und Ko im ersten Licht Salas ihre Waffen am Tor abgeholt hatten, waren sie der Familie von Steinhauern begegnet und mit ihr zusammen losgezogen, ohne dass sie es abgesprochen hatten. Es schien für alle selbstverständlich, dass man zusammenblieb.

Wieder einmal hatte Jarek bemerkt, wie wenig er über Solo wusste. Auf seinen bisherigen Reisen hatte er den Eindruck gewonnen, dass sich die Ausgestoßenen nach Möglichkeit abseits hielten und keinen Kontakt zu anderen suchten, doch er hatte seinen vermeintlichen Kenntnissen neue, eigene Beobachtungen hinzufügen müssen.

Abstand hielten die Solo nur zu den Mitgliedern anderer Völker. Untereinander war üblich, dass man neue Bekanntschaften suchte, alte auffrischte und in möglichst großer Zahl gemeinsam reiste. Das war eigentlich nicht überraschend, denn alle anderen Völker und Stämme hielten es genauso. Jarek schämte sich ein wenig, weil er den Solo diese sinnvolle Form des Reisens nicht zugetraut hatte.

Seit Jarek und Ko Kirusk verlassen hatten, war es jedoch das erste Mal, dass sie Solo getroffen hatten. Nun waren sie gemeinsam unterwegs und Jarek hatte den Eindruck, dass es Ko sehr recht war. Sie hatte ihren Abmarsch so lange verzögert, bis die Steinhauer ihre eigenen Waffen und Werkzeuge von den Xeno am Tor entgegengenommen hatten und bereit zum Aufbruch waren. Dann hatte sie sich den anderen freundlich vorgestellt und Jarek hatte sich angeschlossen. Die Solo waren ihm mit neugierigem Respekt begegnet. Sein Auftritt in der Herberge hatte sich noch im vergangenen Graulicht in ganz Fustiba herumgesprochen und die anderen fühlten sich offenbar geehrt, dass ein solch hervorragender und gefragter Berichter mit ihnen reiste. So waren sie gemeinsam losgezogen.

Ko hielt sich seitdem von Jarek fern. Sie hatte kein Wort mit ihm gesprochen, seit die würgenden Geräusche aus der Waschnische endlich aufgehört hatten und sie blass daraus hervorgekommen war. Sie hatte sich rasch angezogen und schließlich mit einem grimmigen Nicken ihre Bereitschaft zum Aufbruch gezeigt, während die ersten vorsichtigen Strahlen Salas sich den Weg in die Kammer gesucht hatten.

Seit sie unterwegs waren, ging Ko bei den drei Frauen, die den Schluss der Gruppe bildeten. Rapos Mutter Bilia trug in einem Tuch ihre kleine Tochter Kyli, ein Baby, das gerade einmal hundertfünfzig Lichte alt war. Jarek hatte das Glänzen in Kos Augen bemerkt, als sie die Kleine angeschaut hatte, und wusste es nicht zu deuten. Ko unterhielt sich ohne jede Scheu mit den Frauen, die freundlich antworteten, und immer wieder einmal drang Lachen von ihnen herüber.

Jarek musste sich wieder einmal eingestehen, wie wenig er noch immer von den Solo wusste. Er war mit den Steinhauern noch nicht lange unterwegs, aber er hatte in der kurzen Zeit mehr über das Volk der Ausgestoßenen gelernt als in all den Umläufen zuvor.

Er hatte gedacht, dass andere Solofrauen auf Solaga mit Ablehnung reagieren würden, doch das war nicht der Fall. Für Solo war das, was Ko für gewöhnlich tat, offenbar ein Lebensunterhalt wie andere auch. In ihren Augen war es wie Musizieren, Geschichten zu erzählen, die Räder von Mechaniken zu drehen, Pumpen zu bedienen oder Mauern zusammenzufügen. Für die Familien der Solo stellte die Solaga allem Anschein nach keine Gefahr dar und keine der Frauen beobachtete Ko eifersüchtig. Jarek dachte einen Moment lang darüber nach, ob es vielleicht eine Regel gab, dass Solaga sich nur an die Männer anderer Völker verkauften, aber nie an Solo. Es wäre eine Erklärung, doch er würde Ko nicht fragen. Ganz sicher nicht.

Rapos Mutter kicherte, das Baby gab ebenfalls belustigte Laute von sich und Ko stimmte in das fröhliche Gelächter ein. Jarek drehte sich um, aber sie blickte ihn nicht an. Ko war beschäftigt. Sie trug nun Bilias Baby in einem Tuch auf der Brust und strahlte das Kind an.

Jarek musste sich eingestehen, dass er Solo noch nie als Familien erlebt hatte. Als Xeno hatte er sie nach Maro hereingelassen oder abgewiesen, wenn er sie für Unruhestifter oder unehrliche Menschen gehalten hatte. Aber er hatte sie immer nur nach dem Gesichtspunkt betrachtet, ob von ihnen eine Gefahr ausging. Wie sie lebten und wie sie miteinander umgingen, hatte er nicht wirklich wahrgenommen.

Mareibe hatte nie von der Zeit erzählt, als sie noch mit ihren später von Ollo ermordeten Eltern als Musikerin um Memiana gezogen war, und so wusste Jarek nichts über das gewöhnliche Leben der Außenseiter. Er hatte Solo immer als ängstlich, misstrauisch, mürrisch und ständig fluchtbereit erlebt, immer mit einem Blick nach hinten und zur Seite, ob von irgendwo eine Gefahr drohte.

Doch er war nie in der Rolle eines Solo alleine mit den Ausgestoßenen unterwegs gewesen. Jetzt war er einer der Ihren und niemand verstellte sich. Jarek fand sich auf einmal zwischen Menschen wieder, die einfach nur versuchten, sich selbst und ihre Familie am Leben zu erhalten und den Gefahren auszuweichen, die ihre nie endende Wanderschaft rund um Memiana mit sich brachte. Alle waren entschlossen, diesen Bedrohungen zu trotzen, aber sie ließen sich von ihnen nicht die Freude am Leben nehmen.

Die Steinhauer waren eine fröhliche Gesellschaft. Auch Rapos Vater Teso war ein Mann, der gerne lachte. Der Anführer der kleinen Gruppe war ein breitschultriger, gedrungener Steinhauer mit dunklem Bart. Er hatte mit seinen drei Brüdern zusammen auch schon in den großen Städten gearbeitet und genoss einen guten Ruf, wie sein Sohn Jarek stolz berichtet hatte.

Jarek bemerkte zu seiner Überraschung, dass er sich in der Gegenwart dieser Menschen wohlfühlte. Hatte er anfangs nicht gewusst, wie er sich verhalten sollte, hatte ihm Rapo schnell diese Scheu und Unsicherheit genommen. Der Junge hatte gleich die Nähe des Berichters gesucht und seitdem sprachen sie ununterbrochen.

Es machte Jarek Spaß, mit Rapo zu plaudern und der wilden Fantasie des Jungen zu lauschen, der abwechselnd redete und fragte.

Jarek kannte inzwischen die ganze Familiengeschichte und auch seinen großen und heimlichen Wunsch hatte Rapo Jarek bereits anvertraut: Er wollte gar nicht Steinhauer wie sein Vater werden. Sein Traum war es, als Berichter rund um Memiana zu ziehen und in den Schänken und Herbergen Geschichten und Neuigkeiten zu erzählen und zu sammeln und dabei bekannt und berühmt zu werden. Wie der Mann an seiner Seite, Keraj.

„Wie hieß die Frau, um die sich die Riesen stritten?", fragte Jarek den Jungen.

„Also, eigentlich war da gar keine Frau", antwortete Rapo, der die Zeit zum Nachdenken genutzt hatte. „Kennst du die Geschichte der Riesen denn nicht?", forderte er Jarek heraus.

„Mal sehen", antwortete Jarek. „Ich glaube, ich habe schon einmal davon gehört. Popopok war der Beherrscher der Niranadel." Er drehte sich im Gehen um und deutete auf den Berg, der das Massiv hinter ihnen überragte und nur von einem einzigen anderen Gipfel noch übertroffen wurde.

Rapo lauschte mit großen Augen.

„Siehst du, dort links, das ist sie. Zwischen ihr und der Salaspitze liegt der Pass von Ardiguan, die höchste Stelle auf ganz Memiana, die der Pfad berührt."

Rapo nickte. „Ja, genau. Der Pass von Ardiguan. Den hat er bewacht. Popopok. Und jeder, der über das Gebirge wollte, der musste an ihm vorbei und musste ihm etwas bezahlen, damit er ihn da durchlässt."

„Genau so war es. Popopok war der Hüter des Passes. Aber er war nicht alleine", fuhr Jarek fort und es öffnete sich leise eine Tür in seinen Erinnerungen. Er sah sich und seine kleine Schwester Ili, wie sie auf der Treppe der Cave von Maro saßen, dicht aneinander gerückt, und sich im ersten Graulicht eine neue Geschichte erzählten, die sie gerade erst Satz für Satz erfanden. Ili nahm Jareks Gedanken auf und er ihre und gemeinsam woben sie ein dichtes Gespinst aus Worten und Bildern im Kopf. Jarek erinnerte sich an jede einzelne Erzählung, die er jemals mit Ili zusammen erfunden hatte, und er spürte die Vorfreude darauf, sie wiederzusehen, auch wenn er nicht wusste, wann er Maro erreichen würde und unter welchen Umständen.

„Popopok hatte Freunde, die ihm bei der Bewachung des Passes halfen. Sie hatten Flügel und konnten aus der Höhe erkennen, wenn sich jemand näherte."

Rapo schaute Jarek mit offenem Mund und strahlenden Augen an. „Das waren die Großen Höhler!", sagte er begeistert.

„Richtig", bestätigte Jarek. „Die Großen Höhler, von denen es heute nur noch so wenige gibt, hoch oben auf den höchsten Spitzen Raaks. Wer einmal einen gesehen und gehört hat, der weiß, dass wir beide die Wahrheit sprechen. Denn noch heute suchen sie nach ihrem schon lange verstorbenen Freund. Wenn sie dort oben kreisen, dann hallt ihr trauriger Ruf zwischen den glatten, mit Glazia bedeckten, steilen Wänden: 'Popopok, Popopok, Popopok ...'"

Jarek war immer leiser geworden und Rapo hatte andächtig gelauscht. „Was ist mit ihm passiert?", fragte der Junge leise und griff nach Jareks Hand.

„Popopok war der Wächter des Passes, aber er beschützte auch die Reisenden. Er sorgte dafür, dass die grausamen Reißer, die viel, viel größer waren als zu unserer Zeit, ihnen nichts zuleide taten."

„Wie groß waren sie?", fragte Rapo. „Größer als ein Fuuch?"

„Viel, viel größer", bestätigte Jarek. „Die Reisenden gaben Popopok immer etwas für seine Dienste, denn sie waren dankbar, dass er sie beschützte, zusammen mit seinen Freunden, den Großen Höhlern. Doch Hopla war ein Räuber aus der weit entfernten Ebene, nahe den Sandlanden. Er hörte von Popopoks Reichtum und wollte das haben, was der besaß."

„Und deshalb wollte er ihn ausrauben!", sagte Rapo atemlos.

Jarek spürte, wie die kleine Hand seine fester drückte, und er senkte die Stimme.

„Also zog Hopla los, um Popopok zu überfallen. Doch er wusste, dass der Wächter des Passes groß und stark war und er einen Zweikampf gegen ihn verloren hätte. Also wartete er bis zum Graulicht und schlich sich an. Er nahm einen Vorrat an großen Steinen mit und als er sich dem Schlafplatz von Popopok genähert hatte, fing er an, die Felsbrocken gegen die Niranadel zu schleudern."

Rapo atmete heftig ein. „Und was ist passiert? "

„Popopok erwachte und sprang auf. Aber Hoplas Treffer hatten Felsen aus dem Massiv gelöst und ein Steinschlag rumpelte nieder, der ganz Memiana erschütterte. Popopok wurde von den Felsen erschlagen."

Rapo zog einmal heftig die Nase hoch.

„Hopla jubelte über seinen feigen Sieg und warf mit einer einzigen Bewegung die restlichen Felsbrocken weg. Sie trafen die Salaspitze. Da löste sich vom höchsten Berg Memianas ein gewaltiger Felssturz und riesige Steine donnerten zu Tal. Einhundertneunundachtzig von ihnen stürzten herab und begruben den hinterhältigen Mörder unter sich. Und noch heute liegen sie hier an dieser Stelle, an der der gemeine Räuber von ihnen erschlagen wurde, der den mutigen Bewacher des Passes getötet hatte. Von ihm selbst haben die Aaser keine Spur gelassen, genauso wenig wie von seinem unschuldigen Opfer."

„Denn es bleibt nie etwas übrig auf Memiana", sagte Rapo und nickte.

„Niemals", bestätigte Jarek.

„Aber all die, die einmal diese Geschichte gehört haben und von Popopok wissen, werden an ihn denken, sobald sie diesen Teil des Gebirges betreten und die gewaltigen Felsen erblicken."

Rapo nickte einmal, dann schwiegen sie beide eine Weile.

Der Weg machte eine enge Biegung und führte ein Stück vom Pfad fort, um einem der größten Felsquader auszuweichen, der ihnen den Blick in die Ebene versperrte. Die hier ausgetretene Spur ging zwischen dem riesigen Steinbrocken, der höher war als das Kontor der Palmutia in Kirusk, und einem etwas kleineren hindurch. Die steilen Felswände traten nahe heran und verengten den Weg bis auf wenige Schritt. Auch Salas Strahlen konnten sie hier nicht mehr direkt erreichen, sodass es um sie herum merklich dunkler wurde.

„Das ist eine traurige Geschichte", sagte Rapo, als sie die Felsenge betraten. Seine Stimme bekam von einem Schritt auf den anderen einen Hall.

„Viele der Geschichten, die wir Berichter erzählen, sind traurig", antwortete Jarek. „Das Leben auf Memiana ist nicht immer schön, nicht immer lustig und nicht immer leicht. Oft ist es grausam."

„Ja, oft. Glaube ich auch." Rapo nickte nachdenklich, dann grinste er wieder. „Aber meistens ist es gut", sagte er mit Überzeugung.

Wie zur Bestätigung lachte sein Vater weiter vorne über etwas, das einer seiner Brüder gesagt hatte. Rapo kicherte mit, obwohl er gar nicht mitbekommen hatte, worüber dort gesprochen wurde.

Jarek lachte nicht.

Jarek lauschte.

Der Jäger in ihm, der nie in seiner Wachsamkeit nachließ, sobald er die sicheren Mauern eines Walls, einer Ansiedlung oder Stadt hinter sich gelassen hatte, hatte Alarm gegeben.

Der Jäger hatte etwas gehört. Das Kratzen und Klacken von Krallen auf Stein, oberhalb von ihnen.

Jarek blickte zu den Reisegefährten, aber keiner der Solo, die fröhlich plaudernd durch die Engstelle bergab schritten, hatte etwas bemerkt.

Wieder war da das leise Geräusch, diesmal schon ein Stück vor ihnen, aber immer noch weit oben auf den Felsen. Jarek schaute hinauf, doch er konnte nichts erkennen. Die Felswände stiegen zu beiden Seiten steil an und waren so glatt und fugenlos wie die Mauern einer Stadt. Er war sicher, dass er sich nicht geirrt hatte. Der Jäger in ihm irrte sich nie. Etwas schlich dort oben herum!

„Sieht aus wie ein Wall, was?", sagte Rapo, dem Jareks Blicke aufgefallen waren, aber er deutete sie falsch. „Als ob Papa die Mauer gebaut hätte." Der Junge fuhr im Gehen mit der Hand über den dunklen, glatten Fels und seine Fingernägel kratzten darüber, ohne einen Spalt zu finden. Dann klatschte er mit der Handfläche dagegen. „Jeder will Papa haben. Er ist der beste Mauerbauer von ganz Memiana", behauptete er. „Am Dreiundzwanzigsten Kreis von Vakasa haben wir mitgearbeitet. Und am neuen Kontor vom Sanko-Clan in Kirusk. Warst du schon mal in Kirusk?"

„Ja, ich war dort." Nur ein winziger Teil von Jareks Aufmerksamkeit war auf Rapo gerichtet, während der Jäger lauschte und beobachtete, was nicht zu sehen und kaum zu hören war.

Rapo plapperte unbeirrt weiter. „Kirusk ist eine irre Stadt. Total irre. Die haben da jetzt eine eigene Plada und spielen Zylobola. Wir waren einmal bei einem Spiel. Und da waren ganz viele Leute. So viele, die kann man gar nicht zählen. Aber jetzt gehen wir in die neue Stadt am langen Anstieg. Da wird ganz viel gebaut und da kriegen wir ganz bestimmt einen Kontrakt. Und da bleiben wir dann. Eine Weile."

Jarek spürte die Unruhe in sich. Der Memo hastete in der unendlich großen Kammer des Wissens suchend umher, um eine Erklärung zu finden, aber er entdeckte nichts, das ihm weiterhelfen konnte, und das war noch nie vorgekommen. Was war das für ein Tier, das sie belauerte? In dieser Gegend Memianas gab es nichts, das unter Salas Licht auf steilen Felsen herumkletterte. Nichts, von dem Jarek wusste. Die Stimmen der Wanderer hallten zwischen den Wänden, erzeugten Echos, die flatternd wiederkehrten, und das Baby auf Kos Arm hörte seine eigene Stimme zurückkommen. Es jauchzte zum Vergnügen der Frauen, die ein Stück zurückgefallen waren, während Jarek und Rapo fast zu den vier Brüdern vor ihnen aufgeschlossen hatten.

Ein Schatten huschte über den Boden der Schlucht, ganz kurz nur zu sehen, und niemand außer Jarek hatte ihn bemerkt, aber der Jäger sah, dass er sich nicht getäuscht hatte. Hoch oben, fünfzig Schritt über ihnen, hatte ein Lebewesen mit einem weiten Sprung von links nach rechts über den Einschnitt zwischen den Felsen gesetzt.

Der Memo in Jarek fand endlich die richtige Tür, riss sie auf und Jarek verstand.

„Salaspringer!", rief er und griff nach dem Stecher an seinem Gürtel, doch keiner der anderen reagierte.

Die Männer vor ihnen blieben stehen und sahen ihn freundlich und fragend an.

„Was ist los, Keraj?", fragte Teso ohne große Beunruhigung.

„Reißer!", rief Jarek noch lauter und endlich verstanden die anderen und er sah, wie sich ihre Augen vor Schreck weiteten. „Sie greifen an!"

In diesem Moment ertönte ein trällernder Schrei, die Blicke aller richteten sich nach oben und Jarek sah das Entsetzen der Steinhauer. Etwas klapperte und klackte zwischen den steilen Felsen der Klamm und mit weichen, anmutigen Sprüngen kamen die langbeinigen Räuber herab. In ihren weit aufgerissenen, spitzen Mäulern leuchteten die schneiderscharfen Zähne in zwei Reihen.

Obwohl die glatten Wände eigentlich überhaupt keinen Halt für die harten Krallen an ihren dünnen, aber kraftvollen Beinen bereithielten, gelang es den hellgelb und grau gestreiften Tieren, die Höhe mit leichten Sprüngen zu überwinden, indem sie sich zwischen den nahen Wänden hin- und herbewegten. Mit jedem Seitenwechsel kamen sie drei oder vier Schritt tiefer, ohne dass sie während des Abstiegs irgendwo einen Platz zum Verweilen gebraucht hätten.

Die Wanderer waren den Reißern in die Falle gegangen.

Der Ruf des Anführers, der hoch aufgerichtet auf einem kleinen Überhang stand und mit weiteren trällernden Schreien in wechselnden Tonlagen seinen Clan dirigierte, war das Zeichen zum Angriff gewesen. Die Reißer sprangen am Ein- und Ausgang der Klamm herab, um der ahnungslosen Beute jede Fluchtmöglichkeit zu nehmen.

Die Frauen schrien entsetzt auf, als sie das Scharren der Krallen, das schrille Kreischen und die rollenden Kommandos hörten. Bilia streckte die Arme aus und nahm Ko ihre Tochter ab, um sie zu schützen. Die Männer stimmten in ihre Schreie ein.

„Zusammen! Den Rücken an die Wand!", rief Jarek und schob Rapo zu seinem Vater, während ein weiterer Ruf des Ältesten der Reißer ertönte.

Ein neues Prasseln und Klicken erklang fast direkt über ihnen und eine dritte Gruppe Salaspringer machte sich daran, in der Mitte des Engpasses herabzusteigen.

Ein Blick genügte Jarek, um die Absicht zu erkennen. Sie wollten die Männer von den Frauen trennen.

„Kommt her! Ko! Kommt zu uns", rief Jarek. „Schnell!"
Noch waren die Tiere etwa zwanzig Schritt über dem Boden und die Frauen konnten es schaffen, die Männer zu erreichen, aber sie standen zitternd da, unfähig, einen einzigen Schritt zu tun. Mit weit aufgerissenen Augen starrten sie entsetzt auf die in immer größerer Zahl herabkommenden Tiere.

Keine der Frauen bewegte sich.

Jarek dachte nicht nach.

Jarek rannte.

Über ihm beeilten sich die Reißer, von Seite zu Seite huschend die Höhe zu überwinden, aber der Jäger hatte vollends übernommen. Jareks Muskeln strafften sich, sein Herzschlag verdoppelte seine Geschwindigkeit und er sah nur noch die angstvoll aneinandergedrückten Frauen, während seine schlecht passenden, glatten Stiefel über den abgetretenen Fels rutschten und seine Beine wirbelten. Die ersten Reißer waren jetzt nur noch fünf Schritt über ihm, dann drei, dann einen.

Mit dem Handlangen Schneider in der Rechten und dem Stecher in der Linken rammte er dem ersten Springer, der den Boden erreichte, die kurze Stichwaffe in den Hals und schlug mit dem Schneider dem Nächsten einen Vorderlauf ab. Dann riss er den Stecher wieder an sich, machte einen raschen Schritt zur Seite und wich dem gesenkten Haupt eines großen Tieres aus, das ihn mit seinen langen, gedrehten Hörnern aufspießen wollte. Er schob mit dem Ellbogen einen anderen der schulterhohen Reißer dem Angreifer in den Weg, als der gerade den Boden erreichte und stolpernd aus dem Gleichgewicht kam, sodass er an Jareks Stelle von den schrecklichen Waffen des Artgenossen getroffen wurde und mit einem hohen, gurgelnden Schrei zusammenbrach.

Die ihm folgenden Tiere erschraken über den unerwarteten Widerstand, verloren bei ihren Sprüngen die Konzentration und die Richtung. Ein einziger Reißer genügte, der die Wand ein wenig schräg traf und abrutschte. Er stürzte nach unten und riss dabei die vor ihm mit, sodass hinter Jarek die Ordnung des rasanten Abstiegs verlorenging. Kreischend kam ein Salaspringer nach dem anderen ins Straucheln und die Tiere krachten zu Boden und fielen durcheinander.

Kein einziger Reißer verfolgte Jarek, der mit wenigen weiten Sätzen die Frauen erreichte. Schliddernd kam er bei Bilia, Ko und den beiden anderen Frauen zum Halten, packte die Solaga und schob sie gegen die Wand.

„Los, los, mit dem Rücken zum Fels! Bilia mit dem Baby in die Mitte", brüllte er und half nach, als keine von ihnen reagierte. „Die Waffen in die Hand!", rief er. „Nehmt endlich die Waffen! Wofür habt ihr die denn?"

Keine der Frauen hatte nach dem Schneider oder Stecher gegriffen, den sie am Gürtel trugen, und auch Ko war vor Entsetzen bewegungslos.

Die letzten Reißer erreichten jetzt den Boden und landeten weniger sanft und geräuschlos als beabsichtigt. Sie griffen nicht an, sondern verharrten unschlüssig, und viele warfen Blicke nach oben, wo der Älteste der Salaspringer von seinem Vorsprung herabblickte und mit dem rechten Vorderbein über den Felsen scharrte.

Der Jäger erkannte, dass das Tier wütend war, weil dort unten nicht alles so lief wie geplant. Sein Schrei zeugte von Ungeduld und Verärgerung. Die weniger verletzten Tiere in der Mitte der Klamm rafften sich hastig auf, drängten sich zu den anderen ihres Clans und bildeten so einen Wall zwischen den Männern und den Frauen der Solo, der auf beiden Seiten zehn Schritt Abstand zu den Eingeschlossenen hatte.

Jarek verschaffte sich rasch einen Überblick über die Lage, während der Memo in den Erinnerungen Bilder von Jareks Reise mit den Tyrolo fand.

Er hatte mit ihnen gegen Felsenspringer gekämpft, als sie die Mater der Fooge angegriffen hatten, die der Clan beschützte, dem er als Memo verbunden gewesen war. Die Graulichtreißer waren nahe Verwandte der Salaspringer, die ihnen hier aufgelauert hatten, doch Jarek hatte noch nie davon gehört, dass diese Reißerart jemals pfadabwärts vom Raakgebirge aufgetaucht war. Deshalb hatte er auch so lange rätseln müssen, was ihnen da gefolgt war. Er fand in sich Ärger und Verlegenheit und dieses nur so bekannte

Gefühl, einen Fehler gemacht zu haben. Doch er drängte das zurück in die Kammer der Dinge, mit denen er sich beschäftigen konnte, wenn er die Zeit dazu fand, und die war nicht jetzt.

Jetzt ging es nur ums Überleben.

Der enge Durchgang war in der Mitte mit langbeinigen Bestien gefüllt, von denen sich die Hälfte mit weit aufgerissenen Mäulern drohend den Männern, die andere den Frauen und Jarek zugewandt hatte. Die zwischen ihnen liegenden toten und verletzten Tiere, die Jarek zurückgelassen hatte, beachteten sie nicht.

Im Ein- und Ausgangsbereich der nur hundert Schritt langen Engstelle wimmelte es gleichfalls von Reißern. Die Wanderer waren vollständig eingeschlossen.

Jarek wusste genau, dass die Tiere erst dann angreifen würden, wenn der Älteste das Zeichen dazu gab, der von dort oben mit klugen Augen alles überblickte.

„Die Waffen!", sagte er eindringlich noch einmal und endlich griffen die Frauen in ihre Gürtel. Jarek blickte auf den von Blut triefenden Stecher und den Handlangen Schneider, die er den Mördern in Kirusk abgenommen hatte, bewegte die rechte Hand zur Probe und führte ein paar Schläge durch die Luft aus, doch das Gefühl blieb weiter fremd.

Er hatte sich die größte Mühe gegeben, aber er hatte sich noch immer nicht daran gewöhnen können, etwas anderes zu tragen als die Waffen, die er von seinem Vater Thosen zu seiner ersten Jagd erhalten hatte, zu der sie gemeinsam aufgebrochen waren, kurz nachdem Jarek zwei Umläufe alt geworden war.

Er hatte versucht, den minderwertigen Schneider und auch den Stecher mit feinem Schlittstein so gut zu schleifen, wie es ging, und die Scharten zu beseitigen. Aber er fühlte sich mit diesen Klingen in den Händen nicht wohl. Die Erinnerung an den dreischüssigen Splitter tat weh, den er bei der Schlacht in Yalas Tal der Schatten erbeutet hatte, und geradezu sehnsüchtig dachte er an Carbs Dreißigschüsser, der ihm mehr als einmal das Leben gerettet hatte.

Doch das Einzige, was er hier hatte, waren die beiden aus viel zu weichem Fera gefertigten Klingen, die er in den Händen hielt, und die Zeit, bis der Älteste der Springer den Angriff befahl.

„Wir sind verloren", jammerte Bilia und wiegte verzweifelt die kleine Kyli in ihren Armen, die vor Angst schrie. Die anderen Frauen schluchzten genauso und Ko zitterte neben Jarek.

„Das ist das Ende!", sagte sie dumpf.

„Ist es nicht", erwiderte Jarek entschlossen. „Nur wenn wir hier bleiben. Wir müssen rüber zu den Männern."

„Was?" Ko starrte ihn ungläubig an. „Wie denn? Sollen wir dorthin fliegen?"

Jarek packte seine beiden Waffen fester. „Wir kämpfen uns durch. Wir werden sie überraschen. Salaspringer sind keinen Widerstand gewohnt."

Ko blickte die anderen Frauen an, dann Jarek, als sei der übergeschnappt. „Wir sollen diese Bestien angreifen?", fragte sie fassungslos.

„Vertraut mir. Tut genau, was ich sage", befahl er und drehte sich zu den Reißern um, die ihnen den Weg zu den anderen Steinhauern versperrten.

„Teso!", rief Jarek. „Ihr attackiert die Reißer auf mein Kommando."

„Was?", kam es von der anderen Seite. „Was hast du vor?"

„Wir kommen zu euch. Ihr müsst die Springer auf eurer Seite ablenken. Macht so viel Lärm wie möglich. Schlagt mit den Hacken und Hämmern zu. Und schießt nicht auf die Köpfe. Euer Splitter ist dafür zu schwach."

Die Steinhauer besaßen nur einen einschüssigen Splitter älterer Bauart, aber Hacken und Hämmer wären in ihren Händen fürchterliche Waffen.

„Wir sind bereit!", rief Teso entschlossen, aber Jarek war das Zittern in seiner Stimme nicht entgangen. Er hörte, wie wenig Hoffnung der Steinhauer hatte, diesen Hinterhalt zu überleben. Teso fühlt sich bereits tot. Doch Jarek spürte, wie das Blut durch seine Adern schoss, wie sein Herz pumpte und sein Atem tief, langsam und ruhig wurde. Der Jäger und der Beschützer hatten ganz übernommen und es war kein Platz für den Wächter und den Memo, die sich in ihre Kammern zurückgezogen hatten und voll Zuversicht warteten. Der Solo schließlich war irgendwohin verschwunden, wo Jarek nichts mehr von ihm in sich fühlte. Einen Herzschlag lang gab er sich dem Gedanken hin, wie merkwürdig es doch war, dass er sich immer dann am lebendigsten fühlte, wenn er dem Tod am nächsten war.

Jetzt und hier war er der, der er war, und sonst nichts und niemand. Jetzt war nicht die Zeit, ein anderer zu sein, nicht die Zeit, sich zu verstellen, nicht die Zeit, den gewissenlosen, geldgierigen Mörder zu spielen. Jetzt war Jareks Zeit.

„Kannst du mit deinem Handsplitter umgehen?", fragte er Ko.

Sie bewegte sich nicht, aber ihre Augen huschten über sein Gesicht, dann über die Wand der Reißer, mit ihren gebleckten Zähnen und den drohend gesenkten Hörnern.

„Meinen Splitter?", fragte sie verständnislos.

„Ja, deinen Splitter. Das Ding, das du unter deiner Jacke trägst. Hast du je mit ihm geschossen?", fragte er lauter.

Ko schüttelte den Kopf. „Nur ... nur mal zur Probe. Ein paarmal. Unterwegs."

„Worauf?"

„Steine", kam es kleinlaut.

„Gib ihn mir", sagte er und streckte die Hand aus, und seine Stimme duldete keinen Widerspruch.

Ko zog die neue, glänzende Waffe unter ihrer Jacke hervor. Jarek hatte diese Bauart zum ersten Mal auf dem Markt von Chumuli gesehen. Nach einem winzigen Zögern reichte Ko ihm den kurzen Splitter, der Projektile aus drei Läufen abschießen konnte.

Jarek steckte den Stecher ein, nahm die Waffe, klappte den Handhebel aus und pumpte rasch den Druckbehälter ganz auf, der nur zur Hälfte gefüllt gewesen war, und überzeugte sich, dass in jedem Lauf ein Geschoss war. Dann drehte er sich zu den Frauen um.

„Ich bin vorne, Bilia in die Mitte, Magi links von ihr, Ko rechts und Fadu macht den Schluss. Schlagt und stecht nach den Hälsen und den Vorderläufen. Wir schaffen das!"

Keine der Frauen sagte etwas, aber sie nahmen zitternd die Formation ein, die Jarek angeordnet hatte. Der ungläubige Blick von Ko war ihm nicht entgangen. Doch es war jetzt nicht die Zeit, darüber nachzusinnen, was die Solaga dachte. Nur wenige Wimpernschläge waren vergangen, seit die letzten Reißer auf dem Grund der Klamm gelandet waren und ihren Platz in der Belagerung gefunden hatten.

Ein kurzer Blick nach oben zeigte Jarek, dass der Älteste der Salaspringer noch immer hoch erhoben auf seinem Felsvorsprung stand und ruhig zu ihnen herabschaute. Das Tier legte den Kopf in den Nacken und holte Luft.

„Teso!", rief Jarek. „Jetzt!"

Bevor der Älteste der Springer einen Laut von sich geben konnte, griffen die Steinhauer ihre Belagerer an. Mit einem Gebrüll, das die glatten Wände erzittern ließ, stürzten sie sich auf die Reißer, die damit nicht gerechnet hatten. Der Schuss aus dem Splitter knallte laut in der Enge und das Projektil traf gleich mehrere der Tiere hintereinander, die mit lauten Schmerzensschreien zusammenbrachen. Unter den Hieben der Hämmer und Hacken fielen die nächsten. Von einem Augenblick auf den anderen hatte sich die Belagerung in einen blutigen Kampf verwandelt, doch es waren nicht die Reißer, die die Schlacht eröffnet hatten, wie sie es gewohnt waren.

Die Salaspringer, die die kleine Gruppe der Frauen um Jarek bedroht hatten, warfen sich herum, als der Tumult hinter ihnen ausbrach, und versuchten, ihren Artgenossen zu Hilfe zu eilen, während der Älteste auf dem Felsen sich völlig überrascht nach vorne beugte und ungläubig den Kampf unter sich beäugte.

„Los", rief Jarek, aber gerade nur so laut, dass die Frauen es hören konnten. Er lief voran.

Bilia folgte ihm mit dem Baby auf dem Arm, flankiert von Ko und Magi. Fadu machte den Schluss, wie Jarek mit einem kurzen Blick zurück feststellte, genau wie er es befohlen hatte. Jede der Frauen hatte ihren Schneider in der Hand, entschlossen, unter seiner Führung zu kämpfen.

Die wenigen Schritte brachten sie direkt an die Springer heran, die ihnen den Rücken zugekehrt hatten. Jarek hob den kleinen Splitter, zielte und drückte ab. Er hatte noch nie eine Waffe dieser Art in der Hand gehabt und sie knallte nicht so laut, wie er es erwartet hatte.

Die Schüsse trafen drei große Reißer hintereinander, doch die Wirkung der Treffer war gering. Die Salaspringer brüllten wütend auf, einer ging zu Boden und wälzte sich, aber keiner der Treffer war tödlich. Jarek steckte im Rennen die leere, jetzt erst recht nutzlose Waffe in den Gürtel und schwang Schneider und Stecher.

Die hintersten Salaspringer fuhren herum, aber es war den Angreifern gelungen, sie so zu überraschen, dass sie den Belagerungsring schon fast durchquert hatten, bevor weitere Reißer sie bemerkten.

Der Älteste brüllte oben auf seinem Platz wütend auf, nur hörte keins der Tiere unten auf ihn. In der Klamm tobte ein wilder Kampf. Wahrscheinlich hatten es die Reißer noch nie erlebt, dass ein anderes Wesen sie angriff, und hier sahen sie sich Attacken von gleich zwei Seiten gegenüber.

Aus den Belagerern, die ihre Beute in der Falle hatten, waren Eingeschlossene geworden, die gar nicht wussten, in welche Richtung sie ihre Hornstöße, Klauenhiebe und Bisse lenken sollten.

Die Frauen schwangen ihre Waffen, schlitzten Flanken von Bestien auf und hieben nach den langen Beinen, während Jarek ihnen vorne den Weg durch das dichte Getümmel der Leiber, Zähne und Hörner bahnte.

Nur wenige Augenblicke, dann waren sie durch. Jarek trat zur Seite und schob Bilia zu den Männern, die mutig standgehalten hatten und immer weiter mit ihren Hämmern und Hacken auf die Reißer einschlugen und sie so zurückdrängten.

Teso schloss seine Frau und seine Tochter in den Arm und wich ein paar Schritte mit den beiden zurück, während Magi ihnen hastig folgte und Ko neben Jarek trat.

Er drehte sich rasch nach Fadu um, der rundlichen Frau mit den dunklen, von grauen Strähnen durchzogenen Haaren.

Im selben Augenblick fühlte er die Kälte in sich.

Fadu war nicht da.

Seine Blicke huschten in die Richtung, aus der sie gekommen waren, zu dem schmalen Pfad zwischen gestürzten, verletzten und getöteten Reißern, der sich gerade hinter ihnen durch nachdrängende Tiere wieder schließen wollte. Dort sah er sie.

In vielleicht zehn Schritt Entfernung lag Fadu neben einem Reißer, aus dessen aufgeschlitzter Flanke die Eingeweide quollen. Er brüllte vor Schmerzen und scharrte mit den Hörnern über den Boden, während die sechs Artgenossen rund um ihn sich gar nicht mehr rührten.

Die Zeit blieb stehen.

Kein Geräusch drang mehr an Jareks Verstand, nichts mehr, das ihn ablenken konnte, der Blick verengte sich, er sah Kos vor Entsetzen aufgerissenen Mund und dann das ungläubige Staunen in ihrem Gesicht, als er ihr den Armlangen Schneider mit einem raschen Griff aus der Hand nahm, seine schlechte Waffe fallen ließ, sich umdrehte und losrannte.

Die Reißer waren zu langsam, bewegten sich für Jarek wie zur Flötenmelodie einer getragenen Ballade, während seine Beine wirbelten und er sich den Weg zurück zu der gestürzten Solo bahnte, die sich gerade aufrichten wollte. Doch von rechts und von links und von hinten nahten Reißer mit gebleckten Zähnen in geifernden Mäulern und andere stürmten seitlich mit wütend gesenkten Köpfen heran, um sie aufzuspießen.

Jarek hielt den Armlangen Schneider mit beiden Händen gepackt und irgendwo in sich fühlte er die heiße Freude über diese wunderbar ausbalancierte Waffe mit dem langen, rauen, mit Fooghaut bezogenen Griff, nicht zu vergleichen mit dem plumpen, nachlässig gefertigten Ferastück, das er gerade noch in der Hand gehalten hatte. Die Kälte in ihm wurde zurückgedrängt, bis sie in der hintersten Ecke und in ihrer Kammer eingeschlossen war. Jarek wirbelte die Klinge mit kreisenden, beidhändigen Bewegungen nach rechts und links und jeder Hieb traf einen der viel zu langsamen Reißer, schlug hier ein Horn zur Seite, dort von unten in einen Hals, um den weit aufgerissenen Rachen abzuwehren, glitt hier rasselnd über Rippen und schlug dort einen Krallenhieb nach oben weg.

Mit einer weiten, halbkreisförmigen Bewegung drängte Jarek die attackierenden Reißer von Fadu zurück. Seine Linke ließ den Griff des Schneiders los, packte die liegende Frau und riss sie nach oben. Er ging in die Knie und legte sich die gewichtslos erscheinende Solo über die linke Schulter, wirbelte herum, bückte sich, schlitzte einem anspringenden Tier den Bauch auf, glitt darunter hinweg und richtete sich auf. Seine Füße berührten den glatten Stein unter ihm kaum, als er zwischen den wütend heranstürmenden Reißern zu den Solo raste.

Die Reißer schnappten nach ihm und achteten nicht darauf, dass sie gleichzeitig ihren Artgenossen genau entgegenrannten. Hinter Jarek schloss sich die Lücke und die Bestien krachten ineinander, spießten sich gegenseitig mit ihren Hörnern auf, stürzten zu Boden und bildeten ein Gewimmel aus sich wälzenden, blutenden, ineinander verkeilten Tieren, über die die nachdrängenden stürzten.

Jarek erreichte die anderen und ließ Fadu von der Schulter gleiten, wo sie ihm sofort von Ösut abgenommen wurde, Tesos ältestem Bruder.

Der enge Tunnel, in den seine Augen geblickt hatten, weitete sich und mit einem Knacken öffneten sich auch seine Ohren wieder.

Jarek hörte das Gebrüll der Reißer, die sich in ihrem Blut wälzten, und die Laute des Zorns von oben, wo der Älteste der Salaspringer seine überlegene Haltung aufgegeben hatte und sich auf seiner kleinen Plattform herumwarf. Seine Klauen kratzten über den Fels und er schlug mit heftigen Bewegungen seines Kopfes die armlangen, gedrehten Hörner gegen die glatte Felswand.

Jarek bemerkte, dass sich seine Brust rasch hob und senkte, und das Schnaufen, das er hörte, stammte von ihm. Das wilde Hämmern war nicht der Lärm, den die Werkzeuge der Steinhauer im Kampf gegen die Reißer verursachten, wenn sie statt des Ziels den Boden oder die Wände trafen. Es war sein eigenes, rasendes Herz, das nur widerwillig eine langsamere Gangart annehmen wollte.

Er reichte Ko den Armlangen Schneider.

„Danke", sagte er, bückte sich und nahm die Waffe des Mörders aus Kirusk an sich, die er fallen gelassen hatte, richtete sich wieder auf und bemerkte jetzt erst den Kreis des Schweigens um sich herum.

Keiner der Solo bewegte sich. Alle hatten Schneider oder Werkzeuge in den Händen, von denen es tropfte, alle waren sie mit Blut bespritzt, dem der Reißer und ihrem eigenen, drei der Männer hatten Verletzungen erlitten, Jacken waren zerfetzt, Hosen zerrissen, doch niemand kümmerte sich darum.

Alle starrten mit weit aufgerissenen Augen Jarek an, im Blick eine Fassungslosigkeit, wie er sie selten gesehen hatte. Einen kleinen Augenblick lang, einen Wimpernschlag nur, fragte sich der Memo in ihm, was für einen Fehler er nun wieder begangen hatte. Doch dann wies der Jäger ihn nachdrücklich darauf hin, dass jetzt nicht die Zeit für derlei Gedanken war.

„Oh Mann", stieß Rapo hervor, der zwischen seinem Vater und seiner Mutter stand und zu Jarek aufblickte. Seine Augen zeigten eine seltsame Mischung aus Begeisterung und Unglauben.

„Was steht ihr hier rum? Wir sind hier noch nicht raus!", rief Jarek. „Pumpt die Splitter auf, schnell."

Er reichte Ko ihre dreiläufige Waffe. Sie zögerte, sie zu nehmen.

„Mach schon", rief er ungeduldig und drückte der Solaga den kleinen Splitter in die Hand. „Hast du noch Projektile?" Sie nickte und griff in ihre Tasche.

„Beeilt euch! Wollen wir überleben oder nicht?", herrschte er die anderen an.

Sofort kam Bewegung in die Steinhauer. Teso packte den Einschüsser und klappte rasch den Hebel aus, während Ko sich unbeholfen daran machte, ihre Waffe wieder zu laden, was dadurch nicht erleichtert wurde, dass sie Jarek nicht aus den Augen lassen wollte.

„Was sollen wir jetzt machen?", fragte Teso, während er hastig pumpte.

„Wir brechen nach vorne durch", antwortete der Jäger, ohne zu überlegen und ohne auf die verblüfften Gesichter zu achten.

„Aber das sind Hunderte!", hauchte Ko.

„Es ist eng in der Klamm", antwortete Jarek. „Sie können nicht alle gleichzeitig angreifen. Und sie sind verwirrt. Das müssen wir ausnutzen."

Von oben erschollen drei langgezogene Rufe des Ältesten. Das Leittier hatte sich wieder gefasst. Die Salaspringer waren bei Weitem in der Überzahl und der Älteste konnte alles überblicken, was tief unter ihm geschah.

Wenn der Clan auf sein Kommando hörte, dann gäbe es kein Entkommen für die Eingeschlossenen.

„Den Splitter", rief Jarek. „Gebt mir die Waffe!"

Ko reichte ihm den Dreischüsser, aber Jarek stieß ihn zurück. „Nicht dieses Spielzeug!"

Ko starrte ihn betroffen an, dann die teure Waffe in ihrer Hand.

„Wieso?", fragte sie.

„Damit kannst du keinen Reißer erschießen. Der ist nur für Menschen."

Ko starrte ihn mit offenem Mund an und ließ die Hand mit der Waffe sinken.

Jarek griff nach Tesos einschüssigem Splitter, der ihm diesen bereitwillig überließ, überprüfte kurz, ob die Kammer vollständig aufgepumpt war, und verstellte mit einem einzigen Handgriff die Zieleinrichtung auf mittlere Distanz. Er legte die langläufige Waffe an, atmete langsam aus, zielte und drückte weich ab.

Der Schuss traf den Ältesten der Salaspringer genau in die Brust. Er stieß einen klagenden, gurgelnden Schrei aus und knickte mit den Vorderläufen ein.

Das Gebrüll der Reißer unten in der Klamm verstummte. Die Augen aller Tiere hoben sich und sie starrten auf ihren Anführer. Der Älteste versuchte, wieder auf die Beine zu kommen, doch es gelang ihm nicht. Er öffnete das Maul, aber nur ein kläglicher Laut kam aus seinem Rachen.

Jarek warf Teso den Splitter zu, zog den alten Schneider wieder aus dem Gürtel, rief: „Angriff!" und rannte los.

Alle folgten ihm.

„Ist nicht so schlimm", sagte Rapo tapfer. Er suchte Jareks Blick und bemühte sich, einen entschlossenen, schmerzfreien Ausdruck zu zeigen. Aber dann verzog er doch das Gesicht, als Bilia hellgelbes Pulver auf die tiefe Wunde an seinem Unterarm streute, die die Zähne eines Reißers gefetzt hatten. Einer der Salaspringer war Tesos Schneider ausgewichen und hatte nach dem Jungen gebissen, bevor Jarek ihm den Stecher von unten in die Kehle rammen konnte.

Rapos Mutter strich Paasgrus über die Wunde, die nicht mehr blutete, legte das zurechtgeschnittene Stück Tuch darüber und befahl: „Fest andrücken, bis es trocken ist."

Es war der Satz der Mütter, den auch Jarek so oft gehört hatte, wenn er mit kleineren und größeren Verletzungen vom Spielen und später von der Jagd zurückgekommen war. Es gab wohl keinen Menschen auf ganz Memiana, der ihn als Kind nicht gehört hatte, oft begleitet von einem Seufzer entweder der Erleichterung, dass nicht mehr passiert war, oder einem tadelnden Unterton, weil man unvorsichtig gewesen war oder ein Verbot missachtet hatte, bisweilen auch von beidem.

Bilia war glücklich, dass sie ihren Sohn noch hatte, und strich ihm mit dem Handrücken über die Wange. Aber der Junge schüttelte unwillig den Kopf über diese Geste, die für ihn offenbar seine Männlichkeit infrage stellte und zeigte, dass er doch noch ein Kind war.

Keiner der Wanderer war unverletzt, außer Bilia und dem Baby, die von den anderen in die Mitte genommen worden waren, als sie mit lautem Gebrüll und Waffen und Werkzeuge schwingend in Richtung des Ausgangs der Klamm gestürmt waren und die Reißer damit ein weiteres Mal überrascht hatten.

Hätten die Salaspringer ihnen gezielt und gemeinsam Widerstand entgegengesetzt, hätten sie es nicht geschafft. Doch ohne ihren Ältesten waren sie hilflos und verwirrt und alleingelassen. Jedes einzelne Tier hatte nur für sich gekämpft und nicht mehr gemeinsam mit den anderen. Ihre Angreifer hatten mit scharfen Waffen eine tiefe Lücke in den Belagerungsring der Bestien gerissen und so für völlig ungewohnte Gefühle bei den sonst so überlegenen Reißern gesorgt: Überraschung, Angst und schließlich nur noch Panik.

Der Einzige, der ihnen hätte helfen können, der Anführer, hatte mit den langen Beinen um sich tretend weit oben auf seinem Felsabsatz gelegen. Von dort aus wollte er den Kampf befehlen, doch schon hatten sich die ersten Aaser in freudiger Erwartung seines Todes einen Weg hinab gesucht, um sich um Fleisch und Blut zu zanken. Später würden Schader und Schwanzlinge folgen und die Knochenbeißer würden sich den Rest holen.

Es blieb nie etwas übrig auf Memiana.

„Zeig mir dein Bein", sagte Jarek zu Ko und schob vorsichtig den feingewebten Stoff nach oben, der einmal grau-gelb-schwarz gestreift gewesen war, nun aber unterhalb des Knies der Solaga nur noch an wenigen Stellen die ursprüngliche Farbe aufwies. Das verkrustete Blut war fast überall schon schwarz.

Ein gestürzter Reißer hatte mit der letzten Bewegung seines Lebens Ko das lange Horn in die Wade gerammt. Sie war mit einem Schmerzensschrei gestolpert und wäre unter dem Leib eines anderen stürzenden Springers begraben worden, hätte Jarek sie nicht gepackt, zur Seite gerissen und mit sich gezogen.

Ko schaute kurz auf die runde, tiefe Wunde, die das Horn gebohrt hatte, und wandte dann den Blick ab. Ihr Gesicht war immer noch blass.

„Bilia? Hast du noch Wundpulver?"

„Genug." Rapos Mutter reichte Jarek eine große Dose aus Fera und einen Tuchbeutel, in dem Stücke aus weichem Webstoff waren.

Es war ein Glück, dass er mit Steinhauern unterwegs war, bemerkte der Memo in Jarek. Bei deren mühsamer und gefährlicher Arbeit geschah es immer wieder, dass sich einer von ihnen verletzte. Deshalb verstand sich jeder aus der Gemeinschaft gut darauf, Wunden zu versorgen und Schnitte und Risse zu verschließen und zu verbinden.

Keiner der Solo, die sich mit dem Bau von Mauern und Unterkünften und dem Schlagen der dafür notwendigen Steine befassten, war wehleidig. Jarek hatte keinen Schmerzenslaut gehört, obwohl viele der Wunden, die die Reißer verursacht hatten, tief waren.

Er selbst hatte nur einen Biss an der Schulter abbekommen, doch das Tier war bereits im Todeskampf gewesen. So war nur die erste Reihe der spitzen Zähne durch den Stoff gedrungen und hatte am alten Mantel mehr Schaden angerichtet als an Jareks Haut und Muskeln.

Ko war keine Steinhauerin.

Ko war eine Solaga und wimmerte, als Jarek das Pulver aus dem geriebenen Heilstein, das das Zusammenwachsen der Wundränder beschleunigen würde, auf das tiefe Loch in ihrem Bein streute.

„Tut gleich nicht mehr weh", sagte er, während er den Deckel von der Dose mit Paasgrus abnahm, die Bilia ihm herübergeschoben hatte.

Es war hell in der Unterkunft und Sala schien durch die Lichtöffnungen in der Decke des Runds, das zehn Schritt im Durchmesser hatte und neben den fünfzehn Schlafplätzen sogar Tische und Bänke bot.

Der Schutzbau der Reisenden lag nicht weit von der Klamm entfernt und Jarek hatte gewusst, dass es bis zum Hundertfelsenwall, wie er von den Einheimischen genannt wurde, nur dreitausend Schritt waren. Doch dieses Wissen des Memo hatte er nicht preisgegeben.

Seine Rolle als Berichter Keraj forderte von ihm, dass er zum ersten Mal diesseits des Raakgebirges unterwegs war und daher keine Ahnung von Wällen, Ansiedlungen und Städten hatte, die sich auf dem Weg fanden. Deshalb musste er den Überraschten spielen, als sie schon im dritten Kvart Sala den Wall erreichten. Sie hatten nicht darüber gesprochen, ob sie hier bleiben würden. Alle wussten, dass es nötig war, zu rasten, ihre Wunden zu versorgen und zu sehen, ob alle in der Lage waren, im nächsten Gelblicht weiterzuziehen. Vielleicht war es aber auch erforderlich, hier einige Lichte zu verbringen, bis schwerere Verletzungen so weit verheilt waren, dass sie ihren Weg fortsetzen konnten.

Jarek drückte das eckige Tuchstück in den Paasgrus, den er großzügig auf die Wunde gestrichen hatte, nahm eine Rolle aus schmalem, schrittlangem Gewebe und begann, Kos Bein zu umwickeln. Er bemühte sich, den Verband so fest wie möglich, aber auch nicht strammer als nötig anzubringen, damit er der jungen Solo nicht das Blut abschnürte.

Kos Schmerzen hatten offenbar nachgelassen, denn sie stöhnte nicht mehr und ihre Augen waren nun wieder klarer. Ihr Blick ruhte beharrlich auf ihm, doch er schaute nicht hin.

Nur einmal sah er ganz kurz in Kos Augen und was er da erblickte, beunruhigte ihn. Es war eine Mischung aus Nähe, Angst, Fassungslosigkeit, Dankbarkeit und völliger Verwirrung. Und Jarek wusste ganz genau, wie viel er dazu beigetragen hatte.

Alles.

Der Jäger in ihm hatte sich zusammen mit dem Beschützer und dem Wächter ermattet in eine Kammer zurückgezogen und alle hatten sie dem Memo den Platz bereitwillig überlassen, der ihn mit dem verwirrten Solo Keraj teilte.

Jarek hatte bereits die Blicke aller auf sich gespürt, nachdem sie die Klamm und das Gebrüll der geschlagenen Reißer, deren Schmerzenslaute und die wütenden Schreie über die vernichtende Niederlage hinter sich gelassen hatten. Jedem von ihnen war klar, was gerade geschehen war, aber noch sagte niemand etwas. Dazu war der Todeskampf noch zu nahe, waren die Verwundungen zu schmerzhaft und war die Angst noch zu groß gewesen, die Reißer könnten sich doch noch einmal sammeln, ihnen folgen und sich für die erlittene Niederlage rächen.

Der Jäger in Jarek hatte gewusst, dass so etwas nicht geschehen würde. Die klugen Springer waren lernfähig. Sie würden einen Fehler nicht wiederholen. Dieser Clan würde nie wieder Menschen angreifen. Außerdem hatten die Tiere ihren Anführer verloren und nun standen erst einmal die üblichen Kämpfe um seine Nachfolge an.

Sie waren in Sicherheit.

Doch das hatte Jarek niemandem verraten. Das waren Kenntnisse eines Memo, das war Wissen, das ein erfahrener Xeno gesammelt hatte. Es war nichts, was ein Berichter erwähnen konnte, ein Mann, der sein Leben damit verdiente, fremde Geschichten in Schänken und Herbergen zu erzählen. Ein hinterhältiger Mörder hatte von so etwas erst recht keine Ahnung.

Die Steinhauer würden darüber sprechen, das wusste Jarek und sein Verstand raste und suchte bereits jetzt nach Worten, nach Erklärungen, nach etwas, das er ihnen antworten konnte auf die Fragen, die unausweichlich kommen würden.

„Braucht noch jemand Paasgrus?" Er schaute in die Runde.

Jeder hatte sich eine Schlafstelle ausgesucht, gleich nachdem sie den Wall betreten hatten. Seine Frage wurde mit allgemeinem Kopfschütteln beantwortet und so schloss er die Dose mit dem Heilmittel und reichte sie Bilia zurück.

Sie steckte sie in ihren Rückenbeutel, wo sie gegen die anderen Behälter aus Fera klapperte, als sie ihn auf dem Boden neben ihrer Liege abstellte.

Das Geräusch klang wie ein Signal.

Die Steinhauer richteten sich in ihren Schlafstellen auf, zupften ihre vom Kampf mitgenommene Kleidung zurecht und das Gemurmel, das die ganze Zeit den Raum gefüllt hatte, während sie gegenseitig ihre Wunden versorgt hatten, erstarb. Einer nach dem anderen richtete seinen Blick zunächst auf Jarek, dann auf Teso.

Der Anführer der kleinen Familie nahm die Hand seines Sohnes, zog diesen heran, setzte ihn sich auf den Schoß und räusperte sich einmal nachdrücklich. „Wir haben uns noch nicht bei dir bedankt, Keraj", sagte er und seine Augen leuchteten. „Ohne dich wären wir alle tot. Also, ich bin ja weit gereist und ich habe einiges erlebt, aber so etwas ist mir noch nie passiert. Man kriegt es ja immer mal wieder mit Reißern zu tun, aber das ..." Er schüttelte den Kopf und die meisten der anderen murmelten Zustimmung.

Es war einer dieser Momente, die Jarek nicht mochte. Dankbarkeit war etwas, womit er nie umgehen konnte, etwas, das ihn verlegen machte, das er gerne übergehen wollte. Doch er war hier nicht Jarek, er war für die Steinhauer Keraj, der Berichter, eine Rolle, die er nach dem Auftritt in Fustiba recht gut ausfüllen konnte und die ihm jeder der Weggefährten gerne geglaubt hatte. Aber er war auf der anderen Seite für Ko auch Keraj, der Mörder, und diese vielen verschiedenen Menschen gleichzeitig zu verkörpern war eine Aufgabe, der sich Jarek immer weniger gewachsen sah. Er traf die einzige Entscheidung, die ihm im Augenblick sinnvoll erschien.

Er schwieg.

„Du hast meine Familie gerettet, Keraj, und das werden wir dir nie vergessen. Und wir werden es dir nicht schuldig bleiben, das verspreche ich dir hiermit. Ganz gleich, was du von uns haben willst, du wirst es bekommen. Jetzt oder irgendwann, wann immer du willst. Du sagst es und wir werden alles tun, deinen Wunsch zu erfüllen."

Die anderen murmelten erneut Zustimmung und Rapo ließ es sich nicht nehmen, noch einmal zu wiederholen: „Alles. Wir machen alles für dich."

Jarek zuckte die Achseln und sagte betont leichthin: „Ich habe nichts weiter getan. Ihr habt euch selbst gerettet."

Ein lauter Protest erhob sich, überall schüttelten die Steinhauer die Köpfe.

„Blödsinn."

„Von wegen."

„Die Bestien hätten uns alle zerrissen."

„Oder aufgespießt."

„Wir hatten keine Ahnung, was wir tun sollten", erklärte Bilia, die ihre kleine Tochter an die Brust genommen hatte. „Mit solchen Tieren hatten wir noch nie zu tun. Und erst recht nicht mit so vielen."

„Was waren das überhaupt für Biester?", fragte Nawka.

„Solche Reißer habe ich auch noch nie gesehen. Du hast gesagt, es waren Salaspringer?" Teso sah Jarek fragend an.

„Ich weiß es nicht genau. Ich glaube schon. Gesehen hatte ich die auch noch nie. Nur von ihnen gehört. Und ich hatte mal mit Felsenspringern zu tun, in der Nähe des Passes", erklärte Jarek rasch und bemerkte einen Blick Kos, den er nicht deuten konnte.

„Da habe ich gesehen, wie ein paar Xeno sie gejagt haben", fuhr er eilig fort. „Das habe ich mir gemerkt. Was uns da vorhin angegriffen hat, das sah genauso aus, ich meine, nur ein bisschen heller. Also habe ich nur versucht, alles genau so zu machen wie diese Xeno. Mehr nicht."

„Mehr nicht ist gut." Teso lachte und schüttelte den Kopf. „Du hast genau gewusst, was zu tun ist. Und du hast uns damit gerettet."

Als Xeno hätte Jarek gesagt, dass es seine Bestimmung sei, die Menschen zu schützen. Als Memo hatte er jeden Dank der Gefährten, Freunde und auch Fremden immer bescheiden abgewehrt und rasch das Thema gewechselt. Doch er hatte das sichere Gefühl, dass er sich als Solo anders verhalten musste. Also zuckte er die Achseln. „Schön, dass ihr euch freut. Und schön, dass alle noch am Leben sind, mehr oder weniger", sagte er. „Ich habe das alles nur getan, um selbst nicht zu sterben. Ohne euch wäre ich nämlich auch tot. Ich habe euch genauso gebraucht wie ihr mich. Also nehmt das nicht persönlich."

Die Reaktion auf diese Antwort überraschte Jarek.

Alle lachten. Sie hielten seine Worte für einen gelungenen Scherz des Berichters und die Anspannung, die die gerade überstandenen Gefahren hinterlassen hatte, löste sich in der Fröhlichkeit. Jarek blieb nichts anderes übrig als vorzugeben, genau dies sei seine Absicht gewesen, und lachte mit.

„Und wenn ihr was für mich tun wollt, gebt mir endlich was zu essen", spielte er seine Rolle weiter. „Ich habe Hunger."

Die Bemerkung löste erneute Fröhlichkeit aus. Überall wurden die Rückenbeutel geöffnet und alle holten die Nahrmittel heraus.

Jarek atmete heimlich auf. Es war ihm offenbar gelungen, den richtigen Ton zu finden und keinen Verdacht zu erregen.

Die Steinhauer packten alles an Nahrmitteln, was sie mit sich führten, auf die Tische.

Alles.

Steinhauer verrichteten schwere körperliche Arbeit und brauchten entsprechendes Essen. Jarek hatte sich während der Reise bereits gefragt, was in den prall gefüllten Rückenbeuteln stecken könnte, die die kräftigen Männer trugen. Jetzt sah er, dass es zum überwiegenden Teil Essen war. Die Familie hatte sich bei ihrem letzten Halt in Fustiba so gut mit Nahrung versorgt, wie es ging. Da Solo nicht wussten, ob sie auch in der nächsten Ansiedlung eingelassen würden, nutzten sie jede Gelegenheit, sich mit so viel zu versorgen, dass sie auch eine längere Zeit überstehen konnten, ohne ihre Vorräte aufzufüllen. Sie fanden nicht immer einen reisenden Nahrhändler der Vaka, der sich darauf verlegt hatte, den Familien der Ausgestoßenen, die an den Mauern abgewiesen wurden, für teures Geld Essen zu verkaufen.

Jeder aus der Familie kam und packte das Beste, das er hatte, vor Jarek auf den Tisch. Fadu legte ein in helles Tuch eingeschlagenes Päckchen vor ihn und faltete es auseinander. Jarek sah, dass es voll mit Schwimmerfleisch in feinen Streifen war, wie er es zuletzt in Mindola gegessen hatte. Die Frau trat an Jarek heran, legte ihm die Arme um den Hals, zog ihn an sich und flüsterte ihm ins Ohr: „Danke."

Jarek nickte ihr kurz zu, als sie sich von ihm löste. Ösut trat zu ihm und stellte eine Flasche Staatpaasaqua vor ihn.

„Das ist Manzo aus den Sandlanden. Den trage ich schon drei Umläufe mit mir herum. Den habe ich geschenkt bekommen, als ich Fadu zur Frau genommen habe. Ich wollte ihn für eine besondere Gelegenheit aufbewahren. Eine bessere werde ich nie finden."

Der gedrungene Steinhauer schraubte die Flasche auf und goss einen kleinen Ferabecher voll. Der Duft der scharfen Flüssigkeit breitete sich aus und kitzelte Jarek in der Nase.

Ösut schaute ihn erwartungsvoll an. Es gab kein Entrinnen. Jarek nahm den Becher, setzte ihn an, tat so, als nähme er einen Schluck, aber er ließ den Mund geschlossen.

„Ah", sagte er und atmete heftig aus, wie er es immer wieder bei Männern gesehen hatte, die sich einen ganz besonderen Tropfen gegönnt hatten. „Der ist weit gereist. Nehmt euch auch!"

Er fing an, rasch die Becher der anderen zu füllen, die ihm nur zu bereitwillig entgegengestreckt wurden. Es gelang ihm, auch das eigene Gefäß weiterzureichen, ohne dass es einem aufgefallen wäre.

„Auf Keraj, unseren Retter!", rief Teso und hob seinen Becher.

„Auf Keraj", riefen alle und auch Ko trank mit, doch sie ließ Jarek dabei nicht aus den Augen.

Er nahm von dem zarten Schwimmerfleisch und fing an zu essen. Rapo drückte sich auf den Platz neben Jarek. Der Junge strahlte über das ganze Gesicht, schnappte sich einen Langohraaserschlegel, fing an, daran herumzunagen, und meinte: „Die Geschichte werden sie überall erzählen, was?"

Jarek sah den Jungen fragend an. „Welche Geschichte?"

Rapo lachte herzlich und mit vollem Mund, verschluckte sich und fing heftig an zu husten, bis Jarek ihm auf den Rücken klopfte und er wieder zu Atem kam.

„Du bist total lustig, Keraj", sagte er und schnappte nach Luft. „Hab ich gar nicht gedacht, weil deine Geschichten immer so ernst sind. Und so spannend, klar. Irgendwie nicht zum Lachen. Aber jetzt machst du nur noch Witze!"

Er nahm sich den nächsten Schlegel, während Jareks Gedanken wieder durcheinanderhetzten und er sich alle Mühe geben musste, die in ihm entstehende Panik zu unterdrücken.

Während des Kampfes gegen die Salaspringer hatte er unter größter Anspannung gestanden, alle Sinne waren über ein Mehrfaches des Gewöhnlichen hinaus geschärft gewesen und sein Herz war gerast, aber irgendwo tief drinnen war diese Kammer der Ruhe gewesen, in der er sein Selbst verwahrte und die Gewissheit und Zuversicht, dass er genau gewusst hatte, was zu tun gewesen war.

Doch dies hier war nun einer dieser von ihm gefürchteten Momente, in denen er Gefahr lief, die Kontrolle zu verlieren, und es war so anders als all seine Erfahrungen, die er auf den Jagden gemacht hatte. Ganz gleich, wie häufig es nun vorkam, dass er sich in dieser Lage fand, er konnte sich einfach nicht daran gewöhnen. Jedes Mal war es völlig anders und die Umstände waren so verschieden von denen der vergangenen Situationen. Jarek konnte einfach nichts lernen, was er beim nächsten Mal nutzen konnte.

Wenn er bei dem, was er vorhatte, etwas vermeiden wollte und musste, dann war es, Aufmerksamkeit zu erregen. Bereits sein erster Auftritt als Berichter in Fustiba hatte viel zu viel Interesse geweckt und Jarek hoffte, dass die Nachrichten von dem neuen, großartigen Erzähler nicht allzu schnell in Umlauf kamen und dass niemand sie mit den Botenmemo an seine Freunde und Bekannten verbreitete.

Doch wenn die Kunde von dem, was sich in der Klamm vor dem Hundertfelsenwall ereignet hatte, ihren Lauf nahm, dann wäre es für ihn praktisch unmöglich, als Keraj unter Kos Führung zu jemandem zu gelangen, der ihm verriet, wo er Ollo finden konnte. Jeder, der heimlich mit Coloro handelte, würde davor zurückschrecken, mit einem Mann in Kontakt zu treten, der so viel Aufsehen erregte.

Jarek schaute auf, als er Flötentöne hörte. Teso hatte das Instrument aus der Tasche gezogen und begonnen, eine fröhliche Melodie zu spielen. Fadu nahm ein größeres Instrument aus ihrem Rückenbeutel, fiel ein und zwei der Männer begannen, zu tanzen, während Bilia mit den Händen den Takt klatschte und jeder, der nicht gerade etwas zu essen oder ein Trinkgefäß in der Hand hatte, fiel ein.

Er bemerkte, wie sich sein Herzschlag beruhigte. Der Memo in Jarek war zu einem Ergebnis gekommen, das er ihm lächelnd präsentierte.

Jarek kaute das Stück Schwimmer zu Ende, das er im Mund hatte. Es war von hervorragendem Geschmack und nicht mit den minderwertigen Resten vergleichbar, die ihm immer wieder verkauft worden waren, seitdem er in der Kleidung eines Solo unterwegs war. Er schluckte den Bissen herunter und wandte sich an Rapos Vater.

„Teso, da ist schon etwas, das du für mich tun kannst."

Der Anführer der Steinhauer unterbrach sein Spiel und auch Fadu ließ die Flöte sinken. Alle sahen Jarek gespannt an.

„Sag es mir", forderte ihn der Anführer der Steinhauer auf.

„Wir werden es schon schaffen, egal wie schwer es ist."

„Es ist nicht schwer", antwortete Jarek. „Du musst überhaupt nichts tun. Es wäre schön, wenn ihr alle etwas lassen könntet. Wenn ihr über unser kleines Abenteuer mit den Salaspringern schweigen würdet, wäre das eine große Hilfe für mich." Er hatte laut gesprochen und alle Blicke ruhten auf ihm.

„Warum denn das?", fragte Teso ungläubig.

„Das ist doch so eine tolle Geschichte", beharrte Rapo mit seiner hellen Stimme.

„Aber nur für andere", antwortete Jarek. „Ein Berichter erzählt Geschichten. Aber doch keine über sich selbst. Wollt ihr vielleicht irgendwem zuhören, der damit prahlt, was für tolle Sachen er gemacht hat und dass er der Größte ist? Nein? Na also. Was passiert ist, ist passiert und ich habe viel weniger getan, als ihr alle glaubt. Wir hatten einfach nur Glück und ich habe das gemacht, was ich irgendwann mal bei Xeno gesehen habe, ohne nachzudenken. Das hätte auch alles ganz anders ausgehen können. Also bitte, reden wir nicht mehr davon. Zu keinem anderen."

„Aber ..." Rapo war verwirrt. „Aber so eine Geschichte muss unbedingt erzählt werden!"

„Von wem denn?", fragte Jarek zurück. „Wenn, dann doch nur von einem anderen Berichter. Aber das sind meine Gegner. Warum soll ich einem anderen eine gute Erzählung liefern, damit er Geld daran verdient? Damit er in der nächsten Herberge einen Kontrakt bekommt und ich nicht? Nein. Bestimmt nicht. Außerdem wäre es schlecht für mich, wenn mein Name mit dieser Schlacht in Verbindung gebracht würde."

„Wieso?", fragte Bilia, auf deren Arm die kleine Kyli inzwischen eingeschlafen war. „Du bist ein Held."

Jarek zuckte betont gleichgültig die Achseln. „Bin ich nicht. Zum Glück. Ein Held zu sein ist verdammt lästig."

Alle lachten, wie über einen gelungenen Scherz, allen voran Rapo.

„Ja, ihr lacht", sagte Jarek ernst. „Aber es ist wahr. Als Berichter habe ich Helden kennen gelernt. Das ist kein so tolles Leben, wie ihr vielleicht denkt. Die können keinen Schritt unbeobachtet machen. Alle starren sie an und alle erwarten irgendwas Großartiges von ihnen. Alle wollen in ihrer Gesellschaft reisen. Aber wenn es ein Problem gibt, rührt keiner den Finger. Man hat ja seinen Helden dabei, der wird das schon in Ordnung bringen und sich in die nächste Gefahr stürzen. Denkt ihr vielleicht, ich habe die Nerven für so was? Nein. Ich will auf dieser Seite des Raakgebirges als der große Berichter Keraj bekannt werden. Aber nicht als Held und Kämpfer, der ich nicht bin. Also tut mir den Gefallen. Das ist meine Bitte. Redet mit keinem darüber, was da draußen passiert ist. Versprecht ihr mir das?"

Die Steinhauer sahen sich nachdenklich an. Schließlich nickte Teso. „Hm, ja. Hat was für sich, was du sagst. Habe ich mir noch nie Gedanken darüber gemacht. Gab keinen Grund."

„Ja, als Held würde dich bestimmt keiner bezeichnen", erklärte Bilia trocken und drückte ihm seine schlafende Tochter in den Arm.

Teso grinste und küsste seine Frau.

„Also, ihr habt es gehört", schloss er die Debatte. „Da draußen ist nichts passiert, was wir weitererzählen."

Zustimmendes Gemurmel lief durch die Runde. Teso setzte die Flöte wieder an und begann erneut zu spielen. Fadu fiel ein und rasch waren Fest und Tanz wieder im Gang.

Jarek nahm sich ein weiteres Stück Schwimmer und lehnte sich aufatmend zurück.

Ko saß da und schaute Jarek nachdenklich an, aber sie sagte kein Wort.

„Schade", murmelte Rapo traurig. „Es ist so eine gute Geschichte."

Jarek beugte sich zu dem Jungen hinüber. „Ich verrate dir jetzt ein Geheimnis, Rapo", raunte er dem Jungen zu.

Der sah ihn gespannt an. „Was denn?"

„Wenn du ein Berichter werden willst, dann musst du die alten Geschichten kennen. Das ist dir klar, nicht?"

Rapo nickte.

„Aber die Menschen wollen auch immer neue Nachrichten hören, also musst du viel mit anderen sprechen und erfahren, was sich so rund um den Pfad ereignet. Ob es irgendwo ein Unglück gegeben hat oder aus einer Siedlung eine Stadt wird, wenn es einen neuen Ältesten eines Clans gibt, und solche Dinge."

„Klar, ja." Rapo nickte ernsthaft.

„Das macht einen Berichter aus. Aber dann gibt es noch etwas, das die gewöhnlichen von den großen unterscheidet." Jarek hatte die Stimme gesenkt und schaute sich um, als ob er überprüfen wollte, ob irgendein anderer lauschte.

„Was denn?", flüsterte Rapo in derselben Lautstärke.

„Die wirklich großen Berichter haben eigene Geschichten. Erzählungen, die nur sie kennen. Die noch nie ein Mensch vorher gehört hat. Verstehst du?"

Rapo nickte eifrig.

„Unser Abenteuer in der Klamm ist eine solche Geschichte. Und die schenke ich dir."

Rapo starrte Jarek mit offenem Mund an und deutete auf sich. „Mir?"

Jarek nickte und lächelte. „Ja, dir, Rapo. Du willst einmal Berichter sein. Es wird sicher noch zwei oder drei Umläufe dauern, bis du damit anfangen kannst, irgendwo aufzutreten. Bis dahin solltest du eigene Geschichten sammeln. Unsere Schlacht gegen die Salaspringer soll die erste in deiner Sammlung sein."

Rapo strahlte Jarek an. „Meine Geschichte!"

Jarek legte den Finger auf die Lippen. „Aber bis dahin bleibt das unser Geheimnis, ja?"

Der Junge wiederholte die Geste und nickte ernsthaft. „Unser Geheimnis."

Jarek konnte ihm ansehen, dass die Gedanken durch seinen Kopf schwirrten, und seinem Lächeln nach dachte er bereits daran, wie es sein würde, als der berühmte Berichter um Memiana zu ziehen, der er einmal werden wollte. „Eigene

Geschichten", sagte er leise und mehr zu sich. „Die sonst keiner kennt." Er nickte ein paarmal vor sich hin, dann sah er Jarek wieder an. „Wie die von Popopok."

„Ja, diese auch. Die ist sehr gut und spannend. Vielleicht musst du dir noch ein paar Einzelheiten dazu ausdenken. Und wenn eine Frau dabei wäre, würde es auch nicht schaden", sagte Jarek.

Rapo nickte eifrig. „Von jetzt an sammle ich Geschichten. Ich fang gleich damit an. Wenn wir unterwegs sind. Und in der Stadt, wo wir hingehen, mach ich weiter. Da gibt's bestimmt ganz, ganz viele."

Jarek lächelte über den Eifer des Jungen. „Wo führt euch die Reise eigentlich hin?", fragte er.

„Papa", rief Rapo und sein Vater setzte die Flöte kurz ab und schaute seinen Sohn fragend an.

„Was gibt's denn?", rief er.

„Ich hab's schon wieder vergessen. Wie heißt die Stadt, wo wir hingehen?"

„Maro", antwortete der Anführer der Steinhauer.

Unter Feinden

Das Tor schlug dumpf gegen die glatten Steine, in die es genau eingepasst war, damit es den Reißern keine Fugen bot, in denen ihre Krallen Halt finden konnten, um die Mauer zu überwinden, hinter der die ermüdeten Reisenden Schutz suchten. Dann quietschte der Salariegel, mit dem sich der Zugang vom Wall auch von außen öffnen ließ, und Jarek wusste, dass sie nun wieder alleine waren.

Es dauerte nicht lange, da konnte er die Wanderer sehen, die aus dem Schatten der Befestigung traten und dem Weg folgten, sieben pfadauf und drei pfadab.

Keiner von ihnen warf einen Blick zurück. Niemand von den beiden Kir, den fünf Vaka oder den drei Mahlo hatte sich für die Solo interessiert, die den kleinsten der Schlafbauten für sich beansprucht hatten.

Die spät gekommenen Reisenden hatten die Wachen unter sich aufgeteilt, hatten sich genau an ihre Vereinbarung gehalten und den Turm das ganze Graulicht über besetzt gehalten, hatten jeweils die nächsten geweckt und sich nach der Pflicht selbst wieder schlafen gelegt. Doch keiner der sechs Männer und vier Frauen hatte ein einziges Wort mit der Familie von Teso gesprochen.

Es war immer noch ein seltsames Gefühl für Jarek, von anderen Menschen nur in Ausnahmefällen wahrgenommen zu werden. Andere sahen Solo nur, wenn diese etwas kauften oder wenn jemand eine Möglichkeit sah, ein Geschäft mit ihnen zu machen, aber sonst schien es sie für andere einfach nicht zu geben. Jarek fragte sich wieder einmal, ob er sich je daran gewöhnen könnte.

Vielleicht irgendwann, wenn er nur lange genug in der Rolle des Ausgestoßenen und Heimatlosen mit Ko weiterziehen würde. Doch er zweifelte daran, dass es so weit kommen könnte.

Niemals könnte es für ihn selbstverständlich sein, dass er als Solo von der Bewachung eines Walls ausgeschlossen war, sobald Reisende aus einem anderen Volk ankamen. Der Wächter, der Beschützer und der Jäger hatten ihr ganzes Leben lang nichts anderes getan, als Mauern zu bewachen und für die Sicherheit anderer zu sorgen. Jarek verspürte in jedem Graulicht eine steigende Unruhe, die es ihm unmöglich machte, wirklich Erholung im Schlaf zu finden.

Selbst wenn er sich bei einem kurzen, harmlos erscheinenden Gang zum immer im hintersten Winkel liegenden Abtritt davon überzeugt hatte, dass das Tor aus dickem Fera sicher geschlossen war und der eingeteilte Wachposten seiner Pflicht nachkam, fand er kaum Ruhe. Er war immer wieder bereits ein Kvart vor Salas Aufgang wach und lauschte mit geschlossenen Augen auf die hier oben im Raakgebirge immer noch nicht so vielfältigen Geräusche des Graulichts.

Die Solo hatten noch lange gefeiert, getrunken, auf den Flöten gespielt und getanzt. Auch Ko hatte sich ihnen trotz ihrer Verletzung angeschlossen, hatte aber dafür gesorgt, dass sie immer in der Nähe der Frauen blieb, als sie sich weich und anmutig zu den Melodien bewegt hatte und es kein Geheimnis geblieben war, wie wohlgeformt ihr Körper war.

Jarek hatte nicht getanzt.

Jarek hatte dagesessen, immer wieder einmal so getan, als beteilige er sich an der Vernichtung der Vorräte an Paasaqua, die großzügig verteilt wurden, hatte sich freundlich an Gesprächen beteiligt und ein paar Scherze gemacht, aber sein Memoverstand war beschäftigt gewesen, ununterbrochen.

Es war so viel, was er in den wenigen Sätzen über Maro gehört hatte, über das er nachdenken musste. Rapo hatte nicht bemerkt, wie sehr Jarek das interessiert und bewegt hatte, was der Junge dem vermeintlichen Berichter beiläufig über Jareks Heimatstadt zu erzählen hatte.

Maro war nicht länger nur eine zur Marktstadt gewachsene Ansiedlung. Maro war der am schnellsten aufstrebende Ort auf ganz Memiana und unzählige Menschen waren auf dem

Weg dorthin, um dabei zu sein, Geschäfte zu machen und ihr Glück zu suchen.

Die Stadt wuchs weiter, nachdem der erste Markt, der dort abgehalten worden war, ein riesiger Erfolg gewesen war. Doch das war nicht der Grund für die neue Anziehungskraft, die Maro ausübte.

Jetzt geschah etwas noch Aufregenderes. Drei Clans von Xeno, die Kontrakte zum Schutz der Memo erhalten hatten, waren dabei, sich in Maro anzusiedeln. Die junge Stadt war nun Startpunkt für alle reitenden Botenmemo, die Nachrichten rund um Memiana trugen. Auf der großen Ebene vor Maro, direkt an die alten Mauern anschließend, wurden neue Kreise errichtet. Es gab Schänken, Herbergen, Kontore und riesige Pferche, um die Krone unterzubringen, zu versorgen und zu pflegen, mit denen die Beschützer vom Volk der Xeno den Memo folgten.

Jarek verspürte große Sehnsucht, endlich seinen Heimatort wiederzusehen und die großen Veränderungen mit eigenen Augen zu erblicken. Doch es war nicht nur die Freude über das, was er da an Neuem hörte, die ihn bewegte.

Es waren auch Sorgen.

Ollos Bande war die große Bedrohung für die Memo. Jarek war Ollo auf der Spur. Wenn es ihm gelang, den Aufenthaltsort des meistgesuchten Mannes auf ganz Memiana zu finden, und die vielen Xeno, die das Volk der Memo inzwischen unter Vertrag hatte, den Mörder und seine Bande jagen und zur Strecke bringen würden, dann wäre die Gefahr beseitigt.

Doch was wurde dann aus Maro?

Der Aufschwung, den die kleine Stadt nahm, stand im unmittelbaren Zusammenhang mit den Kontrakten zwischen den Xenoclans und den Memo. Was würde geschehen, wenn die Memo keine Xeno mehr brauchten, weil für ihre Boten keine Gefahr mehr bestand? Die Kontrakte waren sicher für einen Zeitraum von mehreren Umläufen geschlossen. Etwas anderes würde kein verantwortungsvoller Clanältester tun. Aber was würde geschehen, wenn diese Zeit vorbei war?

Jarek stützte sich mit den Unterarmen auf die Mauer. Die Steine erwärmten sich langsam unter Salas Strahlen, die sich in seinem Rücken als aarofarbene Kugel aus der Ebene erhoben hatte, und seine Augen folgten dem langen Schatten, den er selbst dreißig Schritt unterhalb der Befestigungsanlage auf den ansteigenden Felsboden warf.

Jarek roch Ko schon, bevor sie die Treppe im Turm verlassen hatte. Die Solaga näherte sich mit vorsichtigen Schritten und er drehte sich zu ihr um.

„Du solltest nicht herumlaufen und schon gar keine Treppen steigen. Du sollst dein Bein schonen, deshalb bleiben wir noch hier."

Ko stellte sich zwei Schritt neben Jarek an die Mauerbrüstung, legte ihre Hände darauf und schaute den Reisenden nach, die den Weg pfadauf nahmen. Bald würden sie hinter dem ersten der hundertneunundachtzig Felsbrocken verschwinden, zwischen denen sich die seit undenklichen Zeiten von Menschen begangene Strecke hindurchwand.

„Es geht schon", erwiderte sie, ohne Jarek anzusehen.

Einen der größten Heiterkeitserfolge des vergangenen Graulichts hatte Jarek erzielt, als er gemeint hatte, nach Salas Aufgang würden sich ihre Wege trennen. Keiner der Steinhauer war so verletzt, dass eine Pause erforderlich war, doch Ko konnte mit der tiefen Wunde in ihrem Bein unmöglich eine längere Strecke laufen. Jarek war klar, dass sie wenigstens drei Lichte Ruhe brauchte.

Er hatte kaum vom Abschied gesprochen, als das Gelächter die Wände der Unterkunft erschütterte und alle auf sein Wohl tranken. Auf das Wohl ihres Retters und auf das Wohl des Berichters, der für alle unerwartet nun auch noch so viel Witz zeigte. Bilia hatte es auf die Wirkung des Paasaqua geschoben, das jede Zurückhaltung bei den Männern vertrieb.

Jarek war davon ausgegangen, dass die Steinhauer weiterziehen würden. Er war davon ausgegangen, dass sie eben Solo waren, die sich nur um die sorgten, die zu ihrer eigenen Familie gehörten. Doch wieder einmal hatte er sich getäuscht.

Nach dem, was geschehen war, waren sie keine zufälligen Weggefährten mehr. Sie waren nun Freunde, und kein Freund würde einen anderen auf dem Weg zurücklassen.

Die Familie würde bleiben, bis sie gemeinsam mit Ko und Jarek ihren Weg fortsetzen konnten. Nicht früher. Nicht zuletzt deshalb hatten alle so nachhaltig den berauschenden Getränken zugesprochen und niemand hatte sich Gedanken darüber gemacht, ob er genug Schlaf bekommen würde, als das zweite Kvart des Graulichts schon vergangen war und nichts auf eine baldige Ruhe hingedeutet hatte. Sie wussten, dass sie genug Zeit zum Ausschlafen hatten.

Jarek hatte mitgelacht und hatte noch eine lustige kleine Geschichte erzählt, um gar keine falschen Gedanken aufkommen zu lassen. Aber es war ihm nur knapp gelungen, seine Überraschung zu verbergen.

„Mein Bein tut mir kaum noch weh", sagte Ko, drehte sich um und schaute nun in die andere Richtung, Sala entgegen, deren Strahlen sie blendeten, sodass sie die Augen zusammenkneifen musste. Die kleine Solaga legte den Kopf in den Nacken, um die Wärme auf ihrem ganzen Gesicht zu spüren.

Ihre Haut war glatt und hell, die Kämpfe des vergangenen Gelblichts hatten keine Wunde in ihrem Gesicht hinterlassen, doch unter den Augen zeigten sich dunkle Ringe, die von der Angst, den Schmerzen und auch dem wenigen Schlaf erzählten, den Ko gehabt hatte.

„Wenn du meinst. Ist ja dein Bein", sagte Jarek, seiner Rolle entsprechend. Es kostete ihn immer noch Überwindung, einen Mann zu spielen, dem das Schicksal und die Schmerzen seiner Reisegefährtin völlig gleichgültig waren.

Es war das erste Mal, seit sie Fustiba verlassen hatten, dass er mit Ko wieder alleine war. Der Wächter in ihm ermahnte ihn, dass er für Ko immer noch der Mann war, der für Geld gemordet hatte. Als solcher sollte es ihn nicht allzu sehr kümmern, ob sie ihr Bein schonte oder auf Türmen herumkletterte. Solange sie ihn nur zum Ziel führte.

Ko schaute Jarek nun direkt an und betrachtete ihn. Ihm fiel auf, dass ihr Gesicht nun ruhig wirkte. Er fand kein

Anzeichen der Verwirrung mehr, die er in den vergangenen beiden Lichten immer wieder bei ihr entdeckt hatte, sondern nur das Bemühen, nicht zu verraten, was sie dachte. Und darunter eine feste Entschlossenheit.

„Was willst du eigentlich hier oben? Doch bestimmt nicht die schöne Aussicht bewundern?", fragte er.

„Nein", antwortete Ko, die tatsächlich keinen Blick für die weite Ebene unter ihnen und das alles überragende Gebirge über ihnen hatte, das nun von Salas hellen Strahlen beleuchtet wurde. In diesen frühen Augenblicken des Gelblichts wirkte es am wenigsten bedrohlich. „Ich habe dich gesucht."

„Du hast mich gefunden."

„Ich will dich etwas fragen." Sie ließ ihn nicht aus den Augen und ihr Blick war Jarek unangenehm, doch er bemühte sich, nichts davon zu zeigen. Er hatte das Gefühl, als versuche Ko in ihn hineinzuschauen, ganz tief, und dort all die Geheimnisse zu ergründen, die er in sich verborgen trug.

Es waren eine Menge.

Er verschränkte die Arme, seufzte gespielt gelangweilt, nickte und sagte: „Erwarte keine Antwort."

Ko ging auf die Bemerkung nicht ein. „Warum hast du das gemacht?", fragte sie.

„Was gemacht?", fragte er zurück, während er in seiner Erinnerung nach all dem forschte, was er im letzten Licht gesagt und getan hatte, um zu prüfen, welcher entscheidende Fehler darunter gewesen sein könnte. Doch er fand nichts. „Was habe ich jetzt wieder getan?", fragte er, als Ko nicht sofort antwortete.

„Du hast Fadu gerettet", sagte sie leise. „Warum?"

Jarek war verblüfft. Damit hatte er nicht gerechnet und er suchte hastig nach einer angemessenen Reaktion. Er räusperte sich unwillig. „Hab ich doch schon gesagt. Erinnerst du dich nicht? Als Teso mich zum Helden machen wollte. Lächerlich. Ich hab sie gerettet, weil wir so stärker waren. Alle zusammen. Wir brauchten jeden, der eine Klinge halten konnte."

Ko schüttelte sofort den Kopf. „Das ist Blödsinn. Sie hat zwischen den Reißern gelegen, zehn Schritt hinter uns. Und du willst mir erzählen, dass du dich zwischen ein paar Hundert von diesen Schaderdrecksviechern geworfen hast, nur um zu überleben? Tolle Idee. Sich umzubringen, damit man nicht stirbt?" Sie lachte höhnisch. „Du hast Fadu erst bei unserem Aufbruch kennen gelernt. Ach was, kennen gelernt. Du hast wahrscheinlich nicht mal ihren Namen behalten. Du kennst sie nicht, du hast drei oder vier Sätze mit ihr geredet, aber auch jetzt erst. Vorher kein Wort. Und trotzdem holst du sie da raus. So was macht kein Mensch."

„Vielleicht bin ich ja kein Mensch", sagte Jarek leichthin, aber er spürte im selben Augenblick, dass diese Antwort Ko in dem, was sie dachte, nur noch bestärkte. Es beunruhigte ihn, dass er keine Ahnung hatte, worauf das Gespräch hinauslaufen sollte.

„Ja, vielleicht. Vielleicht bist du ja wirklich kein Mensch", wiederholte die Solaga und hielt Jareks Blick stand. „Jedenfalls kein gewöhnlicher. Also, was bist du? Und wer bist du?"

Jarek versuchte sich an einem ungeduldigen, verächtlichen Lachen. „Geht das jetzt wieder los? Willst du mir noch schnell irgendeine Falle stellen? Noch mal irgendwem was über mich erzählen, um es zu überprüfen? Ich bin Keraj, der Berichter. Wie du selbst festgestellt hast. Der Mann, der auch über Jarek erzählen kann, wenn es die Leute hören wollen. Für dich sicher sehr überraschend. Keiner merkt, dass ich es war, der ihn getötet hat. Das bin ich. Und du bist die Frau, die mich zu Ollo bringt, damit ich mir die Belohnung holen kann. Also, was ist jetzt dein verdammtes Problem?"

Ko zuckte die Achseln. „Was mein Problem ist? Du bist mein Problem."

„Dann sorg dafür, dass ich schnell zu Ollo komme, dann bist du mich los. Und du hast keine Probleme mehr."

Ko steckte die Hand tief in die Innentasche ihres Mantels und holte etwas hervor. Mit einem leisen Klappern legte sie einen kleinen Stapel von Aaromünzen auf die Brüstung und trat wortlos einen Schritt zurück.

Jarek schaute sie überrascht an, dann die Münzen. „Und was soll das jetzt bedeuten? Ist das schon wieder eins von deinen Spielen?"

Ko holte einmal tief Luft, bevor sie sprach. „Hier sind die hundert Fer, die du mir gegeben hast. Für den Weg bis hierher will ich nichts. Sobald ich wieder laufen kann, kehre ich nach Kirusk zurück. Wir haben kein Geschäft mehr."

Jarek schaute auf die in Salas jungem Licht schimmernden Münzen, dann auf Ko, und er sah, dass sie es völlig ernst meinte.

„Und warum?", fragte er. „Weshalb lässt du dir so viel Geld entgehen? Nur weil ich eine Frau gerettet habe, die ich kaum kenne?" Er lachte wieder, aber selbst in seinen eigenen Ohren klang es falsch, völlig falsch.

Ko hatte ihn überrumpelt. Er wusste nicht, wie er darauf reagieren sollte. Er wusste nur, dass Ko die einzige Verbindung war, die er zurzeit zu Ollo hatte. Wenn er den Aufenthaltsort des Anführers der Raubmörder erfahren wollte, dann brauchte er diese Solaga. Wenn das stimmte, was Ko ihm in Fustiba gesagt hatte, dann würde er in den Ansiedlungen und kleineren Städten, die sie auf dem weiteren Weg pfadab erreichen würden, keine Colorohändler finden, von denen einer die Solaga ersetzen und ihn führen konnte.

„Es geht nicht darum, dass du sie gerettet hast", sagte Ko.

„Ja, was denn jetzt?", fragte Jarek unwillig. „War es falsch? Oder war es richtig, sie zu retten? Kannst du dich mal entscheiden?"

„Es geht darum, wie du es getan hast", sagte sie leise.

„Keine Ahnung, was du damit meinst", erwiderte Jarek. Doch die Tür in seiner Erinnerung flog auf und er sah die Reißer über sich schweben, während er mit Kos Schneider unter ihnen hindurchwirbelte auf dem Weg zu der gestürzten Solo, der sich die gedrehten Hörner der Bestien schon bedrohlich näherten.

„Was muss ich tun, dass du mich weiter führst?", fragte er, ohne etwas von dem zu zeigen, was in ihm tobte, so als hätte er nur die Absicht, eine weitere geschäftliche Verhandlung zu führen.

„Mir die Wahrheit sagen. Das wäre mal ein Anfang", erwiderte Ko, verschränkte die Arme und verzog das Gesicht.

Jarek schwieg und wartete ab. Etwas Besseres fiel ihm nicht ein.

„Ich war mal mit einer Familie von Vaka unterwegs." Ko ließ ihn nicht aus den Augen. „Vier Xeno waren auch dabei, die kamen vom Markt. Wir wurden von Reißern angegriffen. Ich weiß nicht, was das für Biester waren. Nicht groß, hellgelb mit dunklen Punkten, aber so langen Reißzähnen."

Sie zeigte mit Fingern die Größe der Hauer, etwa eine Handbreit, und der Jäger in Jarek wusste sofort, dass die Rede von Kolo war. Die kniehohen Salareißer jagten oft in großen Rudeln, die bis zu hundert Köpfe zählten, sich aber nur in Ausnahmefällen trauten, Menschen anzugreifen.

„Die Xeno haben das Kommando übernommen. Genauso wie du. Sie haben den Kampf angeführt. Genauso wie du. Als eine Vakafrau hingefallen ist, haben sich zwei Xeno auf die Reißer gestürzt und haben sich den Weg zu ihr freigekämpft und haben sie geholt, ohne Rücksicht darauf, dass sie dabei sterben könnten. Genauso wie du." Ko zögerte einen Moment. „Nein. Es war nicht genauso. Du warst schneller. Viel, viel schneller. Du hast dich so schnell bewegt, wie ich das noch nie bei einem Menschen gesehen habe. Und du hast genau gewusst, was du tust. Die ganze Zeit. Du hast keinen Augenblick darüber nachgedacht, du hast keinen Augenblick gezögert, du hast keinen Augenblick gezweifelt. Und du hattest keine Angst. Kein Solo auf ganz Memiana kann so etwas, kein Kir, kein Vaka, kein Foogo, kein Mahlo, kein Fero und schon gar kein Memo." Ko schaute Jarek mit schräg gelegtem Kopf in die Augen und belauerte jede seiner Bewegungen. „So etwas kann nur ein Xeno."

In Jareks Verstand rasten die Gedanken. Wieder einmal. Er hatte alles falsch gemacht, erkannte der Jäger, doch er hatte gar keine Wahl gehabt, anders zu handeln, bemerkte der Memo. Als Solo hätte er Fadu sicher liegen gelassen. Er wäre auch in keinem Fall unter den herabkommenden

Salaspringern hindurch zu den Frauen gelaufen. Aber der Xeno musste so handeln. Sein Leben lang hatte Jarek andere beschützt und das würde sich nicht ändern, das war ein Grundstein seines Wesens. In dem Augenblick, in dem er einen Wehrlosen geopfert hätte, nur um ein anderes Ziel zu verfolgen, hätte er aufgehört, Jarek zu sein.

Ko hatte recht. Als die Gefahr da war, hatte Jarek nicht einen Wimpernschlag lang nachgedacht. Er hatte getan, was zu tun war. Damit hatte er alle gerettet, aber gleichzeitig hatte er sich dadurch verraten und seinen eigenen Plan verdorben.

„Du glaubst also, ich bin ein Xeno?", fragte er trotzdem und versuchte, das richtige Maß zwischen Gleichgültigkeit und Verwunderung in seine Stimme zu legen. „Habe ich das richtig verstanden?"

„Nein, hast du nicht", antwortete die Solo mit fester Stimme. „Ich glaube das nicht. Ich weiß es."

„Du irrst dich", sagte Jarek. „Ich bin kein Xeno."

Ko lachte höhnisch auf. „Ja, lüg weiter."

„Ich bin kein Xeno. Aber ich war einer."

Kos Lachen erstarb. Ihre Blicke wanderten an Jareks Gestalt hinab, wieder hinauf zu seinem Gesicht und glitten über das kurze Haar, von dem er wusste, dass es noch immer völlig schwarz war, weil er es in Fustiba in der Waschnische noch einmal sorgfältig gefärbt hatte. Dann zogen sich ihre Augenbrauen zusammen. „Du warst ein Xeno?", fragte sie und er hörte einen sonderbaren Unterton.

„Ja", antwortete er. „Und jetzt bin ich es nicht mehr. Das ist die Wahrheit. Vielleicht nicht die, die du hören willst, aber es ist die Wahrheit." Er hielt ihrem Blick stand, denn das war keine Lüge. Es war nur eine Hama-Wahrheit, die wieder einmal viel mehr verschwieg, als sie verriet. Aber da musste etwas an Jareks Ton, seinem Ausdruck, seiner Haltung und seinen Augen sein, das Ko verwirrte.

„Und woher stammst du?", fragte sie.

„Aus Maro", sagte er mit Betonung und sie riss die Augen vor Überraschung weit auf.

„Maro?", fragte sie fassungslos. „Aber das ist ..."

„Die Stadt, aus der Jarek stammt. Ich war einmal ein Xeno vom Clan der Thosen. Jetzt weißt du es." Jarek atmete einmal heftig durch, als ob ihm diese Eröffnung schwer gefallen wäre, aber der Wächter belauerte sein Gegenüber und ihm entging keine Regung.

Ko ergriff mit der rechten Hand drei ihrer dünnen, fest geflochtenen Zöpfe und wickelte sie um die Finger. Jarek hatte diese Geste nur wenige Male bei ihr gesehen und wusste, dass sie das nur in Augenblicken größter Unsicherheit tat. Ko versuchte verzweifelt, die Kontrolle über das Geschehen zu behalten, aber sie war den Ereignissen eigentlich nicht gewachsen.

„Ich weiß, was du als Nächstes fragen willst", nutzte er die Gelegenheit, um gegen den geschwächten Gegner nachzusetzen, wie es jeder erfahrene Jäger tat, und er zielte auf ihre verletzte Stelle, nur nicht mit Waffen, sondern mit Worten. „Ja, ich kannte Jarek. Ich kannte ihn gut. Aber ich musste den Clan der Thosen und Maro verlassen. Jarek selbst ist der Grund, dass ich heute kein Xeno mehr bin."

„Was?" Ko schluckte einmal heftig. Was immer sie erwartet hatte, das, was Jarek ihr präsentierte, war fast mehr, als sie verkraften konnte.

„Ich werde dir nicht sagen, was geschehen ist und warum ich aus Maro weggehen musste", fuhr er fort und sein Ton wurde härter. „Das geht dich nichts an. Überhaupt nichts. Das ist eine Sache zwischen Jarek und mir. Nur zwischen dem, der ich heute bin, und ihm." Er sah Ko an, dass sie mit diesen Neuigkeiten erst einmal fertigwerden musste, aber keine Ahnung hatte, wie. Sie hatte ihre entschlossene, harte Haltung gänzlich verloren und stand nun da wie ein kleines Mädchen, das von der Mutter mit den Fingern im Paasgefäß erwischt worden war und jetzt nicht wusste, wie es die süße Masse auf den Händen erklären sollte. Die sonst so selbstbewusst und zielsicher auftretende Solaga war verlegen. Jarek hätte nicht gedacht, dass er einen solchen Moment auf ihrer Reise einmal erleben dürfte.

„Du glaubst mir natürlich kein Wort, ich weiß", setzte er den letzten Treffer, wie der Jäger, der seine Beute mit Stichen, Hieben und Schnitten so weit geschwächt hatte, dass er sie nun gefahrlos erlegen konnte. „Ist mir auch egal. Ich ziehe rund um den Pfad und ich erzähle Geschichten, mal wahre, mal gut erfundene und hoffentlich nie schlechte. Ich versuche, durchzukommen. Wie ihr alle. Ich mag es aber nicht, wenn man mich einen Lügner nennt. So viel Xeno ist doch noch in mir. Ich habe nie gedacht, dass ich einmal als Solo über Memiana wandern würde. Jetzt ist es soweit. Seit bald einem Umlauf bin ich aus Maro fort. Aber ich weiß immer noch viel zu wenig über die Solo. Ich weiß nicht wirklich, wie ihr miteinander sprecht. Ich weiß nicht, wie ihr miteinander Geschäfte macht. Ich weiß nicht, wie ihr Freundschaften schließt und wie ihr erkennt, wann ein anderer Solo gefährlich ist oder harmlos. Als Xeno weiß ich ganz genau, wann eine Lage bedrohlich ist oder jemand etwas gegen mich plant oder es auf einen anderen abgesehen hat. Ich war Wächter, Jäger und Beschützer. Aber ich kann keinem sagen, was ich einmal war. Was ich bin. Ihr hasst die Xeno, ihr Solo. Wir sind es, die euch daran hindern, auf Dauer irgendwo einen festen Platz zu finden, der euch gehört. Wir sind es immer gewesen, die euch daran hindern, Ansiedlungen und Städte zu betreten, um dort in Sicherheit zu schlafen und das zu kaufen, was ihr braucht. Soll ich rumlaufen und jedem erzählen, dass ich einer von denen war? Was ist denn?“

Jarek war lauter und heftiger geworden und was er gesagt hatte, war nichts als die Wahrheit, wenn er auch immer noch viel verschwiegen hatte. Doch Kos Reaktion überraschte ihn vollkommen. Der jungen Frau liefen die Tränen über die Wangen. Er schaute sie besorgt an, bevor er gerade noch rechtzeitig bemerkte, dass ihn das als Keraj nicht kümmern durfte. Doch Ko hatte es gar nicht wahrgenommen.

„Was hast du?“, fragte er barsch.

Sie stand mit gesenktem Kopf da und starrte zu Boden, während die Tränen hinunterfielen und auf dem porösen Stein zerplatzten, in ihn eindrangen und dunkle Flecken bildeten. Sie ruckte einmal mit dem Kopf und die vielen langen Zöpfchen verbargen ihr Gesicht. „Nichts“, kam es unter dem Vorhang aus Haaren dumpf hervor. „Ich habe nichts." Sie zog einmal heftig die Nase hoch, hob ruckartig den Kopf, die Zöpfe flogen nach hinten und sie schaute Jarek aus feuchten Augen an. „Du sagst die Wahrheit."

„Jetzt auf einmal? Was macht dich so sicher?"

„Ich weiß es. Ich spüre, wenn jemand lügt. Wie du als Xeno, vielleicht. Du lügst nicht. Alles, was du jetzt gesagt hast, ist wahr."

Jarek wartete ab. Es war nicht der Moment für eine Antwort.

„Jetzt verstehe ich endlich, warum ich mich bei dir immer sicher gefühlt habe, obwohl ich genau gewusst habe, dass du wirklich Menschen getötet hast. Viele Menschen. Das spürt man. Du hast diesen Blick. Ein Solo, der ein Xeno war." Sie betrachtete Jarek, als sähe sie ihn zum ersten Mal. „Ich habe noch nie von einem gehört."

„Es muss noch mehr von uns geben", sagte Jarek. „Aber keiner, der dieses Volk verlassen musste, hat einen Grund, darüber zu reden."

Ko nickte wieder. Sie schwiegen beide eine Weile.

„Und jetzt?", stellte er die entscheidende Frage. Er merkte, dass sie genau verstand, was diese beiden Worte bedeuteten. Vorsichtig tastete sie nach dem kleinen Stapel Münzen und nahm ihn. Sie schaute auf die Aaroscheiben in ihrer Hand, schloss dann die Finger darum und sah Jarek entschlossen in die Augen. „Wir haben ein Geschäft", sagte sie und wollte das Geld wieder einstecken. „Ich bringe dich zu Ollo."

„Nicht so schnell." Jarek fasste nach ihrer Hand und hielt sie fest. „Zu einem Geschäft gehören immer zwei. Wer sagt denn, dass ich dich überhaupt noch will? Nach all dem, was du dir erlaubt hast, seit wir zusammen unterwegs sind."

Ko schaute ihn unsicher an. „Entschuldige. Es tut mir leid. Das kannst nur du entscheiden. Sonst niemand." Sie drehte die Hand um, öffnete sie und hielt ihm die Münzen wieder hin. „Ich möchte bei dir bleiben. Wenn du mich noch willst. Als Führerin und Begleiterin."

Jarek wartete einen Augenblick, der ihm angemessen erschien. „Ich werde es noch einmal mit dir versuchen."

Jarek roch die Stadt, bevor er sie sah, aber es war diesmal nicht die besonders feine Nase des Jägers, die er dazu brauchte. Jeder seiner Gefährten hatte während der letzten Schritte immer wieder den Kopf gehoben, geschnuppert und sich umgesehen, ohne etwas anderes zu entdecken als den an dieser Stelle steilen Weg, der sich zwei Schritt tief in den Graugrus eingegraben hatte.

Der weiche Stein bildete hier den Untergrund und über die lange Zeit, die die Menschen dem Pfad folgten, hatten ihre Füße immer wieder ein wenig davon abgeschliffen, hier ein paar Körnchen losgetreten und dort einen größeren Stein. So hatte sich die viel begangene Strecke nach und nach immer tiefer abgesenkt und der Weg der Menschen sah an dieser Stelle aus wie eine viel kleinere Ausgabe des Pfades der Phyle, nur dass der Boden nicht von dem festen, aber nachgiebigen Gemisch aus Hornabrieb und zerbröseltem Stein gebildet wurde.

„Was stinkt denn da so?", fragte Rapo und rümpfte die Nase.

„Das kann ich dir nicht sagen", erwiderte Jarek und das war die reine Wahrheit.

Er konnte es ihm nicht sagen, aber der Memo wusste natürlich, dass vor ihnen die Stadt Hufas lag, die weithin für ihren besonderen Kaas berühmt war, dessen unverwechselbares Aroma bereits jetzt bis zu ihnen drang, obwohl die Mauern noch mehr als zweitausend Schritt entfernt hinter den nächsten zwei Biegungen des Weges lagen. Doch das war ein Wissen, das Jarek seiner Rolle gemäß nicht besitzen durfte, da der Berichter Keraj zum ersten Mal in seinem Leben diesseits des Raakgebirges wanderte.

„Das ist der Stinkerkaas", antwortete Ko, die neben den beiden ging.

„Stinkerkaas?" Rapo lachte. „So was gibt's doch nicht. Oder?"

Ko lachte mit. „Doch, den gibt es. Der heißt so, weil er ...“

„Stinkt?“, ergänzte Rapo kichernd. „Wer isst denn etwas, das riecht wie ... wie ...“ Er suchte einen passenden Vergleich.

„Stiefel, die jemand zehn Lichte lang nicht ausgezogen hat?“, schlug Jarek vor und Ko und Rapo lachten beide herzlich.

„Wie die Fußlappen aus Stiefeln, die einer zwanzig Lichte getragen hat“, führte Rapo die Idee weiter aus, die ihm offensichtlich gefiel.

„Der Kaas schmeckt viel besser, als er riecht“, erklärte Ko. „Und er ist richtig teuer.“

„Da würde ich nicht reinbeißen.“ Rapo schüttelte sich allein bei dem Gedanken.

„Die Menschen sind ein wenig komisch, weißt du, Rapo“, meinte Ko. „Den Stinker gibt es nur hier und sonst nirgends auf ganz Memiana. Deshalb glauben viele, er wäre was ganz Besonderes. Man zahlt irre Preise dafür.“

„Schön bekloppt“, meinte Rapo und kicherte. „Hast du schon mal davon gegessen?“

„Dafür ist mir mein Geld zu schade. Aber die Mahlo, denen die Stadt gehört, sind damit reich geworden.“

„Mit Stiefelkaas.“ Rapo grinste.

„Warst du schon mal in Hufas?“, fragte Jarek Ko.

„Immer wieder.“

„Wie groß ist die Stadt?“ Er wusste, dass die Niederlassung der Mahlhüter mehr als zweitausend ständige Bewohner zählte und neben den drei großen Kontoren noch einige weitere Besonderheiten vorweisen konnte. Doch von diesem Memowissen durfte er nichts äußern.

„Groß genug. Für unseren Zweck“, antwortete Ko mit einem Seitenblick auf Rapo und Jarek verstand.

In Hufas würden sie jemanden treffen, der Jarek näher an Ollo heranbringen würde.

„Gut“, sagte er.

„Was heißt das denn, für euren Zweck?“, fragte Rapo mit der ihm eigenen Neugier und Hemmungslosigkeit.

„Keraj will eine Weile in der Stadt bleiben“, antwortete Ko, bevor Jarek etwas sagen konnte. „Wir hoffen, dass er in einer guten Schänke einen Kontrakt als Berichter bekommt. Für einige Zeit."

Sie lächelte Rapo freundlich an, aber dessen Gesicht wurde traurig. „Dann bleibt ihr dort, wenn wir weiterziehen?", fragte er.

„Wahrscheinlich", antwortete Ko und legte dem Jungen die Hand auf die Schulter. „Aber wir sehen uns bestimmt wieder. Freunde verlieren sich nicht aus den Augen."

Rapo nickte. „Ja. Das stimmt."

Seit acht Lichten wanderten sie nun wieder zusammen. Fünf Lichte hatten sie in dem Wall zugebracht, den sie nach dem Kampf gegen die Reißer erreicht hatten. Ko wäre schon früher aufgebrochen, aber Bilia und Teso hatten darauf bestanden, dass sie so lange blieben, bis Kos Verletzung am Bein so weit verheilt war, dass man sie mit einem einfachen Paasgruspflaster schließen konnte und die junge Solaga keine Schmerzen mehr hatte.

Der Weg war seit dem Aufbruch abwechslungsreich, aber leicht und ohne jede Gefahr gewesen. Kein Reißer war unter Sala in ihre Nähe gekommen. Doch Jarek hatte Rapo zu dessen Begeisterung in großer Entfernung über dem Raakgebirge die winzige Gestalt eines Großen Höhlers zeigen können.

Jarek und Rapo hatten in jedem Licht eine neue Geschichte erfunden und inzwischen kannten sie das ganze Leben des Riesen Popopok mit all seinen Abenteuern. Nach der ersten Rast hatte sich Ko zu ihnen gesellt und seitdem waren sie ständig zu dritt unterwegs und hatten die Zügel ihrer Fantasie nicht mehr angezogen. Ko hatte die beiden mit ihren Einfällen überrascht und an den Geschichten mitgearbeitet und dafür gesorgt, dass auch weibliche Wesen darin vorkamen.

Es waren ungewohnt einfache Lichte für Jarek gewesen. Nachdem er Ko seine Vergangenheit als Xeno offenbart und ihr gleichzeitig das Versprechen abgenommen hatte, es den anderen gegenüber auf keinen Fall zu erwähnen, war nach und nach einiges von seiner großen Anspannung geschwunden. Er hatte gemerkt, welch eine fast übermenschliche Kraft es ihn gekostet hatte, den Steinhauern und Ko gegenüber zwei verschiedene Menschen darzustellen. Aber nun musste er nicht mehr bei allem, was er sagte oder tat, abwägen, ob dies nun zu einem freundlichen, kontaktfreudigen Berichter passte oder zu einem harten, rücksichtslosen und einsamen Mann, der für Geld gemordet hatte, oder möglichst zu beiden.

Jarek musste nicht mehr heimlich die Gegend beobachten und auf die Geräusche lauschen, ob da irgendwo ein Reißer lauerte, und er brauchte auch nicht mehr Ko gegenüber Ausreden zu erfinden, weshalb er so häufig im Graulicht auf der Mauer oder dem Turm war. In ihren Augen waren dies Merkmale des einstigen Xeno und alles, was er tat, betrachtete sie nun im Licht dieses Wissens.

Teso und seine Familie machten sich überhaupt keine Gedanken über irgendetwas, das Jarek unternahm. Sie vertrauten ihrem Retter und Freund. Jarek war sicher, dass auch sie neugierig waren, was das Geheimnis seiner Herkunft und seiner Fähigkeiten war. Er hatte mehrfach an den Lippen erkannt, dass die anderen leise darüber sprachen und auch versucht hatten, von Ko etwas zu erfahren. Doch die hatte freundlich erklärt, sie selbst wisse es auch nicht, und ihn hatte bisher niemand gefragt. Das würde wohl auch niemand tun, da war Jarek sicher. Solo belästigten Freunde nicht mit Fragen, das hatte er gelernt und es war beruhigend zu wissen, dass die anderen sein Schweigen hinnahmen.

„Oh Mann!", rief Rapo aus und blieb vor Überraschung stehen.

Der enge, von drei Schritt hohen Felswänden gesäumte Weg hatte eine letzte Kehre durchlaufen, der Graugrus ging in härteren, salafarbenen Urinspat über und vor ihnen tauchte in fünfhundert Schritt Entfernung unvermittelt die Stadt auf.

Auch die anderen Steinhauer waren stehen geblieben und schauten voll Bewunderung auf das Meisterwerk menschlicher Baukunst, das sie besonders gut einschätzen konnten.

Die Stadt Hufas lag in einer Steilwand und erinnerte Jarek ein wenig an Staka, wo sich auch die Wohnbauten, Kontore, Schänken und Herbergen übereinander erhoben und zum

Teil nur durch steile Treppen erreichbar waren. Aber Hufas hatte eine Besonderheit, die die Stadt von allen anderen unterschied. Ihre Mauer hatte keinen Turm über dem Tor. Ein mindestens dreißig Schritt hoher, schmaler Felsen, der innerhalb des Wehrbaus lag, ersetzte ihn. Ähnlich wie der große Felsen der Palmutia in Kirusk, auf dem das Kontor des reichen Kirclans saß, hatten die Erbauer von Hufas das ausgenutzt, was Memiana ihnen zusammen mit der Cave geschenkt hatte. Sie hatten rund um den Felsen eine schmale Treppe in den Stein geschlagen, sodass die Wächter ihn mühelos erklettern konnten. Weit oben, wo eine Brüstung aus dem dunkelgelb schimmernden Stein gehauen war, konnten sie ihren Posten beziehen und hatten von dort aus einen weiten Blick über die Flächen vor den Mauern, den Weg und den Pfad. Ein Großer Splitter stand dort oben und Jarek erkannte zwei Männer vom Volk der Xeno, die ihren Wachdienst versahen, einer als Schauer und einer als Schütze.

Aber anders als in Kirusk, wo die breiten Treppen seitlich gemauerte Geländer aus Bruchsteinen hatten, waren die schmalen Stiegen dieses natürlichen Turms von Geländern aus schmalen Säulen geschützt, die mit einem geschwungenen Handlauf versehen waren. Auch das Geländer war direkt aus dem Material des Felsbrockens gearbeitet. Es hatte zwei volle Umläufe gedauert, bis die mühsame Arbeit vollendet war.

„Das ist der Hufaswächter", erklärte Ko den staunenden Steinhauern. „Einer der schönsten Wachtürme." Sie warf einen bewundernden Blick auf das Bauwerk und auch Jarek musste sich eingestehen, dass er so etwas noch nicht gesehen hatte. Nicht einmal in Mindola, der Stadt der Memo mit ihren riesigen, fein gearbeiteten und doch so leicht erscheinenden Türmen.

„An so etwas würde ich gerne einmal mitbauen." Teso seufzte und Jarek sah seinem sehnsüchtigen Blick an, dass er nichts anderes als die Wahrheit sagte.

Er hatte in den letzten Graulichten aus dem, was die Steinhauer untereinander sprachen, erfahren, dass Rapos Vater trotz seiner Größe und seiner groben Hände bekannt für die feinsten Steinhauerarbeiten war. Teso übernahm es immer, dem Werk ein paar Verzierungen hinzuzufügen, auch wenn diese Arbeiten nicht vom Kontrakt erfasst waren. Es gab Solo, die sich Wort für Wort an die Vereinbarungen hielten und keinen Handgriff mehr taten, als sie mussten. Eine Mauer war für sie eine Mauer, und wenn sie glatt war und nicht einstürzte, war ihre Aufgabe erledigt. Doch dann gab es auch noch die Männer und Frauen, für die ein Bau erst vollendet war, wenn er etwas Besonderes an sich hatte, das sich vom bloßen Zweck abhob.

Teso war solch ein Mann.

„Wer weiß, was sie in Maro vorhaben", erwiderte Ko und Teso schenkte ihr einen freundlichen Blick. „Du wirst schon noch deine Spuren hinterlassen, die jeder erkennt, Teso. Auch auf dieser Seite des Raakgebirges."

Ko legte dem kräftigen Mann die Hand auf die Schulter. Das war nichts weiter als eine ermunternde, freundschaftliche Geste.

Teso nickte dankbar. „Das werde ich. Ganz bestimmt! Kommt, lasst uns einkaufen und eine Unterkunft suchen."

Die Familie setzte sich wieder in Bewegung und Jarek und Ko folgten zum Tor von Hufas.

Seit sie den Hundertfelsenwall verlassen hatten, hatten sie in zwei kleineren Ansiedlungen geschlafen und nie hatten sie Schwierigkeiten gehabt, eingelassen zu werden. Es war wieder eine dieser Fragen, über die sich Jarek nie Gedanken gemacht hatte, weil es Solo betraf, und je länger er mit Menschen dieses Volkes zusammen war, desto öfter schämte er sich heimlich dafür, wie wenig Beachtung er ihnen bislang geschenkt hatte. Als Wächter in Maro war es auch eine seiner Aufgaben gewesen, zu entscheiden, wer das Tor durchschreiten durfte. Jarek hatte häufig Solo abgewiesen und in den Solowall vor dem Tor geschickt. Doch wenn er darüber nachdachte, dann waren niemals Steinhauer darunter gewesen. Den geschickten Handwerkern hatte er nie den Eintritt verwehrt, ganz gleich ob ihre Dienste in Maro gerade benötigt wurden oder ob sie nur auf ihrem Weg ihre Vorräte auffrischen und in

Sicherheit schlafen wollten. Irgendwie hatte Jarek es unbewusst von den anderen Xeno seines Clans übernommen, dass man Steinhauer immer passieren ließ. Nie hatte sich etwas ereignet, das ihn dazu gebracht hatte, darüber nachzudenken. Ärger mit Solo hatte es immer wieder gegeben. Aber nie mit welchen, die ihr Leben damit verdienten, Bauten zu errichten und auszubessern. Jarek hätte die Erklärung gefallen, dass es sich bei Steinhauern um die angesehensten und meistrespektiertesten Solo handelte. Doch da war ein anderer, unangenehmer Gedanke, in dem wohl mehr Wahrheit steckte. Die Steinhauer wurden von allen gebraucht und deshalb wollte es sich niemand mit ihnen verderben. Die Handwerker wussten um ihren Wert und wenn man sie einmal an einem Tor fortschickte, dann würde sich das möglicherweise herumsprechen, und wenn die Ältesten der Stadt oder Siedlung mal wieder welche brauchten, würden die Solo einen Bogen um die Stadt machen. Oder die Preise verdoppeln.

Es war nicht weit bis zu der Mauer, die Jarek seltsam nackt vorkam, so ganz ohne den Turm, der sonst immer das Tor überragte.

Die Xeno begrüßten die Reisenden mit einem Nicken, das nicht unfreundlich war, und nahmen Waffen und Werkzeuge in Empfang. Einer der Wächter sah Jarek und Ko mit zusammengezogenen Augenbrauen an. Es war offensichtlich, dass beide sich nicht mit grober oder feiner Steinmetzarbeit befassten.

„Und was führt euch in unsere Stadt?", fragte der Xeno die beiden.

„Sie gehören zu uns", mischte sich Teso ein, bevor Jarek oder Ko antworten konnten.

„In Ordnung", sagte der Xeno sofort und Jarek reichte ihm den Handlangen Schneider und den alten Stecher. „Frieden und eine gute Ruhe, euch allen."

„Dir drehe ich den Hals um", brüllte der dicke Mahlo und stürzte sich auf den jüngeren Mann, der unter seinem Gewicht ins Straucheln geriet und auf den Rücken fiel. Aber bevor der Dicke mit der Faust einen Treffer landen konnte, traf ihn ein Hieb des Widersachers an der Wange, sodass er nach hinten geschleudert wurde.

„Raus aus meiner Schänke", schrie der kleine Besitzer des Baus, in dem Jarek mit Ko und Tesos Familie saß, und versetzte erst dem Dicken, dann dem Jüngeren einen heftigen Tritt.

„Ich habe ihn zuerst gefragt!", brüllte der korpulente Mahlo, der sich die Wange hielt und versuchte, auf die Beine zu kommen. Aber der Wirt, dessen Name Mosto war, trat ihm rasch die Beine weg und der andere plumpste zurück auf den harten Boden.

„Du hast in meiner Schänke keine Geschäfte zu machen!", keifte Mosto, wich aber zurück, als der Dicke sich wieder aufrichtete. Er war doppelt so groß wie der Wirt.

„Hilfe!", schrie er, als der Dicke ihn an der Jacke packte und hochhob.

Die Gäste der vollen Schänke beobachteten die Schlägerei amüsiert, Ko kicherte, die Steinhauer grinsten, aber Jarek wusste nicht, was er sagen sollte.

„Er gehört mir! Mir allein", quiekte Mosto und zappelte hilflos.

Die Tür flog auf und vier Xeno eilten herein.

Als der Dicke die Wächter und Beschützer sah, ließ er Mosto sofort zu Boden und bemühte sich um einen harmlosen Gesichtsausdruck. Der jüngere Mahlo ließ den Krug aus Fera, den er schon zum Wurf erhoben hatte, hinter seinem Rücken verschwinden.

„Was ist hier passiert?", fragte der Anführer der Xeno ruhig, ein Mann von etwa zehn Umläufen, der einen siebenfach geflochtenen Zopf trug, was ihn als den ältesten Sohn des Clanführers auswies. „Mosto?"

„Die wollen mir meinen Berichter abwerben!", sagte der kleine Wirt wütend und deutete auf Jarek. „In meiner eigenen Schänke", winselte er.

„Das ist nicht deiner!", widersprach der Dicke mit dröhnender Stimme. „Ihr habt noch gar keinen Kontrakt. Oder habt ihr vielleicht einen? Nein. Und ich habe nur gesagt, er soll sich erst mal mein Angebot anhören."

„Und meins sowieso", rief der jüngste der drei.

Der Xeno schaute die Solo kurz an. Jarek, Ko und die Teso saßen an einem großen Steintisch, vor sich volle Teller mit den teuersten Fleisch-, Schwimmer- und Kaassorten, unter denen auch der berüchtigte Stinkerkaas war, den alle mutig probiert und für überraschend wohlschmeckend befunden hatten. Dann sah er Jarek an. „Und wer bist du?"

„Das ist der berühmte Berichte Keraj. Und in meiner Schänke war er zuerst!", rief Mosto. „Er wird hier bei mir auftreten. Solange er in Hufas ist."

„Wird er nicht!", rief der Jüngere.

„Er war zuerst bei mir!", brüllte Mosto.

„Ja und?", erwiderte der Dicke. „Aber nur als dein Gast."

Jarek wechselte einen Blick mit Ko, die kurz die Achseln zuckte. Wenn der Plan gewesen war, in Hufas nicht aufzufallen, war ihnen dieses Vorhaben gründlich misslungen.

Teso hatte sie in die beste Schänke des Ortes geführt, um dort noch einmal ihre Rettung und gleichzeitig ihren Abschied zu feiern, da die Familie der Steinhauer mit dem folgenden Gelblicht aufbrechen wollte. Jarek hatte nicht vor, in Hufas einen Kontrakt für seine Arbeit als Berichter zu suchen. Wenn der Mann, zu dem Ko ihn bringen wollte, ihn zu Ollo führen würde, mussten sie sicher bald aufbrechen. Jarek hatte keinen Grund, sich mit einem Kontrakt hier mehrere Lichte zu binden und damit länger zu bleiben als unbedingt nötig.

Doch der Wirt Mosto hatte gehört, wie Rapo den Namen Keraj ausgesprochen hatten, und sofort nachgefragt, ob er der berühmte Berichter sei, von dem er schon gehört hatte.

Rapo hatte das stolz bestätigt und bevor Mosto Jarek überhaupt ein Angebot machen konnte, waren seine Konkurrenten herangeeilt, die sich zufällig in der Schänke aufhielten. Alle hatten auf ihn eingeredet und sich mit

Angeboten übertroffen, bis alles zu der Schlägerei geführt hatte, die die Xeno gerade beendet hatten.

Wenn Jarek ehrlich war, dann war es eigentlich kein Kampf, sondern eher eine Schubserei gewesen. In seiner Zeit als Wächter hatte er genügend ernsthafte Schlägereien zu schlichten gehabt, um das beurteilen zu können.

Der Anführer der Xenowache betrachtete Jarek von oben bis unten und kam zu einer Entscheidung. „Was sagst du dazu, Keraj, der Berichter?", fragte er. „Bist du mit einem dieser Männer einen Kontrakt eingegangen?"

„Nein, das bin ich nicht."

„Hast du die Absicht?", fragte der Xeno weiter.

„Ich weiß ja noch nicht einmal, ob es mir gestattet wäre, länger in Hufas zu bleiben", erwiderte Jarek.

„Ich würde dir zehn Lichte genehmigen", erwiderte der Xeno.

Wieder einmal saß Jarek in der Falle. Für ihn hatte es langsam den Anschein, dass er sich nur von einer ungünstigen Situation in die nächste rettete, seit er die Rolle des Solo Keraj angenommen hatte. Es mussten Reisende aus Fustiba gewesen sein, die die Nachricht von dem ungewöhnlich begabten jungen Berichter weiterverbreitet hatten. Durch die lange Rast nach dem Kampf gegen die Reißer musste die Kunde von Keraj nun schon einen weiten Weg pfadauf und pfadab genommen haben. Nichts könnte mehr verhindern, dass über ihn gesprochen wurde. Jarek fand tief in sich verborgen einen Anflug von Ärger über Ko, die ihn in diese Lage gebracht hatte. Sie hatte ihn in Fustiba gezwungen, als Berichter aufzutreten. Nun hatten sie die Folgen zu tragen. Jarek war klar, dass er jetzt Tesos Familie gegenüber seine Rolle weiterspielen musste. Sie hatten erzählt, dass er in Hufas bleiben wolle, und entsprechend erfreut musste er sich nun geben, dass ihm ein so langer Aufenthalt gestattet wurde.

Doch gleichzeitig musste er alles tun, um zu vermeiden, dass er wirklich die zehn Lichte bleiben musste. Das Leben in der Rolle des Solo stellte sich für Jarek inzwischen als eine fast unlösbare Aufgabe dar, wenn er dabei auch noch Ollo auf die Spur kommen wollte.

„Ich danke Euch sehr", antwortete er dem Xeno, während all diese Überlegungen gleichzeitig durch seinen Verstand rasten. „Es ehrt mich, dass man um meine Dienste streitet, aber das war nicht meine Absicht. Ich bin von der Reise recht ermüdet und möchte in diesem Graulicht keine Entscheidung treffen. Ich werde mir im folgenden Gelblicht alle Angebote anhören. Von jedem, der mich als Berichter in seiner Herberge oder in seiner Schänke verpflichten will." Er schickte einen Rundblick über die Bewerber. „Von jedem", wiederholte er, dann schaute er den jungen Clanführer der Xeno an. „Ist das in Eurem Sinn oder bin ich gezwungen, jetzt sofort eine Entscheidung zu treffen?"

Der Xeno schüttelte den Kopf. „Nein, das bist du nicht. Dann treffen sich alle, die Keraj verpflichten wollen, zum nächsten Halblicht Sala im Kontor der Visti. Dort könnt ihr verhandeln. Und Keraj trifft die Entscheidung, nicht eure Fäuste."

Mosto und seine Gegner murrten zwar, aber dann nickten sie.

Der Xeno schaute Jarek an und erklärte: „Das Kontor der Visti liegt rechts von der großen Kaashöhle."

„Ich danke Euch", erwiderte Jarek.

Die Xeno verließen die Schänke und die Gäste widmeten sich wieder ihrem Essen und ihren Getränken. Die unterhaltsame Vorstellung war vorbei. Die drei Wirte warfen sich noch einmal finstere Blicke zu, dann gingen der Dicke und der Jüngere zu der alten Frau, die die Gäste bediente, drückten ihr ein paar Münzen in die Hand und verließen die Schänke.

„Das war lustig", kicherte Rapo. „Du bist wirklich berühmt. Wenn die sich schon um dich hauen."

„Es scheint so", antwortete Jarek mit wenig Begeisterung.

Teso legte ihm fest die Hand auf die Schulter und raunte ihm zu: „Du bist in einer guten Stellung für die Verhandlungen. Hol alles raus, was du kriegen kannst. Lass sie richtig bluten!"

„Ich werde mein Bestes tun", sagte Jarek gespielt fröhlich, aber er fühlte die Anspannung in sich. Erneut war alles ganz anders gelaufen, als er es sich vorgestellt und erhofft hatte.

Dem Vorschlag des Xeno zu widersprechen war unmöglich gewesen. Was er geäußert hatte, hatte sich zwar angehört wie ein Angebot, aber darunter war die Drohung verborgen, ihn im nächsten Gelblicht aus der Stadt zu weisen, sollte es zu keiner Einigung kommen und darüber weiterer Ärger entstehen.

Niemand widersprach einem Xeno, wenn er eine Entscheidung getroffen hatte, die dazu diente, den Frieden wieder herzustellen und zu bewahren. Doch bisher war Jarek immer derjenige gewesen, der diese Entscheidung getroffen hatte. Nun war er ein Mann, der sich an das halten musste, was ihm gesagt wurde. Es war ein ganz ungewohntes Gefühl und Jarek merkte, dass er es nicht mochte. Er fühlte sich ausgeliefert.

Jarek und Ko hatten geplant, den Kontaktmann der Solaga zu suchen und dann im folgenden Gelblicht aus der Stadt zu verschwinden. Unauffällig.

Leichter war dieses Vorhaben nun nicht geworden. Ganz bestimmt nicht.

„Ich habe ihn nicht gefunden", sagte Ko und lehnte sich erschöpft an die Felswand neben dem gezackten Eingang zu der großen Höhle. An dieser Stelle überwältigte der Geruch des berühmten Kaas geradezu und die Tatsache, dass eine lange Reihe von Abtritten für Unterkünfte in die Felsen geschlagen waren, deren Besitzer sich den Anschluss an die Wasserleitungen nicht leisten konnten, machte es nicht besser. Hier tief Luft zu holen erforderte entweder reichlich Mut oder einen besonders abgehärteten Geruchssinn.

Jede Stadt hatte so einen Bereich, in dem sich die Menschen nicht gerne aufhielten. Dort waren die Schwanzlinge und Schader in der Überzahl und in der Nähe hatten nur die Ärmsten der ständigen Bewohner ihre Unterkünfte. Hier fand man die traurigsten und billigsten Herbergen, in denen fast nur Solo für die unebenen, dünn ausgekleideten Liegeflächen zu viel Geld zahlten.

Dies waren die Orte, an denen sich die Colorohändler in den Schatten herumtrieben, um ihrem heimlichen und zerstörerischen Geschäft nachzugehen. Jeder Tropfen des Rauschmittels war ein weiterer winziger Schritt in Richtung eines unkontrollierbaren Durcheinanders, musste sich Jarek immer wieder ins Gedächtnis rufen. Und er musste sich immer wieder daran erinnern, dass Ko einer der Menschen war, die dafür sorgten, dass sich diese Regellosigkeit immer weiter über ganz Memiana ausbreitete.

Es gab Momente, da hätte Jarek fast vergessen, wer Ko war. Wenn sie gemeinsam mit Rapo Geschichten erfanden und die schöne Solo immer neue verrückte und überraschende Wendungen beitrug, da überwog die Freude an diesen Gesprächen. Dann hatte Jarek das Gefühl, dass es eine ganz gewöhnliche Reise war, dass hier tatsächlich nicht nur Gefährten, sondern Freunde miteinander unterwegs waren.

Doch dann spürte er wieder die Last auf den Schultern und das Gewicht des Rückenbeutels erinnerte ihn daran, was er da mit sich trug und was das Ziel seiner Wanderung war. Ko wollte, wie die meisten anderen auch, denen Jarek in seinem Leben begegnet war, dass es ihr selbst gut ging. Das war nichts Verwerfliches. Doch beim Versuch, dieses Ziel zu erreichen, hatte sie ihren Anteil daran, alles zu zerstören, was Memiana, den Weg, den Pfad und die Städte und Ansiedlungen zu dem machte, was sie waren. Daran jedoch verschwendete sie keinen Gedanken. Sie hielt Jarek für den Mörder eines Memo und es bereitete ihr keine Probleme, mit ihm unterwegs zu sein, ihn zu führen und ihm zu helfen, das Kopfgeld für den Mord an einem Menschen zu kassieren, den sie nicht kannte und der ihr nie etwas zuleide getan hatte.

„Du hast ihn nicht gefunden. Und was bedeutet das für uns?", fragte Jarek.

„Dass er nicht hier ist", erwiderte Ko müde.

Sie hatten noch bis zum Halblicht Nira zusammengesessen, getrunken, gegessen und erzählt. Dann hatten sich Teso, Rapo, Bilia und die anderen von Ko und Jarek verabschiedet und sich in ihre Herberge zurückgezogen, um wenigstens noch ein bisschen Schlaf zu bekommen, bevor sie im frühen Gelblicht ihre Reise fortsetzten wollten.

Die Steinhauer hatten ihre Herberge nicht neben der Cave. Die Solo, die ihr Leben mit dem Bauen verdienten, gehörten zu den Wohlhabenden unter den Wanderern und konnten sich bessere Unterkünfte leisten.

Ko hob das verwundete Bein an, stemmte es gegen einen hervorstehenden Felsen, rollte die Hose hoch und fuhr mit einem Fingernagel unter den Rand des Paasgrus, der die Wunde bedeckte.

„Ich habe an allen Stellen nach ihm gesucht, wo er sich normalerweise rumtreibt, wenn er in der Stadt ist. Er ist nicht da. Fertig. So sieht es aus."

„Nicht dran kratzen", sagte Jarek, ohne darüber nachzudenken.

„Was?" Ko sah ihn verständnislos an, dann senkte sich ihr Blick und sie erkannte, was ihre Hand tat.

„Wenn alles verheilt ist, fällt das Pflaster von selbst ab", erklärte er und sie nahm die Hand weg.

Ko hatte sich geweigert, Jarek mit auf die Suche zu nehmen. Sie hatte ihm gesagt, dass sie ihren geheimnisvollen Kontakt erst einmal alleine aufsuchen müsse, aber Jarek glaubte, ihre Gedanken zu erraten. Sobald er wusste, wie Ollos Vertrauter hieß, konnte er sich ohne ihre Hilfe auf die Suche begeben. Und vielleicht würde Jarek dann ganz schnell vergessen, dass sie einen Kontrakt hatten und Ko noch Geld von ihm bekam. Nach all dem, was sie miteinander erlebt hatten, musste sie Jarek trotzdem nicht unbedingt trauen.

Sie hatten vereinbart, dass sie den Geheimnisvollen hierher bringen würde, an diese Stelle, wo sie keine Beobachter zu erwarten hatten. Doch Ko war alleine gekommen.

„Wie oft hast du diesen Mann, dessen Name du mir nicht verraten willst, schon getroffen?", fragte Jarek.

„Dreimal", antwortete sie.

„Immer in Hufas?"

„Jeder, der Nachschub braucht, geht nach Hufas. Irgendwann kommt der Pf... Irgendwann kommt er immer wieder vorbei."

„Das heißt, wir können nichts anderes tun als warten und hoffen?"

Sie zuckte die Achseln. „Hätte ich nicht besser ausdrücken können. Du bist wirklich gut mit Worten", sagte sie leicht spöttisch.

„Wie du inzwischen wissen dürftest", nahm Jarek den Ton auf. „Was tun wir?"

„Wir warten hier", meinte sie. „Ich meine natürlich nicht hier im Gestank. Wir bleiben in der Stadt. Auf die Weise kannst du sogar noch Geld verdienen. Du kannst dir ja den besten Kontrakt aussuchen. Hätte ich dich nicht in Fustiba dazu gezwungen, aufzutreten, dann müssten wir jetzt weiterziehen."

Jarek schaute sie ungläubig an. „Soll ich mich jetzt auch noch dafür bedanken?"

„Du hast auf dieser Seite von Raak jetzt schon einen guten Namen", antwortete Ko. „Du bist ein gefragter Mann, du kannst die Preise bestimmen. Was willst du mehr?"

„Ist das dein Ernst?", fragte er fassungslos. „Hast du vielleicht vergessen, was ich hier mit mir rumtrage?" Er ruckte einmal den Rückenbeutel und sah, dass Ko sich auf die Lippen biss und erbleichte.

„Manchmal", sagte sie leise. „Manchmal vergesse ich das. Ja."

Jarek war nicht in der Stimmung, auf ihren ungewöhnlich betroffenen Unterton einzugehen. „Ich will ein verdammtes Geschäft machen, bei dem ich so viel verdiene wie in fünf Umläufen. Ich will nicht, dass mich jeder erkennt und mir irgendwelche ganz tollen Angebote macht. Ich wollte nicht, dass jeder meinen Namen weiß, wenn ich eine Stadt auch nur betrete!"

Es war nicht nur der ehemalige Xeno Keraj, der da sprach. Jareks Ärger, der sich lange aufgestaut hatte, musste sich einfach irgendwann einen Weg bahnen. Sein Plan war heikel gewesen, sein Plan war gefährlich gewesen und sein Plan hatte sich mit jedem Schritt als schwieriger erwiesen, als er das je für möglich gehalten hatte. Und jedes Mal war es Ko, die ihm neue Probleme bereitet hatte.

„Ach, stell dich nicht so an", meinte sie und lachte. Es war wieder einmal einer dieser plötzlichen Stimmungswandel, mit denen sie Jarek immer noch überraschen konnte. „Du bist doch selbst schuld. Ich frage mich die ganze Zeit schon, warum du ausgerechnet Berichter geworden bist. Wenn du es nicht magst."

„Was hätte ich denn werden sollen? Als Jäger, Wächter und Beschützer? Ich kann nicht singen, ich kann nicht tanzen. Ich kann nicht sieben Bälle oder Steine gleichzeitig in der Luft halten. Steine kann ich auch nicht behauen. Und für eine Solaga bin ich nicht weiblich genug. Was hätte ich also tun sollen? Räuber werden?"

Ko schaute ihm forschend ins Gesicht, dann schüttelte sie den Kopf. „Nein", sagte sie leise. „Du bist kein Räuber. Dafür machst du dir viel zu viele Gedanken um andere Menschen. Und das wird noch mal dein Tod sein. Irgendwann."

„Der Große Höhler!", rief eine Frau, die auf einer Bank ganz in der Nähe der Bühne saß.

„Nein", kam Widerspruch aus der Menge. „Haben wir doch schon zweimal gehört!"

„Aber ich nicht."

„Dann hättest du früher kommen müssen. Ich will die Salaschwärmer von Staka hören."

„Die Tausend-Reißer-Schlacht", kam es von einem Tisch weiter rechts.

Jarek stand auf der kleinen Plattform, lächelte, drehte den Kopf nach rechts und links und höre sich die Rufe an, aber er wartete weiter ab. Die Gäste würden sich einigen, wie jedes Mal. Dann würde Jarek erzählen, was sie hören wollten, die Wände der Schänke würden genauso verschwinden wie das graue Licht und er würde sie erneut mitnehmen, weit weg von hier. Sie würden riechen, sehen und hören, was seine Worte in ihren Köpfen entstehen ließen.

Es war nun der siebte Auftritt und immer noch war die Schänke „Zum Salafuuch" bis über den letzten Platz hinaus gefüllt. Uffno, der dicke Wirt hinter der Theke, kam kaum nach, die Getränke auszugeben. Obwohl er nach dem dritten Graulicht die Preise verdoppelt hatte, musste er immer noch Gäste an der Tür abweisen lassen, weil sein Bau so überfüllt war, dass es nicht einmal mehr Stehplätze gab.

Uffno hatte das Wettbieten um Jarek gewonnen, zu einem stolzen Preis. Fünfzig Fer zahlte er für jeden Vortrag und die Gäste gaben bereitwillig weitere Münzen auf die Theke, sodass Jarek zum Halblicht Nira, wenn er seinen Auftritt beendete, nie weniger als siebzig Fer in seinen Beutel sammelte.

Es war eine weitere neue Erfahrung für ihn. Noch nie in seinem Leben hatte Jarek Geld verdient. Die Xeno vom Clan der Thosen hatten einen Kontrakt in Maro, aber die Bezahlung wurde an Jareks Mutter gegeben. Sie verwaltete das Geld des Clans und bestritt davon alle Ausgaben. Wer auf Reisen ging, erhielt von ihr einen Geldbeutel für seine Aufwendungen. Wer in Maro war, bekam für jedes Licht zwei Kvart, um in einer Schänke seine Getränke zu zahlen. Mehr nicht und mehr hatte ein Thosen auch noch nie benötigt. Alles andere, was er brauchte, seien es Nahrung, Kleider oder Waffen, erhielt er im Clanbau.

Als Memo hatte Jarek es nicht anders erlebt. Niemand in Mindola brauchte Geld, da er sich im Nahrturm und im Turm der Dinge alles holen konnte, was er benötigte. Wer unterwegs war, wurde mit Reisegeld ausgestattet.

Doch eigene, selbst verdiente Münzen in den Händen zu halten war etwas völlig Neues für Jarek. Er musste sich eingestehen, dass es sich nicht schlecht anfühlte, wenn er den Haufen von der Theke in seinen nun mehr als prallen Geldbeutel packte.

Er war bereits zweimal im kleinen Kontor der Ebanga gewesen, des bedeutendsten der Kirclans, die sich mit Geldgeschäften befassten, und hatte die kleineren Werte in

Aaromünzen getauscht, die viel weniger Platz einnahmen. Im folgenden Gelblicht stand nun der nächste Besuch in dem winzigen Bau an, in dem drei Memo arbeiteten. Dort sprachen die Menschen nur flüsternd und niemand sah dem Bau an, welcher Reichtum darin in jedem Licht umgesetzt wurde. Geldgeschäfte umgab immer ein Geheimnis.

„Ilis Rettung! Wir wollen Ilis Rettung hören", sagte eine junge Kir, die ihren Platz an der Theke hatte, und diesmal bekam sie nur Zustimmung.

„Ja, genau. Wir wollen hören, was passiert ist, als Jareks kleine Schwester verschwunden ist."

Erwartungsvolle Blicke richteten sich auf ihn und er wartete, ob sich irgendwo noch Widerspruch erhob, doch alle schwiegen.

„Dann werde ich Euch davon berichten." Jarek nahm den Becher, der auf dem kleinen, hohen Tisch neben ihm stand, und trank einen Schluck Suraqua, wie er es jedes Mal tat, bevor er eine neue Geschichte begann.

Nira schien durch die Lichtöffnung genau über ihm und bildete einen hellen Ring rund um die Bühne, gerade so, als wollte sie ihn aus allen anderen in diesem Raum hervorheben. Jarek sah die vielen Gesichter nicht mehr. Die kleine Kammer in seinen Erinnerungen hatte sich geöffnet, in der er die Gedanken an seine Schwester verwahrte, und er fand die Worte dazu.

„Ili stammt aus dem Clan der Thosen, aber Jareks Schwester ist ein zierliches Mädchen. Wenn man sie sieht, denkt man, sie hat gerade einmal das Alter von drei Umläufen erreicht, und niemand würde ihr die Kraft zutrauen, mit der sie einen schweren Hammer und einen spitzen Meißel so ausdauernd und kunstfertig schwingen kann. Doch Ili ist schon jetzt die berühmteste Steinbildnerin diesseits des Raakgebirges. Die Menschen, die ihre Figuren im Ahnenkreis der Thosen einmal gesehen haben, sagen, sie könne Stein zum Leben erwecken. Auch jenseits des Passes von Ardiguan haben die Menschen von ihr gehört und viele neiden den Thosen heimlich das Geschenk, das Memiana ihnen mit dieser wunderbaren jungen Frau gemacht hat."

Jarek spürte den Blick und seine Augen suchten Ko. Sie saß an dem Platz, den sie immer einnahm und den Uffno gemäß des Kontrakts für sie freihalten musste. Die Solaga schaute ihn nachdenklich an. Auch wenn im Raum hundertsiebenundachtzig Zuhörer waren, hatte Jarek doch immer das Gefühl, dass ihm niemand aufmerksamer lauschte als Ko.

Die Menschen wollten neue Geschichten und die einzigen, die Jarek erzählen konnte, waren seine eigenen Abenteuer. Seit der Erzählung von der Höhlerjagd, die in Fustiba seinen Ruhm begründet hatte, wollten die Zuhörer mehr von Jarek hören und alle erwarteten nun ähnliche Geschichten von ihm. Somit musste er immer wieder über Jarek sprechen, ob er es wollte oder nicht.

Zu seiner Verwunderung waren die Zuhörer von den Erlebnissen des jungen Xeno, der ein Memo geworden war, begeistert und konnten nicht genug bekommen. Jarek konnte es einfach nicht verstehen, sosehr sich sein Memoverstand auch bemühte. Was er preisgab, war nur eine Winzigkeit dessen, was er hätte berichten können, und es kam ihm oberflächlich und sehr einfach vor, was er erzählte. Dabei musste er sich immer die größte Mühe geben, darauf zu achten, dass er nicht zu viel sagte und nicht Dinge erwähnte, die nur ein Mensch wissen konnte, der wirklich dabei gewesen war. Oder der in Jarek hineinschauen konnte, um zu berichten, was dieser gedacht und gefühlt hatte. Oder der Jarek selbst war.

„Doch obwohl Ili eine Xeno ist, hatte sie noch nie die Mauern von Maro verlassen", fuhr er fort. „Ihre Welt umfasste nur das, was sie von der höchsten Turmspitze aus erblicken konnte. Daher war die Überraschung aller groß, als sie vierzig Lichte, nachdem Lim, die große Jägerin und Witwe Kobars, in der Ansiedlung eingetroffen war, auf den Gedanken kam, dass sie selbst einmal Maro verlassen wollte, um das nahe Ronahara zu besuchen. Für das Mädchen, das keinerlei Erfahrung mit dem Reisen hatte, erforderte dieser Schritt viel Mut. Möglicherweise hätte Ili die Ansiedlung nie verlassen, hätte sie geahnt, was sich alles ereignen würde."

Jarek machte eine kleine Pause, nahm erneut einen Schluck und ließ den Blick über seine Zuhörer gleiten.

Er wusste inzwischen ganz gut, wie er sie dazu brachte, zuzuhören, und wie er es schaffte, die Spannung nicht nur zu halten, sondern immer weiter zu steigern.

Alle lauschten gebannt, keiner sprach ein Wort und es herrschte eine Stille in der großen Schänke wie sonst nur im Gelblicht auf dem Pfad, wenn alle Reißer sich in ihre kühlen Höhlen und Lager zurückgezogen hatten und die einzigen Geräusche die Schritte der Wanderer waren, die beharrlich dem Weg und dem Pfad folgten.

Wieder suchte Jareks Blick Ko, doch zu seiner Überraschung sah sie ihn dieses Mal nicht an.

Jarek sprach weiter und der kleine Teil seines Verstandes, der die Worte suchte, fand und setzte, befasste sich mit der Erzählung von Ilis Reise und dem Unglück und fand den richtigen Ton und die passenden Gesten.

Doch die Aufmerksamkeit des Wächters galt allein der Solaga, die seine Führerin auf dem Weg zu Ollo war. Jareks Blicke huschten durch den Raum und er erkannte, was die junge Solo abgelenkt hatte. An der Theke stand ein langer Mann in einem ungewöhnlich gewebten Mantel. Er trug das Kleidungsstück geschlossen und die Streifen, die in verschiedenen Farben quer darüber verliefen, gaben ihm das Aussehen eines gedrehten Horns. Auf dem Rücken trug der Fremde einen langen Beutel, aus dem am oberen Ende die Mundstücke großer Flöten ragten. Sein weißes Haar fiel lockig und lang herab und wurde durch kein Stirnband gehalten. Er trug eine Augenklappe, deren Band so fest angezogen war, dass sie eine Furche in die faltige Haut gezogen hatte.

Der Fremde sprach leise mit Uffno. Der Wirt nickte und schob ihm dann einen Becher Staatpaasaqua hin. Der Alte drehte sich langsam um und der scharfe Blick aus seinem verbliebenen Auge glitt über die Zuhörer an den Tischen, streifte Jarek nur kurz, dann fand er Ko.

Der Gruß war kaum wahrnehmbar.

Der Fremde senkte das Kinn nur einen Finger breit und Ko erwiderte die Kopfbewegung, dann schaute der lange

Musiker sich weiter im Raum um und betrachtete bedächtig jeden einzelnen Gast.

Eine schwere, ferabeschlagene Tür öffnete sich knarrend in Jareks Erinnerungen und er wusste, an was ihn dieses eine Auge erinnerte. Es war derselbe Blick, den er hoch oben auf der Salaspitze auf sich gespürt hatte, als er sich dem Großen Höhler gegenübergesehen hatte.

Es war ein Blick, der nur eins bedeutete: Ihr seid meine Beute. Jeder Einzelne von euch. Und ich allein entscheide, wen ich mir als Erstes hole und wen ich mir aufhebe für später. Aber entkommen wird mir keiner. Kein Einziger von euch, wenn ich ihn haben will!

„Du bist also Keraj", sagte der alte Solo und betrachtete Jarek von oben bis unten. „Keraj, der Berichter. Der Mann, von dem alle sprechen."

„Keine Ahnung, ob alle von mir reden", antwortete Jarek. „Mit mir spricht jedenfalls niemand über mich."

Der Mann mit der Augenklappe lachte kurz. „Ich bin also ein Niemand?"

Jarek betrachtete ihn und bemühte sich um den abschätzenden Gesichtsausdruck, den er immer wieder bei Solo gesehen hatte, die sich gerade einander vorgestellt hatten und sich Mühe gaben, dem anderen deutlich zu machen, dass sie an ihm eigentlich nicht interessiert waren.

„Bis jetzt ja", sagte er knapp und wieder lachte der Pfeifer.

Es war nicht unfreundlich, aber das eine Auge, das Jarek erkennen konnte, leuchtete wie Glazia auf der Salaspitze.

Sie standen im finsteren Eingang zu einer der Kaashöhlen, die wie alle anderen im Graulicht mit einem Tor aus Feragitter verschlossen war. Die Löcher waren so fein, dass weder Schader noch Schwanzlinge hindurchkriechen konnten. Der Geruch war immer noch durchdringend, auch wenn sich Jarek in den letzten Lichten etwas daran gewöhnt hatte.

Der alte Solo wurde Auge oder der Pfeifer genannt und er war der Mann, auf den Ko gewartet hatte. Nachdem Jarek mit seinem Vortrag fertig gewesen war, hatte der lange Alte zum Tanz aufgespielt und Jarek hatte überrascht festgestellt, wie gut er war. Die Stimmung war prächtig und der Pfeifer hatte ein großes Gespür dafür, welche Melodien wann die besten waren, um die Tänzer bei Laune zu halten. Uffno brauchte zwei weitere Helferinnen, um den Andrang an der Theke zu bewältigen.

Der Schankwirt war glücklich. Gleich zwei solche Berühmtheiten in einem Bau, das hatte selten jemand zu bieten, schwärmte er später. Er hatte Jarek und dem Pfeifer versprochen, alles in seiner Macht Stehende zu unternehmen, damit beide noch länger in Hufas bleiben durften.

Der Pfeifer hatte mit dem Wirt getrunken, hatte über seine lahmen Scherze gelacht, hatte sich nach dessen Frau und Kindern erkundigt und hatte abfällige Bemerkungen über andere Wirte gemacht. Uffno hatte sich großartig gefühlt und einmal den Einäugigen sogar einen Freund genannt. Die Menschen mochten den Musiker, der in dieser Region zwischen den Städten hin- und herzog, fünfzig Lichtwege pfadauf und dann dieselbe Strecke pfadab. Alle freuten sich, wenn er wiederkam.

Jarek hatte daneben gestanden und zugehört, hatte ab und zu genickt, ein wenig gelächelt, Suraqua getrunken und ungläubig beobachtet, dass Uffno jegliches Gespür für Menschen fehlte. Für Jarek war es keine Frage, dass der Wirt da neben dem Mann stand, der den Colorohandel der ganzen Region kontrollierte. Der Pfeifer war ein Mann, der Menschen wie den Besitzer der Schänke hasste und zutiefst verachtete. Doch Uffno hatte nichts davon geahnt, hatte dem Alten eifrig nachgeschenkt und mit ihm gescherzt und der Musiker hatte das immer wieder gleiche Lächeln gelächelt und genickt.

„Du kennst meinen Namen", sagte der Pfeifer. „Wie kann ich da ein Niemand sein?"

„Wenn ich deinen Namen kenne, weiß ich noch lange nicht, wer du bist", erwiderte Jarek.

Der Musiker sah ihn nachdenklich an. „Dann geht es mir wie dir, Keraj, der Berichter. Man spricht von dir. Aber bei dir weiß auch keiner, wer du bist und woher du kommst." Der Blick aus dem einzelnen Auge des Solo schien Jarek zu durchbohren, aber er war das Starren von Reißern gewohnt, die versuchten, allein damit ihrer Beute Todesangst einzujagen und sie so zu erschrecken, dass es ihnen leicht wurde, sie am Genick zu packen. Jarek war mit Blicken nicht zu beeindrucken.

„Von dort komme ich. Und ich bin auf dem Weg nach da", antwortete Jarek und deutete erst pfadauf, dann pfadab.

Der Pfeifer lachte, aber es war nicht fröhlich. „Du hast etwas für Ollo, sagt Ko?"

„Habe ich", antwortete Jarek. „Du kannst mir verraten, wo ich ihn finde. Hat man mir gesagt. Ist das so?" Er sprach es leichthin aus, mit dem richtigen Maß an Gleichgültigkeit und Zweifel, wie er hoffte, aber sein Herz schlug schneller. Das war ein entscheidender Moment.

Der Pfeifer blinzelte ein paarmal, warf einen kurzen Blick auf Ko, dann schaute er wieder Jarek an. „Woher weiß ich, dass ich dir trauen kann?"

„Woher weiß ich es?", erwiderte Jarek sofort.

„Ich verbürge mich für ihn", mischte sich Ko ein, die unruhig geworden war.

„Für wen?", fragte Jarek. „Für mich oder für ihn?"

Ko war einen Moment verwirrt. „Beide. Für jeden von euch."

Die Männer belauerten einander und schwiegen eine Weile, bis es Ko zu lang dauerte.

„Was ist jetzt?", fragte sie.

„Wenn das so ist ...", erwiderte der Pfeifer und schob die Daumen unter die Riemen seines Rückenbeutels. „Wenn du dich für ihn verbürgst, Solaga Ko, dann werde ich ihn führen. Den Berichter Keraj."

„Warum betonst du meinen Namen immer so?", fragte Jarek misstrauisch.

„Er hat einen schönen Klang. Vergiss nicht, ich bin Musiker", erwiderte der Alte glatt und grinste.

Jarek schenkte ihm noch einen misstrauischen Blick, dann zuckte er die Achseln. „Wann brechen wir auf?", fragte er und gab damit seine Entscheidung bekannt.

Ko atmete auf. „Gut, Pfeifer", sagte sie.

„Ich habe noch zwei Lichte auf meinem Kontrakt, vorher können wir nicht los", erklärte Jarek.

Der Pfeifer zuckte die Achseln. „Früher wäre ich sowieso nicht gegangen. Ich kann nicht einfach weiterziehen, ohne ein paarmal zu spielen. Diese Schader hier lieben mich und meine Musik. Ich will sie doch nicht enttäuschen", fügte er höhnisch hinzu.

Jarek beschränkte sich auf ein Schweigen.

„Dann ist das geklärt", meinte Ko zufrieden und sah Jarek an. „Das bedeutet, ich bekomme jetzt zweihundert Fer von dir. Ich habe dich zu ihm geführt. Er bringt dich weiter. Damit ist mein Teil des Geschäfts erfüllt." Sie war erleichtert und Jarek verspürte einen Stich. Es war nicht schön, dass die junge Solaga so schnell wie möglich von ihm wegwollte. Sie hatten doch viel gemeinsam erlebt, auch wenn sie nie erfahren würde, wer er wirklich war, und er in seiner Wachsamkeit auch ihr gegenüber nie nachgelassen hatte. Nun würden sich ihre Wege trennen und Jarek wusste, dass es keinen großen Abschied geben würde. Ko würde so schnell aus seinem Leben verschwinden, wie sie gekommen war.

Aber vielleicht war das auch eine der Eigenheiten der Solo, die er noch nicht verstanden hatte. Sie hatten ein Geschäft. Wenn dieses von beiden Seiten erfüllt war, hatten sie wohl nichts mehr miteinander zu tun.

„Ja. Du hast recht", sagte er. Er griff in seinen Mantel, um den Beutel herauszuholen. „Du hast deinen Teil unseres Geschäfts erfüllt."

Der Pfeifer schaute Ko an, dann Jarek, runzelte die Stirn und wandte sich an Ko. „Du willst uns verlassen?"

„Was denn sonst?", fragte sie rasch und schaute mit gierigem Blick auf Jarek, der die Verschnürung seines vollen Beutels öffnete.

Der Pfeifer verschränkte die Arme und schüttelte einmal langsam den Kopf. „Du hast gesagt, du bürgst für ihn. Wie willst du das machen, wenn du nicht bei mir bist? Was habe ich davon? Dann sind das nur irgendwelche Worte. Also kommst du mit."

Ko starrte ihn an. „Was? Unser Geschäft sagt was anderes."

„Dein Geschäft mit ihm vielleicht", sagte der alte Solo entschieden. „Damit habe ich nichts zu tun. Wir haben keine Abmachung. Aber ich habe eine Verantwortung. Ich werde nicht irgendwen, den ich nicht kenne, zu Ollo führen. Dich kenne ich, Ko. Du bürgst für ihn, sagst du. Also wirst du das auch vor Ollo tun."

Sie schaute den Pfeifer entsetzt an. Langsam zog Jarek seinen Beutel wieder zu.

„Das ist doch Schaderscheiße!", sagte sie heftig. „Und wer fragt mich?"

„Pass auf, kleine Solaga. Niemand zwingt dich. Aber für mich heißt es, beide gehen mit mir oder keiner. Es ist deine Entscheidung." Der Einäugige machte wirklich den Eindruck, als sei es ihm völlig gleichgültig, was geschah.

Ko sah Jarek an, der ihren Blick gespannt erwiderte, dann wandte sie sich dem Pfeifer zu. „Ich verkaufe Coloro. Das ich von dir kaufe. Aber ich will nicht zu Ollos Bande gehören. Ich will nicht mal in seine Nähe", sagte sie und wich einen Schritt zurück.

Der Alte zuckte die Achseln. „Das musst du selbst wissen."

„Bitte, Ko. Ich will auch nicht unbedingt dahin. Aber ich kriege mein Geld nur von Ollo", versuchte es Jarek.

„So sieht es aus." Der Pfeifer hatte eindeutig Spaß an der Auseinandersetzung.

„Dreihundert", stieß Ko hervor.

„Noch mal hundert mehr? Es waren zweihundert. Darauf hatten wir uns geeinigt." Jarek wollte seine Erleichterung nicht zu schnell zeigen und nahm die Gelegenheit, mit Ko zu handeln, dankbar an.

Sie schüttelte den Kopf. „Nein. Dreihundert extra. Dann gehe ich mit euch."

„Das sind dann am Ende fünfhundert! Das ist das Doppelte von dem, was wir ausgemacht hatten!" Jarek musste seine Empörung nicht einmal spielen.

„Ohne mich bekommst du gar nichts!" Jetzt war sie an der Reihe, die Arme zu verschränken. „Also bestimme ich jetzt den Preis."

„Da hat sie wohl recht." Der Pfeifer grinste. Jarek verspürte seit Längerem einmal wieder tief in sich den Wunsch, einem anderen seine Faust unter das Kinn zu rammen, aber er beherrschte sich.

„Dreihundert", sagte er ruhig und Ko atmete auf.

„Aber nichts davon im Voraus!", setzte er hinzu, noch bevor Ko den Mund wieder aufmachen konnte. „Und du bekommst dein Geld erst, wenn ich meins habe. Nicht, wenn wir noch einen anderen erreichen, der uns weiterführen soll, und noch einen und noch einen. Das gilt nicht. Erst wenn mir Ollo selbst die Belohnung in die Hand drückt."

Ko biss sich auf die Lippen. „Wenn es sein muss."

„Haben wir ein Geschäft?", fragte Jarek und verspürte in sich einen Anflug von Stolz, dass er die Sprache der Solo so gut gelernt hatte.

„Wir haben ein Geschäft", bestätigte Ko. Aber sie klang nicht besonders zufrieden und Jarek meinte, einen Hauch von Furcht in ihrer Stimme zu hören.

Beide sahen den Pfeifer an.

„Du führst uns zu ihm?", fragte Jarek.

„Vertrau mir", antwortete er mit einem kalten Lächeln.

Der Einäugige

Die Salaspitze war in den letzten Lichten wieder größer geworden und es war seltsam für Jarek, das zu beobachten. Der Memo in ihm wusste zwar genau, wie der Pfad rund um Memiana verlief, aber wieder einmal war es etwas ganz Anderes, Kenntnisse in dem großen, so unerschöpflich erscheinenden Memoraum seines Verstandes zu finden, oder etwas mit den eigenen Augen zu sehen und festzustellen, dass es ihn trotzdem noch überraschen konnte. Der Gedanke, dass er auch als Memo immer wieder etwas Neues und Unerwartetes entdecken konnte, war Jarek nicht unangenehm.

Am Anfang seiner Zeit im Volk der Boten, Berechner und Berater hatte er häufig die leise Besorgnis gespürt, dass Vieles uninteressant sein könnte, wenn er bereits vorher solch eine Menge an Wissen darüber in sich aufgenommen hatte, bevor er es tatsächlich selbst sah. Doch genau das Gegenteil war der Fall. Alle Kenntnisse über einen Ort reichten nie an die Wirklichkeit heran und sehr häufig entstanden aus ihnen mehr Fragen als Antworten, wenn er dort war.

Wie jetzt. Obwohl ihre Reise schon seit vielen Lichten pfadab führte, näherten sie sich der Salaspitze nun wieder an, da der Pfad in Kirusk die Richtung seiner weiten Schleife erneut geändert hatte. Er beschrieb einen weiten Bogen und lief eine lange Strecke quer zum Gebirge. Kirusk lag zwanzig Lichtwege vom Pass von Ardiguan und damit der höchsten Erhebung Memianas entfernt. Jetzt führte der Weg wieder in die andere Richtung und Jarek konnte die merkwürdige Erscheinung beobachten, dass er zwar mit jedem Schritt bergab ging, aber gleichzeitig dem gewaltigen, glaziabedeckten Felsgebilde wieder näher kam, das er mit Aliak, Moyla und den anderen bis in eine Höhe bestiegen hatte, die kein Mensch vor ihnen je erreicht hatte.

Es würde noch eine Weile so bleiben. Jarek wusste, dass der Pfad erst bei der Stadt Gorni erneut die Richtung wechselte, bevor er Salaka erreichte und dort in gerader Linie bergab führte.

Der Pfeifer hatte seinen Schritt dem von Jarek angeglichen und ging neben ihm. Der Einäugige war immer an seiner Seite, seit sie unterwegs waren. Anfangs hatte Jarek versucht, langsamer zu gehen, um sich ein wenig zurückfallen zu lassen, wie er es gewohnt war.

Der Anführer des Jagdtrupps ging auf gewöhnlichen Wegen immer hinten, damit er alles überblicken und die Kontrolle behalten konnte, um, wenn es nötig war, rasch und richtig zu entscheiden.

Doch der Pfeifer ließ nicht zu, dass Jarek alleine oder mit Ko den Schluss bildete. Sie hatten kein Wort darüber gesprochen, aber nachdem sie Hufas verlassen hatten, hatte der lange Solo seine Geschwindigkeit der von Jarek angepasst und jedes Mal, wenn Jarek langsamer geworden war, hatte auch der Flötenspieler sein Tempo verringert, sodass sie am Ende fast stehengeblieben wären.

Der Colorohändler wollte Jarek ganz offensichtlich nicht in seinem Rücken haben und Jarek hatte sich schließlich damit abgefunden, dass ihm der lange Solo nicht von der Seite wich. In seinem einmaligen Mantel sah der Pfeifer für Jarek ein wenig so aus wie ein wandelndes Salaspringerhorn.

Jarek mochte diese Nähe überhaupt nicht. Er war es gewohnt, immer wenigstens einen Schritt Abstand zu anderen Menschen zu wahren. Das war auch einer der Gründe, warum er die großen Städte und das Getümmel auf den Märkten nicht so sehr schätzte. Er hatte dort immer zu wenig Platz für sich selbst. Als Xeno lernte man das von klein auf. Wenn man als Wächter den Überblick behalten wollte, durfte man sich von anderen nicht bedrängen lassen und brauchte immer entweder eine erhöhte Position oder wenigstens Platz und Bewegungsfreiheit. Nur den Partner bei der Wache oder ein Mitglied seines eigenen Jagdtrupps duldete ein Xeno so nahe, dass er ihn berühren konnte.

Der Pfeifer aber begnügte sich nicht damit, direkt neben Jarek zu gehen. Er blieb so dicht bei ihm, dass sein Ellbogen, sein Mantel oder sein Rückenbeutel Jarek ständig berührten.

Immer wieder hatte er versucht, dem Pfeifer wenigstens seitlich auszuweichen, aber der war ihm einfach gefolgt und hatte Jarek damit immer weiter gegen die Felsen am Weg gedrückt.

Jarek hatte den alten Solo inzwischen siebzehn Mal um etwas mehr Abstand gebeten.

„Oh, Verzeihung", hatte der jedes Mal gesagt. „Habe ich es schon wieder getan? Das tut mir leid. Das habe ich gar nicht bemerkt."

Aber Jarek war klar, dass der Einäugige ganz genau wusste, was er da tat. Er suchte diese Nähe. Die Jarek so unangenehmen Berührungen waren kein Zufall, sondern reine Absicht.

Es war ein Machtspiel.

Er kannte das von Reißer- und Aaserrudeln, die er beobachtet hatte. Der Pfeifer wollte Jarek zeigen, wer hier führte, wer das Sagen und die Kontrolle hatte und dass er nicht zulassen würde, dass Jarek sich entspannte.

Nicht, dass es dazu gekommen wäre.

Jarek konnte in seiner Wachsamkeit keinen Augenblick nachlassen. Als er den Einäugigen zum ersten Mal gesehen hatte, waren Wächter, Beschützer und Jäger nicht aus ihren Kammern getreten. Sie waren regelrecht hervorgesprungen. Seitdem hatten sie nicht einen einzigen Moment mehr geruht.

Er wusste ganz genau, dass dieser Mann ihm bei Weitem nicht gewachsen war. Obwohl der Flötenspieler groß und von zäher Kraft war, hatte Jarek keinen Zweifel, dass er nur zwei gezielte Schläge gebraucht hätte, um ihn kampfunfähig zu machen. Oder um ihm nachdrücklich klarzumachen, dass er Abstand halten sollte, wie Jarek es vielleicht getan hätte, hätte er nur die Rolle zu spielen, die er sich auferlegt hatte. Doch bei all der grimmigen Befriedigung, die ein solcher Gedanke in ihm weckte, durfte er sich nicht wehren. Er war darauf angewiesen, dass der Pfeifer ihn führte, und er musste alles vermeiden, ihn gegen sich aufzubringen. Der Pfeifer konnte es sich jederzeit auch anders überlegen. Also ertrug Jarek seine viel zu große Nähe mit scheinbarem Gleichmut, was ihn aber einen großen Teil seiner Kraft kostete.

Den Rest nahm die ständige Wachsamkeit in Anspruch. Jarek hatte innerhalb weniger Augenblicke erkannt, dass er mit dem hinterhältigsten, verschlagensten und falschesten Menschen unterwegs war, den er je getroffen hatte.

Sie waren nun elf Lichte zusammen, aber davon waren sie nur sechs dem Pfad gefolgt. Zwei Lichte nach ihrem Zusammentreffen hatte Jareks Kontrakt in Hufas geendet und sie waren aufgebrochen, obwohl Uffno sein Angebot noch einmal deutlich erhöht und auch die Xeno der Stadt angedeutet hatten, dass sie einem weiteren Bleiben nicht widersprochen hätten. Auch gegen Kos Anwesenheit hatten sie unter diesen Umständen nichts einzuwenden.

Doch Jarek war nicht darauf eingegangen, hatte aber das Versprechen gegeben, dass der Berichter Keraj wieder in der Stadt auftreten würde, sobald ihn sein Weg wieder pfadauf führen würde. Dann hatte er zusammen mit dem Pfeifer und Ko Hufas verlassen.

Doch sie waren längst nicht so rasch vorangekommen, wie Jarek sich das vorgestellt hatte. Ihre Reise wurde immer wieder unterbrochen. Zweimal hatte der Pfeifer seitdem darauf bestanden, in kleineren Ansiedlungen wenigstens ein weiteres Licht zu verweilen, um in Schänken zu spielen, und es hatte ihn nicht gekümmert, dass Jarek es eilig hatte. Er müsse seinen Lebensunterhalt verdienen, hatte der Musiker als Erklärung nur geäußert. Jarek war sicher, dass der Pfeifer ganz genau gewusst hatte, dass Jarek die Lüge erkannt hatte, die er wie immer lächelnd geäußert hatte.

Er hatte es nicht nötig, auch nur eine einzige Melodie in irgendeiner Schänke zu spielen. In seinem Beutel sammelten sich die Münzen auch so und die meisten davon waren aus Aaro. Der Pfeifer war der Mann, der alle Colorohändler in dieser Region des Pfades mit Nachschub versorgte, den er zwischen seinen Flöten versteckt trug.

Gegenüber den Solo, die in den finstersten Winkeln der Städte und Ansiedlungen zu ihm kamen, zeigte der Pfeifer sein wahres Gesicht. Für die Menschen, die ihm Coloro abkauften, dessen Preis er alleine bestimmte, war er der Mann, der in Ollos Namen handelte. Er war barsch und herablassend und brachte auch mal einen Tritt oder einen Schlag an, wenn ihm eine Antwort nicht gefiel. Er machte kein Geheimnis daraus, dass er die Männer und wenigen Frauen verachtete, die meistens auch selbst süchtig waren.

Den Bewohnern der Ansiedlungen gegenüber war er ein völlig anderer. Da war der Einäugige höflich, zuvorkommend, hatte für jeden ein Lächeln, besonders für Kinder, Frauen und junge Mädchen. Er erschien so ehrlich, offen und warmherzig, dass jeder ihn anstrahlte, den er traf.

Der Pfeifer war ein gerne gesehener Besucher. Doch unter der Maske der Freundlichkeit lauerte der größte Heuchler, den Jarek je gesehen hatte, und er konnte sich nicht erinnern, dass ihn jemals ein Mann so angewidert hatte. Nicht einmal der stinkende, ständig ausspuckende und streitsüchtige Bringer Schanka hatte einen solchen Ekel in ihm hervorgerufen.

Jarek hatte es mit Mördern zu tun gehabt, Räubern, Dieben, Betrügern, Lügnern und faulen Herumtreibern. Aber bei denen hatte er immer das sichere Gefühl gehabt, dass sie eben waren, wie sie waren, auch wenn sie seiner Ansicht nach ebenfalls die Verantwortung dafür trugen, dass Solo einen so schlechten Ruf genossen und dass fleißige und ehrliche, freundliche Menschen wie Tesos Familie mit genau demselben Argwohn behandelt wurden wie die Gestalten des Zwielichts. Doch der Pfeifer war für Jarek eine viel größere Bedrohung.

Denn niemand sah ihm an, was er wirklich war und was er dachte.

Niemand.

Niemals.

„Hallo, Pfeifer!" Der fröhliche Gruß kam von zwei Männern, die auf ihren Kronen herantrabten und winkten. Es waren die beiden Bringer, die Waren nach Mikklo geliefert hatten. In der kleinen Ansiedlung hatten Jarek, Ko und der Pfeifer die vergangenen beiden Lichte verbracht. Nun ritten die Bringer weiter pfadab, auf der Suche nach einem neuen Auftrag.

„Das war ein Fest!", rief einer der beiden Kir.

„Mir tun vom Tanzen jetzt noch die Füße weh", ergänzte der andere.

„Na, mir tut noch was ganz anderes weh", rief sein Freund und beide lachten herzlich, während sie mit den zwölf Lastkronen am Zügel die Wanderer passierten.

Die Kir hatten zu den fröhlichen Melodien des Pfeifers getanzt und der eine hatte sich zum Halblicht mit einer der jungen Frauen in die Herberge zurückgezogen.

„Wir sehen uns, Pfeifer, irgendwann!", rief er jetzt. Wahrscheinlich hatte er nicht mehr viel Schlaf bekommen.

„Ganz bestimmt! Frieden und einen guten Weg!", antwortete der Alte mit einem breiten Lächeln, das jedoch sofort verschwand, als die Reiter hinter der nächsten Biegung außer Sicht waren. „Schaderdreckspack, ritzenleckendes", sagte der Pfeifer und spuckte aus. Sobald sie unter sich waren, machte der Musiker kein Geheimnis daraus, wie sehr er jeden hasste, der einen festen Wohnort hatte, einen Schlafbau, den er sein Eigen nennen konnte, und der nicht gezwungen war, weiterzuziehen, immer weiter, rund um Memiana, bis an sein Lebensende.

Ko hatte nicht einmal aufgeschaut.

Sie ging links von Jarek und schwieg, wie die meiste Zeit, wenn sie im Gelblicht den Weg beschritten. Ko lief nach Möglichkeit immer so, dass Jarek sich zwischen ihr und dem Einäugigen befand. Das ärgerte ihn immer noch ein wenig. Immerhin machte sie Geschäfte mit ihm und verkaufte Coloro. Aber trotzdem wollte sie wohl zeigen, dass dies die einzige Verbindung zwischen ihr und dem Einäugigen war. Jarek hatte den Eindruck, dass der Pfeifer Ko genauso zuwider war wie ihm, auch wenn sie noch nie ein Wort darüber verloren hatte.

„Wie lange müssen wir noch gehen, bis wir Ollo finden?", fragte Jarek, aber nicht, weil er sich eine Auskunft erhoffte.

Es war einfach nur die Frage, die er nach jedem neuen Aufbruch irgendwann stellte, nur um immer wieder dieselbe Antwort zu hören.

„Noch eine Weile." Der Rückenbeutel des Pfeifers streifte Jareks Arm, als er sich umdrehte, um nach der Ursache der raschen Tritte zu schauen, die hinter ihnen erklangen.

Jarek musste sich nicht umschauen. Er wusste, was sich da näherte, und zog den Kopf ein wenig tiefer in die Kapuze. Ein Memo auf einem Kron huschte vorbei, dicht gefolgt von seinem Beschützer. Der Bote ritt mit einem Xeno, der die Hand nicht von seinem dreischüssigen Splitter nahm und sie nicht aus den Augen ließ, bis die beiden um die nächste Biegung verschwunden waren.

Der Pfeifer wandte sich wieder um, nicht ohne Jarek dabei erneut anzurempeln. „Du hast es immer so eilig, Keraj, der Berichter. Wir haben doch Zeit, oder?", fragte er herausfordernd.

„Sicher", antwortete Jarek mit gespielter Gleichgültigkeit und sie setzten ihren Weg fort. „Ich frag ja nur."

Ko schwieg.

„Es dauerte dreiundvierzig Lichte, bis Ili wieder laufen konnte. Aber sie hat seitdem noch weitere Reisen unternommen und geht regelmäßig mit Lim auf die Jagd. Früher hatte sie über sich selbst gelacht, wenn sie und ihr Bruder Jarek feststellten, dass es viele und sehr verschiedene Arten von Mut gibt. Doch den Mut, die Mauern zu verlassen und sich den Gefahren zu stellen, die einem auf Reisen, auf der Jagd und auch abseits des Pfades begegnen, den hat Ili zu ihrer großen Überraschung auch in sich selbst gefunden. Sie ist eben doch eine Thosen und sie wird einst den Clan der Xeno von Maro anführen und alle werden stolz darauf sein, dass sie ihre Älteste ist", endete Jarek und nahm einen Schluck Wasser aus dem Ferabecher, der bereitstand.

Die Zuhörer applaudierten und er verneigte sich und lächelte.

Der Wirt kam hinter dem Tresen hervor, der in dieser Schänke rechts von der großen, doppelflügeligen Tür lag, stellte sich neben Jarek, breitete die Arme aus und wartete, bis wieder Ruhe eingekehrt war.

„Wir danken dem großen Berichter Keraj, der in der Stadt Salanis nur in der Schänke 'Zum Klauenreißer' auftreten wird", sagte der Besitzer des Baus. „Und jetzt freue ich mich, Euch Auge, den Pfeifer, anzukündigen. Auch er wird nur in meiner Schänke in jedem Graulicht zum Tanz aufspielen, solange er mit seinen Freunden in unserer schönen Stadt weilt."

Der Pfeifer hatte neben Ko am Tresen gesessen. Jetzt stand er mit dem Jarek inzwischen sattsam bekannten und verhassten breiten, falschen Lächeln im Gesicht auf und ging auf die Bühne. Jarek verließ die kleine Plattform und der Pfeifer nickte ihm einmal kurz zu, als er an ihm vorbeiging.

Der Flötenspieler nahm eines der kleineren Instrumente aus seinem Rückenbeutel und begann, eine helle Melodie zu spielen, zu der sich sofort fünf junge Männer mit ihren Freundinnen erhoben und anfingen zu tanzen.

Der Wirt klopfte Jarek anerkennend auf die Schulter und kehrte zu seinem Platz hinter dem Tresen zurück, wo es für ihn genug zu tun gab. Die Gäste, die Jareks Erzählungen mit angehaltenem Atem gelauscht hatten, drängten nun heran, um ihre Becher wieder zu füllen.

Jarek setzte sich auf die Bank neben Ko, die ihm bereitwillig Platz machte. Er nickte dem Wirt dankbar zu, der ihm einen großen Becher Suraqua hingeschoben hatte, nahm einen tiefen Schluck und atmete erst einmal durch. Es war ein langer Auftritt gewesen. Ein Blick nach oben durch die Lichtöffnungen zeigte ihm, dass Polos und Nira bereits hoch am Himmel standen und bald den mittleren Punkt ihres Laufs erreicht hatten.

Jedes Mal wollten die Zuhörer mehr von ihm.

Immer mehr.

Sein Ruf als Berichter war ihm bis hierher vorausgeeilt und sobald er mit dem Pfeifer eine Stadt oder Ansiedlung betrat, bestand die Gefahr, dass sich die Schankwirte darum prügelten, wer ihn verpflichten durfte. Zweimal schon mussten die Xeno wieder eingreifen.

Der Pfeifer hatte es übernommen, die Verhandlungen zu führen. Er stellte unverschämte Forderungen und erklärte, dass man sie nur gemeinsam unter Kontrakt nehmen konnte. Doch das schreckte niemanden ab und die Wirte überboten sich trotzdem.

Mit jedem Aufenthalt, bei dem Jarek in der Rolle des Berichters auftrat, wurde es ihm leichter, die Wünsche seines Publikums zu erkennen und zu erfüllen. Inzwischen waren es nicht nur Geschichten, die er zum Besten gab, sondern auch Nachrichten von fernen und nahen Ereignissen.

Jarek hatte schnell gelernt, mit anderen Berichtern, die er unterwegs traf, den Handel zu treiben, den die Erzähler miteinander pflegten. Sie tauschten Neuigkeit gegen Neuigkeit und Geschichte gegen Geschichte. Sie trugen sich gegenseitig vor und jeder bestimmte für sich, was ihm das Gehörte wert war und was er dafür selbst zurückgeben wollte.

Auch unter den Berichtern hatten die Neuigkeiten ihren Lauf genommen und Jareks Name war ihnen inzwischen bekannt. Mit jedem längeren Aufenthalt an einem Ort wanderten die Gerüchte und Nachrichten über den neuen Erzähler weiter pfadauf und pfadab. Der Name Keraj wurde nun auch von denen, die mit derselben Tätigkeit ihr Leben verdienten, mit Respekt ausgesprochen.

Jarek konnte nichts dagegen tun.

Aber mit jeder Ansiedlung, die sie besuchten, wuchs seine Unruhe. Sie waren weiter und weiter pfadab gezogen und noch immer machte der Pfeifer nicht einmal eine Andeutung, wohin ihre Reise sie noch führen würde. Mit jedem Schritt, den sie sich vom Raakgebirge entfernten, näherte sich Jarek der Region Memianas, in der es Menschen gab, die ihn kannten.

Sie hatten nun Salanis erreicht und Jakat lag nur noch fünfundzwanzig Lichtwege entfernt. In dieser Stadt der Foogo warteten Carb, Yala, Syme und Fuli auf Nachrichten von ihm oder auf Jarek selbst. Es war für ihn völlig ausgeschlossen, dort unter seinem falschen Namen als Solo aufzutreten.

Immer wieder befasste sich ein Teil seines Memoverstandes mit der Frage, wie er verhindern konnte, dass sie die Stadt des Tyrolo-Clans betraten, falls der Pfeifer die Absicht hatte, dort einen Aufenthalt einzuschieben. Oder falls sie ihr Ziel nicht schon vorher erreichten, was Jarek aber nicht zu hoffen wagte.

Was er in diesem Fall tun konnte, wusste er immer noch nicht. Schon jetzt hielt er jedes Mal den Atem an, wenn sie unterwegs einem Memo begegneten. Jarek beobachtete angespannt, ob er nicht unter den Boten ein bekanntes Gesicht sah, jemanden, der ihn aus Mindola kannte. Ein einziges Wort konnte alle seine Pläne zunichtemachen. Bislang hatte er Glück gehabt. Auch in den Städten war er weder einem Memo begegnet, dem er sich einmal vorgestellt hatte, noch sonst einem Menschen, der ihn als Jarek kennen gelernt hatte.

Hierbei kam es ihm zugute, dass die meisten Menschen den Solo einfach nicht genug Aufmerksamkeit schenkten, um sich Gesichter genauer anzusehen. Seine Kleidung, die inzwischen vierzehnmal nachgefärbten dunklen Haare und die bescheidene Haltung, die er sich angewöhnt hatte, trugen ihren Teil dazu bei, dass er in der Menge nicht auffiel. Niemand vermutete in ihm einen ehemaligen Xeno oder gar einen Memo. Doch wenn er auf der Bühne stand, alle Augen auf ihn gerichtet waren und die Menschen an seinen Lippen hingen und jedes Wort in sich aufsogen, konnte es nur eine Frage der Zeit sein, bis irgendjemand im Publikum saß, der ihn doch wiedererkannte.

Es wurde laut in der Schänke. Immer mehr Menschen schoben sich auf die große Tanzfläche, die von den weiten Lichtöffnungen in der darüberliegenden Kuppel erhellt wurde. Der Drang nach Bewegung war nach dem langen Stillsitzen und Lauschen wie immer sehr groß.

Der Pfeifer nahm nun seine größte Flöte heraus und spielte eine getragenere Melodie, zu der sich die jungen Männer und Frauen eng umarmten und langsam um sich selbst drehten.

Es war die Flöte, in der der Pfeifer auf den Reisen den Großteil des Coloros versteckte, das er mit sich führte. Jarek hatte einmal in einem Schlafbau gesehen, wie der Einäugige kleine Feraflaschen aus dem Instrument geschüttelt und in seinen Beutel gelegt hatte, als er sich unbeobachtet geglaubt hatte. Doch Jarek hatte ihn durch einen Spalt im Vorhang zur Waschnische im Blick gehabt. Die Flaschen hatten ihm verraten, wie weit der Pfeifer tatsächlich Bescheid wusste. Der Flötenspieler musste in der Rangfolge der Räuber Ollo sehr nahe sein, wenn er das Rauschmittel in diesen Mengen mit sich führte. Er trug in den kleinen Flaschen ein Vermögen mit sich herum.

Keiner der geringeren Händler ahnte, dass die Altkaasstückchen mit winzigen Tröpfchen der Flüssigkeit getränkt waren, die der Pfeifer bei sich trug. In seinem Besitz musste Coloro oder Partiola für wenigstens zweitausend Portionen sein, die er in den Orten, in denen er sie weitergab, selbst herstellte.

Stoff für zweitausend Mal Fantasien und Farben und für zweitausend Gefahren für alle Menschen in der unmittelbaren Umgebung des Süchtigen. Jarek verzog bei dem Gedanken angewidert das Gesicht.

„Was hast du?", fragte Ko.

Jarek bemerkte, dass sie ihn nachdenklich betrachtete.

„Nichts weiter." Er zuckte die Achseln, sah aber, dass Ko sich damit nicht zufriedengeben würde, und suchte eine Erklärung, die sie ablenkte und die sie verstehen würde.

„Ich würde gerne mal etwas anderes erzählen als immer wieder Jarek-Geschichten. Aber die Leute wollen ja kaum etwas anderes hören."

„Das stimmt. Sie fragen immer nach Jarek. Oder nach Ili", sagte Ko, so leise, dass er sie bei dem Gewirr der Stimmen und der Melodie des Pfeifers kaum verstehen konnte.

„Ja. Jarek. Oder Ili." Er nahm den Becher und setzte ihn an.

„Du liebst sie."

Jarek verschluckte sich, hustete und setzte das Trinkgefäß hastig ab. „Was?", fragte er entsetzt und starrte Ko an. „Was hast du gesagt?"

„Alle lieben Ili, wenn du von ihr erzählst", sagte Ko. „Aber das tun sie nur, weil der Mann, der von dieser starken, mutigen, gefühlvollen kleinen Frau berichtet, sie auch liebt."

„Was für eine Schaderscheiße", sagte Jarek, aber er sah Ko an, dass es eine mehr als schwache Erwiderung war und die Solaga in ihrer Meinung nur bestätigte.

„Ich glaube, ich weiß jetzt, was passiert ist", erklärte sie mit fester Stimme. „Es ging um Ili."

„Was? Wovon redest du?" Jarek musste seine Verwirrung nicht spielen.

Ko beugte sich zu ihm herüber und raunte ihm verschwörerisch zu: „Du liebst Ili. Noch immer. Ich bin eine Frau. Ich spüre das. Jedes Wort, das du über sie sprichst, verrät mir das. Also, was ist da wohl passiert? Lass mich raten. Jarek war dagegen. Er wollte nicht, dass du seine kleine Schwester bekommst."

Jarek starrte sie an. Seine Hand zog ganz von selbst den Trinkbecher heran und er nahm einen tiefen Schluck, dann noch einen und noch einen, aber es fiel ihm auch in dieser Pause einfach keine passende Erwiderung ein. „Du bist verrückt", antwortete er schließlich und wusste, dass er von allen Möglichkeiten die schwächste gewählt hatte.

„Wusste ich es doch", sagte Ko mit unüberhörbarer Befriedigung in der Stimme. „Deshalb musstest du den Clan und Maro verlassen. Jarek hat dich vertrieben. Er hat dafür gesorgt, dass du ausgestoßen wurdest. Dass du ein Solo geworden bist und nicht die Frau bekommen hast, die du liebst. Deswegen hast du ihn getötet. Nur deshalb."

„Das ist der größte Unsinn, den ich je gehört habe!", sagte Jarek und musste sich dabei kein bisschen verstellen.

Er wusste, dass es sehr viele Geheimnisse auf Memiana gab, Geheimnisse, die er nie ergründen würde, obwohl er ein Memo war. Doch zu den größten Rätseln für ihn gehörte immer noch das, was in Frauen vor sich ging. Jedes Mal, wenn er dachte, er wäre dem auf die Spur gekommen, passierte etwas vollkommen Unerwartetes. Auf den Gedanken, den Ko gerade so überzeugt geäußert hatte, wäre er selbst niemals gekommen.

„Ich habe mich die ganze Zeit gefragt, wieso", fuhr sie leise fort, aber sie musste sich keine Sorgen machen. Bei dem Lärm in der Schänke bestand keine Gefahr, dass irgendjemand sie belauschte. „Wieso mordet ein Xeno? Warum bringt er einen Mann vom selben Clan um? Jetzt ist mir alles klar. Du hast das nicht wegen dem Geld getan. An das Kopfgeld hast du in dem Augenblick gar nicht gedacht. Nicht ein einziges Mal. Da musste was Persönliches sein. Und jetzt weiß ich, was es ist." Sie nickte einmal befriedigt, als hätte sie endlich ein schweres Rätsel gelöst, das sie lange beschäftigt hatte. Dann schwieg sie.

Jarek ebenfalls. Er senkte den Blick und hoffte, dass Ko ihm seine Erleichterung nicht anmerkte. Er hatte die kleine Solaga unterschätzt. Sie war viel misstrauischer und aufmerksamer, als er gedacht hatte. Ko hatte ihm zwar alles geglaubt, was er erzählt hatte, aber das bedeutete nicht, dass sie deshalb aufgehört hatte, darüber nachzudenken, was er ihr alles verschwiegen hatte. Und auf den langen Wegen, die sie so still neben ihm zurückgelegt hatte, hatte sie wahrlich genug Zeit gehabt, nachzudenken.

„Das glaubst du wirklich?", fragte Jarek scheinbar gleichgültig.

Ko schüttelte den Kopf. „Nein, ich glaube das nicht. Ich weiß es."

„Das hast du schon mal gesagt. Und da hast du ziemlich danebengelegen. Aber wenn du meinst." Er trank einen Schluck und ließ den Blick über die Zuschauer wandern, als sei er an dem Gespräch nicht weiter interessiert.

„Ist das alles?" Sie klang enttäuscht.

„Ich habe dir gesagt, dass ich nicht darüber sprechen will", antwortete er und schaute sie wieder an. „Schon ein paarmal. Ich möchte mit dir nicht über Jarek reden. Daran hat sich nichts geändert. Was muss ich tun, damit du das endlich verstehst?" Sein Ton war nicht abweisend, sondern sanft, etwas hilflos und mit einer Bitte um Verständnis versehen. „Du hast deine Geheimnisse. Ich habe meine. Ich frage dich auch nicht, warum du nicht bei einem der Märkte bist. Warum du seit einem halben Umlauf nicht mehr als Solaga arbeitest. Was ist passiert, dass du für einen Widerling wie den Einäugigen die Drecksarbeit machst? Du bist nicht selbst colorosüchtig. Also warum? Das frage ich alles nicht."

„Ist ja gut", sagte Ko und ihre Stimme war schrill. Sie hatte den Blick abgewandt. „Hör auf, ich habe verstanden!"

Er trank einen weiteren Schluck und setzte das leere Gefäß ab, nur um vom Wirt sofort ein frisch gefülltes zu erhalten.

„Aber wenn du mal darüber reden möchtest, wäre jetzt die Gelegenheit", sagte Ko leise, als der Besitzer der Schänke sich gleich wieder anderen Gästen zuwandte. „So viel Zeit haben wir ja nicht alleine."

Beide schauten zum Pfeifer hinüber und Jarek spürte den starren Blick seines einzelnen Auges, der misstrauisch auf ihnen lag, auch wenn der alte Solo sich im Takt seiner Melodie bewegte.

„Der lässt uns ja keinen Moment mehr alleine. Ist der eigentlich immer so?" Jarek versuchte, dem Pfeifer freundlich zuzunicken, aber er war sicher, dass es ihm nicht sonderlich überzeugend gelang.

„Keine Ahnung. Ich bin vorher noch nie mit ihm zusammen gereist." Ko hob den Blick wieder. „Also, wenn du von Ili erzählen willst, ich würde dir zuhören. Manchmal hilft Reden. Ein wenig."

Jarek schüttelte den Kopf. „Ich kann nicht, Ko. Ich kann nicht darüber sprechen."

Es war nichts als die Wahrheit und Ko, die ihm in die Augen schaute, glaubte es und nickte schließlich. „Verstehe", sagte sie.

Aber sie verstand nichts.

Gar nichts.

Glücklicherweise.

Sala schien Jarek direkt ins Gesicht. Er legte den Kopf in den Nacken, spürte die Strahlen und fühlte sich ein wenig wie ein Salastein, der die Wärme gierig in sich aufsog.

Es war still hier oben auf dem Turm, der die Mauern von Salanis überragte. Die kleine Stadt hatte zwei Kreise und Jarek wusste, dass die Ansiedlung erst vor sieben Umläufen zur Marktstadt geworden war, ähnlich wie Maro. Salanis hatte damit Mikklo den Rang abgelaufen, das elf Lichtwege pfadauf lag und die letzte größere Stadt war, in der sie länger geblieben waren. Doch da waren es nur drei Lichte gewesen, da Mikklos Niedergang seine Spuren hinterlassen hatte und weder Bewohner noch Gäste so viel Geld hatten wie hier und niemand sie länger verpflichten wollte.

In Salanis jedoch hatte der Pfeifer einen Kontrakt über acht Lichte ausgehandelt und Jarek hatte noch zwei Auftritte vor sich, bevor sie endlich weiterziehen konnten, dem nach wie vor unbekannten Ziel entgegen. Wenn sie es denn jemals erreichen sollten, dachte Jarek missmutig. Ihm gefiel seine Lage mit jedem Untergang Salas weniger. Er war nun seit dreiundzwanzig Lichten mit dem Pfeifer unterwegs, doch Ollo war er dadurch nicht einen Schritt näher gekommen. Anfangs hatte er versucht, in Gesprächen mit harmlosen Fragen das eine oder andere in Erfahrung zu bringen, doch der Einäugige hatte jedes Mal, wenn Jarek den Anführer der Räuber auch nur erwähnt hatte, nur einsilbig, nichtssagend und mit unverhohlenem Misstrauen geantwortet. Jarek hatte es schließlich aufgegeben, das Thema zu erwähnen.

Er hört Stimmen unter sich, dann Gelächter, und der Pfeifer trat aus dem Schatten des Turms hervor, drehte sich noch einmal um, winkte und schritt pfadauf, in Richtung des Solowalls, der dort lag.

Der Einäugige ging im ersten Kvart eines jeden Gelblichts zu der Befestigung, in der diejenigen schliefen, die am Tor von Salanis abgewiesen und gezwungen wurden, die Zeit des Graulichts außerhalb der Mauern zu verbringen, oder die diese Wahl selbst getroffen hatten. In der Stadt zu bleiben bedeutete immer, Geld für eine Unterkunft auszugeben, und es gab genug Solo, die diese Kosten scheuten und von sich aus beschlossen, sich erst gar nicht am Tor zu melden und um Einlass zu bitten. Doch auch Reisende anderer Völker zogen es bisweilen vor, außerhalb der Mauern zu schlafen und das Geld zu sparen. Besonders bei Marktstädten wie Salanis überlegten es sich viele zweimal, ob sie eine teure Herberge oder den kostenlosen, wenn auch unbequemeren Solowall wählen sollten.

Für die Xeno hatte der Pfeifer die Erklärung, dass er im Solowall nachschauen wollte, ob er unter den Reisenden vielleicht Bekannte traf, mit denen er ein wenig plaudern konnte oder denen er Nachrichten an andere Bekannte mitgeben konnte. Keiner der Wächter hatte Zweifel.

Doch Jarek wusste es besser.

Der Pfeifer ging in den Solowall, um dort die Colorohändler zu treffen, die am Tor der Stadt abgewiesen worden waren.

Jarek trat einen Schritt von der Brüstung des Turms zurück, aber der Einäugige schaute sich nicht um, sondern verschwand kurze Zeit später durch das kleine Tor des Walls.

Jarek konnte sich nicht erinnern, wann er sich in seinem Leben schon einmal über eine so lange Zeit so unsicher und unwohl gefühlt hatte. Seit er Maro verlassen hatte, hatte er sich immer wieder in Lagen befunden, in denen er keine Kontrolle gehabt und nicht wirklich gewusst hatte, was um ihn herum vor sich ging. Dann war es immer mühsam und verwirrend gewesen, sich zurechtzufinden und sich anzupassen, doch es war ihm meistens ganz gut gelungen. Er war ein Memo und ein Memo lernte schnell. Sehr schnell. Es reichte ihm, wenn er etwas einmal sah, hörte oder erlebte, um es nie wieder zu vergessen und später danach zu handeln.

Wenn es etwas gab, das er tun konnte.

Doch hier war es ganz anders. Jarek hatte nicht die Macht, irgendetwas zu entscheiden. Der Pfeifer hatte das Sagen und Ko war keine Hilfe.

Er fühlte diese tiefe, ständig vorhandene Unruhe und die Ahnung von etwas Bedrohlichem, die verhinderte, dass er sich jemals wirklich entspannen und erholen konnte.

Es war nicht wie bei einer Jagd, wo man jederzeit mit allem rechnen musste, sobald man die Mauern verlassen hatte, sich aber mit der Gewissheit völlig verausgaben konnte, dass man bei Salas Untergang wieder zurück in Sicherheit war. Die nagende, stechende und bohrende Sorge war bei Jarek zu einem Grundgefühl geworden, zu einer unangenehmen Regel und war nicht die vorübergehende Ausnahme.

Inzwischen spürte er, wie die Durchführung seines verwegenen Plans seine Kraftvorräte aufzehrte und die ständige Wachsamkeit von Beschützer, Wächter und Jäger ihren Preis forderte.

Die einzigen Momente der Erholung fand er inzwischen nur noch in der Zeit, in der er auf der Bühne stand und die Geschichten zum Besten gab, die die Zuhörer in ihren Bann zogen. Dann brauchte er nur einen kleinen Teil seines Verstandes für das, was er da tat, während er selbst sich in seine Gedankenwelt zurückziehen konnte und in den Kammern der Erinnerungen nach Momenten suchte, die ihm Kraft und Wärme gaben.

Solche Gefühle halfen ihm, schmerzten ihn aber gleichzeitig, denn da war immer wieder Yalas Blick, als sie sagte, dass sie ihn mehr liebe als alle anderen zusammen, und die ihn trotzdem gehen ließ.

Im letzten Kvart eines jeden Graulichts lag Jarek in einer der gut ausgestatteten, kleinen Schlafkammern, die die Beliebtheit des Einäugigen ihnen immer sicherte, unter dem alten Mantel, den er in Kirusk dem verhinderten Mörder abgenommen hatte. Er hörte das schnarrende Atmen des Pfeifers und sein immer wiederkehrendes leises Schmatzen. Ko hatte wie gewöhnlich die Liegestelle gewählt, die am weitesten von ihrem widerwärtigen Führer entfernt war, und sich fest in drei Decken eingewickelt, als ob diese einen Schutz gegen alles bilden konnten, das ihr drohen könnte.

In diesen Momenten vermisste er Yalas Nähe am meisten, an die er sich auf der Reise von Chumuli so gewöhnt hatte, dass sie ein Teil seines Lebens geworden war. Das Gefühl, wenn sie ihren schmalen Rücken an seinen Bauch kuschelte, wenn er versuchte, ihren nun so dünnen Beinen etwas Wärme zu geben, von der er wusste, dass sie sie nicht spüren würde, die er aber trotzdem mit ihr teilen wollte, und wenn er unter seinen Fingern das Pulsieren ihres Herzens und das Heben und Senken ihres leichten Atems fühlte.

Doch Yala war nicht da.

In Jareks Nähe waren nur der abstoßendste Mensch, mit dem er je eine Kammer teilen musste, und die rätselhafteste Frau, mit der er je gereist war. Und das schloss immerhin Mareibe mit ein, bei der er lange, lange Zeit auch nicht gewusst hatte, was für ein Mensch sie wirklich war, was sie dachte, was sie wollte und wann sie die Wahrheit sagte und wann nicht.

Jarek hätte Yalas Abwesenheit sicher besser ertragen, wäre er alleine gewesen.

Doch das war er nicht.

Nie.

Es war noch gar nicht so lange her, dass Jarek dieses ihm bis dahin völlig unbekannte Gefühl kennengelernt hatte: wie es war, ohne Begleitung unterwegs und nur auf sich gestellt zu sein. Er hatte gemerkt, dass er es nicht mochte, dass er sich nach Gesellschaft sehnte, weil das sein ganzes Leben nie anders gekannt hatte.

Doch jetzt war er dankbar für jeden Augenblick, den er ganz für sich hatte und nicht die erdrückende Gegenwart des Pfeifers spüren musste, das ständige Belauern, die unangenehme, schmierige und raue Nähe, mit der der Einäugige an ihm klebte wie Paasgrus.

Als Jarek mit Ko alleine unterwegs gewesen war, hatte er dieses Verlangen nie gehabt.

Ko war undurchschaubar.

Ko trug ein Geheimnis mit sich.

Ko misstraute ihm.

Aber sie strahlte nicht diese tiefliegende Bedrohung aus wie der Pfeifer, die den Wächter in Jarek immer wieder dazu brachte, ihm zu raten, sich so weit wie möglich von dem Einäugigen zu entfernen. Beunruhigend war für Jarek, dass er nicht wusste, woher dieser Drang stammte, dem er sich immer neu widersetzen musste und für den er keine Erklärung fand, ganz gleich wie sehr er danach suchte.

„Da kommt der Bote", hörte Jarek die Stimme hinter sich.

Er schaute erst pfadauf, wo er niemanden sah, dann drehte er sich um und erkannte die beiden Gestalten auf den Kronen, die weiter unten ritten, wo der Weg tief in den weichen Salagrus eingeschnitten war, sodass man ihn sogar vom Turm aus nicht im Blick behalten konnte.

Der Bote mit seinem Wächter war sehr früh dran. Der nächste Ort mit einem eigenen Memo war Nia, eine kleine Ansiedlung drei Lichtwege von hier, und die Reiter mussten sich sehr beeilt haben, dass sie Salanis jetzt schon erreichten.

Der Xeno auf dem Turm hieß Kolrak und war im vergangenen Graulicht in der Schänke gewesen. Er hatte Jarek gehört und die Geschichten hatten ihm gefallen. Es war eine der angenehmen Seiten seiner neuen Berühmtheit, dass die Wächter, Beschützer und Jäger ihn nun kannten und achteten, weil er so viel über die Xeno berichtete. Einem anderen Solo hätten sie ganz sicher nicht erlaubt, die Mauer oder gar den Turm zu betreten, aber Jarek hatte höflich darum gebeten und Kolrak hatte es ihm gestattet.

„Die sind früh", bemerkte jetzt auch Kolrak.

Jarek wusste nicht, wie die Bestzeit für den Kreis, die Umrundung ganz Memianas, gerade war, aber offenbar konnte auch die Bedrohung des ganzen Volkes durch Ollos Mörderbande nichts daran ändern, dass die Reiter noch immer jede ihrer Umkreisungen zu einem Wettbewerb machten.

Er dachte einen Moment lang an seinen Freund Adolo und fragte sich, ob der inzwischen einen erneuten Versuch gestartet hatte, eine neue Bestzeit aufzustellen. Er hatte so lange nichts von ihm gehört und hatte keine Ahnung, wo sich der ehemalige Kir gerade befand.

Schnell kamen die beiden Reiter näher, vorne der Memo in seinem roten Mantel mit dem üblichen Helm der Nachrichtenüberbringer, dicht gefolgt von einem kleinen, wachsamen Xeno, der einen dreischüssigen Splitter bereithielt und seinen Kron mit sicherer Hand lenkte.

„Keraj, weißt du vielleicht, wie viele Xenoclans die Memo unter Kontrakt genommen haben?", fragte Kolrak und Jarek bemerkte die Sehnsucht in seiner Stimme. Er wusste, dass viele junge Xeno gerne zu denen gehört hätten, die vom Volk der Boten, Berater und Berechner zu ihrem Schutz verpflichtet wurden, und Kolrak war nicht älter als Jarek. Sicher träumte auch er davon, dass einer der neuen Clanführer, die von der Jagd auf den Großen Höhler lebendig und erfolgreich wiedergekehrt waren, auch zu ihnen kam, um ihn zu fragen, ob er sich ihnen anschließen würde.

„Ich habe von drei Clans gehört", antwortete Jarek.

Er verriet damit kein Geheimnis der Memo. Er hatte diese Nachrichten selbst erst vor Kurzem bei den Steinhauern vernommen und so gab es keinen Grund, das nicht weiterzuerzählen. „Aber wie viele es insgesamt sind, ist ein Geheimnis. Wie so vieles bei den Memo", erklärte er und der Xeno nickte wissend. Man fragte einen Memo nach nichts, was sein eigenes Volk betraf. Nie.

Der Bote und sein Begleiter waren während des kurzen Wortwechsels herangekommen und hielten jetzt auf das Tor zu. Jarek schaute nach unten und atmete wieder einmal heimlich auf, als er erkannte, dass der Reiter ihm fremd war.

Dann fiel sein Blick auf den Xeno, der sich gerade mit Leichtigkeit aus dem Sattel schwang, als hätte er sein ganzes Leben lang noch nie etwas anderes getan, als zu reiten.

Jareks Herz setzte einen Schlag aus und ihm wurde so kalt, dass er von Salas Wärme nichts mehr spürte.

Er hatte sich geirrt. Der Beschützer dort unten war kein Mann. Die zierliche Frau, die jünger als Ili war, stand da, den aufmerksamen Blick auf den Weg jenseits der Stadt gerichtet, die große Schusswaffe mit der Schulterstütze in die Hüfte gedrückt, bereit, jederzeit zu zielen und abzudrücken, sollte irgendjemand es wagen, ihren Schützling anzugreifen. Die Xeno strahlte Ruhe,

Selbstsicherheit und Wachsamkeit aus. Kein Mensch, der nur einigermaßen bei Verstand war, hätte sich mit ihr angelegt.

Jarek trat unauffällig einen Schritt zurück und zog sich die Kapuze über den Kopf. Die Xeno hatte nicht nach oben geschaut. Sie wusste, dass auf der Mauer Wächter ihren Dienst versahen und damit ihr Rücken geschützt war, sodass sie sich ganz darauf konzentrieren konnte, außerhalb der Befestigung für die Sicherheit ihres Boten zu sorgen. Und das würde sie. Denn die kleine Xeno dort unten war niemand anderes als Tila! Ausgerechnet Tila, die mit Jarek, Aliak, Moyla und den anderen auf die Salaspitze gestiegen war, um den Großen Höhler zu jagen. Tila, deren Name Jarek in jeder Erzählung von diesem Jagdzug erwähnte.

Wenn der Memo das Graulicht in der Stadt verbringen wollte, würde Tila von der Anwesenheit des großen Berichters Keraj hören, der so viel und so spannend über Jarek zu erzählen wusste. Tila würde es sich nicht nehmen lassen, die Schänke zu besuchen. Und ganz gleich, wie Jarek sich kleidete, welche Farbe seine Haare und seine Augen hatten: Sie würde ihn erkennen.

Auf den ersten Blick.

Jareks Gedanken rasten schneller, als je ein Kron gelaufen war. Aber was immer er innerhalb eines Wimpernschlags an Möglichkeiten bedachte, es führte alles zum gleichen Ergebnis.

Jarek musste die Stadt verlassen.

Sofort.

„Was?" Ko starrte Jarek an, dann lachte sie etwas verlegen, als ob er einen schlechten Scherz gemacht hätte. „Wir müssen aus der Stadt verschwinden? Jetzt?"

„Was ihr tut, weiß ich nicht. Das bleibt euch überlassen. Aber ich muss hier weg", erwiderte er und warf einen Blick auf den Pfeifer, der auf seiner Schlafstelle saß und ihn mit zusammengezogenen Augenbrauen schweigend ansah. „So schnell wie möglich", fügte er hinzu. „Bevor es zu spät ist." „Und warum?", fragte Ko.

Der Pfeifer überließ es ihr, das Gespräch zu führen. Er hörte zu, während er eine mittelgroße Flöte in den Fingern hielt und die Löcher öffnete und schloss, als ob er eine Melodie übte, ohne dem Instrument dabei einen Ton zu entlocken oder es auch nur an die Lippen zu setzen.

Jarek konnte den beiden unmöglich von Tila erzählen. Dann hätte er auch sofort gestehen können, wer er in Wirklichkeit war. Doch sein Memoverstand hatte sich nur einen Wimpernschlag lang mit dem Problem befasst, bevor er eine Lösung gefunden hatte.

„Warum musst du weg?", wiederholte Ko ihre Frage ungeduldig.

„Gerade ist jemand in die Stadt gekommen, der Bescheid weiß", antwortete Jarek.

„Worüber Bescheid?"

„Über das, was ich getan habe. Der Memo, der jetzt als Bote pfadauf unterwegs ist, war dabei, als ich ..." Jarek zögerte, mit einem Seitenblick auf den Pfeifer, gerade genug, um dessen Neugier zu bestärken, dann schaute er wieder Ko an.

„Als du Jarek getötet hast?", fragte der Einäugige und sprach damit zum ersten Mal, seit Jarek die beiden in die Schlafkammer gebeten hatte, um mit ihnen unbeobachtet zu reden.

Jarek wartete noch einen Moment, dann hob er die Schultern und nickte schließlich gespielt widerwillig. „Ja."

„Wie war das? Erzähl uns davon. Wie ist es dir gelungen, Jarek zu töten? Wie hast du es gemacht? Mit einem Splitter aus der Entfernung? Oder mit dem Stecher, in einer dunklen Gasse? Ein Griff, ein schneller Schnitt durch die Kehle? Oder hast du ihn gar erdrosselt? Mit diesen schmalen Händen eines Berichters?"

Das Auge des Pfeifers starrte ihn unter zusammengezogenen Brauen an. Dann legte der alte Solo die Flöte weg und griff nach Jareks Händen, drehte sie mit den Flächen nach oben und betrachtete sie mit gespieltem Interesse.

Jarek riss sich los. „Das ist doch vollkommen gleichgültig!", erwiderte er heftig und sprang auf. „Dieser Mann war dabei. Er hat mich gesehen. Der erkennt mich sofort. Das ist ein Memo! Der vergisst nie ein Gesicht. Und meins schon gar nicht."

Wenigstens das war keine Lüge, bemerkte der Memo in Jarek und er wunderte sich ein wenig über die Bitterkeit, mit der er dies erkannte. Diese ganzen Verstellungen waren ihm noch immer zuwider, genauso wie das Abwägen der einzelnen Worte, die Hama-Wahrheiten und erst recht die klaren und eindeutigen Lügen, die er gezwungen war, mit aufrichtigem Gesicht von sich zu geben.

„Ja." Der Pfeifer nickte. „Er kann dich sicher genau beschreiben. Dieser Memo."

„Natürlich kann er das!"

Der Pfeifer nahm die Flöte wieder auf. Er übte einen komplizierten Fingersatz und sein Auge folgte den Bewegungen, während er weitersprach. „Dann hat der Mann das sicher auch getan. Dieser Memo, der Jareks Tod beobachtet hat. Er hat gewiss eine Botschaft geschickt. An seinen Ältesten oder wen auch immer. In die geheimnisvolle Stadt der Memo, von der keiner weiß, wo sie liegt. Aber ganz bestimmt weiß inzwischen jeder Memo, wie Jareks Mörder aussieht. Und hält Ausschau nach dir."

Der Einäugige schaute auf und sein Blick war leicht spöttisch.

Der Wächter in Jarek hatte die Hand am großen Splitter und gab immer noch verzweifelt das Alarmsignal, das die ganze Zeit schon in seinem Kopf dröhnte, aber es war zu spät. Er hatte nicht aufgepasst und die Warnungen missachtet. Der Pfeifer hatte einen Verstand so scharf wie ein Armlanger Schneider und seine Schlüsse waren genauso richtig wie gefährlich.

„Er hat mich nur kurz gesehen und es war dunkel", sagte Jarek rasch. „Sicher kann er mich beschreiben. Aber das hilft keinem, der mich sucht. Ich habe mein Aussehen verändert. Ich hatte helles, langes Haar. Und einen kleinen Bart. Den habe ich abrasiert und die Haare abgeschnitten. Und dunkel gefärbt. Ich hatte andere Kleidung und einen anderen Beutel. Nach einer Beschreibung wird mich niemand erkennen. Außer ihm. Wenn dieser Memo mein Gesicht sieht, dann ist es zu spät." Jarek beobachtete den Einäugigen. Wie würde er die Antworten aufnehmen, die Jarek auf die Fragen gab, die er noch gar nicht gestellt hatte, die aber unweigerlich gekommen wären?

„Dann tötest du auch ihn", sagte der Pfeifer leichthin und zuckte die Achseln. „Das sollte kein Problem für dich sein. Du bist doch gut darin. Du hast Jarek erledigt. Den haben alle für einen Helden gehalten. Was ist dagegen irgendein Bote?"

Seine Stimme klang spöttisch und Jarek wusste nicht, was er von dieser Bemerkung halten sollte. War das wirklich ernst gemeint?

„Bist du verrückt? Ihn töten? Hier in der Stadt? Ich habe keine Waffe. Er hat eine Xeno bei sich. Und selbst wenn ich mit der fertigwürde, dann könnte ich mich auch auf den Marktplatz stellen und rufen: 'Hier bin ich!'" Er sprang auf und ging im Raum hin und her. Es hoffte, dass es ihm gelang, seine Unruhe überzeugend zu spielen. Besonders verstellen musste er sich dabei nicht.

Ko und der Pfeifer folgten ihm mit den Augen.

Schließlich blieb er stehen. „Ich weiß, wir haben einen Kontrakt. Aber ich kann im Graulicht nicht auftreten, solange die beiden hier sind. Entweder bleibe ich in diesem Raum, bis die zwei weiterreiten, oder ich muss Salanis verlassen. Sofort."

Der Pfeifer schwieg.

Ko sprach als Erste wieder. Sie blickte Jarek dabei nachdenklich an. „Eins frage ich mich, Keraj. Du hast Jarek getötet. Aber warum sucht niemand nach dir?"

Jarek fühlte, wie sein Herz bis zum Hals schlug.

Er hatte einen Fehler gemacht.

Noch einen.

Schon wieder.

Es war für ihn nicht schwer, sich viele Dinge zu merken und so viele gleichzeitig zu bedenken. Das war für keinen Memo ein Problem. Das war das Wesen eines Memo. Doch Jarek war kein geborener Lügner, der mit Leichtigkeit viele verschiedene Wahrheiten wie Bälle gleichzeitig durch die Luft wirbeln konnte und nie die Kontrolle über das verlor, was er in die Welt setzte. Es fehlte ihm an der Erfahrung, die ein Mann wie der Pfeifer hatte, der schon so lange mindestens zwei verschiedene Leben gleichzeitig lebte, dass er keine Schwierigkeiten damit hatte, zu jeder Zeit und bei jeder Gelegenheit das Richtige zu tun und zu sagen, sodass niemals jemand auf die Idee kam, es könnte die Unwahrheit sein.

Aber die Fäden von Jareks Geschichte waren beim Weben immer wieder gerissen und das Tuch hatte nun bereits an mehreren Stellen Knoten, die hässlich hervorragten und es unansehnlich und minderwertig machten, sodass es nicht mehr in den teuren Kontoren der ganz großen Städte angeboten werden konnte, sondern nur noch auf dem Solomarkt einen Abnehmer finden würde. Und auch da konnte es nur jemanden überzeugen, der nicht so genau hinschaute.

Ko und der Pfeifer sahen nun hin.

Sehr genau.

„Wenn ein anderer dabei war und auch noch ein Memo ..." Ko blickte Jarek höchst misstrauisch an und zog ihren Mantel trotz der Wärme im Raum fester um die Schultern. „Dann frage ich mich, warum jagt nicht ganz Memiana Jareks Mörder? Genauso, wie Ollo gejagt wird? Jeder will etwas Neues von Jarek hören. Aber warum erzählt kein Berichter davon, dass Jarek ermordet wurde und dass der Mann gesucht wird, der es getan hat?"

Jarek schluckte einmal und räusperte sich, doch bevor er antworten konnte, legte der Pfeifer die Flöte weg, lachte einmal kurz auf und schüttelte den Kopf. „Ach, Mädchen, du verstehst aber auch gar nichts." Der Einäugige winkte lässig ab und schaute Ko mit einem herablassenden Blick an. „Das ist eine Frage, die nur eine Frau stellen kann."

Ko erwiderte den Blick wütend. „Dann beantworte sie mir doch. Vielleicht halte ich dich dann für einen Mann. Was ich aber kaum glaube!" Ko musste wirklich aufgebracht sein, dass sie ihre sonst übliche Vorsicht dem Pfeifer gegenüber völlig vergaß.

Der Flötenspieler lachte wieder und ließ die Beleidigung einfach an sich abprallen. „Sie werden es nicht zugeben", erklärte der Einäugige überlegen. „Stell dir das mal vor, Kleine. Was wäre das für eine Nachricht? Jarek, ermordet von einem dahergelaufenen, namenlosen Solo."

Er wies mit der Hand auf Jarek und sein Ton war unendlich geringschätzig. In Jarek drängte sein Stolz darauf, ihm die darauf passende Antwort zu geben, doch die Vernunft gewann die Oberhand und brachte ihn dazu, die Schultern hängen zu lassen und zu versuchen, das gerade beschriebene Nichts darzustellen.

„Der große Held Jarek. Der Mann, von dem die Frauen nachts ihre feuchten Träume haben." Er schaute Ko mit einem Grinsen an, das so dreckig war wie Schaderscheiße in einer verlassenen Unterkunft.

Kos Gesicht war ausdruckslos, aber ihr Blick zuckte kurz zu Boden.

„Dieser Mann wird einfach so abgestochen? Das können sie nicht zugeben. Also schweigen sie."

Ko schaute den Pfeifer noch einmal wütend an und Jarek spürte, wie sehr sie dessen überhebliche Art hasste, sie und ihre Fragen zu behandeln. Aber offenbar hatte sie das, was er sagte, unabhängig davon bedacht und zuckte nun die Achseln. „Na schön. Also sagen sie nichts. Aber sie müssen dich doch trotzdem suchen!"

„Klar, aber sie tun es heimlich", sagte Jarek. „Diese Xeno, die die Memo schützen, die wissen sicher Bescheid. Aber sie wissen nicht genau, wen sie jagen. Die Beschreibung ist nicht hilfreich. Für die meisten anderen Menschen sehen wir Solo alle gleich aus. Und außerdem wissen sie nicht, wo sie suchen sollen. Aber das kann sich ganz schnell ändern, wenn dieser Memo mich erkennt", brachte er das eigentliche Thema ihrer Unterredung wieder zur Sprache. „Also muss ich hier weg."

„Die Xeno werden dich nicht einfach gehen lassen", gab Ko zu bedenken. „Der Wirt kann Ärger machen. Ein Kontrakt ist ein Kontrakt. Du musst hier noch zweimal auftreten. Da kannst du gar nichts dran ändern."

„Aber ich. Ich kümmere mich darum", sagte der Pfeifer ruhig und Jarek und Ko schauten ihn überrascht an.

„Du?", fragte Ko ungläubig.

„Ja", sagte der Flötenspieler und steckte das Instrument, das er die ganze Zeit in den Händen gehalten hatte, in seinen Rückenbeutel. „Packt schon mal zusammen. Wir werden die Stadt verlassen, während dieser Memo noch damit beschäftigt ist, seine Botschaften zu überbringen."

Ko legte den Kopf schräg und schaute ihn genauso misstrauisch an wie vorher Jarek. „Was hast du vor?"

„Ich rede mit dem Wirt", erklärte der Pfeifer leichthin. „Er schuldet mir noch etwas."

Rechts unten konnte Jarek die tief eingeschnittene, breite Furche in der Landschaft gut erkennen, die die Phyle in all der Zeit, die sie nun schon rund um Memiana wanderten, in den Felsboden getreten hatten. Links erhob sich das Raakgebirge und warf schon wieder seine Schatten.

Noch tiefer unten, einen halben Lichtweg entfernt, sah Jarek die nächste Windung des Pfades, der in Gorni die Richtung wechseln würde, um in einer letzten Schleife den steilen Abstieg aus dem gewaltigen Massiv zu überwinden, das in manchen Lichten den Himmel zu tragen schien.

Wenn man den direkten Weg gewählt hätte, hätte man wenigstens die Hälfte der Zeit sparen können, doch diese Möglichkeit gab es nicht. Jarek wusste, dass die Wände des Pfades so steil waren, dass ein Wanderer sie kaum überwinden konnte, und man hätte ihn gleich zweimal queren müssen, um auf dem kürzesten Weg in die Ebene zu gelangen, und das alles durch steiles, unbekanntes und nie begangenes Gelände. Deshalb waren die Menschen immer den Phylen gefolgt, aber sie hatten den Weg noch längst nicht so ausgetreten wie die Mahle und Fooge den Pfad. Man konnte den Weg immer wieder erkennen, meist jedoch nur als schwache Spur auf dem Stein.

Sala schien Jarek ins Genick und ihre Strahlen kitzelten die Haut. Es war für ihn noch immer ungewohnt, sie dort zu spüren, wo er sein Leben lang den Zopf gefühlt hatte.

Vor ihnen ragte bereits der Turm des Walls der Kolo über die Felskante, wie der Memo in Jarek die sichere Unterkunft benennen konnte, die Salanis am nächsten lag. Die Stadt selbst war nun weit hinter ihnen und außer Sicht. Eigentlich hätte Jarek darüber Erleichterung fühlen müssen, doch die stellte sich einfach nicht ein.

Einerseits war es für ihn eine große Beruhigung, dass er die Stadt verlassen hatte, ohne dass er Tila über den Weg gelaufen war und ohne dass die Xeno am Tor für sie mehr als freundliche Abschiedsworte hatten. Doch andererseits waren die Umstände, unter denen das Ganze geschehen war, für ihn so verdächtig, dass er genauer darüber nachdenken musste. Das Verhalten des Pfeifers passte so wenig zu allem, was der Einäugige bislang gezeigt hatte, dass es Jarek zutiefst beunruhigte.

Und nicht nur ihn.

Ko schien es nicht anders zu gehen.

Die vergangenen Lichte hatten Jarek immer wieder gezeigt, dass Ko unter ihrer ganzen Schweigsamkeit aufmerksam war und alles, was vor sich ging, womöglich mit noch mehr Misstrauen beobachtete als er selbst. Doch nun waren sie beide gleichermaßen besorgt und er hatte das Gefühl, dass er fast hören konnte, wie sie angestrengt nachdachte, während sie neben ihm ging.

An der üblichen Marschordnung hatte sich nichts geändert. Links von Jarek lief Ko und rechts der Pfeifer, der sich so daran gewöhnt hatte, ihm immer mal wieder kleine, zufällig erscheinende Rempler, Stöße und Berührungen mit dem Rückenbeutel zu versetzen, dass Jarek sicher war, dass er dies inzwischen wirklich nicht mehr bewusst tat.

Aus dem Augenwinkel sah er, dass Ko sich von Zeit zu Zeit kurz vorbeugte und an ihm vorbei mehr als nachdenkliche Blicke in Richtung des Einäugigen schickte. Jedes Mal, wenn sie dabei Jarek kurz in die Augen sah, verweilten sie einen Moment länger, und er las aus ihrem Gesicht mit den zusammengezogenen Brauen und den schmalen Lippen, dass ihr das, was geschehen war, genauso wenig gefiel wie ihm.

Der Flötenspieler war nach kurzer Zeit zurück in die Unterkunft gekommen und hatte kommandiert: „Wir brechen auf. Ich habe alles geregelt. Wir haben den Kontrakt beendet."

Ko war der Mund vor Verblüffung offen stehengeblieben, doch der Pfeifer hatte jede Frage mit einer kurzen Handbewegung abgeschnitten und nur gedrängt: „Wir sollten uns beeilen."

„Was hast du dem Wirt erzählt?", hatte Ko auf eine Antwort bestanden.

„Dass ich eine Nachricht bekommen habe. Ein Freund von mir ist verletzt und liegt im Sterben. Ich habe es gerade im Solowall von einem Bekannten gehört, der pfadauf gekommen ist. Ich muss mich beeilen, wenn ich meinen Freund noch einmal lebend sehen will. Das hat der Wirt verstanden. Er selbst hätte nicht anders gehandelt. Er ist ein ehrenwerter Mann. Wie Auge, der Pfeifer." Der Heuchler hatte das Lächeln aufgesetzt, das er immer dann zeigte, wenn er einen anderen gründlich getäuscht oder es geschafft hatte, seine wahre Meinung oder seine Absichten so zu verschleiern, dass sein Gegenüber ihn für einen guten Menschen hielt und sich bemühte, ihm einen Gefallen zu tun.

„Du solltest Geschichten erzählen", hatte Ko gemurmelt.

„Das kann unser Keraj doch viel besser als ich", hatte der Einäugige geantwortet, ohne seinen Gesichtsausdruck zu ändern.

Ko schwieg seitdem.

Der Pfeifer nickte in Richtung des schmalen Turms, der immer deutlicher zu sehen war. „Da bleiben wir in diesem Graulicht." Er fragte die anderen nicht, wie es Reisegefährten ohne einen Anführer getan hätten. Er verkündete einfach, was er beschlossen hatte, und Jarek sah, wie sich Kos Wangenmuskeln anspannten, als sie die Zähne zusammenbiss.

„Warum?", fragte Jarek und sah dem Pfeifer in die Augen.

Der schaute ihn etwas überrascht an und lachte dann sein unangenehmes Lachen. „Weil wir keinen anderen Wall mehr erreichen, bevor Sala untergeht", antwortete er. „Deshalb bleiben wir hier. Was für eine dumme Frage."

Jarek wich seinem Blick nicht aus. Der Memo in ihm wusste ganz genau, dass der Pfeifer nicht die Wahrheit sagte. Nur ein Kvart eines Lichtweges entfernt gab es den großen Wall der leeren Cave, der nahe einer vor langer Zeit versiegten Wasserquelle lag, doch er konnte dem Einäugigen nicht widersprechen, ohne zuzugeben, dass er sich auf dieser Seite des Raakgebirges viel besser auskannte, als es von einem Mann zu erwarten war, der diese Region angeblich zum ersten Mal in seinem Leben bereiste.

„Das meine ich nicht", sagte Jarek. „Ich möchte wissen, warum du das getan hast."

„Was getan?", fragte der Pfeifer, doch der Ton der Frage ließ keinen Zweifel daran zu, dass er ganz genau wusste, was Jarek gemeint hatte.

„Warum hast du dafür gesorgt, dass ich ohne Probleme aus Salanis verschwinden konnte?", erklärte er trotzdem. „Du hast dafür auf Geld verzichtet. Wegen mir. Wieso? Du tust nie irgendetwas für einen anderen. Warum diesmal? Was hast du davon? Das frage ich mich. Und dich." Er blieb stehen und Ko tat es ihm gleich, sodass der Pfeifer gezwungen war, auch anzuhalten.

„Hast ja ziemlich lange gebraucht", erwiderte er leicht spöttisch, aber Jarek bemerkte, dass sein sichtbares Augenlid leicht zuckte, als er das sagte. „Hast du die ganze Zeit darüber nachgedacht?"

„Ja", antwortete Jarek und wich dem Blick des anderen nicht aus. „Das habe ich. Die ganze Zeit. Und jetzt frage ich dich noch mal: Was ist dein Vorteil? Was verdienst du daran? Seit wann kümmert dich, was mit mir passiert? Oder mit Ko?"

„Ihr interessiert mich einen Schaderscheiß", antwortete der Einäugige und trat gegen einen kleinen Stein, der davonflog und bergab kollerte, wo er von Felsen abprallte und in immer weiteren Sätzen hinabsprang, bis die Geräusche nicht mehr zu vernehmen waren. „Ich hab es für mich selbst getan, wenn du es unbedingt wissen willst. Ganz bestimmt nicht für dich, Keraj, der große Berichter!"

„Für dich selbst?", fragte Ko verblüfft.

„Ja!", sagte der Colorohändler lauter. „Ist das so schwer zu verstehen? Wenn dieser Memo den Mörder des großartigen Jarek erkannt hätte, was wäre dann wohl mit mir passiert? Da hätte doch jeder gefragt, was hat der lustige, nette Pfeifer mit so einem Mann zu schaffen? Wieso zieht der mit ihm den Pfad entlang? Wieso tritt er mit ihm gemeinsam auf?" Der alte Musiker stand da, die Hände in die Seiten gestützt, und sein Auge leuchtete. „Die gehören wohl zusammen, hätten die Leute gedacht. Und ein paar von ihnen hätten angefangen, Fragen zu stellen. Und ich habe keine Lust, mir meine Geschäfte von euch verderben zu lassen. Die einen nicht und die anderen auch nicht. Klar?"

Er schaute Jarek erwartungsvoll an. Ko dagegen suchte zweifelnd und fragend seinen Blick.

Jarek musste zugeben, dass die Erklärung des Einäugigen glaubwürdig erschien. Der Heuchler hatte allen Grund, dafür zu sorgen, dass ihn jeder mochte und ihm alle Städte und Ansiedlungen offenstanden. Genauso hatte er Gründe, alles zu vermeiden, was seinen Handel mit Coloro gefährden konnte. Und er durfte auf keinen Fall mit Jareks Mörder in Verbindung gebracht werden, wenn er nicht riskieren wollte, in den Verdacht zu geraten, ein Vertrauter von Ollo zu sein.

„Verstehe", sagte Jarek leise.

„Können wir jetzt endlich weiter? Oder hast du noch mehr Fragen?" Der Pfeifer gab dem letzten Wort eine so höhnische Bedeutung, dass Jarek sich beherrschen musste, ihm nicht mit der flachen Hand in sein überhebliches Gesicht zu schlagen. Er schüttelte nur den Kopf, senkte den Blick und setzte seinen Weg fort.

Ko folgte ihm, ohne zu zögern.

Der Pfeifer seufzte überdeutlich, ruckte einmal an seinem Rückenbeutel und schritt gleichfalls wieder aus.

Doch Jarek war nicht entgangen, dass der Solo erleichtert war. Erleichtert darüber, dass Jarek die Erklärung für sein

Verhalten angenommen hatte und offenbar nicht länger misstrauisch war. Der Wächter, der Beschützer und auch der Memo in Jarek waren sich einig.

Der Pfeifer hatte gelogen.

Was immer sein Grund gewesen war, Jarek bei dem überhasteten Aufbruch aus Salanis zur Seite zu stehen, es hatte nichts mit dem zu tun, was der alte Mann in dem gestreiften Mantel gerade gesagt hatte. Jarek hatte keine Ahnung, was der Einäugige plante. Aber er wusste, dass es nichts Gutes sein konnte und dass er selbst eine Rolle dabei spielte. Da war die bohrende Unruhe wieder, stärker als jemals zuvor, und das sichere Gefühl, dass er einen möglichst großen Abstand zwischen sich und den Pfeifer bringen sollte und dass er sich mit jedem Schritt, den er mit diesem Lügner zurücklegte, weiter in Gefahr begab.

Aber Jarek hatte keine Wahl.

Er hatte damit angefangen und er würde es auch zu Ende bringen. Er hatte vorher gewusst, welches Risiko er eingehen würde, aber er hatte auch eine Aufgabe, die er sich selbst gestellt hatte. Er hatte gewusst, dass es gefährlich werden würde, und er hatte gewusst, dass er unter Umständen nicht einmal ahnen würde, woher ihm die Gefahr drohte. Nun konnte er nur weiter wachsam bleiben. Trauen durfte er sowieso niemandem. Wenigstens was das betraf, hatte sich nichts geändert.

Jarek spürte Kos besorgten Seitenblick und wusste, dass auch sie ihre Zweifel an dem hatte, was der Pfeifer gesagt hatte, doch er sah sie nicht an. Er folgte dem Flötenspieler weiter pfadab. Hin und wieder traf ihn ein Ellbogen des Alten oder sein Mantel streifte ihn.

Und Jarek schwieg.

In der Falle

Jarek schaute den vier Vaka hinterher, die sich von der Mauer des Walls entfernten. Jeder hatte seinen Rückenbeutel mit den kleinen Säckchen vollgepackt, in denen das Salz verwahrt wurde, das es in Nia zu kaufen gab. Es war dieser gemahlene Würzstein, der die ehemals kleine Ansiedlung abseits des Pfades in den letzten sechs Umläufen zu einer wohlhabenden Stadt gemacht hatte. Nicht weit von der Cave entfernt hatten die Bewohner vor vier Umläufen ein reiches Vorkommen an verschiedenen milden Salzen entdeckt, die sich bestens zum Einlegen von Schwimmerfleisch eigneten. Es wurde darin haltbar, aber nicht besonders hart, und es schrumpfte auch nicht so wie bei der Behandlung mit anderen Salzen. Der Salzhandel war nun der Ursprung des Wohlstands der Stadt der Mahlo und der kleine, harte und sehr haltbare Kaas, den sie immer noch herstellten, hatte an Bedeutung verloren.

Dieses Wissen war nichts Neues für den Memo in Jarek. Als die vier Reisenden vom Volk der Eco erzählt hatten, was sie hierher geführt hatte, hatte er jedoch seiner Rolle als Mann entsprechend reagiert, der erstmals diese Seite des Raak bereiste. Er hatte überrascht und beeindruckt nachgefragt, sich das Salz zeigen lassen und auch eine Fingerspitze des grob gemahlenen Pulvers probiert, das ihm der jüngste der Vaka zum Versuchen angeboten hatte.

Die Unterhaltung war zwanglos und lebhaft gewesen und die Reisenden hatten eine ganze Weile im Schatten der Wallmauer zusammengestanden. Abseits des Pfades traf man nicht so viele Menschen wie auf dem Weg, der der Bahn der Phyle folgte. Einer der Händler hatte den Pfeifer erkannt, der auch in dieser Gegend als Musiker gefragt und beliebt war. Der Einäugige hatte sich freundlich auf das

Gespräch eingelassen, aber Jarek wusste genau, wie sehr er es verabscheute.

Sie hatten bis zum Ende des ersten Kvart Nira miteinander geplaudert und die Händler hatten auch Jarek und Ko ins Gespräch mit einbezogen.

Doch obwohl sie den Solo häufig gesehen hatten und ihn schätzten, hatten sich die Vaka dann in eine der Unterkünfte zurückgezogen, wo sie unter sich blieben. Sie wären nie auf die Idee gekommen, sich einen Schlafbau mit den drei Heimatlosen zu teilen. So etwas zog man nur in Betracht, wenn die Zahl der Schlafplätze begrenzt und ein Wall zur Marktzeit überfüllt war. Auch bei der Einteilung der Wachdienste auf dem Turm wurden sie nicht berücksichtigt. Es war nicht unfreundlich oder ablehnend gemeint, wie Jarek wusste. Solo galten einfach als nicht zuverlässig und niemand würde ihnen sein Leben oder sein Eigentum anvertrauen. So war es eben schon immer gewesen und niemand machte sich Gedanken darum.

Bergauf erkannte Jarek einen knappen Lichtweg entfernt die schmale, aber hoch aufragende Stadt Nia. Rechts davon lag der Salzberg, dessen Spitze von Nias fleißigen Bewohnern bereits ein wenig abgetragen war.

Der Pfeifer hatte auch diese Stadt nicht betreten. Er hatte den Weg so eingeteilt, dass sie einen halben Lichtweg vor Nia in einem Wall geschlafen und erst an der Stadt vorübergekommen waren, als Sala hoch am Himmel gestanden hatte.

Seit sie Salanis so hastig verlassen mussten, hatten sie in keiner Stadt und in keiner Ansiedlung länger als ein Graulicht verweilt. Mehr noch; der Pfeifer hatte seitdem den Pfad dreimal verlassen und hatte Umwege genommen. Sie hatten kleine Ansiedlungen und Städte dabei gesehen, die man sonst nicht erreichte, wenn man dem Pfad folgte. Doch nirgends hatte der Pfeifer versucht, einen Kontrakt in einer Schänke oder Herberge zu erhalten.

Hatte der Flötenspieler vorher keine Gelegenheit ausgelassen, möglichst lange an einem Ort zu bleiben, vermied er es jetzt genauso zielstrebig, eine Stadt zu betreten. Er ließ es höchstens zu, dass sie ihre Vorräte rasch ergänzten, dann zogen sie eilig weiter, um wieder in einem Wall zu schlafen.

„Du! Wer denn sonst!", hatte der Pfeifer geantwortet, als Jarek ihn gefragt hatte, was der Grund für diese neue Menschenscheu sei. „Wenn die Memo und ihre verdammten Xeno dich suchen, dann können wir es uns nicht mehr erlauben, irgendwo aufzutreten. Wenn dich einer erkennt, ist es aus."

„Die Gefahr besteht kaum", hatte Jarek erwidert. „Der einzige Mensch, der mich gesehen hat, ist weiter pfadab geritten."

Der Pfeifer hatte das Gesicht unwillig verzogen. „Darauf verlasse ich mich nicht. Ich werde dich so schnell wie möglich zu Ollo bringen, damit ich dich los bin. Was du danach machst, ist deine Sache. Ich aber will wieder hier umherreisen und mich um meine Geschäfte kümmern, wenn das vorbei ist. Und ich habe keine Lust, wegen dir vielleicht meinen guten Namen zu verlieren."

Ko hatte geschwiegen, wie die meiste Zeit, seit sie mit dem Einäugigen unterwegs waren.

Die Erklärung des Pfeifers klang sinnvoll, doch sein Verhalten passte überhaupt nicht dazu. Wenn man Eile hatte, irgendwo hinzukommen, dann wählte man für gewöhnlich den direkten Weg. Doch der Pfeifer tat das genaue Gegenteil. Der Memo in Jarek kannte jeden Schritt des Pfades, jede Ansiedlung, jede Stadt, die am Weg lag oder abseits davon. Und er wusste ganz genau, dass der Einäugige alles versuchte, die Strecke zu verlängern und möglichst langsam voranzukommen, ohne an einem Ort zu bleiben. Wenn der Pfeifer eilte, dann auf die seltsamste Art und Weise, die Jarek jemals gesehen hatte.

Er hörte Schritte und drehte sich um. Ko trat aus dem Treppenaufgang, der niedriger war als in den meisten anderen Wällen, die sie für ihre Ruhezeiten genutzt hatten.

„Du und deine Türme", sagte sie.

„Einmal Xeno, immer Xeno", antwortete Jarek leise und mit einem Blick in Richtung der Treppe, aber sie waren allein.

Ko und Jarek hatten nie darüber gesprochen, aber sie waren ohne Worte übereingekommen, dass alles, was Jarek ihr über seine Beziehung zu Maro und zum Clan der Thosen erzählt hatte, nur zwischen ihnen blieb. Je weniger der Einäugige wusste, desto besser, das schien auch Ko einzusehen. Doch Jarek spürte, dass die kleine Solaga genau wusste, wie schwer es ihm in vielen Situationen fiel, sich zurückzuhalten. Das Benehmen des Heuchlers war immer schlimmer geworden. Ständig versuchte der Einäugige, Jarek zu reizen.

Kos Blick ging pfadab, wo die Vaka gerade hinter einer Biegung verschwanden. „Die sind schon unterwegs. Wir hätten zusammen gehen können", sagte sie.

„Wo ist der Pfeifer?", fragte Jarek.

„Liegt im Bau und tut so, als ob er noch schläft", erwiderte sie, lehnte sich mit ihrem schmalen Rücken gegen die Umrandung der Plattform und stützte die Ellbogen auf. „Wie immer", fügte sie mehr als missmutig hinzu.

Sie brachen stets als Letzte auf. Wenn sie nicht alleine in einem Wall waren, sorgte der Einäugige dafür, dass alle anderen Reisenden weit vor ihnen ihre Wege pfadauf und pfadab fortsetzten, lange bevor er selbst sich bequemte, seine wenigen Sachen zusammenzusuchen. So auch dieses Mal. Die Bekannten des Pfeifers waren mit ihren schweren Lasten schon lange in Richtung Gorni unterwegs, aber noch immer machte ihr selbsternannter Anführer keine Anstalten, den Wall zu verlassen.

„Warum?", fragt Ko und in diesem Wort lagen die ganze Unruhe und der Ärger der letzten Lichte, die Jarek in ihrer Nähe immer wieder gespürt hatte. „Wir bewegen uns voran wie die Kriecher. Wenn wir noch langsamer werden, dann laufen wir zurück in Richtung Kirusk. Wieso das alles?"

Jarek zuckt die Achseln. „Ich habe keine Ahnung. Frag ihn, wenn du es wissen willst."

„Als ob der mir eine Antwort geben würde. Und dir ist das gleichgültig? Fällt dir das nicht auf?"

Jarek zögerte, entschied sich dann aber zu schweigen.

Ko hatte offenbar keine Antwort erwartet. Sie beugte sich über die Brüstung und schaute nach innen in den Wall, aber da war niemand zu sehen. Sie lauschte kurz zur Treppe hin, auf der man jeden Schritt zwischen den kahlen Wänden gehört hätte, aber es herrschte nur die Stille des Gelblichts, das schon lange begonnen hatte. Sie waren allein.

„Ich schau mir das jetzt die ganze Zeit mit an", fuhr Ko leise fort. „Ich mache ja alles mit und stelle mich doof, wenn es mir was einbringt. Das kann ich ganz gut, glaube ich. Aber das heißt nicht, dass ich so dämlich bin, wie der Pfeifer denkt. Ich habe ein bisschen mehr im Kopf als ein Schwanzling. Und was wir hier treiben ist einfach nur dumm. Er sagt, er will dich schnell loswerden und zu Ollo bringen. Aber dann tut er alles, damit wir nicht vorankommen. Der Kerl lügt, wenn er das Maul aufmacht."

„Ich dachte, du kennst ihn gut", antwortete Jarek und sagte damit überhaupt nichts.

„Ich kenne ihn gar nicht gut und ich vertraue diesem Reißer nicht mehr als einem der verdammten Colorofresserschadlinge!", fauchte sie empört.

Jarek schaute sie überrascht an. „Du lebst von diesen Colorofressern."

„Ich habe auch davon gelebt, dass ich für Kerle die Beine auseinandergemacht habe", erwiderte sie heftig, doch dann biss sie sich auf die Lippe.

„Hast du die genauso verachtet?", fragte Jarek.

„Das ist was anderes", antwortete Ko nach einem Zögern leise. „Ich will nicht darüber reden, klar?"

Jarek zuckte die Achseln und schob seine Neugier in die für sie bestimmte Kammer. „Du hast damit angefangen. Und du hast mich zum Pfeifer gebracht."

Sie atmete einmal tief ein, stieß die Luft wütend aus und trat mit der Ferse gegen die Mauer auf der Turmspitze. „Soll ich dir was sagen? Ich bereue es. Oh ja. Schau mich nicht so an. Und wie ich das bereue. Das Licht, in dem ich dich getroffen habe, das war ein Schaderscheißdrecksicht. Das kann ich dir sagen, Keraj. Ich habe die Schnauze voll. So voll, das kannst du gar nicht glauben. Von dem Pfeifer, von dir, von allem."

„Du willst uns also verlassen?", fragte Jarek ruhig.

„Was?" Ko starrte ihn überrascht an.

„Du hast gesagt, du hast genug. Niemand zwingt dich, weiterzugehen. Wenn du nicht mehr willst, dann lass es einfach", erklärte Jarek der staunenden Solo. „Willst du das?"

Sie zögerte mit einer Antwort. Jarek beobachtete sie und sah die widerstrebenden Gefühle in ihrem Gesicht.

„Ich könnte dich verstehen", sagte er, aber er zuckte beim Klang der eigenen Worte zusammen.

Bevor der Memo eingreifen konnten, war es heraus, und es war zu spät, noch etwas daran zu ändern. In den letzten Zügen des Graulichts, wenn Jarek wach auf den erkalteten Salasteinen lag und wusste, wie lange es noch dauern würde, bis der Pfeifer endlich zum neuen Aufbruch bereit wäre, waren genau das die Gedanken, die in seinem Kopf herumschwirrten. Dann waren die leisen Stimmen da, die ihm zuraunten, dass es an der Zeit wäre, dieses waghalsige Abenteuer zu beenden, bei dem er mit jedem neuen Licht mehr daran zweifeln musste, wie es ausgehen würde. Der Wächter und der Beschützer drängten beharrlich bei jeder weiteren Verzögerung durch den Pfeifer, bei jedem Umweg und bei jeder menschlichen Ansiedlung, die sie passierten, dem ein Ende zu machen. Wenn Ko dem Pfeifer ihre Gefolgschaft verweigerte, würde dieser Jarek nicht weiter führen, das hatte er beim ersten Zusammentreffen ganz klar gesagt. Dann würde er es ablehnen, den Mann, dem er so offensichtlich misstraute, zum Anführer der Räuber zu bringen. Wenn Ko sie verließ, wäre das Ende ihrer gemeinsamen Reise erreicht. In den dunklen Augenblicken, bevor das Gelblicht die letzten krümeligen Reste des Graus mit hellen Farben vertrieb, musste Jarek sich eingestehen, dass er sich wünschte, Ko würde endlich aufgeben. Dann wäre auch er nicht länger gezwungen, ein anderer zu sein, die drei widersprüchlichen Rollen zu spielen und sich in jedem wachen Augenblick dessen bewusst zu sein, wer er für sein Gegenüber gerade war. Er könnte zu seinen Freunden nach Jakat eilen, Yala wieder in die Arme schließen, in Maro seine Familie und Mareibe sehen und dann nach Mindola weiterreisen, wo es so viele Fragen zu stellen gab.

Jarek hatte so etwas noch nie erlebt. Noch nie hatte er das Scheitern eines Vorhabens herbeigesehnt, das er selbst in Angriff genommen hatte. Er hoffte schon beinahe verzweifelt darauf, dass sich etwas ereignete, das ihm selbst diese Entscheidung abnahm. Dann hätte er wenigstens nicht versagt.

Kein Xeno wünschte sich zu versagen.

Ko starrte ihn ungläubig an. „Was?", stieß sie hervor. „Du könntest das verstehen? Wenn ich abhaue, dann verlierst du fünftausend Fer und du könntest das verstehen?"

„Viertausendfünfhundert. Und wenn ich es verstehe, heißt das noch lange nicht, dass es mir gefällt. Das eine hat mit dem anderen nichts zu tun", sagte Jarek, aber er biss sich auf die Lippe. Er hatte in den letzten Lichten so wenig mit Ko gesprochen, dass seine Wachsamkeit nachgelassen hatte. Sie verabscheute den Pfeifer, das war klar. Aber das bedeutete nicht, dass sie Jarek deswegen traute. Das hatte er nicht mehr bedacht. Dabei wusste er doch, wie genau die Solaga auf das achtete, was er sagte und tat, und dass sie sofort bemerkte, wenn etwas nicht zu dem Bild passte, das sie von ihm hatte. „An deiner Stelle wäre ich jedenfalls längst weggelaufen", versuchte er eine Erklärung. „Ich bewundere deine Beharrlichkeit und wie du das alles aushältst. Und ich bin dir natürlich dankbar dafür."

„Dann verdopple meinen Lohn, wenn du so dankbar bist. Wie wäre es mit tausend? Insgesamt?"

Jarek gestattete sich ein kleines Lächeln. „So weit geht die Dankbarkeit dann doch nicht. Wir haben ein Geschäft."

Ko schaute grimmig auf die Steine vor ihnen, dann hob sie den Blick. „Ein Geschäft. Ja. Ein tolles Geschäft. Hast du irgendeine Ahnung, auf was du dich da eingelassen hast? Ich jedenfalls nicht. Nicht mehr." Erneut trat sie wütend gegen den Stein.

Jarek beruhigte sich etwas. Ko war wieder mit ihren eigenen Gedanken und Gefühlen beschäftigt und ein weiterer Versuch von ihrer Seite, in ihn zu dringen, war nicht zu erwarten. „Ich spüre schon die ganze Zeit, dass du dich nicht wohlfühlst", sagte er.

Ko lachte bitter. „Nicht wohlfühlen? Das ist aber nett gesagt. Fühlst du dich vielleicht wohl? Ich habe eine Scheißangst."

„Vor dem Pfeifer?"

„Vor ihm, vor dir, vor allem, was da kommt. Das ist nichts Gutes, ich spüre das", fügte sie düster hinzu und starrte auf ihre Stiefel. „Gar nichts Gutes."

„Ich habe auch Angst", sagte Jarek.

Ko lachte einmal hell auf. „Angst? Du? Du hast doch vor gar nichts Angst. Ich habe noch nie einen so furchtlosen Menschen gesehen wie dich."

„Da irrst du dich. Es gehört zum Wesen eines Xeno, dass er Angst hat. Sonst lebt er nicht lange außerhalb der Mauern. Ich zeige sie vielleicht nicht so deutlich. Aber ich habe auch Angst. Vor allem, vor dem du dich auch fürchtest."

„Ach ja? Also auch vor dir selbst?"

Jarek zögerte einen Moment. Der Wächter und der Beschützer in ihm beobachteten ihn besorgt, doch er nickte und antwortete leise: „Ja. Auch das."

Ko drehte sich um, stützte sich auf den Rand der Turmbrüstung und schaute in die Ferne. Sie schwieg nachdenklich und Jarek störte sie nicht. Schließlich drehte sie den Kopf, schaute ihm in die Augen und sagte verwundert: „Das war nicht gelogen."

„Nein."

„Es braucht eine Menge Mut, vor sich selbst Angst zu haben", sagte sie leise.

„Möglich", antwortete Jarek. „Was wirst du tun?" Er stellte sich neben sie, so dicht, dass seine Schulter ihre fast berührte, aber nur fast. „Verlässt du uns oder bleibst du?"

„Wird dieser einäugige Schwanzling uns zu Ollo führen?" Ko schien noch kleiner zu werden, als sie in die Ferne schaute, wo Sala bereits einen großen Teil des ersten Kvart ihrer Himmelsbahn durchlaufen hatte und ihren warmen Schein über das Land schickte.

„Ich weiß es wirklich nicht", antwortete Jarek. „Aber ich muss die Möglichkeit in Betracht ziehen, dass er es tatsächlich beabsichtigt. Also muss ich ihm weiter folgen."

„Und was glaubst du?" Ko war mit der Antwort nicht zufrieden und machte eine ungeduldige Bewegung, bei der sie Jarek an der Schulter berührte. Es war etwas ganz anderes als die Rempler des Pfeifers und sie trat sofort einen kleinen Schritt zur Seite, um unbewusst zu zeigen, dass es keine Absicht gewesen war.

Jarek betrachtete nachdenklich das Land unter ihm, dessen viele Gelbtöne immer stärker leuchteten, je weiter Sala am Himmel emporstieg.

„Ich denke, er weiß den Weg", antwortete er schließlich. „Der Pfeifer weiß, wo Ollo zu finden ist. Aber ich habe keine Ahnung, ob er uns zu ihm führen will. Du musst dich entscheiden, ob du weiter mit mir und dem Pfeifer gehen willst. Damit du vielleicht irgendwann den Rest des Geldes von mir bekommst."

„Gibst du es mir, wenn ich euch jetzt verlasse?"

„Ein Geschäft ist ein Geschäft, Ko. Das habe ich in meinem kurzen Leben als Solo bisher gelernt."

„War nur ein Versuch", sagte sie, aber sie lachte nicht.

„Was wirst du tun?", fragte Jarek noch einmal.

„Was soll ich schon machen?", antwortete sie leise. „Ich bin nicht du. Ich habe nicht deinen Mut. Ich habe nur die Angst." Ihre Stimme klang erschöpft. „Also rede ich nur. Manchmal und nicht mit jedem. Mit dir. Nicht mit ihm. Und dann mache ich nichts. Gar nichts. Einfach nur weiter, immer weiter und weiter", fügte sie traurig hinzu.

„Was?" Der Pfeifer hatte die Hand am Salariegel des kleinen Tores. Er wollte es hinter ihnen schließen, nachdem er sich endlich bereiterklärt hatte, den Weg fortzusetzen. Sala stand bereits hoch über ihnen. Aber jetzt verharrte er mitten in der Bewegung, starrte Jarek mit offenem Mund an und ließ den Riegel los. Quietschend öffnete sich das schief montierte Tor wieder. Jarek durchzuckte der Gedanke, dass Carb die passenden Worte für diese nachlässige Arbeit gefunden hätte. Das Tor schwang zurück nach innen und schlug mit einem dumpfen Ton gegen die Mauer. Der Pfeifer achtete nicht darauf, sondern hatte nur Augen für Jarek.

Es war das erste Mal, dass es Jarek gelungen war, den Einäugigen zu verblüffen. Bis zu diesem Augenblick hatte der Flötenspieler auf alles, was sich ereignete oder gesagt wurde, mit einem freundlichen Lächeln reagiert, wenn er sich gerade verstellen musste. Wenn sie alleine waren, zeigte er entweder Gleichgültigkeit oder, was schlimmer war, sein überhebliches Grinsen, als entspräche alles, was geschah oder gesprochen wurde, seinen eigenen Plänen, die seine Begleiter nur nicht durchschauten.

Doch diesmal, hier vor dem Tor des kleinen Walls, der so unbedeutend war, dass sogar die Bewohner der Stadt Nia darauf verzichtet hatten, ihm einen Namen zu geben, hier war es Jarek zum ersten Mal gelungen, den alten Solo zu überraschen.

Er spürte tief in sich einen kleinen Kern Wärme, den er sofort in die dafür vorgesehene Kammer verbannte. Es war nicht der Moment für Genugtuung.

„Was hast du gesagt?", fragte der Pfeifer ungläubig und Jarek erkannte in seinem Gesicht, dass der Einäugige auf die Bestätigung wartete, dass er sich verhört hatte.

Er griff nach dem Tor, zog es mit einer leichten Bewegung des Arms zu, schob den Riegel in seine Raste und legte den Griff in den Sicherungshaken, der verhinderte, dass neugierige Salareißer oder auch Aaser zufällig in den Wall eindringen konnten. „Du hast mich ganz genau verstanden", erwiderte er ruhig. „Unsere gemeinsame Reise ist hier zu Ende. Ich gehe nicht weiter mit dir."

Ko hatte die Daumen unter die Trageriemen ihres Rückenbeutels geschoben und schaute Jarek ähnlich verblüfft an wie der Flötenspieler. Doch Jarek erkannte den Unterschied.

Ko war überrascht.

Der Pfeifer jedoch war entsetzt.

Aber es war nur ein Wimpernschlag, dann fand sich auf den Zügen des Einäugigen wieder das überhebliche Grinsen. Doch Jarek wusste, dass er sich nicht geirrt hatte. Was immer der Pfeifer plante und beabsichtigte, es spielte eine große Rolle für ihn, ob Jarek ihm weiter folgte oder nicht. Jarek hatte es vorher vielleicht geahnt, doch nun hatte er endlich die Gewissheit. Es war für den Pfeifer so wichtig, dass er Angst davor hatte, Jarek könnte ihn verlassen.

„So? Du gehst also nicht mehr mit mir? Und was hast du vor?", fragte er herablassend.

„Ich suche mir einen anderen Führer", antwortete Jarek mit entschlossener Stimme. „Einen, der wirklich weiß, wo Ollo steckt oder wie man zu ihm kommt. Ich weiß nicht, wer du bist, Pfeifer. Ich weiß nicht, wen du kennst, woher du kommst und wohin du gehst, und ich weiß auch nicht, was du planst. Ich weiß nur eins."

Er machte eine Pause und sah den Pfeifer von oben bis unten an. Mehr als dreißig Auftritte als Berichter vor großem Publikum hatten ihn gelehrt, die Spannung zu steigern, zu halten und vor den entscheidenden Sätzen die richtigen Pausen zu machen, aber noch nie war er sich der Aufmerksamkeit seines Gegenübers so sicher gewesen wie in diesem Augenblick. Als er weitersprach, gab Jarek seiner Stimme den Ton der größten Geringschätzung, die er in sich finden konnte. „Pfeifer, du hast keine Ahnung, wo Ollo ist. Du kennst ihn wahrscheinlich gar nicht. Du bist ein Heuchler und ein Lügner, der überhaupt nicht mehr weiß, wie man die Wahrheit sagt. Du wirst mich niemals zu Ollo bringen." Er verschränkte die Arme, legte den Kopf schräg und schaute den Pfeifer verächtlich an. „Du bist einfach nur einer von diesen Schwätzern, die groß daherreden, die erzählen, wen sie alles kennen, was für tolle Verbindungen sie haben, wer ihnen einen Gefallen schuldet und so weiter. Aber wenn man genauer hinschaut, sieht man, dass nichts davon wahr ist. Überhaupt nichts."

Er bemerkte, dass an der Schläfe des alten Solo ein Äderchen pulsierte und dass sich seine Wangenmuskeln anspannten, als der Flötenspieler die Zähne zusammenbiss, um seine Wut zu unterdrücken. Er presste das falscheste Lachen hervor, das Jarek bisher von ihm gehört hatte.

„Einen Moment lang habe ich gedacht, du meinst es ernst", sagte der Pfeifer und lachte noch einmal, doch es klang nicht überzeugender. „Dir fehlt dein Publikum, nicht? Das Gefühl beim Auftritt, die Spannung bei denen, die dir zuhören, und du hast sie in der Hand, du bist der Mann, der sie fröhlich machen kann oder traurig. Du kannst sie erschrecken, aber du kannst auch dafür sorgen, dass es ihnen so warm wird, als ob Sala direkt in ihre verdammten Leiber scheint. Dabei sind sie nichts weiter als nutzloses Reißerfutter. Ich kenne das Gefühl, Keraj, ich kenne das so gut. Aber bitte, probiere deine Künste nicht noch einmal an mir aus. Sonst erschrecke ich mich noch und ich bin ein alter Mann. Und jetzt lasst uns gehen."

Selbst wenn er sein ganzes restliches Leben als Solo verbringen müsste, würde er es niemals in der Kunst der Verstellung so weit bringen wie der Pfeifer, das musste Jarek sich mit widerwilliger Bewunderung eingestehen. Die zwölf Umläufe, die der Heuchler länger auf Memiana wandelte als Jarek, waren ein Vorsprung, den er niemals aufholen konnte. Doch es war nicht nur die Erfahrung. Es war viel mehr. Der Pfeifer war der geborene Lügner. So wie Jarek eine Begabung für die Jagd hatte, fanden sich bei dem Flötenspieler Falschheit und Verstellung, die es ihm ermöglichten, so rasend schnell auf unerwartete Ereignisse zu reagieren und diese seinem Bild der Welt anzupassen. Was der Einäugige gesagt hatte, klang so, als sei er selbst tatsächlich davon überzeugt.

Doch Jarek war nicht gewillt, noch einmal zurückzuweichen. Er zuckte die Achseln, als sei es ihm völlig gleichgültig, was der Pfeifer zu sagen hatte. „Geh, wohin du willst. Aber ohne mich."

Er wandte sich um, als ob er den Weg pfadauf beschreiten wollte.

„Jetzt warte doch mal!" Der Pfeifer ließ die Maske genauso schnell fallen, wie er sie aufgesetzt hatte, und beeilte sich, Jarek zu folgen. Ko hingegen blieb am Wall stehen und beobachtete die Ereignisse gespannt. Ihr Gesicht verriet nicht, was sie dachte.

„Was ist das Problem, Keraj? Lass uns darüber reden. Warum meinst du, dass ich Ollo nicht kenne? Ich habe ihm eine Nachricht geschickt und er wird uns entgegenkommen, verstehst du?"

Jarek blieb stehen. „Er kommt uns entgegen?" Er musste sich nicht um Zweifel in seiner Stimme bemühen.

„Ja", fuhr der Pfeifer eilig fort. „Und das braucht alles seine Zeit. Ich kann Ollo nicht einfach eine Botschaft mit den verdammten Memo schicken wie ein Eco oder ein Phylo. Wenn ich ihm etwas mitteilen will, dann brauche ich jemanden, dem ich vertrauen kann, der direkt zu ihm geht. Ich habe ihm einen Mann geschickt, der ihm Bescheid gibt."

„Und dieser Mann kommt schneller voran als wir? Was willst du mir erzählen? Warum gehen wir nicht selbst zu Ollo? Direkt und sofort?"

„Damit du erfährst, wo er sich verborgen hält? Niemals." Der Pfeifer schüttelte den Kopf. „Wenn ich dich zu ihm gebracht hätte, hätte dich das den Kopf gekostet. Und mich auch. Und deiner wäre auch gerollt, kleine Solaga." Der Pfeifer warf einen Blick zurück zum Tor, an dem Ko noch immer stand. „Er ist unterwegs", sagte der alte Solo eindringlich. „Ollo kommt. Mein Bote hat ihn längst erreicht und er ist auf dem Weg. Es kann nicht mehr lange dauern, dann treffen wir ihn. Dann bekommst du dein Geld."

Jarek spürte den Zweifel in der drängenden Stimme des Pfeifers. Der Vertraute des Räubers wollte mit allen Mitteln erreichen, dass Jarek weiter bei ihm blieb.

„So? Ollo kommt? Dann brauche ich dich ja nicht mehr", trieb Jarek das Spiel auf die Spitze. „Das war alles, was ich wissen wollte. Ich muss also nur weiter pfadab von Wall zu Wall ziehen, dann werde ich Ollo schon irgendwann begegnen." Er drehte sich um und folgte langsam dem schmalen Weg pfadab.

„So einfach ist das nicht", sagte der Pfeifer. Er eilte Jarek hinterher. „Du weißt nicht, welchen Weg Ollo nimmt. Der kommt doch nicht einfach so den Pfad rauf. Wenn er jetzt hier im Wall gewesen wäre und du wärst direkt dem Pfad gefolgt, was dann? Dann wärst du an ihm vorbeigelaufen. Dann könntest du weiter rund um Memiana wandern, ohne ihn jemals zu sehen. Und wenn du ihn gesehen hättest, hättest du ihn nicht erkannt. Du hast doch keine Ahnung, wie er aussieht."

Jarek hatte den Pfeifer noch nie so aufgeregt erlebt und noch nie hatte der so hastig gesprochen. Jarek schaute sich nach Ko um, doch die lehnte weiter an der Wand des Walls und machte keinerlei Anstalten, ihnen zu folgen oder sich in irgendeiner Weise zu äußern. Doch sie hörte aufmerksam zu.

„Und was hast du davon?" Jarek sprach die wichtigste Frage leichthin aus. Er blieb stehen und sah den Pfeifer mit einem Blick an, von dem er hoffte, dass er spöttisch wäre, gerade so, als erwarte er, eine weitere Lüge zu hören.

„Wie meinst du das?", kam die Frage des Einäugigen, die nur den Zweck hatte, rasch Zeit zum Nachdenken zu gewinnen.

„Du tust nichts, ohne an deinen eigenen Vorteil zu denken", sagte Jarek geringschätzig. „Das ist das Einzige, was dich interessiert. Als du mich aus dem Kontrakt in Salanis rausgeholt hast, da hattest du deine eigenen Gründe. Aber jetzt nicht mehr. Warum gibst du dich also mit uns ab? Du verdienst seit vielen Lichten keinen Okt mit deinem Coloro und nichts mit deinem Flötenspiel. Ich selbst bekomme fünftausend Fer, wenn ich Ollo Jareks Kopf bringe. Ko bekommt fünfhundert von mir. Aber was bekommt der Pfeifer? Das will ich endlich wissen."

Der Alte zögerte einen Moment, schaute sich nach Ko um, dann sagte er missmutig: „Na schön. Sie ist nicht die Einzige, die eine Belohnung dafür kriegt. Der Mann, der Ollo den Mörder Jareks bringt, der erhält fünfhundert. Nur deshalb mache ich das. Bist du jetzt endlich zufrieden?"

„Dann gibt es sicher eine Menge Leute, die sich diese Summe verdienen wollen. Es sollte für mich nicht so schwer sein, einen zu finden, der genauso Bescheid weiß wie du. Also, wozu brauche ich dich?"

Jarek musste ein Lachen unterdrücken, als er sah, was seine Worte beim Pfeifer anrichteten. Sein Gesicht zeigte reine Panik und seine Stimme überschlug sich fast, als er eilig auf Jarek einredete. „Du wirst in dieser Gegend keinen finden, der dir helfen kann. Ollo vertraut nur ganz Wenigen. Ich bin sein Mann hier. Egal, zu wem du gehst, am Ende wird dich irgendeiner zum Pfeifer bringen. Nur ich kann den Kontakt zu Ollo herstellen. Wenn du den Lohn für deine mutige Tat bekommen willst, dann musst du mit mir gehen", versuchte er es mit einer Schmeichelei.

Der Einäugige musste ziemlich verzweifelt sein, dass er so ein plumpes Mittel einsetzte. Jarek antwortete nicht, hatte die Hände in die Seiten gestützt, betrachtete ihn weiter mit leicht schräg gelegtem Kopf und ließ ihn reden.

„Es ist deine Entscheidung, Keraj", sagte der Pfeifer jetzt in vertraulichem Ton. „Entweder verdienen wir alle etwas oder niemand. Es liegt in deiner Hand. Alle oder keiner."

„Wie lange noch?", fragte Jarek. „Wie lange dauert es noch, bis wir Ollo treffen? Ich bin dir dreiundvierzig Lichte hinterhergelaufen oder auch nicht gelaufen und ich bin meinem Ziel keinen Schritt näher gekommen. Das werde ich nicht noch einmal tun."

„Drei", antwortete der Pfeifer rasch und wich Jareks Blick aus. „Innerhalb der nächsten drei Lichte werden wir Ollo treffen!"

Jarek suchte Kos Blick, die ihn genauso gespannt anschaute wie der Pfeifer.

„Ihr habt einen Treffpunkt verabredet?"

Der Pfeifer zögerte, dann nickte er widerwillig. „Ja. Das haben wir. Aber ich werde dir nicht sagen, wo der liegt. Sonst lässt du mich stehen und gehst alleine dorthin."

„Drei", sagte Jarek schließlich. „Drei Lichte gebe ich dir noch, keinen Augenblick länger."

Der Pfeifer atmete insgeheim auf, aber sofort war wieder der überhebliche Gesichtsausdruck des Mannes zurück, der meinte, immer alles und jeden unter Kontrolle zu haben. „Ich wusste doch, dass du ein vernünftiger Kerl bist", sagte er und legte Jarek die Hand auf die Schulter. Doch dann erstarrte sein Grinsen und wich einer schmerzverzerrten Miene.

Jarek hatte blitzschnell die Hand gepackt. Er löste sie von seiner Schulter, hielt sie fest und erhöhte langsam den Druck auf die Finger. „Noch eine Kleinigkeit, Pfeifer", sagte er mit einer Freundlichkeit, die im krassen Gegensatz zu den Schmerzen stand, die er dem alten Solo gerade bereitete. „Du hältst dich von mir fern. Wenigstens drei Schritt. Du fasst mich nicht an. Du rempelst mich nicht. Du stößt mich nicht mit deinem Rückenbeutel. Und du drängst mich nicht gegen eine Felswand. Sonst setzt du deine Reise alleine fort und kannst Ollo erklären, wieso du ohne mich kommst. Und es würde ihm sicher nicht gefallen, dass er sein sicheres Versteck wegen nichts verlassen hat. Haben wir uns verstanden?" Er drückte weiter zu, sodass der Alte langsam in die Knie ging.

„Ja", keuchte der Pfeifer. „Ja, ja, ist ja gut. Ich habe verstanden." Sein Blick war jetzt der reine Hass. „Was habe ich dir denn getan, dass du so mit einem alten, schwachen Mann umgehst?", fragte er jämmerlich.

„Du gehst mir auf die Nerven, Pfeifer. Seit dreiundvierzig Lichten. Bei jedem Aufgang Salas ein bisschen mehr. Das reicht mir jetzt. Halte Abstand. Sonst wird dir nicht nur deine Hand wehtun. Ich habe das Gefühl, du hast irgendwie vergessen, mit wem du es zu tun hast. Ich bin der Mann, der Jarek getötet hat. Denkst du, ich hätte Schwierigkeiten mit dir?"

Der Blick des Pfeifers bestand aus der Wut eines Reißers in der Falle. Jarek hätte es nicht überrascht, hätte er fauchend ein Gebiss mit langen Zähnen gezeigt oder Krallen ausgefahren.

„Und dasselbe gilt für Ko." Jarek schaute zu der schmalen Solaga, die alles mit wachsendem Staunen beobachtet hatte. „Du bleibst ihr genauso fern. Du gehst fünf Schritt vor uns. Ich will dich immer im Auge haben. Ich habe dir bisher nicht getraut und ich traue dir jetzt erst recht nicht. Verstanden?"

„Ja", antwortete der Pfeifer gepresst.

Jarek ließ den Mann los, der rasch seine Hand mit der anderen umfasste und zwei Schritt zurück trat.

„Worauf warten wir?", fragte Jarek freundlich. „Lasst uns gehen. Wir haben eine Verabredung."

Der Einäugige warf Jarek noch einen kurzen, mordlüsternen Blick zu, bewegte die schmerzende Hand ein paarmal, dann drehte er sich ohne ein Wort um und ging pfadab. Jarek und Ko folgten ihm mit etwas Abstand.

„Jetzt hasst er dich", sagte Ko so leise, dass nur Jarek sie hören konnte.

„Er konnte mich schon vorher nicht leiden. Und das war es mir wert", erwiderte Jarek in der gleichen Lautstärke.

Ko schüttelte langsam den Kopf. „Vorher warst du ihm nur scheißegal. Aber jetzt würde er dich am liebsten umbringen." Ihr Blick galt dem Rücken des Pfeifers, der mit raschen, wütenden Schritten vorausging, ohne sich auch nur einmal umzusehen.

„Ich weiß", antwortete Jarek. „Aber da ist er nicht der Einzige", fügte er leise und besorgt hinzu.

Ko warf ihm nur stirnrunzelnd einen fragenden Blick zu, doch Jarek verriet nicht, was ihm gerade durch den Kopf ging.

Ollo würde kommen, das war die gute Nachricht. Der Mörder war bereits auf dem Weg und der Einäugige würde seinen Anführer treffen. Die schlechte Nachricht war, dass es bis zu diesem Treffen nur noch drei Lichte waren und dass Jarek sich unter der Führung des Pfeifers auf dem direkten Weg zu seinem größten Feind befand.

Er hatte nicht geplant, sich in einen Kampf mit der Bande des Raubmörders zu stürzen und schon gar nicht alleine und nur mit den lächerlichen Waffen, die er bei sich trug. Ollo hingegen würde nicht alleine kommen. Er würde mit den brutalsten und gnadenlosesten seiner Räuber zusammen anreisen. Jarek hatte vorgehabt, sich sofort zurückzuziehen, sobald er wusste, wo Ollo sich aufhielt. Er wollte Mindola benachrichtigen und dem großen Trupp Xeno die Jagd auf den Anführer der Bande überlassen, der ganz sicher von Nahit, dem Ältesten der Sicherheit, sofort herbeigeschickt werden würde. Doch die nächste Stadt, von der aus Jarek eine Nachricht schicken konnte, war Gorni und das lag noch zwei Lichtwege entfernt. Bis zu diesem Ort, an dem der Pfad wieder seine Richtung wechselte, gab es noch drei Wälle und jeder von diesen konnte der vom Pfeifer angesprochene Treffpunkt sein.

Jarek war auf dem direkten Weg, seinem Todfeind genau in die Arme zu laufen, ohne irgendeine Unterstützung und nur mit einem schartigen Stecher und einem armseligen Handlangen Schneider bewaffnet.

Er brauchte einen neuen Plan. Bevor es zu spät war.

Der Pfad lag gut hundert Schritt unter ihnen. Der Weg führte direkt am Rand entlang, oft so dicht, dass ein Fehltritt für den Reisenden einen tödlichen Absturz bedeutet hätte.

Jarek und Ko folgten dem Pfeifer, der sie zwischen einzelnen Säulen aus Niraspat hindurchführte, die aus dem weichen Salagrus des Untergrunds aufragten. Jarek wusste, dass die harte Steinsorte stehen geblieben war, während in ungezählten Lichten die Stiefel der Männer und Frauen, die dem Pfad auf dem Weg gefolgt waren, diesen hier oben genauso ausgetreten hatten wie die Phyle die breite Schlucht unter ihnen.

Je weicher der Stein, desto tiefer lag der Pfad, dessen Boden von dem festen, aber nachgiebigen Sand bedeckt war, der aus zertretenem Fels und dem Abrieb der harten Hufe bestand.

Der Anblick des Pfades ließ Jarek immer wieder die Größe und Weite Memianas ahnen. Die Schlucht lief an dieser Stelle weiter quer zum links von ihnen aufragenden Raakgebirge und erst in Gorni wechselte sie wieder die Richtung. Aber erst ab Nirima verlief der Pfad endlich wieder mit Sala, Nira und Polos.

Es war noch kein Umlauf vergangen, seit Jarek den Pfad zum ersten Mal in seinem Leben erblickt hatte, und er spürte erneut die Ehrfurcht, als er die Lebensader Memianas sah. Doch dieses Mal war da noch ein anderes, viel stärkeres Gefühl: Erleichterung.

Sie hatten den direkten Weg wieder erreicht und ein Ende von Jareks Reise als Solo und Berichter Keraj war endlich in Greifweite. Jarek merkte nun, wie sehr er diesen Moment herbeisehnte. Der Memo in ihm hatte nicht viel Zeit gebraucht, einen neuen Plan zu finden, und der wichtigste Schritt war getan. Wer entlang des Pfades reiste, begegnete anderen Menschen. In jedem Licht sah man zwei Memo, einen, der pfadab ritt, und einen, der pfadauf unterwegs war. Jarek wollte den nächsten pfadab reitenden Boten und seinen Beschützer anhalten und sich zu erkennen geben. Sie würden den Pfeifer gemeinsam festsetzen und dafür sorgen, dass er den Treffpunkt mit Ollo nicht erreichte, zu dem er Jarek bringen wollte. Der Botenmemo würde die Nachricht, in welcher Gegend Ollo sich aufhielt, mit der größten Geschwindigkeit nach Mindola weiterleiten.

Es würde keine vierzehn Lichte dauern, bis ein großer Trupp Xeno aus Maro hier wäre. Dieser würde die ganze Gegend pfadauf und pfadab absuchen, keinen Wall, keine Ansiedlung und keine Stadt auslassen, ob sie nun direkt am Weg lag oder ein paar Lichtwege davon entfernt und seltener besucht wurde. Und sie würden nicht ruhen, bis sie Ollo und seine engsten Vertrauten gefunden hätten.

Jarek schaute zu Sala, die sich bereits der Mitte ihres Himmelswegs näherte. Sie waren kurz nach dem ersten Kvart wieder auf den Pfad gestoßen und Jarek hoffte, dass der Memobote noch nicht durchgeritten war.

Er schaute in die Tiefe neben dem Weg und seine Füße erinnerten sich an das Gefühl, wie es war, auf dem nachgiebigen Pfadsand dort unten mit den Foogen zu ziehen. Einen Augenblick lang fragte er sich, wie es Fuli und Syme inzwischen ergangen war, die Jakat bereits vor einiger Zeit erreicht haben mussten und dort sicher unruhig auf Nachricht warteten. Auf Nachricht von Jarek und auf Neuigkeiten über seine Reise.

Was er in den Lichten seit ihrer Trennung in Kirusk erlebt hatte, hatte Jarek verändert. So viel von dem, was er zu wissen geglaubt hatte, hatte er um verwirrende und widersprüchliche Erkenntnisse bereichert und ergänzt.

Wieder einmal.

Jareks Welt in Maro hatte sich auf die direkte Umgebung der Ansiedlung beschränkt. Alles war eindeutig und überschaubar gewesen. Doch mit jedem Schritt, den er seitdem getan hatte, hatte die Welt etwas von ihrer Klarheit verloren, und mit jedem neuen Wissen, das Jarek in der unendlich großen Memokammer in seinem Gedächtnis ablegte, merkte er, wie viel Platz dort noch war und wie wenig er in Wirklichkeit wusste.

„Warum lachst du?", fragte Ko.

Jarek war nicht bewusst gewesen, dass sich sein Gesicht zu einem Lächeln verzogen hatte. „Ich habe daran gedacht, wie leicht das Leben für mich einmal gewesen ist", antwortete er so leise, wie sie nun alle ihre Unterhaltungen seit dem Aufbruch führten, und das war eine Hama-Wahrheit.

„Leicht?" Ko war verwundert. „Ich hätte nie gedacht, dass das Leben eines Xeno leicht wäre", sagte sie etwas belustigt.

„Ich meine damit, dass das Leben immer leicht ist, wenn man nicht viel weiß", erklärte Jarek.

„Und jetzt weißt du mehr?", fragte sie neugierig.

„Wenn du den Ort verlässt, an dem du geboren bist, dann erfährst du so viele Dinge. Und es sind immer welche dabei, von denen du lieber nie etwas gehört hättest."

„Du wärst gerne dort geblieben", sagte sie und Jarek wusste, dass sie Maro meinte.

„Nein", antwortete er zu schnell und Ko sah ihn überrascht an.

„Nicht? Sie haben dich vertrieben."

„Ja, das ist wahr. Aber ich kann ..." Jarek brach ab.

Gerade noch rechtzeitig hatte der Wächter ihn mit einem schrillen Pfiff darauf aufmerksam gemacht, dass er beinahe wieder einen großen Fehler gemacht hätte. Beinahe hätte er gesagt, dass er jederzeit zu Besuch nach Maro konnte, doch das war ihm in seiner Rolle als Verstoßener vom Clan der Thosen ja verboten. Jarek ärgerte sich darüber, dass er so nachlässig geworden war. Dabei wusste er genau, dass die größte Gefahr für das Scheitern einer jeden Jagd in dem Moment lag, in dem man glaubte, man hätte den Reißer sicher.

„Was kannst du?", fragte Ko folgerichtig.

„Ich kann vergessen. Was mal war. Es gelingt mir immer besser."

Ko runzelte die Stirn und drehte einen ihrer feinen Zöpfe in den Fingern. Jarek sah den Zweifel in ihren Augen, aber sie verzichtete darauf, etwas zu sagen.

„Wie ist es bei dir?", fragte Jarek, um abzulenken. „Gibt es für dich auch Dinge, die du lieber nicht wüsstest?"

„Es gibt verdammt viel, was ich am liebsten niemals erfahren hätte. Wenn du das meinst. Und noch viel mehr, was ich lieber nicht erlebt hätte", fügte Ko bitter hinzu und biss sich dann auf die Lippe, als hätte sie schon zu viel gesagt.

„Also weißt du, was ich meine", sagte er, dann lauschte er. „Halt", kommandierte er.

Der Pfeifer blieb stehen und wandte sich um. „Was ist?", fragte er unwirsch.

Es waren die ersten Worte, die er sprach, seit sie den Pfad wieder erreicht hatten. Von den drei Lichten waren erst anderthalb ereignislos verstrichen, aber der Einäugige hatte sich weiter beharrlich geweigert, ihnen zu sagen, wo das Ziel der Reise liegen sollte, und so hatte Jarek es aufgegeben, überhaupt mit ihm zu sprechen.

„Da kommt jemand", antwortete er. Der Jäger in ihm hatte die leisen Geräusche als Erster gehört und erkannt.

Der alte Solo blickte pfadab und zuckte die Achseln. „Kronreiter", sagte er gleichgültig.

Der kurze Augenblick der Hoffnung, der sich in Jarek geregt hatte, verschwand schnell, bevor die Tiere in Sichtweite kamen. Es war kein Memo, der sich ihnen mit seinem Xeno näherte, hörte er. Es waren mehr als zwei Krone, die sich pfadauf bewegten.

Er zog die Kapuze wieder über den Kopf, wie er es jedes Mal tat, wenn sie Fremden begegneten. Sie waren zwar noch mehr als siebzig Lichtwege von Maro entfernt, aber die Wahrscheinlichkeit wurde immer größer, dass er irgendwann jemandem begegnete, der ihn entweder noch als Xeno kannte oder als den Memo, der vor nicht allzu langer Zeit mit dem Clan der Tyrolo pfadauf gewandert war. Die Angst, erkannt zu werden, passte glücklicherweise genau zu der Rolle, die er Ko und dem Pfeifer gegenüber spielte. Beide hätten sich eher gewundert, wenn er sich nicht bemüht hätte, sein Gesicht zu verbergen.

Das gleichmäßige Kratzen der Kronkrallen auf dem Fels näherte sich schnell und bald konnte Jarek auch das Hecheln der Tiere und das Knarzen der Sättel hören. Es war ein Trupp von sieben Reitern, die zwei weitere Tiere am Zügel führten, der jetzt etwa dreihundert Schritt vor ihnen um einen flachen Hügel bog. Der Weg hatte die seltsamen Niraspatsäulen hinter sich gelassen. Er verlief weiter parallel zum Pfad, hatte hier aber einen größeren Abstand von der gefährlichen Tiefe und war so breit, dass sie den Männern auf den Kronen nicht ausweichen mussten.

Die Reiter trugen die schwarzen Mäntel, die das Volk der Kir so liebte. Die Kleidungsstücke waren mit vielen Schnallen aus Aaro verziert, wie auch die runden Mützen.

Als die Reisenden sie erblickten, zügelten sie die Tiere und hielten an. Es war die übliche Reaktion anderer auf Solo, die ihnen begegneten, und an sich nichts Beunruhigendes. Doch Jareks Finger suchten nach dem Handlangen Schneider und er betrachtete die Reisegruppe vor ihnen, die sich jetzt nur noch im Schritt fortbewegte. Seine Blicke huschten über die Männer und die Tiere.

„Was ist?", fragte Ko, der Jareks Griff zur Waffe nicht entgangen war.

„Nichts", antwortete er rasch. „Gar nichts."

„Ja, nichts", meinte Ko zweifelnd. „Und warum wird mir immer kalt, wenn du das sagst? Irgendwas stimmt nicht. Was hast du?"

„Ich bin nur neidisch. Ich dachte gerade, wie schön es wäre, wenn wir Krone hätten und nicht laufen müssten." Die Antwort kam leichthin, doch er achtete selbst kaum auf das, was er sagte. Der Wächter, der Beschützer und der Jäger schauten auf die langsam heranschreitenden Reittiere.

Was sie sahen, gefiel ihnen nicht.

Keinem von ihnen.

Auf ihrer Reise waren Ko und Jarek immer wieder Kir auf Kronen begegnet, doch das waren Bringer, die Waren zu Kunden schafften oder von ihnen zurückkehrten. Ansonsten hatten sie nur sehr selten einen Reiter gesehen, der kein Memo oder sein bewaffneter Begleiter war.

Die reisenden Kir, die sich Jarek, Ko und dem Pfeifer näherten, waren keine Bringer. Sie hatten keine Lasttiere bei sich. Die beiden Krone, die ohne Reiter waren, trugen gewöhnliche Doppelsättel, wurden am Zügel geführt und hatten außer ein paar Rückenbeuteln nichts zu tragen.

Das war sehr ungewöhnlich.

Doch das war nicht das Einzige, das Jarek aufgefallen war.

Ein einziger Blick des ehemaligen Xeno reichte, um zu erkennen, dass die Mäntel der sieben Reiter aus den Fellen verschiedener Reißer gefertigt waren, die an weit voneinander entfernten Orten rund um den Pfad lebten. Die Güte und die Verzierungen aus Aaroschnallen waren ebenfalls sehr unterschiedlich. Vom Mantel eines heruntergekommenen Bringers, der sich keinen eigenen Kron leisten konnte und für einen reicheren Verwandten arbeiten musste, bis zum protzigen Stadtmantel eines Clanführers war alles dabei.

Eine solche Reisegesellschaft hatte Jarek noch nie gesehen, nicht in seiner Zeit als Xeno in Maro, nicht auf seinen Reisen als Memo und nicht in seiner Rolle als Solo.

Reiter auf Kronen fanden sich nicht zufällig zusammen wie Wanderer. Reiter waren nicht in Gefahr, Reißern in die Fänge zu fallen wie Fußgänger, und schlossen sich deshalb nicht aus Gewohnheit zu möglichst großen Reisegesellschaften zusammen. Ein Kron konnte im Falle einer Gefahr fast allem davonlaufen, was es auf Memiana gab. Deshalb ritten Menschen nur dann miteinander, wenn sie gemeinsam aufbrachen und wenn sie ein gemeinsames Ziel hatten.

Doch die sieben Reiter entstammten nicht derselben Familie. Sie gehörten nicht einmal demselben Clan an. Ihrer Kleidung nach kamen sie aus weit voneinander entfernten

Städten. Sie gehörten rein äußerlich nicht zusammen, doch Jarek wusste es besser.

„Ha, Krone", meinte Ko bitter. „Kein Solo auf Memiana kann sich einen Kron leisten."

„Die schon", sagte Jarek leise.

Kos Kopf fuhr zu ihm herum. „Was?" fragte sie entgeistert.

„Das sind keine Kir", antwortete Jarek leise. „Das sind Männer von Ollo." Er spürte, wie in seinem Inneren alles kalt wurde. Wieder einmal hatte er einen Fehler gemacht. Er hatte vermutet, dass die Räuber zu Fuß unterwegs wären, wie alle Solo. Es war ihm zwar bekannt, dass Ollos Leute bei ihren Überfällen auch Krone erbeutet hatten, doch er hatte angenommen, dass es sich dabei höchstens um ein oder zwei Tiere handelte. Er hatte nicht geahnt, dass die Räuber einen ganzen Trupp mit diesen Laufaasern ausstatten konnten.

Ko lachte einmal ungläubig auf, dann merkte sie, dass es Jareks voller Ernst war, und sie erstarrte. Die Männer kamen langsam und lauernd auf sie zu. Jeder Reiter war mit einem Splitter bewaffnet und keiner trug ihn auf dem Rücken.

Jareks Blick hetzte von einem der verkleideten Räuber zum anderen und er versuchte die Gesichter zu erkennen. Ollo war nicht unter ihnen, stellte er zu seiner Erleichterung fest. Er kannten keinen der Ankömmlinge und obwohl das Gesicht des letzten Mannes in der Reihe, der die reiterlosen Krone führte, von den anderen verdeckt wurde, verriet ihm zumindest dessen breite Gestalt, dass es sich nicht um den Anführer der Räuberbande handeln konnte. Jarek hatte Ollo als eher schmal in unguter Erinnerung.

Der Pfeifer beobachtete die Ankömmlinge genauso aufmerksam wie Jarek. „Da sind sie ja endlich", sagte er mit Befriedigung und schickte Jarek und Ko einen hasserfüllten Blick zu.

„Ist das Ollo?", fragte Ko mit einem Zittern in der Stimme.

„Ollo?" Der Pfeifer legte den Kopf in den Nacken und lachte laut und höhnisch auf. „Habt ihr wirklich geglaubt, ich führe euch zu Ollo?"

Ko sah ihn verständnislos an. „Wir haben ein Geschäft, Pfeifer!" Sie war ehrlich empört. „Er hat Jareks Kopf!"

Der Pfeifer lachte noch einmal wie vorher, diesmal noch schriller. „Du kannst mit dem Spiel aufhören, du kleine, verräterische Solaga! Jareks Kopf! Oh ja, den hat er. Auf seinen Schultern! Glaubst du wirklich, ich weiß nicht, dass er selbst Jarek ist?"

Ko wandte ihm den Blick sehr, sehr langsam zu und das Einzige, was Jarek in ihren großen, weit aufgerissenen Augen sah, war namenloses Entsetzen. „Was?", brachte sie nur mit einem Hauch heraus.

„Schnappt sie euch!", brüllte der Pfeifer den Reitern zu.

Jareks Blick fiel auf den letzten der Männer und er erkannte das Gesicht. Er hatte es nur einmal in seinem Leben gesehen, doch der Memo vergaß nie etwas, keinen Namen, kein Ereignis, kein Wort und nichts, was er je erblickt hatte. Selbst wenn es in einer grausamen Schlacht war, ein kurzer Moment nur, ein Wimpernschlag, als die breite Gestalt durch den Torbau von Lastyra drängte, mit vielen anderen der Mörder, die die neue Ansiedlung der Tyrolo für sich erobern wollten. Der Mann dort auf dem Kron war ein Überlebender der Schlacht am Pfad der Tyrolo und des anschließenden Erdsturzes, als die ganze Stadt in die Cave gerutscht war.

Jarek hatte sich geirrt.

Er war immer davon ausgegangen, dass nur er selbst, Syme und Fuli entkommen waren, und nichts hatte bisher darauf hingedeutet, dass es weitere Überlebende gab. Doch jetzt trieb dieser Mann seinen Kron an wie alle anderen Reiter und jeder von ihnen hatte den Splitter schussbereit. Der Mörder von Lastyra zielte auf Ko.

Der Jäger stieß den Memo zur Seite und übernahm.

Jarek ließ den Griff des Schneiders los, packte die junge Frau und riss sie in dem Moment zur Seite, als der letzte der Reiter abdrückte. Das Projektil schlug jaulend in den Fels weit hinter ihnen. Auch die anderen Räuber schossen, doch keiner von ihnen hatte es gelernt, von einem schwankend trabenden Kron aus zu zielen, und keiner traf.

Jarek zerrte die widerstrebende Ko pfadauf und hinter eine der wenigen dort noch stehenden Säulen aus Niraspat.

„Lass mich los!", fauchte sie und riss ihren Arm weg, aber sie blieb in Deckung, als weitere Schüsse der Räuber fielen, die nicht nur die alten Splitter besaßen, sondern auch dreischüssige.

„Ihr seid so blöd!", tobte der Pfeifer. „Ist das denn so schwer? Hab ich mich unklar ausgedrückt? Ihr solltet unauffällig herankommen und die beiden schnappen. Einfacher geht es nun wirklich nicht. Wie kann man so was verkehrt machen? Los jetzt, ihr unfähigen Langohraaser. Greift euch Jarek! Er hat keinen Splitter. Worauf wartet ihr? Ihr seid sieben gegen einen!"

„Und die Solaga?", hörte Jarek einen der anderen fragen.

„Die erschießt ihr", kam es kalt vom Pfeifer zurück.

„Aber erst nachher", sagte der Mann und lachte dreckig.

Seine Gefährten stimmten ein. Auch der Pfeifer. „Klar. Wenn ihr euren Spaß mit ihr hattet. Und jetzt macht! Wir haben nicht das ganze Licht Zeit. Ich habe keine Lust, dass uns irgendwelche Reisenden dazwischenkommen."

Jarek spürte, wie Ko neben ihm zitterte. „Ich habe nichts getan, Pfeifer!", schrie sie. „Bitte! Ich hatte keine Ahnung!"

Der Pfeifer lachte nur höhnisch. „Du steckst mit dem Kerl unter einer Decke. Das habe ich doch sofort gemerkt!"

Ko rückte so weit von Jarek weg, wie sie konnte. „Ich wusste nicht, dass das Jarek ist!", entgegnete sie.

Jarek lehnte an der Säule, die knapp drei Schritt breit war. Dreizehn Schüsse waren gefallen. Die Mörder hatten drei Dreischüsser und vier alte Splitter. Bis sie die Waffen aufgepumpt hatten, würde es einen Augenblick dauern. Er riskierte einen raschen Blick um die Säule und sah, dass die Räuber angehalten hatten und von ihren Tieren gestiegen waren. Sie standen rund um den Pfeifer, der ihnen leise Befehle gab und dabei nach rechts und links deutete. Offenbar wollten die Mörder sie umgehen und von zwei Seiten angreifen.

„Wir kommen jetzt und holen dich, kleine Solaga", rief einer der Kerle und lachte lüstern.

„Pfeifer! Ich habe nichts mit ihm zu tun", schrie Ko angstvoll. „Ich kenne ihn überhaupt nicht. Das ist nicht Jarek. Das kann doch gar nicht sein!"

„Oh doch. Das ist er!", erwiderte der Pfeifer zufrieden.

Ko starrte Jarek an und schüttelte den Kopf. „Nein, nein, nein", sagte sie immer wieder, als ob die Wiederholung etwas an der Erkenntnis ändern könnte, gegen die sie sich so verzweifelt wehrte. „Das ist unmöglich."

„Er sagt die Wahrheit", bestätigte Jarek ruhig.

Ko schüttelte weiter den Kopf, dass ihre dünnen Zöpfe flogen. „Du lügst. Jarek ist ein Memo! Du hast schwarze Haare und ..."

„Die sind gefärbt, den Zopf habe ich abgeschnitten und ..."

„Aber deine Augen!"

„Dazu kann ich dir nichts sagen."

Die junge Frau sah Jarek immer noch fassungslos an. Dann beugte sie sich ein wenig zur Seite. „Pfeifer! Ich hatte wirklich keine Ahnung, wer er ist", rief sie.

Der Pfeifer antwortete nicht.

„Erinnerst du dich nicht? Ich wollte doch gar nicht mit euch gehen", flehte Ko. „Du hast mich doch dazu gezwungen! Ich wollte nur mein Geld und zurück nach Kirusk." Sie schluchzte laut.

„Na schön", rief der Pfeifer schließlich. „Du kannst abhauen. Wäre doch schade drum. Wir sind ja keine Unmenschen", fügte er hinzu und lachte.

Die Kronreiter stimmten ein.

„Komm raus, kleine Solaga. Dir passiert nichts. Du kannst verschwinden!", lockte der Pfeifer.

Ko sah Jarek an, machte einen Schritt zur Seite, aber Jarek packte ihre Hand und schüttelte rasch den Kopf. „Er lügt!", sagte er leise und eindringlich. „Wenn du jetzt gehst, werden sie dich töten. Wenn sie mit dir fertig sind. Ich höre es seiner Stimme an. Er lügt. Glaubst du wirklich, die Kerle lassen dich in Frieden ziehen? Er hat dich ihnen versprochen!"

Sie zögerte. Wenn Jarek je einen Menschen gesehen hatte, der nicht wusste, was er tun sollte, dann war das jetzt der Fall. „Traust du dem Pfeifer?", fragte er Ko eindringlich.

Sie schüttelte rasch den Kopf.

„Traust du mir?"

Sie starrte Jarek zitternd an und ihre Blicke eilten über ihn, als sähe sie ihn zum allerersten Mal in ihrem Leben. Schließlich nickte sie einmal und hauchte: „Ja."

„Dann komm!" Jarek griff ihre Hand fester und rannte mit ihr los. Diesmal widersetzte sie sich nicht.

Rasch hatten sie dreißig Schritt zurückgelegt und erreichten eine weitere Säule. Diese war vor langer Zeit einmal abgebrochen und umgestürzt.

Ein lauter Ruf ertönte. Die Feinde hatten den Fluchtversuch bemerkt.

Jarek warf sich hinter das schwarze Steingebilde, das so gefallen war, dass es bis zum Rand des Pfades reichte und sogar ein Stück über die Tiefe ragte. Ko landete direkt auf ihm und er schob rasch die Hand unter ihren Kopf, um zu verhindern, dass sie auf den Fels prallte. Sie hatten die Deckung keinen Augenblick zu früh erreicht. Wieder schlugen die Schwarzglimmergeschosse ein und wurden mit schrillem Heulen vom harten Gestein abgelenkt, bis sie weit entfernt und harmlos zwischen die Steine klapperten.

„Pfeifer", rief Jarek.

„Denkst du, du kannst dich hier rausreden, Jarek, der Berichter?", antwortete der Einäugige.

„Ich habe nur eine Frage", antwortete Jarek.

„Du hast noch genug Zeit für große letzte Worte!", kam es höhnisch pfadab. „Ollo will dich lebend und wir bringen dich zu ihm. Du wolltest ihn sehen. Das hast du dir doch gewünscht. Du wirst ihn sehen. Du kommst mit zu Ollo. Er will deinen Kopf ganz oben auf dem Turm haben, auf einen Zylo gesteckt, damit ihn jeder sehen kann, schon von Weitem!"

Jarek hatte sich, während er sprach und den Flötenspieler beschäftigte, umgeschaut. Nur ein Bruchteil seiner Aufmerksamkeit galt den Worten des Heuchlers. Er kannte Menschen wie den Einäugigen, wenn er auch noch nie einem so falschen und durchtriebenen Lügner begegnet war. Männern wie dem Pfeifer genügte es nicht, in einer Auseinandersetzung die Oberhand zu behalten. Sie mussten den Gegner demütigen und ihm zeigen, wie überlegen sie ihm waren.

Er verbannte alle Gedanken, die diese Worte des Pfeifers in ihm auslösten, in eine rasch eingerichtete eigene Kammer. Jetzt war nicht die Zeit, sich damit zu beschäftigen, dachte er, dann musste er ein Lachen unterdrücken. Er war diesem Mann so viele Lichte gefolgt, hatte so viel ertragen und war nun hier in eine Falle gegangen, aus der es keinen Ausweg gab. Er steckte mit einer angsterfüllten jungen Frau ohne jede Kampferfahrung hinter einem kniehohen Felsstück, nur mit untauglichen Waffen ausgerüstet, ohne jede Aussicht auf Hilfe oder Rettung. Und trotzdem hatte er einen Gedanken übrig, worüber er nachsinnen wollte, wenn dies alles vorüber war.

„Du lachst!", hörte er Ko neben sich. Er merkte an ihrer Stimme, dass sie gerade etwas Unvorstellbares sah. „Du bist Jarek. Du bist es wirklich", sagte sie und ihr Ton war geradezu ehrfürchtig. „Alles, was man von dir erzählt, ist wahr. Wir sind tot. Hier kommen wir nicht raus. Und du lachst."

„Wir leben noch", sagte Jarek und versuchte, mehr Ruhe und Zuversicht in seine Stimme zu legen, als er fühlte. Wie es jeder Jagdtruppführer tat, wenn er mit seinen Leuten in einen Hinterhalt geraten war, aus dem es aller Erfahrung nach kein Entkommen geben konnte.

„Pfeifer!", rief er wieder. „Seit wann hast du Bescheid gewusst?"

Das Lachen des Pfeifers klang wie das Bellen eines Kolo. „Vom ersten Augenblick an, Keraj, der Berichter! Bonialk hier, der war mit bei Chumuli. Da hat er dich gesehen. Als du hundertsiebenunddreißig von unseren Männern ermordet hast!"

„Wovon redet er?", fragte Ko verständnislos.

„Das erzähle ich dir später. Wenn das hier alles vorbei ist."

„Später!" Sie schaute sich hilflos um, dann wieder Jarek an und hob die Hände. „Es wird kein Später geben!"

„Wer weiß das schon", antwortete er, dann wandte er sich wieder pfadab. „Die meisten der Männer sind bei dem Einsturz der Cave ums Leben gekommen!", rief er in

Richtung des Pfeifers. „Und vorher habe ich nur die Tyrolo verteidigt. Ich habe niemanden ermordet. Ihr habt uns überfallen. Ihr seid die Mörder, nicht ich!"

Der Einäugige lachte wieder. „Das ist alles eine Frage des Standpunktes, Memo!" Seine Stimme kam nach wie vor von derselben Stelle. Er hielt sich im Hintergrund, so wie Jarek es von diesem Heuchler und Feigling erwartet hatte. Aber wo waren die anderen?

Er krabbelte auf allen Vieren bis ans Ende der gestürzten Säule und schaute in die Tiefe, dann drehte er sich wieder in Richtung der Feinde und rief: „Aber woher weißt du selbst, wer ich bin, Pfeifer? Du warst nicht bei Chumuli."

Die Antwort ließ nicht lange auf sich warten. „Bonialk hat dich in Fustiba gesehen und wiedererkannt", rief der Alte. „Er hat mich gesucht und mir Bescheid gesagt, dass der große Jarek so feige ist, dass er in Verkleidung den Pfad hinunterläuft. Ich habe Bonialk zu Ollo geschickt, unsere besten Leute zu holen. Und dann habe ich dich gesucht. Um dich in die Falle zu führen. Und du warst so dumm, genau hineinzulaufen."

„Ollos beste Leute?", rief Jarek. „Die erfahrensten Mörder? Da können ja nicht viele übrig sein. Wenn ich die meisten in Lastyra getötet haben soll."

„Lastyra? War das die Stadt dieser verrückten Foogo?"

Der Wächter in Jarek wusste, dass der Pfeifer dieselbe Taktik verfolgte wie er selbst. Er wollte ihn mit Reden ablenken, aber damit konnte er Jarek nicht einen Augenblick lang täuschen. Das Geräusch eines rollenden Steinchens von weiter rechts war ihm nicht entgangen.

Die Mörder versuchten, sie einzukreisen.

Er legte Ko die Hand auf den Arm. „Deine Waffe!", flüsterte er.

Sie fasste unter ihre Jacke und zog den dreischüssigen Handsplitter heraus. Jarek griff danach, überprüfte rasch, ob er geladen war, dann richtete er sich auf und hörte, dass Ko entsetzt den Atem anhielt.

Ein einziger weiter Rundblick zeigte Jarek, dass er richtig vermutet hatte. Die Feinde hatten sich aufgeteilt und waren dabei, sich der umgestürzten Säule in einem weiten

Halbkreis zu nähern. Er hob den Splitter, zielte auf den Mann, der sie bereits fast umgangen hatte, und drückte ab. Ohne einen Laut brach der falsche Kir zusammen und die Mütze rutschte ihm vom Kopf.

Jarek achtete nicht auf den Getroffenen, sondern gab rasch zwei weitere Schüsse ab, die die beiden Männer trafen, die ihnen am nächsten waren. Dann warf er sich wieder hinter die Deckung, bevor einer der überraschten Gegner auch nur einen einzigen Schuss abgeben konnte.

Er drückte sich an den schwarzen Stein, als viel zu spät die ersten Geschosse scharfe Splitter aus dem harten Fels rissen und jaulend abgelenkt wurden. Er presste Ko ebenfalls gegen die liegende Säule, damit auch sie vor Querschlägern sicher war.

„Pfeifer, du verdammter Salaschader. Du hast gesagt, der hat keinen Splitter!", schrie einer der Räuber wütend.

Die Antwort des Einäugigen konnte Jarek nicht verstehen, aber von weiter hinten kamen die Schreie von den zwei Getroffenen, während der erste Gefallene keinen Laut mehr von sich gab.

„Das war eine Überraschung, ihr Aaserrudel", sagte Ko mit einer bitteren Befriedigung. „Sind die drei tot?"

„Einer, vielleicht", antwortete Jarek leise, während er den Splitter wieder aufpumpte. Er streckte die Hand aus. Ko verstand. Sie wühlte in ihrer Jacke herum und brachte eine Handvoll Projektile zum Vorschein. Jarek lud die kurze Waffe neu.

„Jetzt habt ihr Angst, ihr feigen Schwanzlinge!", rief Ko und ihre ganze Wut auf den Pfeifer und seine Mörder machte sich Luft. „Kommt doch her, wenn ihr euch traut."

Niemand antwortete ihr und Jarek schüttelte unwillig den Kopf. „Spar dir den Atem", sagte er leise. „Du wirst ihn brauchen."

Sie sah ihn mit bleichem Gesicht an. Sie zitterte nicht mehr, aber Jarek erkannte die Angst in ihren Augen. „Was werden sie jetzt tun?", fragte sie mit bebender Stimme. Sie hatte verstanden, dass Jarek ihnen nur eine Atempause verschafft hatte, aber nicht mehr.

„Sie werden vorsichtig sein. Das wird ihnen nicht noch mal passieren", antwortete er.

Seine Schüsse hatten die Feinde überrascht, aber die Gegner waren nun gewarnt. Sie würden nicht mehr leichtfertig ihre Deckung verlassen und sie hatten Zeit. Auch wenn Ollos Männer vielleicht nicht die Klügsten und Kampferfahrensten waren, hatten sie hier mit dem Pfeifer einen schlauen Anführer, dem kein Hinterhalt fremd war und der genau wusste, mit wem er es zu tun hatte.

Was Jarek an Stelle des Einäugigen tun würde, wusste er ganz genau, und er zweifelte nicht daran, dass der Flötenspieler auf dieselbe Idee kommen würde, früher oder später.

Kos Handsplitter hatte nur eine begrenzte Reichweite. Den ersten Mann hatte er tödlich getroffen, aber die beiden anderen, die mehr als dreißig Schritt entfernt gewesen waren, hatte er nur verletzt. Sie waren noch am Leben, obwohl er auch auf sie genau gezielt hatte.

Die Mörder mussten nur den Kreis auf hundert Schritt erweitern. Dann wären sie selbst außer Schussweite des kleinen Splitters, aber sie könnten Jarek und Ko von mehreren Seiten gleichzeitig ins Visier nehmen. Irgendwann würden sogar so schlechte Schützen wie diese Mörder treffen.

Jarek konnte nichts dagegen tun. Er hatte sich längst umgeschaut und erkannt, dass nichts in Reichweite war, das einen weiteren Rückzug ermöglichte oder wohinter er sich mit der jungen Frau verbergen konnte.

„Sie kriegen uns", sagte Ko, als Jarek die Frage immer noch nicht beantwortet hatte.

„Nein", widersprach er.

Die gestürzte Säule war etwa fünfzehn Schritt lang, sodass die Gegner nicht sicher sein konnten, an welcher Stelle sie sich gerade verbargen. Jarek kroch rasch auf dem Bauch liegend zu dem Ende des Steins, das über den Abgrund ragte, und schaute in die Tiefe. Dann kehrte er zu Ko zurück, die mit dem Rücken gegen den warmen Felsen gepresst saß, die Augen geschlossen hatte und schnell ein-

und ausatmete. Jarek erkannte, dass sie alles versuchte, die aufkommende Panik zu unterdrücken.

„Wir müssen verschwinden", sagte er ruhig. „Hier sitzen wir in der Falle."

„Wohin denn?", fragte sie verwirrt. „Wir sind keine Großen Höhler. Wir können nicht fliegen."

„Ko?" Jarek nahm ihre Hände in seine. Sie schlug überrascht die Augen auf und schaute ihn an, aber sie entzog sich ihm nicht. „Hast du Angst vor der Tiefe?"

Das nackte Entsetzen in ihre Augen sagte ihm alles. Er fühlte, wie es in seinem Inneren noch kälter wurde, und in diesem Augenblick wusste er, es würde ein weiter Weg werden.

Ein sehr weiter.

„Vertraust du mir?", fragte er erneut.

Ko erwiderte den Blick. Sie brachte kein Wort heraus, aber sie nickte. Ohne zu zögern.

„Mach nicht die Augen auf. Schau nicht nach unten", warnte Jarek leise. „Denk immer daran, was ich dir gesagt habe. Such dir drei feste Punkte und lass die Körpermitte dazwischen."

Es war das siebenundzwanzigste Mal, dass er dieselben Worte sprach, zählte der Memo in Jarek. Sie hatten erst die Hälfte der senkrechten, unbezwingbar erscheinenden Wand hinter sich gebracht, die den tief eingetretenen Pfad vom höher liegenden Gelände trennte. Noch immer befanden sich Jarek und Ko in gut fünfzig Schritt Höhe über dem Grund, der noch zweihundert Lichte lang völlig verlassen daliegen würde, bis sich blökend die riesige Herde der dunkelgrünen Mahle wieder mit dem Lauf Salas heranschieben und sich an dieser Stelle fünfzehn Lichte lang vorbeiwälzen würde.

Jarek war schon immer gerne geklettert und er war es gewohnt, auch an Stellen einen Halt zu finden, an denen es die meisten Menschen nicht einmal versucht hätten. Ko jedoch war eine Solo. Solo kletterten nicht in Felsen herum. Solo versuchten nicht, in schwindelnder Höhe die Robel von Schwärmern auszunehmen, um an den süßen Paas zu gelangen. Solo stiegen nicht hoch ins Raakgebirge, um es mit dem Großen Höhler aufzunehmen und einen eigenen Clan zu gründen. Solo blieben auf dem Weg, zogen von Stadt zu Stadt und vermieden jeden Tritt, der mehr Anstrengung erforderte als nötig oder Unbequemlichkeit verursachte. Darin unterschieden sie sich nicht von den Reisenden der anderen Völker.

Doch hier gab es nur diesen einen Ausweg und Jarek musste ihn mit Ko zusammen nehmen, auch wenn es ihm nicht gefiel. Kein Xeno kletterte mit jemandem, der Angst vor der Tiefe hatte. Doch sie hatten keine Wahl gehabt. Er hatte ihre Furcht gespürt, aber sie hatte nur genickt, als er sagte, was ihr bevorstand.

Das Seil, das er aus ihrem zerschnittenen Mantel geknüpft hatte, spannte sich wieder, als die zierliche Frau den Griff wechselte und sich ein weiteres Stück hinabließ. Jarek folgte ihr.

„Du machst das großartig", sagte er halblaut zu ihr. „Lass dir Zeit."

Alles in ihm schrie danach, sie anzutreiben, die Steilwand zu überwinden. Er wusste, dass er es alleine im zehnten Teil der Zeit geschafft hätte, die sie nun schon unterwegs waren. In jeder Pause, die Ko einlegte, um heftig atmend mit einem Fuß oder einer Hand in der fast spaltenlosen Wand nach einem Halt zu tasten, lauschte Jarek nach oben. Doch nach wie vor war von ihren Belagerern nichts zu hören.

Es hatte Ko nicht gefallen, aber sie hatte Jarek einen ihrer drei Mäntel überlassen, den er mit dem schartigen Stecher in schmale Streifen schnitt. Aus denen hatte er rasch ein festes Seil geknüpft, wie einen Zopf. Es musste nicht bis zum Boden reichen. Es sollte nur dazu dienen, Ko bei dem verwegenen Abstieg zu sichern. Jarek hatte die Kraft, sie zu halten, sollte sie abrutschen. Solange er nur dafür sorgte, dass er selbst einen festen Stand hatte und seine Hände sich in sichere Spalten klammerten, konnte ihr nichts geschehen.

Doch überraschenderweise war das bisher nicht passiert. Kos Wille, den feigen Hinterhalt zu überleben, setzte Kräfte und eine Zielstrebigkeit in ihr frei, die Jarek überraschten und die er bewunderte.

„Sehr gut", lobte er wieder, als sie sich ein weiteres Stück hinabließ. Er folgte. „Du kletterst wie ein Xeno."

Ko schnaubte nur einmal statt einer Antwort. Sie spürte wohl, dass Jarek sie ermutigen wollte, doch er fühlte, dass sie trotzdem für den Zuspruch dankbar war und ihn brauchte.

Das Seil bebte immer noch, sobald es sich bei einem Griffwechsel der jungen Frau spannte, und Jarek wusste, dass sie nach wie vor all ihren Mut zusammennehmen musste. Sie zitterte, seit sie den Abstieg mit dem schlimmsten Moment begonnen hatten. Jarek war gezwungen gewesen, sie drei Schritt frei schwebend hinab in die Tiefe zu lassen, da die Wand am oberen Rand einen Überhang hatte. Er musste sie mit vorsichtigen Schwüngen zur Wand pendeln, bis es ihr gelang, dort einen Halt zu finden.

Sala schien hell auf die beiden Kletterer und Jarek spürte die Wärme der Strahlen auf seinem Kopf. Die Sonne stand hoch über ihnen, aber es würde nicht mehr lange dauern, da würde sie das Raakgebirge erreichen und die Wand, die sie hinabkletterten, wäre als Erstes im Schatten.

Ko hatte siebenmal den kleinen Splitter neu geladen und hatte ihn leergeschossen. Sie war von einer Seite der liegenden Säule zur anderen gehuscht und hatte, ohne zu zielen, abgedrückt. Einundzwanzig Mal. Keiner der Schüsse hatte einen der Belagerer erreicht, aber ein rascher Blick hatte Jarek gezeigt, dass die Ablenkung erfolgreich war. Die Mörder waren vorsichtig und hatten es nur gewagt, weiter heranzurücken, wenn sie eine Deckung gefunden hatten. Dafür hatten sie jeden Umweg in Kauf genommen. Das Schicksal ihrer Kameraden hatte ihnen gezeigt, dass Jarek ein anderer Gegner war als die ahnungslosen Händler, die sie bisher ohne große Gefahr für das eigene Leben ermordet hatten. Vielleicht zum ersten Mal mussten sie die Erfahrung machen, wie es war, auf der Seite derer zu stehen, die zitterten.

Die Räuber würden sehr viel länger brauchen, bis sie die beiden Belagerten eingeschlossen hatten, als der Pfeifer es geplant hatte, aber sie ließen sich diese Zeit. Sie dachten sicher, sie hätten genug davon, doch sie ahnten nicht, dass jeder Moment, den sie verschwendeten, den Eingeschlossenen nutzte und sie weiter aus ihrer Reichweite brachte.

Der Wächter in Jarek war nicht überrascht, als endlich oben die Schüsse knallten. Jareks Herz schlug nicht schneller und sein Atem stockte nicht. Er hatte die ganze Zeit darauf gewartet, dass die Mörder Stellungen erreichten, von denen aus sie hinter die umgestürzte Säule sehen konnten.

Doch Ko wurde von den Schüssen überrumpelt. Sie hatte sich so auf die Kletterei konzentriert, dass sie wohl völlig vergessen hatte, was oben vor sich ging, und jetzt zuckte sie heftig zusammen. Sie machte eine hastige Bewegung, ihre Rechte rutschte ab, der linke Fuß folgte, und mit einem Ruck spürte Jarek ihre ganze Last an dem Seil, das er sicher um den Körper geknotet hatte.

Ko stieß einen Schrei aus und hing ohne einen weiteren Halt an dem kurzen Geflecht.

„Ruhig! Ko, halt ruhig!", rief er halblaut, während sich seine Arme und Beine anspannten. „Ich habe dich. Dir kann gar nichts passieren", sagte er eindringlich. „Such einen Halt! Du kannst das! Und lass die Augen zu."

Oben fielen weiter Schüsse, während sie versuchte, wieder einen Griff zu finden. Offenbar hatte niemand ihren Schrei gehört oder die Schützen werteten ihn als Zeichen, dass sie getroffen hatten.

Das frei schwebende Gewicht zerrte an Jareks Schultern, dann ließ die Belastung mit einem Mal nach. Kos Hand hatte einen Spalt gefunden und sie klammerte sich daran.

„Gut so", sagte Jarek. „Und jetzt der rechte Fuß. Da ist ein kleiner Absatz. Weiter links. Ja. Genau!" Er schaute unter seinem rechten Arm hindurch, den er angewinkelt hatte, und wies Ko die richtigen Stellen. Dann hatte sie Halt und Jarek kletterte ein Stück tiefer, um ihr wieder mehr Seil zu lassen.

Er lauschte.

Drei weitere Schüsse hallten und das Echo kam flatternd von der anderen Seite des Pfades zurück, dann folgten mit längeren Abständen noch vier.

„Ko? Geht's wieder?", fragte Jarek leise.

„Ja", stieß sie keuchend hervor. „Weiter!", sagte sie entschlossen und begann wieder nach unten zu klettern. Jarek folgte.

Oben war es jetzt still. Es kamen keine weiteren Schüsse. Jarek wusste, dass die Mörder Angst vor ihm hatten. Sie würden in allem, was sie sahen, eine weitere List oder Falle vermuten.

Jarek und Ko hatten alles dafür getan, die Angreifer noch mehr zu verwirren.

„Wer war das?", hatte Ko mit einem leichten Würgen gefragt, als Jarek den Kopf des verhinderten Mörders aus Kirusk aus seinem Rückenbeutel geholt und das geölte Tuch auseinandergeschlagen hatte. „Wer war das, wenn es nicht Jarek war?" Sie hatte die Augen nicht von dem Kopf gewandt, der zwar ein wenig ausgetrocknet war, aber trotz allem noch erschreckend lebendig ausgesehen hatte.

„Ein Mann, der mich töten wollte", hatte Jarek geantwortet. „Ich kenne seinen Namen nicht. Er hat versucht, mich und meine Freunde in einer Herberge zu ermorden. Zusammen mit drei anderen."

„Was ist mit ...", hatte Ko begonnen, doch dann hatte sie die Arme um die Schultern gelegt und rasch den Kopf geschüttelt. „Ich will's gar nicht wissen."

„Man wird nie wieder etwas von ihnen sehen. Sie wollten sich das Kopfgeld verdienen. Aber dieser hier wird uns jetzt retten", hatte er gesagt und kein Bedauern über das gespürt, was in dem kleinen Raum in Kirusk geschehen war. Jarek hatte so viel von Menschen verursachten Tod und so viel Leid gesehen, seit er Maro verlassen hatte. Freunde waren in seinen Armen gestorben, da konnte er um das Leben eines hinterhältigen Mörders nicht trauern und nicht darum, dass er selbst es gewesen war, der für seinen Tod gesorgt hatte.

So viel hatte sich geändert, seit er beim Kampf in Yalas Tal der Schatten den Stecher geworfen hatte, der einem Mörder in den Hals gedrungen war. Dort hatte er den ersten Menschen getötet und der Augenblick war unvergesslich wie alles, was er je erlebt hatte, in seinem Memoverstand abgelegt. Er hatte ihn lange Zeit in den späten Stunden des Graulichts immer wieder verfolgt.

Jetzt nicht mehr.

Seit Lastyra war der erste Tote von seiner Hand nur ein unbedeutendes Bild unter vielen und nichts mehr, was ihn schrecken oder am Schlafen hindern konnte. Es war Schlimmeres in den finsteren Kammern ganz hinten in seiner Erinnerung verborgen.

Viel Schlimmeres.

Jarek hatte den Kopf des Toten sorgfältig auf den Steinhaufen gesetzt, den er mit Kos Hilfe so geformt hatte, dass er aussah wie zwei Menschen, die dicht aneinander gedrängt Deckung hinter der Säule suchten. Den alten Mantel des Solo, den er so lange getragen hatte, hatte er um die Steine gelegt.

Ko hatte einen weiteren Mantel geopfert, um die Täuschung perfekt zu machen. Aus der Entfernung musste es so aussehen, als ob Jarek versuchte, eng an der Felssäule liegend mit seinem eigenen Körper die kleine Solo vor den Projektilen zu schützen, die unausweichlich kommen würden, sobald die Angreifer eine sichere Stellung erreicht hatten.

Doch die Mörder dort oben würden erst erkennen, dass sie auf Steine geschossen hatten, wenn sie die Mäntel wegzogen. Ko und Jarek wären dann längst verschwunden. Spurlos und auf für die Räuber unerklärliche Art und Weise, wie Jarek hoffte.

Ko kletterte beharrlich und mit immer größerer Sicherheit nach unten. Mit jedem Zug, den sie sich hinunterließ, wurde sie ein wenig schneller und mit jedem Schritt, den sie an Höhe überwanden, ohne dass sie von den Belagerern etwas hörten, wuchs Jareks Hoffnung, dass sein verwegener Plan gelingen könnte. Falls er überhaupt von einem Plan sprechen durfte, musste er seine Gedanken verbessern. Es war zunächst einmal nur der verzweifelte Versuch, aus der tödlichen Falle dort oben zu entkommen.

Was dann folgen würde und wie es weitergehen sollte, das wusste auch er nicht. Er hatte zwar eine genaue Vorstellung, was sie am Boden erwartete, aber keine Gewissheit. Bei seinem Zug mit den Tyrolo hatte er diesen Teil des Pfades nicht betreten. Als Lasti, Syme und die anderen hier entlanggelaufen waren, war er mit Aliak auf der Jagd nach dem Großen Höhler gewesen und hatte deshalb in seinem Memogedächtnis keine Erinnerung daran.

Jarek wusste zwar, welche Städte entlang der tiefen Schlucht lagen und welchen Clans der Foogo und der Mahlo sie gehörten, wie viele Menschen dort lebten und welcher Kaas wo erzeugt wurde. Doch der Pfad an sich war nichts, womit sich die Memo bislang besonders beschäftigt hatten, und deshalb fanden sich auch im Turm des Wissens nicht viele Einzelheiten.

Niemand hatte sich bisher die Mühe gemacht, die Namen und die Lage aller Caven rund um den Pfad zu sammeln und jede Windung, jeden Felsen und jede Rampe zu benennen. Man vergab nur Namen, wenn es wichtig war. Die Phyle wanderten rund um Memiana, und seit es Menschen gab, folgten die Hüter den Tieren. Die Fooge und die Mahle fanden die Wasserstellen in den Caven und die Phylo und Mahlo ließen sich von ihnen führen. In jedem Graulicht erreichte die Herde das Wasser. Sie konnte gar nicht daran vorbeilaufen, denn der Pfad führte sie genau dorthin.

Deshalb brauchten die meisten der Rastplätze der Menschen und Wandertiere keinen Namen und bekamen nur dann einen, wenn sie irgendeine Besonderheit aufwiesen, die sie von allen anderen unterschied. So war es schon immer gewesen und daran würde sich wohl nie etwas ändern. Es gab keine Geheimnisse, die zu wissen sich lohnte, und so hatte Jarek keine Ahnung, wie es unter ihnen am Grund des Pfades genau aussah, was sie erwartete und welche Möglichkeiten sich ihnen boten, nicht nur dieser tödlichen Falle dort oben zu entgehen, sondern sich gänzlich zu retten.

Es waren nur noch etwa zehn Schritt bis zum Boden, als Jarek die Stimmen hörte. Obwohl sie von weit oben kamen, hallten sie doch über die ganze Breite der Schlucht, und er konnte das Echo von der anderen Seite vernehmen, wo die Steilwand das wütende Geschrei des Pfeifers zurückwarf.

„Ihr feigen Schwanzlinge!", brüllte der Einäugige. „Ihr habt dreißig Mal auf ihn geschossen. Er rührt sich nicht mehr. Er ist tot. Und das Mädchen auch. Jetzt steht nicht so blöde herum. Holt gefälligst die Leichen, bevor die Aaser kommen. Ich will hier endlich weg!"

Die Antwort war leiser, sodass Jarek die einzelnen Worte nicht verstehen konnte, aber die Erwiderung des Pfeifers war eindeutig. Er brüllte mit überkippender Stimme: „Ich weiß, dass er einen Splitter hat. Dann schießt halt noch dreißig Mal auf ihn, wenn ihr euch in die Hose scheißt. Aber wehe, man kann ihn nachher nicht mehr erkennen!"

Ko hatte nur einen Moment verharrt, dann hatte sie ihren Abstieg fortgesetzt und Jarek hatte den Eindruck, dass sie sich noch mehr beeilte.

Wieder hörte er die Stimme des verlogenen Flötenspielers. „Wenn er sich nicht mehr rührt, dann ist er ja wohl tot. Eure Dummheit kostet mich jetzt schon zehntausend Fer. Fünfzehntausend wollte Ollo mir für den lebenden Jarek geben. Und wegen euch kann ich ihn jetzt nur tot abliefern!"

Die Mörder antworteten nicht noch einmal, aber wieder knallten Schüsse.

Ko erreichte den Grund und Jarek sprang das letzte Stück hinterher. Es war nur noch wenig mehr als eine Mannshöhe, die ihn vom Boden des Pfades trennte. Er überwand sie leicht und fing sein Gewicht ab, indem er auf dem nachgiebigen Pfadsand in die Knie ging. Rasch zog er den Stecher und durchschnitt das Seil, das ihn mit Ko verband.

„Schnell", sagte er leise, nahm sie an der Hand und lief los.

Ko folgte ihm sofort. Ihre Schritte wirbelten das feine Gemisch aus zertretenem Stein und Hornpuder auf und die Erinnerungen brachen aus ihrer Kammer hervor. Jarek roch und sah die Fooge mit ihren ausgebreiteten, Sala entgegen gerichteten Häuten, die wie große Flügel wirkten, aber leicht und brüchig waren und die die wehrhaften Tiere niemals in die Lüfte heben sollten. Die Bilder waren wieder da, wie er mit dem Clan der Tyrolo ihrer Mater gefolgt war, die sich mit der endlos erscheinenden Herde wie ein langer grüner Kriecher ausdauernd den Pfad hinaufbewegt hatte. Unter seinen Füßen spürte er den nachgiebigen Grund, der Tritt war fest und weich zugleich und er fühlte den Schmerz, als er Lastis Gesicht vor sich sah und das von Volka, ihrem Sohn, die beide in der Stadt Lastyra gestorben waren. Der eine war von Ollos Räubern ermordet worden, die Älteste der Wanderer jedoch von den herabstürzenden Mauern ihrer eigenen Stadt zerquetscht, die von einem gewaltigen Beben vernichtet wurde. Genauso wie die großen Pläne des Clans, die das Gesicht Memianas völlig hatten verändern sollen und in einem Laak von Blut endeten, mit mehr als zweihundertsiebzig Toten.

„Was hast du?", fragte Ko besorgt und Jarek merkte, dass er sich geschüttelt hatte.

„Erinnerungen", antwortete er.

Ko fragte nicht nach.

„Wir müssen uns beeilen!" Er drängte die dunklen Gedanken zurück in ihren Raum und schloss die Tür fest hinter ihnen. Ko folgte ihm und rasch hatten sie die Stelle hinter sich gelassen, an der das kurze Stück der umgestürzten Säule über den Rand der Schlucht ragte.

Immer noch knallten dort in unregelmäßigen Abständen die Schüsse. Je mehr die feigen Räuber zögerten, sich ihren vermeintlichen Opfern zu nähern, desto mehr Abstand konnten Jarek und Ko zwischen sich und die Verfolger bringen.

Er fragte sich, ob die Schützen nicht irgendwann auch aus der Entfernung bemerken würden, dass es keine menschlichen Körper waren, die sie da ins Visier nahmen, sondern nur Steine. Doch Ollos Mörder waren offenbar so dumm und feige, wie er es sich erhofft hatte. Wenn nur der Pfeifer sich nicht zu schnell vortraute, dass er einen guten Blick auf die vermeintlichen Toten hatte. Den Heuchler konnte man nicht lange täuschen.

Jarek lief in einem schnellen Tempo, wie er es von den Jagden kannte, wenn sie auf der Spur der flüchtigen Reißer waren und alles daransetzten, sie einzuholen.

Ko folgte ihm keuchend.

Irgendwann würden die Belagerer merken, dass ihnen die Beute entgangen war. Jarek konnte nur hoffen, dass der Pfeifer nicht so schnell auf die richtige Idee käme, was passiert war. Wahrscheinlich würde er erst einmal Ollos Handlanger dafür verantwortlich machen, dass ihre Opfer geflohen waren. Jarek hoffte, dass die Mörder sie dort oben pfadabwärts suchen würden, zwischen den Felsen, die entlang des Weges einige Spalten zeigten, in die sich Menschen auf der Flucht retten konnten. Sicher hatten die Feiglinge Angst, allzu schnell vorzurücken, in der Befürchtung, selbst in einen Hinterhalt zu geraten. Dass Jarek und Ko die unbezwingbar erscheinende Steilwand hinuntergeklettert sein könnten, auf diese Idee würden sie wohl nicht kommen.

Hoffentlich.

Doch selbst wenn der schlaue Pfeifer ihren Fluchtweg erkennen sollte, bezweifelte Jarek, dass er Ollos Männer dazu bringen konnte, ihnen zu folgen. Auch sie waren für das Klettern nicht geboren. Und sollten ihnen Ollos Mörder hinab auf den Pfad folgen, mussten sie ja damit rechnen, dass sie in dem Augenblick einen Schuss in den Kopf bekommen würden, in dem sie sich auf den Überhang der Steilwand wagen würden. Sie würden es sich gut überlegen, ein solches Wagnis einzugehen.

Auf dem ebenen Boden kamen Ko und Jarek schnell voran. Sie hatten jetzt gut fünfhundert Schritt zwischen sich und die Stelle gebracht, an der sie herabgestiegen waren, und es wurden immer mehr. Die Schüsse wurden leiser und waren schließlich kaum noch wahrnehmbar, dann verhallte der letzte und es war wieder still.

Kos Schritte wurden langsamer und immer unsicherer. Sie war das Rennen nicht gewohnt und hatte ihre Kräfte bereits bei der ungewohnten Kletterei fast völlig verausgabt. Die junge Frau konnte sich kaum noch auf den Beinen halten.

Jarek war gezwungen, seine Geschwindigkeit zu verringern, damit sie nicht hinter ihm zurückblieb.

„Ich kann nicht mehr", stöhnte sie jetzt.

Jarek blieb stehen.

Er roch das Wasser, bevor er die schmale Öffnung in der Wand vor ihnen sah. Der Eingang der Cave war nur drei Schritt breit, aber vor ihnen lag eine der vielen Wasserstellen, die die wandernden Tiere brauchten und die die Richtung des Pfades bestimmten.

„Was ist das?", fragte Ko zwischen zwei angestrengten Atemzügen. Sie hatte die hohe Felsspalte auch entdeckt.

„Eine Cave", antwortete Jarek.

„Wasser", stieß Ko hervor, drängte sich an Jarek vorbei und eilte die flache Rampe hoch, die die Fooge und Mahle in ungezählten Umläufen in den Fels getreten hatten. Jarek folgte ihr durch die enge Felsöffnung und ihre Schritte hallten von den nahen Wänden wider. Die Cave war nur etwa dreißig Schritt tief, aber sie weitete sich zur hinteren Wand, wo sich die eigentliche Wasserstelle befand.

Ko eilte darauf zu und Jarek konnte ihre Gier verstehen. Er selbst verspürte nach den Anstrengungen auch großen Durst und es war höchste Zeit, die Wasserflaschen wieder zu füllen, die fast alle leer waren.

Ko kniete sich nieder und schöpfte mit beiden Händen die Flüssigkeit, aber Jarek blieb mitten im Schritt stehen.

Der Instinkt des Jägers warnte ihn. Hier war etwas. Etwas Lebendiges.

Seine Blicke eilten durch die hohe Cave, in der Salas Licht schon wieder verblasste, aber er konnte kein Tier entdecken, weder einen Reißer noch irgendeinen Aaser. Nicht einmal Schadlinge wuselten herum.

Die Wasserstelle lag auf der Seite, die dem Raakgebirge zugewandt war, und Salas Strahlen erreichten die hohe Öffnung schon nicht mehr direkt. Trotzdem bemerkte Jarek den Felsen rechts oberhalb des Wassers, der seltsam aus der Wand hervorragte. Er hatte die Form eines Werkzeuges der Steinhauer, auf der einen Seite flach und der anderen spitz zulaufend, und saß wie auf einem langen Stiel.

„Ko! Zurück!", schrie er. Seine Stimme brach sich an den Felswänden und Ko fuhr im Hocken herum, in Erwartung eines Angriffs von hinten, vielleicht der Feinde, die es am Ende doch geschafft hatten, ihre List zu durchschauen, und sie aufgespürt hatten.

Jarek wurde kalt. Er sah Kos verständnislosen Blick, als sie erkannte, dass er alleine war und sich nichts Bedrohliches von dieser Seite aus näherte. Dann rannte er los. In kurzen Sätzen, wie ein attackierender Reißer, sprang er auf Ko zu. Hinter Ko kräuselte sich die Wasseroberfläche und ein flacher Hügel entstand in der Flüssigkeit. Jarek packte in dem Augenblick nach Kos Arm, in dem das mit spitzen, fingerlangen Zähnen besetzte, weit aufgerissene Maul die Oberfläche des Wassers durchstieß und der feraschimmernde, geschuppte Leib aus dem Wasser schoss.

Jarek riss Ko zur Seite, warf sich zu Boden und rollte sich ab, wobei er die junge Frau gegen einen harten Aufprall mit seinem eigenen Körper schützte. Keinen Schritt über ihnen krachten die Kiefer der Bestie zusammen. Das Ungeheuer zischte wütend und enttäuscht und stieg, durch den Schwung des Angriffs getragen, drei Schritt aus dem Wasser, sodass Jarek den ganzen, mannslangen Körper des Schwimmers sehen konnte. Er war so dick wie ein schmales Kind, mit kräftigen Flossen an der Brust und einer breiten, quer stehenden als Schwanz, mit der das Tier jetzt die Luft schlug, dass es knallte. Dann schien der Wasserreißer mitten im Flug zu verharren, kippte nach vorne und tauchte kopfüber ohne einen einzigen Spritzer wieder ein.

Ko lag in Jareks Armen und zitterte, während sich an der Stelle im Wasser, an der der Schwimmer eingetaucht war, große Ringe bildeten, die sich rasch ausbreiteten.

„Was ... was war das?", fragte sie heiser.

„Ein Kleiner Feraspringer", antwortete der Memo in Jarek, der die Namen aller Wesen Memianas kannte, auch wenn er sie selbst noch nie gesehen hatte. „Es tut mir leid", fügte er hinzu. „Ich hätte es wissen müssen. Aber ich habe zu spät erkannt, wo wir sind."

Ko sah ihn ungläubig an. „Es tut dir leid? Du hast mir gerade das Leben gerettet und du entschuldigst dich?"

Jarek deutete auf den Felsen, der aus der Wand ragte. „Das hier ist die Hammercave. Man findet nicht viele Wasserstellen am Pfad, in denen Schwimmer leben, und nur drei, in denen es Springer gibt. Die Hammercave ist eine davon. Ich hätte es wissen müssen."

Es war eine der wenigen Caven des Pfades, denen die Ehre eines Namens zuteilgeworden war. Jarek fand in einer Ecke seines Verstandes Scham darüber, dass er sich nicht die Zeit genommen hatte, rasch zu prüfen, ob irgendein Merkmal ihn an etwas erinnerte, das er in seinem Memogedächtnis verwahrte, und er ärgerte sich über seine Nachlässigkeit.

„Und was heißt hier kleiner Springer?", riss Ko ihn aus diesen Gedanken und ihre Stimme klang leicht empört. „Das Vieh war riesengroß."

„Er wird der Kleine genannt, um ihn vom Großen Springer zu unterscheiden. Der ist dreimal so lang."

Ko schaute auf die Wasseroberfläche, die sich langsam wieder beruhigte, und Jarek sah, dass sich auf ihren Armen die Haare aufstellten. „Dreimal?", hauchte sie.

Er nickte. „Ja. Du hattest Glück. In dieser Cave sind schon viele Menschen gestorben."

„Ich hatte kein Glück", widersprach sie mit sanfter Stimme. „Ich hatte dich."

In ihm mischte sich leise Wärme mit dem so bekannten Unbehagen, das sich immer einstellte, sobald jemand ihm Anerkennung aussprach oder dankte. „Lass uns die Flaschen füllen, dann müssen wir weiter", sagte er, um abzulenken.

Ko sprang auf und entfernte sich hastig noch ein paar Schritte vom Ufer. „Ans Wasser? Niemals", rief sie entsetzt.

„Ich mach das schon. Gib mir deine Flaschen", antwortete er ruhig. „Mir wird nichts passieren."

Mit zitternder Hand reichte Ko ihm ihren Rückenbeutel und Jarek näherte sich in geduckter Haltung der Uferlinie. Er fühlte eine Ruhe wie seit längerer Zeit schon nicht mehr. Dort unter der nun wieder glatten Oberfläche lauerte ein gefährlicher Reißer, der nur auf eine Unachtsamkeit wartete, um ihn zu seiner Beute zu machen. Doch das war endlich etwas, das er kannte. Der Jäger war hier gefordert, sein Reaktionsvermögen, seine Instinkte und seine Erfahrung, sonst nichts. Jarek wusste, wie sich ein Feraspringer verhielt. Der Reißer würde nicht versuchen, sich als Gründler auszugeben oder als Langohraaser. Er würde keine Lügen erzählen, sich nicht verkleiden und kein Kopfgeld auf ihn aussetzen. Er würde Jarek nur fressen, wenn er ihn erwischte, und das zu verhindern stand in der Macht des Jägers.

Gluckernd füllten sich die Flaschen, die Jarek ins Wasser hielt, eine nach der anderen. Doch er verließ sich bei dieser Arbeit nur auf seinen Tastsinn. Seine Augen waren ausschließlich auf die Oberfläche des trügerisch ruhigen Wassers gerichtet. Er spürte, dass Ko ihn mit angehaltenem Atem beobachtete.

Er verschloss die Flasche, warf sie zu den anderen vollen hinter sich, nahm die letzte der leeren in die Hand und tauchte sie unter.

„Der ist weg", sagte Ko erleichtert.

Im selben Augenblick sprang Jarek aus der Hocke zwei Schritt weit nach hinten und rollte sich zur Seite. Mit einem gewaltigen Rauschen schoss der Feraspringer aus dem Wasser. Wieder klappte sein von gebogenen Zähnen starrender Kiefer vergeblich zusammen und das Tier beschrieb einen noch höheren Bogen als beim ersten Mal. Doch jetzt zeigte der Reißer seine ganze Enttäuschung über die vergebliche Jagd. Er warf sich noch in der Luft herum und klatschte mit der Seite ins Wasser, sodass es weit spritzte und sogar Ko traf, die zehn Schritte entfernt stand.

Jarek triefte, aber er lachte, als er sich aufrichtete. „Da ist einer aber richtig sauer", sagte er.

Ko lachte auch, aber es hörte sich völlig anders an als bei Jarek. Ungläubig schüttelte sie den Kopf. „Ein Riesenvieh von Reißer will dir den Kopf abbeißen und du lachst?"

„Er hat mich ja nicht erwischt." Jarek bückte sich und fing an, die Wasserflaschen zu sortieren und seine eigenen zurück in den Rückenbeutel zu räumen. Ko kauerte sich neben ihn und packte ihre ein.

„Hier werden sie uns nicht finden", sagte Ko. „Hier sind wir erst mal sicher. Solange wir nicht schwimmen gehen."

Jarek hob den Kopf und erkannte, dass Ko das ernst gemeint hatte. „Wir können hier nicht bleiben", erklärte er. „Wir könnten uns hier unten vielleicht vor den Mördern verstecken. Aber nicht vor den Reißern. Sobald Sala untergeht, werden sie kommen. Und nicht aus dem Wasser. Wir haben keine Waffen, mit denen wir uns gegen sie wehren könnten. Und keinen Schutz. Nirgends."

„Und was sollen wir tun?"

„Weitergehen", antwortete er sofort. „Du gehst einfach weiter pfadab."

„Draußen werden sie aber auch kommen, die Reißer."

„Dann sind wir schon in Sicherheit", versicherte Jarek.

Sie sah ihn ahnungsvoll an. „Ich gehe weiter, hast du gesagt. Und was machst du?" Die junge Frau war klug, das hatte Jarek in der Zeit, in der sie zusammen unterwegs waren, immer wieder neu erfahren, und sie hatte ein viel ausgeprägteres Gefühl für Zwischentöne, als ihre oft schroffe Art vermuten ließ. „Du willst mich alleine lassen. Was hast du vor?"

„Ich komme wieder", versuchte er sie zu beruhigen.

„Jarek." Zum ersten Mal sprach Ko ihn mit seinem Namen an. Er bemerkte das kleine Zögern, als ob sie erst versuchen müsste, wie es war, diesen Namen für ihn zu benutzen. „Das habe ich nicht gefragt. Was hast du vor?"

„Ich versuche, uns zu retten", antwortete er ohne eine Andeutung, wie er das erreichen wollte.

„Lass mich nicht alleine!", bat sie leise. „Bitte." Sie ergriff seinen Ärmel.

„Ich werde wiederkommen", versprach er und versuchte, in seine Stimme alle Zuversicht zu legen, die er in sich spürte, und noch etwas mehr. „Ich hole dich!"

„Du willst zurück. Wieder da hoch", flüsterte Ko und starrte Jarek mit Grauen an.

„Ich will nicht, Ko. Ich will ganz bestimmt nicht. Aber ich muss. "

Ihre Blicke huschten über die schroffen, scharfkantigen Grate der engen Cave und glitten über die wieder unbewegte Wasseroberfläche, streiften den Hammerfelsen, der der Wasserstelle den Namen gegeben hatte. Dann wandte sie ihm den Kopf wieder zu. Auf ihrem Gesicht war eine Mischung aus Dankbarkeit, einer tiefen Verwirrung und Verwunderung zu erkennen. Und Unsicherheit. Sehr viel Unsicherheit.

„Warum hast du mich gerettet?"

„Weil du in Gefahr warst", antwortete Jarek, ohne darüber nachzudenken. Er war noch immer Xeno und Xeno waren nun einmal Beschützer.

„Ich meine nicht vor diesem Wasserviech", sagte Ko bestimmt. „Ich meine dort oben. Warum hast du dich nicht in Sicherheit gebracht und mich dagelassen?" Sie sah Jarek offen an und er verstand, dass sie es wirklich nicht wusste und eine Erklärung von ihm forderte.

„Ich lasse niemanden im Stich. Außerdem bin ich dafür verantwortlich, dass du überhaupt in diese Lage geraten bist", versuchte er sich an einer Deutung, die sie verstehen konnte.

„Du? Du bist verantwortlich?" Ko stieß ein humorloses Lachen aus. „Du bist verrückt. Ich habe gedacht, du bist der Mann, der Jarek ermordet hat. Ich habe dich zu deinen größten Feinden geführt, genau in eine Falle, und ..."

Er legte ihr sanft die Hand auf den Arm und unterbrach sie: „Du hast das nicht mit Absicht getan. Du hast doch gar nicht gewusst, wer ich bin."

„Nein. Das habe ich nicht gewusst. Ich hätte es ahnen können. Ach was, können. Müssen! An dir hat doch gar nichts gestimmt. Kein Mörder hätte sich so benommen wie du! Ich hätte es wissen müssen." Sie biss sich auf die Lippen, als wollte sie sich selbst bestrafen.

„Und was wäre dann passiert? Wenn du die Wahrheit gewusst hättest?", fragte er ruhig.

„Wenn ich gewusst hätte, dass du in Wirklichkeit Jarek bist? Dann hätte ich dich verraten." Ko senkte den Blick und die kleinen Zöpfe fielen über ihr Gesicht, als sie auf den Boden starrte.

„Das ist nicht wahr", widersprach er energisch. „Wenn ich in diese Augen sehe, dann weiß ich, dass es nicht stimmt."

Er legte vorsichtig die Hand unter ihr Kinn und hob es an. „Ich habe in den letzten Lichten so viel gelernt, Ko. Über Menschen, denen ich mein ganzes Leben lang viel zu wenig Beachtung geschenkt habe. Es gibt hinterhältige und gemeine Kerle unter den Solo. Mörder, die sich nehmen, was sie wollen, ja. Aber du gehörst nicht dazu, Ko. Ganz bestimmt nicht! Rede dir so etwas nicht ein."

Sie schüttelte heftig den Kopf und trat einen Schritt zurück. Seine Hand glitt von ihr ab. „Ich muss mir das nicht einreden. Ich weiß es. Ich hätte dich verraten. Ich hätte dich zum Pfeifer geführt und ich hätte die Belohnung kassiert. Und ich hätte mich einen Schaderscheiß darum gekümmert, was Ollo irgendwann irgendwo mit dir macht. Ob er dir die Augen aussticht oder deinen Kopf aufspießt und über ein Tor stellt. Das wäre mir egal gewesen. Ich hätte dich verraten, für Geld. Das hätte ich gemacht. Ich weiß es. Ich bin auch nicht mehr als ein Schadling. Und du rettest mich. Schon wieder." Trauer und Verachtung sprachen aus ihrer Stimme.

Verachtung für sich selbst.

„Das ist nicht wahr, Ko. Du bist ein ganz anderer Mensch als der Pfeifer. Ich will nicht, dass du dich mit diesen Mördern dort oben vergleichst. Du bist jemand ganz anderes."

„Ich bin auch eine Solo."

„Aber die sind nicht alle gleich. Lass uns später darüber reden. Du musst jetzt los. Und ich auch. Wir haben schon viel zu viel Zeit hier verloren."

Ko zog einmal die Nase hoch, dann nickte sie. Sie setzte den Rückenbeutel auf und ging langsam in Richtung des schmalen Durchgangs zum Pfad. Jarek folgte ihr.

„Du brauchst nicht zu rennen", erklärte er. „Spar deine Kräfte. Hier zu gehen ist leicht. Du musst nicht klettern. Es gibt keine steilen Stellen und der Pfadsand ist fest. Bleib auf dieser Seite, halte dich im Schatten und lauf einfach immer weiter pfadab."

Sala war in der Zeit, die sie in der Cave verbracht hatten, über das Raakgebirge gewandert. Die Strahlen erreichten die Steilwand nicht mehr, sodass sie nun im Schatten lag.

„Ich komme und hole dich, das verspreche ich dir", sagte Jarek.
„Ich weiß", flüsterte Ko.

Gejagt

Jarek musste einem Überhang ausweichen, der dem direkten Aufstieg im Weg war. Seine Hände suchten nach Halt. Er hätte es sicher fertiggebracht, auch dieses Hindernis zu bezwingen, wenn er weiter senkrecht hinauf geklettert wäre. Doch jetzt kam es darauf an, die Steilwand möglichst schnell zu überwinden. Es war besser, zehn Schritt seitlich auszuweichen, dafür aber keine Zeit mit kraftraubenden, einhändigen Halteübungen zu verschwenden.

Seine Rechte fand einen Spalt. Er verlagerte das Gewicht und zog sich weiter hinauf. Der obere Rand der Steilwand hatte an dieser Stelle keinen Überhang wie dort, wo er mit Ko zusammen hinabgestiegen war. Aber dafür war der Fels glatter und bot weniger Möglichkeiten, für Hände und Füße einen festen und sicheren Halt zu finden.

Jarek drehte den Kopf nach rechts und schaute pfadab. Er konnte Ko immer noch erkennen, die sich genau an seine Anweisungen hielt und so dicht wie möglich am Rand der Schlucht entlangging. Von ganz oben war sie nur zu sehen, wenn sich jemand weit über den Abgrund beugte, und dann auch nur, wenn sich die zierliche Frau genau unter dem Betreffenden befand.

Ko hatte verloren und einsam ausgesehen. Jarek hatte sofort den Aufstieg begonnen, doch als er drei Schritt über dem Boden war, hatte er noch einmal nach unten geschaut und bemerkt, dass sie sich im Gehen umgedreht hatte. Ihr Blick war so angstvoll und verlassen gewesen, dass er sich beherrschen musste, nicht sofort wieder hinabzusteigen.

In diesem Moment war ihm klar geworden, dass Ko ihm bewusst ihr Leben anvertraute. Sie ging pfadab in der Hoffnung, dass Jarek in der Lage wäre, sein Versprechen einzuhalten und sie zu holen. Wenn nicht, lief sie dem sicheren Tod entgegen. Mit Salas Untergang würden die Reißer kommen und Ko wäre ihre Beute. Eine sehr leichte.

Doch es war für Jarek unmöglich, sie jetzt mit hinaufzunehmen. Als unerfahrene Kletterin war sie nicht in der Lage, den steilen Anstieg zu bewältigen, bevor Sala völlig hinter dem Raakgebirge verschwand. Ihre Angst hätte sie sicher die steile Wand hinaufgetrieben, aber richtig zu klettern lernte man nicht auf der Flucht. Jarek hätte sie die Wand heraufziehen müssen. Die Kraft dazu hatte er und auch die Geschicklichkeit. Doch er hatte Ko trotzdem zurückgelassen. Sie wäre oben mehr in Gefahr gewesen als jetzt unten auf dem Pfad. In dem Kampf, der wahrscheinlich bevorstand, wäre Ko das erste Ziel der Mörder und Jarek hätte sie beschützen müssen, statt sich den Feinden zu widmen.

Er zog sich ein weiteres Stück nach oben, ohne sich zu übereilen. Geschwindigkeit war zwar wichtig, aber in erster Linie musste er oben ankommen.

Wäre er alleine, wäre er gar nicht erst bis zum Grund des Pfades hinabgestiegen. Er hätte sich unterhalb des Überhangs ein Stück seitlich in der Wand bewegt, hätte auf diese Weise die Belagerer umgangen und wäre dann in ihrem Rücken wieder hinaufgeklettert. Er hätte sich zu den Kronen geschlichen, die die Mörder weit zurück gelassen und sicher angebunden hatten, da die Tiere meist vor den Schüssen der Splitter scheuten.

Es war die Sorge um Ko, die ihn veranlasst hatte, den weiten Umweg zu wählen, um sie in Sicherheit zu bringen. Vorübergehend. Doch der Plan war derselbe. Die Reittiere waren Jareks Ziel und das Einzige, was ihn und Ko retten konnte.

Sala stand bereits tief im letzten Kvart. Auf einem Kron konnte man von hier aus noch immer rechtzeitig den nächsten Wall erreichen, aber lange konnte es nicht mehr dauern, bis die Räuber und Mörder ihre Suche nach den Flüchtigen aufgeben und sich zurückziehen würden. Sie würden zwar bis zum letzten möglichen Moment zögern, denn der Pfeifer wollte Jarek oder wenigstens seine Leiche haben, aber nicht um jeden Preis. Irgendwann mussten auch die Räuber sich um die eigene Sicherheit sorgen und Jarek und Ko ihrem Schicksal überlassen.

Den Reißern.

Es waren nur noch drei Mannslängen bis nach oben. Jarek griff um und seine Armmuskeln spannten sich. Während der Bewegung schaute er noch einmal pfadab. Ko war nur noch eine winzige Gestalt, die sich zwischen den dunklen Felsen im Schatten verlor. Im nächsten Augenblick war sie außer Sicht und Jarek war allein. Es war ein seltsames Gefühl. Auch wenn es anfangs nicht so ausgesehen hatte, als könnten er und Ko jemals Gefährten werden, waren sie doch eine lange Zeit zusammen gereist. Später, als der Pfeifer sich ihnen angeschlossen hatte, hatte das zu einer unerwarteten Annäherung geführt. Jarek hatte sich mit jedem Licht, das er mit dem Einäugigen unterwegs gewesen war, Ko ein wenig näher gefühlt. Und für sie verantwortlich.

Es war sicher nicht mit dem zu vergleichen, was er verspürt hatte, wenn er mit einem Jagdtrupp zusammen war. Da hatte er die Gedanken der anderen geahnt und da war auch diese warme Sicherheit und Ruhe gewesen, die ihn trotz aller Gefahren erfüllt hatte, weil er wusste, dass es Menschen waren, auf die er sich verlassen konnte, genauso wie sie selbst ihm vertrauten.

Auf der Reise mit Hama, Yala, Carb, Adolo und Mareibe nach Mindola hatte sich nach kurzer Zeit etwas ganz Ähnliches eingestellt. Es war ein gutes Gefühl, mit den Freunden unterwegs zu sein.

Doch jetzt war Jarek allein. Vollkommen allein hier oben, an dieser Stelle des Pfades, und die einzigen Menschen, die er in seiner Nähe wusste, würden alles daran setzen, ihn lebend in die Hände zu bekommen, um ihn dann einem grausamen Tod durch seinen schlimmsten Feind auszuliefern.

Die Stille des verblassenden Gelblichts hüllte Jarek ein, aber es war nicht die friedliche Stimmung, die er so an dieser Zeitspanne liebte, nicht das Gefühl der kraftspendenden Wärme, die Menschen und Tiere erfüllte und auflud wie die Salasteine. Diese Stille hier am Pfad hatte etwas Bedrohliches, etwas Lauerndes, sie klang nach Mord und Tod, und in sich fühlte Jarek eine Leere wie noch nie in seinem Leben. Es war ein schwarzes Loch, das sich in seiner Brust bilden wollte und ihm die Luft nahm. Aber dann zwang er sich dazu, weiterzuatmen, ein und aus und ein und aus. Auch seine Hände gehorchten ihm wieder.

Er zog sich über den Rand der Steilwand, huschte lautlos in die erste Deckung, die er fand, und schaute sich sorgfältig um. Er erkannte, dass er den Pfad gute Tausend Schritt hinter der Stelle verlassen hatte, an der die Raubmörder sie gestellt hatten. Hier fand er wieder die schwarzen Säulen aus Stein. Genau diese Stelle war auch sein Ziel gewesen und er fühlte einen Wimpernschlag lang die Freude, dass ihn der Ortssinn des Jägers trotz all der Anstrengungen noch nicht im Stich gelassen hatte. Die finsteren, steil aufragenden Felsen bildeten genau die Deckung, die er brauchte. Die hohen Steine wirkten wie Stützen des weiten, schon dunkelgelben Himmels. Lautlos bewegte Jarek sich von Säule zu Säule, immer darum bemüht, eines der Gebilde zwischen sich und allem, was vor ihm lauern konnte, zu bringen. Vorsichtig schob er jedes Mal zunächst den Kopf um die Ecke und riskierte einen raschen, aber gründlichen Blick, bevor er zum neuen Versteck eilte. Noch konnte er in dem Gewirr zwischen schwarzen Säulen und hellem Graugrus nichts Lebendiges erkennen, doch er wusste, dass er sich den Feinden näherte. Von hinten.

Salas Strahlen wärmten die rechte Hälfte seines Gesichts, während die Sonne sich schon bedenklich der Lücke zwischen Niranadel und Salaspitze näherte, um dann in der Tiefe des Passes von Ardiguan zu verschwinden.

Jareks Gestalt warf bereits einen langen Schatten in Richtung des Pfades.

Er hatte etwa die Hälfte des Weges zurückgelegt, als er Stimmen hörte. Jarek konnte keine einzelnen Worte verstehen, aber er erkannte das überschnappende Keifen des Pfeifers, der seine Mordhelfer wüst beschimpfte. Sie antworteten zornig. Ganz offensichtlich hatten die Belagerer endlich erkannt, dass hinter der umgekippten Säule nicht Jareks und Kos Leichen lagen, sondern nur mit Steinen gefüllte Mäntel. Ollos Männer gaben sich gegenseitig die Schuld am Entkommen der Gesuchten.

Jarek konnte niemanden erkennen, aber er verlangsamte seine Geschwindigkeit und verdoppelte die Vorsicht. Er hoffte zwar, dass die Mörder ihn und Ko nur pfadauf suchen würden, aber er konnte nicht sicher sein, dass sie nicht auch einen Blick pfadab werfen würden. Wenn ihre Opfer auf so unerklärliche Weise verschwunden waren, dann konnten sie überall stecken. Auch dort, wohin sie nach menschlichem Ermessen gar nicht gelangen konnten.

Jarek zuckte zurück und lehnte sich mit dem Rücken gegen die Säule, die er gerade umgehen wollte. Er zog den dreischüssigen Handsplitter aus dem Gürtel, den Ko ihm überlassen hatte, und fühlte, wie das Blut durch seine Adern schoss und sein Herzschlag sich beschleunigte.

Etwas hatte sich keine fünfzig Schritt vor ihm bewegt. Er lauschte angestrengt und versuchte, das heftige Pochen in seiner Brust zur Seite zu schieben. Dann hörte er das Kratzen und Schaben der Krallen und wusste, was er vor sich hatte. Seitlich vom Weg standen die Krone der Mörder. Wie zur Bestätigung ließ jetzt eins der Reittiere einen unwilligen Ruf hören. Jarek kannte diese Laute aus Mindola, wenn sie kurz nach Beginn des Graulichts durch den ganzen Talkessel hallten, falls sich einer der Reiter bei seinen Pflichten verspätet hatte. So klang ein hungriger und schlecht gelaunter Kron.

Ollos Männer konnten kaum wissen, wie man diese Tiere richtig behandelte. Jarek zweifelte nicht daran, dass die Laufaaser nur unzureichend und wahrscheinlich mit dem schlechtesten Fressen gefüttert wurden und dass sich jetzt niemand um die Tiere kümmerte. Die überlisteten Belagerer hatten genug mit sich selbst und ihren fehlgeschlagenen Plänen zu tun.

Jarek wagte einen neuen Blick und sah, dass er sich nicht getäuscht hatte. Es waren keine siebzig Schritt bis zu den neun Kronen, die in einer langen Reihe zwischen zwei kleineren Säulen zusammengebunden waren.

Zwischen Jareks Versteck und der Stelle, an der die Tiere unruhig an ihren Zügeln zerrten, sah er dreizehn

Gelegenheiten, sich bei seiner Annäherung zu verbergen, sodass auch ein zufälliger Blick ihn nicht überraschen konnte. Er lief los. Seine Schritte verursachten kein einziges Geräusch. Sein Schatten reichte schon über den Rand des Pfades, als er zwischen den Felsblöcken dahinhuschte.

Es waren nur noch zehn Schritt bis zu den Kronen. Der scharfe Geruch der Tiere biss ihn in der Nase und er kniff sie mit Daumen und Zeigefinger zusammen, um nicht niesen zu müssen. Noch nie hatte er Reittiere angetroffen, die so gestunken hatten. Selbst die heruntergekommenen Bringer der Kir, die das Baumaterial von Kirusk nach Lastyra schaffen sollten, hatten sich mehr um ihre Tiere gekümmert als um sich selbst. Doch die Krone, die hier eng aneinander gedrückt standen, hatten seit Langem keine pflegende Hand mehr gesehen. Niemand hatte ihnen den Schmutz von den Schuppen gebürstet oder den verspritzten Kot von den Beinen gewaschen. Der Dreck zeugte davon, dass sie die falschen, zu fetten und zu frischen Fleischsorten erhielten, und keiner der Reiter hatte offenbar eine Ahnung davon, dass die Krallen der Lauftiere regelmäßig geschnitten und in Form gefeilt werden mussten, um ihnen einen sicheren Tritt auf allen Wegen zu ermöglichen.

Einer der Krone legte den Kopf in den Nacken und schrie seine Wut und Angst heraus.

Jarek musste nicht darüber nachdenken, wovor die Krone Angst hatten. Sie waren Fluchttiere. Sobald eine Bedrohung auftauchte, rannten sie davon, und es gab kein Wesen auf Memiana, das schneller laufen konnte. Höchstens ein Großer Höhler oder ein anderer Flugreißer hätte einem rennenden Kron gefährlich werden können, doch die stolzen Herrscher der Lüfte gaben sich nicht mit dem zähen Fleisch der Laufaaser ab. Sie wählten sich nur die stärksten Reißer als Beute. Sie fraßen nichts, was ihnen keinen guten Kampf liefern konnte. Der Große Höhler wollte sein Opfer besiegen. Nicht schlachten.

Die Krone spürten das nahende Ende des Gelblichts und fürchteten sich. Sie standen hier angebunden und damit schutzlos, während in den Hügeln bereits Bewegungen auszumachen waren. Die ersten Aaser waren erwacht und hatten nicht nur den starken Geruch der Reittiere wahrgenommen. Das Blut der Räuber, die Jarek mit seinen Schüssen getroffen hatte, schickte seinen erregenden Duft in alle Richtungen und jedes Tier, das in einem Umkreis von zweitausend Schritt erwachte, wurde davon angelockt. Die Aaser wussten, dass hier etwas gestorben war, und wollten sich ihren Teil holen. Und die Reißer würden sich auf den Weg machen, sobald Polos und Nira am Himmel erschienen, um nachzuschauen, ob es noch mehr Beute gab. Die Nira-Aaser würden ihren Spuren folgen, während die Schadlinge aus ihren Spalten krochen, um die letzten Reste zu vertilgen.

Es blieb nie etwas übrig auf Memiana.

Jarek legte sich auf den Bauch und schob sich so weit vor, dass er mit einem Auge die vor ihm liegende Strecke pfadauf überblicken konnte. Er erkannte in hundertfünfzig Schritt Entfernung drei Solo, die sich vorsichtig und mit schussbereiten Waffen zwischen den Felsen bewegten.

Jetzt erschien rechts der Pfeifer. Er war ein gutes Stück hinter seinen Leuten, stand da, die Hände in die Seiten gestützt, und rief etwas, das Jarek nicht verstehen konnte. Doch es war unverkennbar, dass die Wut des Einäugigen nicht nachgelassen hatte. Es war ganz sicher der Zorn über das Versagen der anderen. Sich selbst hielt der Heuchler für überlegen und unfehlbar.

Keiner der Feinde blickte in Jareks Richtung.

Er eilte die wenigen Schritte zu den Kronen, die an ihren zusammengebundenen Halftern zerrten. Jarek hatte nur den alten, schartigen Stecher, den er aus Kirusk mitgenommen hatte, deshalb musste er die Klinge ein paarmal über das Seil aus Foogschwanzhaar ziehen. Doch dann hatte er es durchschnitten. Die Räuber hatten den Tieren die Sättel nicht abgenommen, wie man es bei jeder Rast tat. Es sah so aus, als ob die Krone die Reitgestelle trugen, seit sie den Solo in die Hände gefallen waren. Es war eine Quälerei und Jarek sah, dass sich bei vier Tieren die Sättel in die am Rücken weicheren Schuppen gedrückt und sie blutig gescheuert hatten.

Doch darum würde er sich kümmern, sobald er mit ihnen in Sicherheit war. Jetzt kam ihm zugute, dass er sich nicht mit dem umständlichen Satteln aufhalten musste. Jede Verzögerung vergrößerte die Gefahr, entdeckt zu werden.

Mit einem Blick wählte Jarek das stärkste der Tiere aus und griff nach dem Feraring am Sattel, um sich hinaufzuschwingen.

Das kleine Geräusch ging im Krallenscharren, dem Knurren der Krone und dem Knarzen von Zaumzeug und Sätteln fast unter, doch der Jäger in Jarek hatte es vernommen. Fünfzehn Schritt rechts von ihm hatte Fera Stein berührt. Er fuhr herum, zerrte den Handsplitter aus dem Gürtel und zielte in die Richtung, aus der das Schaben des Laufes auf dem Fels erklungen war. Doch er kam einen Wimpernschlag zu spät. Der Mann, der dort unbemerkt im Hinterhalt gelauert hatte, drückte ab.

Jarek spürte, wie das Geschoss in seinen Körper drang. Er stolperte rückwärts gegen den Kron und ließ den Zügel los. Das Tier trällerte begeistert, drehte sich um und rannte davon.

Jarek stürzte hart zu Boden. Er kannte Schmerzen. Der gewaltige Salafuuch, der Yala beinahe getötet hätte, hatte ihm das Bein gebrochen und den Arm zerfetzt. Die Breitnacken vor Maro hatten ihm den anderen Oberschenkel aufgeschlitzt. Der Schuss, der ihn gerade getroffen hatte, verursachte nicht annähernd solche Schmerzen wie die furchtbaren Verletzungen, die er schon überstanden hatte. Doch der Treffer lähmte seinen Arm und der kleine Splitter entfiel ihm.

Jarek drehte sich um und sah, wer ihm aufgelauert hatte. Es war Bonialk, der Solo, der beim Sturm auf Lastyra dabei gewesen und dem Beben entkommen war und jetzt in Jarek den verkleideten Solo erkannt und den Pfeifer alarmiert hatte.

„Ich hab ihn!", brüllte Bonialk. „Ich hab ihn! Hier, bei den Kronen!"

Jarek hörte Rufe von pfadauf und die anderen Solo eilten herbei. Er versuchte, mit der Linken den Splitter zu greifen, doch die Waffe war außerhalb seiner Reichweite.

Bonialk kam aus seiner Deckung hervor, pumpte dabei rasch den Splitter wieder auf und drückte mit zitternden Händen ein neues Geschoss in die Kammer. Dann hielt er die Waffe auf Jarek gerichtet. „Eine falsche Bewegung und ich schieß dir deinen Memokopf weg, du verdammter Mörder!", grollte er. „Du hältst dich ja für so schlau, was? Jarek, der Große!" Er kam Schritt für Schritt mit vorsichtigen, tastenden Bewegungen heran, wie ein Reißer, der ein wehrhaftes Beutetier in die Enge gedrängt hat und sich doch noch vor ihm fürchtete. „Aber ich war in dieser verdammten Stadt bei Chumuli. Denkst du, ich weiß nicht mehr, was du da getan hast? Wie du in unser Versteck geschlichen bist? Ich habe genau gewusst, dass du das hier wieder probierst. Mich legst du nicht zweimal rein. Ich habe hier auf dich gewartet. Und ich hatte recht!" Der Räuber lachte höhnisch und blieb fünf Schritt vor Jarek stehen.

Das kleine Loch in Jareks Schulter klopfte und jeder Herzschlag pumpte Blut aus der Wunde. Es tränkte das alte, fadenscheinige Hemd und die raue Jacke, doch es war nicht der Schmerz der Wunde, den Jarek in sich spürte. Es war nicht die Verletzung, die die tiefe Kälte in seinem Inneren heraufbeschwor.

Bonialks Worte waren schlimmer als jeder Schuss in die Schulter.

Jarek hatte einen Fehler gemacht. Einen dummen, leichtsinnigen Fehler, der vielleicht erklärbar war. Aber es war trotzdem Jareks Schuld, nur seine eigene, dass er hier in diesen plumpen Hinterhalt gegangen war.

Er hätte es besser wissen müssen. Gerade er, der Memo, der ein Xeno gewesen und der jetzt so lange als Solo um Memiana gezogen war. Doch ausgerechnet er hatte den Gegner unterschätzt.

Diese klare Erkenntnis fand der Memo in ihm. Er betrachtete das Geschehen mit Abstand und lieferte das Ergebnis seiner Überlegungen, ohne einen Gedanken an Wut, Zorn, Enttäuschung oder Ärger zu verschwenden.

Als Xeno und Jäger hatte Jarek jeden Reißer als Gegner ernst genommen. Er war sich immer bewusst gewesen, dass auch ein Langohrspringer, der nicht einmal kniehoch war, einen Mann töten konnte, wenn er ihn von hinten überraschte und ihm seine nur daumenlangen, aber schneiderscharfen Hauer in die Halsschlagader bohrte. Jeder Reißer, dem ein Mensch außerhalb der Mauern begegnete, war gefährlich.

Doch das, was Bonialk ihm höhnisch entgegengeschleudert hatte, war die Wahrheit, nichts als die bittere, erniedrigende Wahrheit. Jarek hatte die Räuber nicht ernst genommen. Es waren hemmungslose Mörder, denen ein Menschenleben nichts bedeutete und die Ko einfach erschießen wollten. Aber Jarek hatte sie nicht als gleichwertige Gegner betrachtet.

Er hatte in jedem Kampf gegen Menschen die anderen durchschaut, die besseren Ideen, die überraschenderen Pläne, die größere Entschlusskraft und Erfahrung und die Verwegenheit gehabt, all das ohne Zögern zu nutzen. Er hatte in Yalas Tal der Schatten Ollos große Pläne vereitelt, sich die Stadt Utteno anzueignen. Dort hatte er die Bande das erste Mal vernichtet.

Beim Kampf um Lastyra waren dann die meisten der Räuber auf der Strecke geblieben, die Ollo dorthin geschickt hatte. Die Männer, die Jarek und Ko hier überfallen hatten, gehörten zu denen, die damals zu spät gekommen waren. Sie waren übrig geblieben als trauriger Rest. Jarek und Ko waren aus einer Falle entkommen, aus der es eigentlich keinen Fluchtweg gegeben hatte. Diese Männer waren ihm einfach nicht gewachsen, das hatte Jarek gespürt. Er hatte diesen Gedanken nicht in Worte gefasst und hatte ihn nicht an die Oberfläche seines Bewusstseins gelassen. Aber das Gefühl der Unbesiegbarkeit und der Überlegenheit war da gewesen und es hatte bewirkt, dass er unvorsichtig wurde.

Er hatte einen Fehler gemacht.

Und diesmal war es sein letzter und dümmster.

Sieben Räuber auf Kronen waren ihnen entgegengekommen. Jarek hatte drei davon mit dem Splitter getroffen und dabei einen von ihnen getötet und die beiden anderen kampfunfähig gemacht. Zusammen mit dem Pfeifer waren damit fünf Gegner geblieben.

Den Einäugigen hatte er weiter vorne zwischen den Felsen gesehen. Drei seiner Mörder ebenfalls. Den vierten hatte Jarek nicht erblickt, doch er hatte nicht nach ihm gesucht. Er hatte einfach angenommen, dass er mit den anderen weiter pfadaufwärts auf der Suche nach den Verschwundenen war. Jarek hatte nicht in Betracht gezogen, dass einer der Feinde schlauer sein könnte als die anderen. Jetzt lag er blutend auf dem Boden vor Bonialk, schaute in die Mündung des Splitters, der zwar leicht zitterte, aber auf seine Stirn zielte, und selbst ein Mann, der sich so fürchtete, würde Jarek aus dieser Entfernung nicht verfehlen.

„Finger weg vom Stecher!", brüllte der Feind, als Jarek die Schmerzen in eine Kammer einschloss und eine vorsichtige Bewegung mit der linken Hand zu der Stich- und Wurfwaffe machte, die in seinem Gürtel steckte.

Er ließ die Hand wieder sinken. Hinter sich hörte er nun rasche Schritte und das Keuchen von Männern, die schnell gerannt waren.

„Hab ich dich doch erwischt! Ich habe doch gesagt, du entkommst mir nicht!", ertönte die Stimme des Einäugigen. Der Pfeifer trat von links heran und grinste über das ganze Gesicht. In sicherer Entfernung von Jarek stellte er sich hin, stützte die Hände in die Seiten und schaute ihn mit erhobenem Kopf und hochmütigem Gesichtsausdruck an.

„Was?", kam es empört von Bonialk. „Du? Du hast ihn erwischt? Ich habe ihm aufgelauert! Ich habe ihn angeschossen!"

Die anderen drei Räuber kamen jetzt auch heran, aber sie richteten ihre Splitter angstvoll auf Jarek.

„Ja, ja", antwortete der Pfeifer mit einer wegwerfenden Handbewegung. „Los, fesselt ihn und dann verschwinden wir."

Die Solo warfen sich unsichere Blicke zu. „Und wo ist die Frau?", fragte einer und schaute sich um.

„Scheiß doch auf die Frau", rief der Pfeifer. „Die brauche ich nicht. Die ist sowieso tot, wenn wir jetzt abhauen. Wo will sie denn hin? Jetzt macht! Oder wollt ihr warten, bis Sala untergegangen ist?"

„Nehmt ihm alle Waffen weg", sagte Bonialk. „Und durchsucht ihn. Bei Chumuli hatten wir ihn auch schon. Und er hat sich trotzdem befreit."

„Wir sollten ihn sofort erschießen", sagte einer der drei anderen.

„Bist du verrückt?", fuhr der Pfeifer den Mann an und schlug dessen Splitter zur Seite. „Der bringt mir fünfzehntausend Fer. Aber nur, wenn ich ihn lebendig zu Ollo schaffe! Fesselt ihn richtig, dann passiert nichts. Ihr wart in Chumuli einfach zu dumm!", sagte er verächtlich zu Bonialk.

Der Mann, der Jarek sofort töten wollte, sah den Pfeifer unsicher an, doch die beiden anderen näherten sich mit angelegten Waffen.

Bonialk starrte dem Musiker und Colorohändler empört ins Gesicht. „Was? Dir bringt der fünfzehntausend? Das ist mein Gefangener!"

Der Pfeifer reagierte gar nicht, sondern schrie die beiden Räuber an, die bis auf zwei Schritt an Jarek heran waren: „Jetzt fesselt ihn endlich!"

Die Männer nahmen ihren ganzen Mut zusammen. Einer zog Jarek erst den Stecher aus dem Gürtel, dann den Schneider. Schließlich nahm er ein Bündel Schnur aus seinem Kirmantel. Der andere Raubmörder zielte die ganze Zeit mit seinem Splitter auf Jareks Stirn, wobei seine Hände immer noch zitterten. Sein Begleiter packte Jareks Arme, drehte sie ihm auf den Rücken und band ihm die Handgelenke zusammen. Ein stechender Schmerz durchfuhr Jarek, aber er bewegte sich nicht und gab keinen Laut von sich.

Sein Verstand jedoch raste.

Der Jäger, der Beschützer und der Wächter hatten mit dem Memo jede Möglichkeit bedacht, doch alles, was Jarek versuchen konnte, würde zu seinem sofortigen Tod führen.

Die Männer hatten eine solche Angst vor ihm, dass sie bei der geringsten Bewegung abgedrückt hätten. Einem Projektil, das aus einem Lauf kam, der nur zwei Schritt von seinem Kopf entfernt war, konnte selbst Jarek nicht ausweichen.

In seinen Adern schoss das Blut dahin und es rauschte wieder einmal leise in seinen Ohren. Alle Muskeln waren angespannt und alles in ihm schrie, sich auf die Feinde zu stürzen und sich ihnen zu widersetzen.

Doch Jarek bewegte sich nicht.

Die beiden Räuber zerrten ihn auf die Beine und er taumelte und gab ein Stöhnen von sich. Trotz der Verletzung in seiner Schulter hätte er keine Schwierigkeiten gehabt, aufrecht zu stehen, doch den Gegnern wollte er so schwach und ungefährlich wie möglich erscheinen.

Die beiden Solo packten Jarek rechts und links am Arm und schauten den Pfeifer fragend an.

„Und jetzt?"

„Muss man euch alles sagen?", raunzte der Anführer. „Schafft ihn auf einen Kron."

Bonialk starrte den Pfeifer weiter mit offenem Mund an, dann Jarek und seine beiden Wächter. Auf seinem Gesicht zeichnete sich die Wut darüber ab, dass der Einäugige ihn und seine Ansprüche einfach nicht beachtete.

„Hast du mich gehört, Pfeifer? Das ist mein Gefangener!", sagte er jetzt leise mit drohendem Grollen in der Stimme. Für Jarek hatte er keinen Blick mehr. Er näherte sich langsam dem Einäugigen und hob seinen Splitter, zielte jedoch nicht auf den Gefangenen. „Ich habe Jarek geschnappt. Du bestimmst nicht, was hier passiert!"

Der Pfeifer hatte für Bonialk nur einen abschätzigen Blick. „Ach, ist das so? Du hast hier das Sagen? Du, der große Kämpfer von Chumuli? Weißt du, was ich mich schon die ganze Zeit frage? Warum ist nur ein Mann von dort entkommen? Und warum ausgerechnet du?", sagte der Flötenspieler im Plauderton. Dann herrschte er die anderen an: „Worauf wartet ihr? Auf den Kron mit ihm und bindet ihn dort fest!"

Bonialk stand da, den Splitter immer noch erhoben, aber die anderen kamen der Aufforderung des Pfeifers nach.

„Was hast du gesagt?" Bonialk zog die Augenbrauen zusammen und sah den Einäugigen ungläubig an.

Der warf ihm nur einen verächtlichen Blick zu. „Muss ich noch deutlicher werden? Wo warst du, während die anderen gekämpft haben? Wieso lebst du noch? Das sind Fragen, die Ollo dir auch stellen wird."

„Er wird mich gar nichts fragen!", brüllte Bonialk. „Ich bringe ihm Jarek! Den Mann, den ich gefangen habe! Jetzt hol einen Kron!"

Er schnauzte den dritten an und der Feigling, der sich nicht an Jarek herangetraut hatte, beeilte sich, nun auch einen Beitrag zu leisten. Er band eins der Reittiere los und führte es heran.

„Jarek gehört mir. Ich habe das alles geplant. Und ich habe ihn hierher geführt", antwortete der Pfeifer. „Ohne mich würde er immer noch frei herumlaufen. Er ist mein Gefangener. Und jetzt nimm den Splitter runter. Du könntest aus Versehen mal was treffen. Etwas, das nicht aus Stein ist." Er lachte kurz und höhnisch. Die anderen grinsten.

„Er gehört mir!", wiederholte Bonialk stur und senkte die Waffe noch immer nicht.

„Schön", knurrte der Pfeifer. „Das soll Ollo entscheiden. Du erzählst deine Geschichte. Und ich meine. Er sagt dann, wer die Belohnung bekommt. Bist du jetzt zufrieden?!"

Bonialk wechselte mit den anderen kurze Blicke, aber er sah jetzt nachdenklich aus.

„Glaub ihm nicht", sagte Jarek und alle fuhren zu ihm herum. „Du hast mich überlistet. Der Pfeifer war zu dumm und zu feige. Aber du hast mich als Einziger durchschaut und mir eine Falle gestellt, in die ich hineingelaufen bin. Du hast mich gefangen. Sonst keiner."

„Stopft ihm das Maul!", rief der Pfeifer.

Aber keiner der anderen Räuber traute sich, etwas zu unternehmen. Sie schauten unsicher vom Einäugigen zu Bonialk und zurück.

„Du wirst von Ollo gar nichts bekommen, Bonialk", fuhr Jarek fort. „Weil du gar nicht lebend dort hinkommen wirst."

Der Pfeifer riss dem Räuber, der neben ihm stand, den einschüssigen Splitter aus der Hand, legte auf Jarek an und schrie: „Halt endlich dein Maul!"

Bonialk hob seinen Splitter und grollte: „Wenn du auf ihn schießt, bist du tot!"

„Auf dem Weg zu Ollo werdet ihr alle sterben", sagte Jarek. „Einer nach dem anderen. Bis der Pfeifer mich für sich alleine hat."

„Der spielt mit euch hirnlosen Schadern und ihr merkt es nicht mal!", schrie der Pfeifer.

„Nehmt dem Pfeifer den Splitter weg!", befahl Bonialk den anderen Räubern, aber die trauten sich nicht, sich auf eine Seite zu schlagen.

„Ihr müsst euch jetzt entscheiden, wo ihr steht", trieb Jarek das Spiel weiter, obwohl er kaum noch Atem hatte. Die Verletzung konnte doch nicht so schwer sein und er verstand nicht, warum sich die Schmerzen pochend über den ganzen Rücken bis zum Gürtel ausbreiteten, sodass er kaum noch ein Wort herausbekam. Mit Mühe sprach er weiter. „Wem könnt ihr trauen? Wer teilt mit euch die Belohnung? Der Pfeifer oder Bonialk? Oder keiner von beiden?"

Er riss den Kopf zur Seite und der Schuss des Pfeifers war ein kurzer, scharfer Luftzug neben seinem rechten Ohr.

Bonialks Splitter knallte, doch er hatte in seiner Wut zu schnell abgedrückt. Das Projektil schlug in die Säule neben dem Pfeifer ein und der Einäugige fuhr zum Schützen herum. Bevor dieser ein zweites Mal abdrücken konnte, hatte der Einäugige einen Stecher aus dem Gürtel gezogen und geworfen.

Das Projektil, das Jareks Kopf verfehlt hatte, schlug in hundert Schritt Entfernung in einen Felsen und wurde mit einen Sirren abgelenkt. Das Geräusch erreichte seine Ohren, aber Jareks Blick verfolgte nur die Stichwaffe, die durch die Luft wirbelte. Mit einem schmatzenden Geräusch fuhr die Klinge durch Knorpel und Fleisch, als der Stecher Bonialks Kehle traf. Die Spitze drang durch seinen Nacken wieder heraus. Der Räuber sackte in die Knie, hob hilflos beide Hände an den Hals, die Finger suchten den Griff des Stechers, packten ihn und zerrten ihn heraus. Ein gewaltiger Schwall schoss aus der Wunde hervor und ohne einen Laut brach Bonialk zusammen.

Alle starrten auf das Blut, das unter seinem Körper hervorfloss, bergab rann und sich in einer flachen Senke im Fels zu sammeln begann.

Es wisperte zwischen den Steinen. Der dunkle Panzer des ersten Blutschaders huschte hervor und andere folgten ihm aus allen Richtungen.

„So wird es jedem von euch gehen, wenn er sich mir in den Weg stellt!", sagte der Pfeifer und schickte einen drohenden Rundblick zu den überlebenden Solo. „Schafft ihn endlich auf einen Kron!", brüllte er dann.

Die beiden Männer, die Jarek gefesselt hatten, packten ihn an den Armen.

„Er wird euch alle umbringen", raunte Jarek seinen Bewachern zu und spürte das kurze Zögern der beiden. „Der teilt mit keinem", setzte er leise hinzu. „Das ist eure letzte Gelegenheit. Seine Waffe ist leer und seinen Stecher hat er geworfen."

Er hörte das Geräusch, der Jäger warnte ihn und er versuchte sich zur Seite zu drehen. Doch die beiden Bewacher hatten ihn fest gepackt und er konnte nicht ausweichen. Der Hieb mit der Schulterstütze des Splitters traf ihn am Kopf und das Letzte, was er sah, war das von Hass verzerrte Gesicht des Pfeifers, der die Waffe vom Boden geschnappt und zugeschlagen hatte.

Sala war noch nicht untergegangen, aber um Jarek wurde es finster.

Die Türen der Kammern in Jareks Verstand flogen auf und zu. Bilder fielen wahllos heraus und mischten sich zu einem verwirrenden, undurchschaubaren Durcheinander. Ilis aufmerksamer Blick, während sie mit Hammer und Meißel einen Block Salaglimmer bearbeitete, schwamm in der endlos erscheinenden Fläche der grünen Foogflügel, während die Tiere unter der Sonne pfadauf zogen und die Männer und Frauen vom Clan der Tyrolo waren unter ihnen und Lasti ging vor Jarek und Syme neben ihm und schob mit dem Zylo ein zudringliches Jungtier aus dem Weg. Dazwischen hörte Jarek das Brüllen des Fuuchs vor Mindola und Yalas Schrei, als die Klinge an der Quaste seines Schwanzes sie am Bauch traf und die tiefe Wunde riss, aus der das Blut und ihr Leben hervorschossen. Dann waren es nur noch Yalas Augen, die er sah, groß und nah und warm und voll Zuneigung und Ermutigung und sie waren hellrot, doch dann wurden sie dunkel, sehr dunkel, schwarz, und Jarek erkannte, dass es gar nicht Yalas, sondern Kos Augen waren, die ihn anschaute, ohne ein Wort. Die kleine Solaga warf ihm den letzten langen Blick, zu, während seine Hände bereits nach dem nächsten Griff tasteten, der ihn weiter die Steilwand nach oben brachte, und sie sah ihn an, klein, dort unten, alleine auf dem Pfad, dem sie dann mit vorsichtigen Schritten folgte, ohne zu schauen, wohin sich ihre Beine bewegten, weil ihre Augen sich nicht von seinen lösen konnten, und was er sah, waren die Angst, die Hoffnung und das Vertrauen darauf, dass er sein Versprechen einhalten und dass er kommen und sie holen würde. Doch dann fühlte Jarek die letzten Strahlen Salas hinter dem himmelhohen Raakgebirge verschwinden, er sah den oberen Rand der gelben Scheibe zwischen der Niranadel und der Salaspitze versinken und pfadab erschien bleich Polos und tauchte das Land und den Pfad in das graue Licht, das in scharfe Grenzen zwischen hell und dunkel schied. Zwischen den Felsen huschten dunkle Gestalten dahin, deren lange Zähne weiß und bedrohlich schimmerten, und es wurden mehr, immer mehr. Kos Beine bewegten sich weiter und weiter und sie ging auf dem nachgiebigen Pfadsand abwärts und sagte leise immer wieder dieselben Worte, flüsterte sie, sodass nur sie selbst sie vernehmen konnte, doch Jarek konnte hören, was sie sprach. „Er hat es versprochen", sagte Ko, wieder und wieder und wieder, während rundum auf den Höhen die Reißer die Stimmen erhoben, die Breitnacken wie die Kolo, die Niraspringer und die Schneiderrücken. Und sie kamen näher, liefen oben am Rand der tiefen Schlucht dahin, die sich rund um Memiana zog, und sie würden irgendwann die

Stelle finden, die sie suchten, die es ihnen ermöglichte, hinunterzukommen auf den Pfad. Dort würden sie sich auf die Beute stürzen, die dort unten ging, völlig alleine und schutzlos, verführerisch duftend, warmes Blut und weiches Fleisch, dessen Geschmack keiner der Räuber des Graulichts, der das Glück hatte, es einmal zu kosten, je wieder vergessen würde. Es waren die Breitnacken, die den Abstieg als Erste fanden, und die anderen Jäger unter Nira folgten ihnen. Der Boden des Pfades wimmelte von Reißern, die Kos Spur aufnahmen, die sich ihr beharrlich mit jedem lautlosen Schritt und jedem Sprung weiter näherten und die Lücke schlossen, während die junge Solo mit starrem Blick weiterlief, im immer gleichen Tempo, erschöpft, bleich, die müden Beine kaum noch vom staubigen Boden hebend, während sie es immer wieder sagte: „Jarek wird kommen, Jarek wird kommen, Jarek wird kommen ..." Sie rief es laut, als die erste Bestie zum Sprung ansetzte und auf ihrem Rücken landete, als sie stürzte und sich die scharfen Zähne in ihr Genick bohrten, als das Blut spritzte und ihr schmächtiger Körper unter den schimmernden Fellen der Reißer verschwand, und ihr letzter Schrei übertönte das Japsen und Knurren und das Knacken ihrer Knochen: „Du hast es doch versprochen!"

Jarek spürte einen Ruck und seine Schulter fühlte sich an, als ob ihn ein weiteres Geschoss getroffen hätte. Sein Schädel dröhnte. Er fühlte unter sich den harten Rand des Sattels, über den ihn jemand geworfen hatte, und er hörte die Stimme des Pfeifers, der ungeduldig befahl: „Bindet ihn richtig fest! Los, beeilt euch!"

Jarek erkannte, dass er nur wenige Augenblicke bewusstlos gewesen war. Seine Hände waren vor dem Körper zusammengebunden, doch die Beine waren frei. Er spürte Finger an seinen Armen, die ihn am Reitgestell festschnüren wollten.

„Du hast es doch versprochen!" Kos letzter Schrei hallte noch immer in seinen Ohren und seine Arme bewegten sich bereits, bevor er die Augen aufriss.

Er warf die zusammengebundenen Hände über den Kopf des Mannes, der gerade versuchte, ihn auf dem Sattel liegend wie einen Sack zu verschnüren, und zog mit aller Kraft.

Der Solo gab ein entsetztes Würgen von sich und versuchte sich zu befreien, doch trotz all seiner Schmerzen ließ Jarek nicht los, sondern drückte dem Mörder weiter gnadenlos die Luft ab.

Ein erschrockener Schrei ertönte und der zweite Mann fuhr ein paar Schritte zurück.

„Lass ihn los!", brüllte der Pfeifer und schaute sich nach einer Waffe um, doch Jarek dachte nicht daran.

Mit einer raschen Bewegung schwang er das rechte Bein herum und saß im Sattel. Er zog den zappelnden Mann nach oben, sodass der den Boden unter den Füßen verlor, während er verzweifelt versuchte, Jareks feraharten Griff zu lösen. Doch er wehrte sich immer schwächer.

Der Pfeifer riss dem dritten der Räuber den Splitter aus der Hand. Wieder einmal blieb die Zeit für Jarek stehen.

Die Bewegungen des Einäugigen wurden langsam, während Jarek mit einem Rundblick erfasste, was in der kurzen Zeit geschehen war, in der er ohne Bewusstsein gewesen war.

Die Räuber hatten die beiden Männer herbeigebracht, die Jarek niedergeschossen hatte, bevor es ihm und Ko gelungen war, aus der Falle zu entkommen. Die Verletzten saßen im Sattel eines Krons, kaum bei Bewusstsein, und klammerten sich auf dem Reittier fest.

Der Feigling, der sich nicht in Jareks Nähe getraut hatte, hatte die zwei Angeschossenen gerade auf den Kron geladen, während die beiden anderen damit beschäftigt gewesen waren, Jarek auf ein weiteres Reittier zu binden.

Der Pfeifer hob den Splitter, seine Hand fand den Abzug, doch Jarek hob den Mörder vor sich und duckte sich hinter den Körper des Solo. Der Schuss knallte dumpf und das Projektil traf den Kopf. Knochen, Blut und Hirn spritzen auf Jareks Mantel. Die beiden anderen Solo schrien entsetzt und wütend auf.

„Du hast Lowok erschossen!", brüllte der Feigling mit quiekender Stimme und starrte den Pfeifer ungläubig an.

Jarek ließ die Leiche fallen und sah, dass der Pfeifer den einschüssigen Splitter wegwarf und sich nach einer weiteren

Schusswaffe umsah. Jareks gebundene Hände fanden die Zügel des Krons, seine Füße die Tritte an den Seiten des Laufaasers, und er trieb das Reittier an.

Mit einem Satz raste der Kron auf den Pfeifer zu. Jarek streckte das rechte Bein aus und traf ihn mit einem gewaltigen Tritt vor die Brust, als er gerade einen anderen Splitter vom Boden aufgehoben hatte. Jareks Fuß prellte ihm die Waffe aus der Hand und der Einäugige krachte hart auf den Boden, überschlug sich zweimal, rollte zur Seite und über den Rand des Pfades. Mit einem Schrei des Entsetzens verschwand er in der Tiefe.

Im letzten Moment gelang es Jarek, den Kron zu zügeln, der auf den hundert Schritt tiefen Abhang zurutschte, und warf sich weit nach hinten, um dem Tier zu helfen. Einen Augenblick schwankte das Reittier, doch dann konnte Jarek es so lenken, dass es wieder sicheren Boden unter die Krallen bekam. Er brachte den Kron zum Halten.

Er drehte den Kopf, um zu erforschen, was hinter ihm geschah.

Durch die Schüsse aufgeschreckt, hatten sich die restlichen sieben Krone losgerissen. Die beiden Verletzten flogen im hohen Bogen aus dem Sattel, als ihr Reittier einen Satz nach vorne machte, und stürzten mit den Köpfen voran auf den harten Felsen. Sie rührten sich nicht mehr.

Der Feigling rannte pfadaufwärts davon, ohne sich ein einziges Mal umzusehen. Der dritte Mann hatte sich den Splitter geschnappt, mit dem der Pfeifer geschossen hatte, und versuchte hastig, die Schusswaffe wieder aufzupumpen. Jarek gab dem Kron die Zügel, schnalzte mit der Zunge und trieb das Tier an. Es beschleunigte und rannte genau auf den letzten der Mörder zu. Der Solo war fertig, klappte den Handhebel ein, zog den Lader, schob ein Projektil in den Lauf und hob die Waffe. Doch in diesem Augenblick warf sich Jarek mit einem weiten Sprung nach vorne aus dem Sattel und rammte dem Mann die zusammengebundenen Fäuste unter das Kinn.

Es krachte, als Jareks gesammelte Wut den Mörder traf. Sein Kopf wurde ins Genick geschleudert. Jarek hörte ein hohles, pochendes Knacken und der Mann brach unter ihm zusammen.

Jarek landete hart auf dem reglosen Körper und der Stich der eigenen Verletzung fuhr von seiner rechten Schulter bis in sein Bein. Einen Moment lang wurde ihm wieder schwarz vor Augen und er wollte sich fallen lassen, hinabsinken in die weiche, dunkle Welt ohne diese Schmerzen, die an seinem ganzen Körper zerrten.

Doch der Jäger packte zu, riss den Memo zurück aus der bequemen Kammer der Bewusstlosigkeit und schrie ihn an.

Es war noch nicht vorüber.

Es war jetzt nicht die Zeit des Leidens, des Wehklagens und des Selbstmitleids, es war noch immer die Zeit des raschen, bedachten Handelns, die Zeit des Xeno. Mit einem Stöhnen richtete Jarek sich wieder auf.

Der Kron, auf dem er geritten war, war nur ein paar Schritte weitergelaufen und dann stehen geblieben, doch seine Gefährten waren in voller Flucht. Jarek schaute sich nach den Laufaasern um und konnte drei der Tiere pfadab erkennen, wo sie sich mit immer größerer Geschwindigkeit entfernten. Die beiden anderen hatten die entgegengesetzte Richtung gewählt und bereits eine ähnlich große Entfernung zurückgelegt.

Den letzten der Krone hatte der Schuss des Mörders getroffen, den Jarek gerade überwältigt hatte. Das Tier lag blutend und stöhnend neben einer Säule, zuckte noch einmal heftig, dann verdrehte es die Augen und rührte sich nicht mehr.

Weitab vom Pfad erkannte Jarek den wehenden Mantel des Solos, den er für sich den Feigling genannt hatte. Er rannte noch immer, als seien alle Reißer Memianas hinter ihm her.

Sie waren es nicht. Noch nicht. Aber beim Aufgang von Polos. Der Mann war jetzt bereits so tot wie alle anderen der Feinde.

Jarek war allein.

Seine Hände griffen nach dem Gürtel des Solo, der unter ihm lag, und es gelang ihm, dessen Handlangen Schneider zu ziehen. Er klemmte den Griff in einen Felsspalt und schnitt die Schnur aus Foogschwanzhaar durch, mit der seine Hände gefesselt waren. Mühsam richtete er sich auf und versuchte, die Taubheit aus seinem rechten Bein zu verdrängen. Er näherte sich vorsichtig dem Kron, auf dem er geritten war.

Das Tier schnaubte und zischte, doch Jarek war nicht das Ziel seiner Wut. Mit seinen vernachlässigten Krallen hieb der Aaser auf die Körper der beiden toten Solo ein, die aus dem Sattel geschleudert worden waren und mit verdrehten Gliedmaßen und blicklosen Augen auf dem Fels lagen.

So etwas hatte Jarek noch nie gesehen. Niemals hatte er beobachtet oder auch nur davon gehört, dass ein Kron einen Menschen attackiert hätte. Aber die langen Misshandlungen durch die Solo hatten offenbar eine so grenzenlose Wut in dem Laufaaser angestaut, dass diese jetzt ihren Ausbruch fand.

Vorsichtig näherte sich Jarek dem Tier.

„Ist ja gut, Großer. Ist alles gut", redete er auf den Kron ein, in einer Stimmlage, die Adolo immer gewählt hatte, wenn es galt, ein nervöses oder ängstliches Tier zu beruhigen.

Der Kron ließ von den beiden Leichen ab und schaute Jarek misstrauisch an.

„Ich tu dir nichts. Keiner tut dir mehr was. Komm her. Komm her zu mir", lockte er das Tier. „Wir verschwinden von hier, wir beide. Ich helfe dir. Keiner tut dir mehr weh."

Der Kron zögerte. Aber er griff nicht an, sondern beobachtete weiter, während Jarek sich ihm Schritt für Schritt näherte.

Sala hatte die Spitzen des Raakgebirges schon erreicht und alles in Jarek schrie, sich zu beeilen. Doch er beherrschte sich und gab seiner Stimme den sanftesten Ton, den er unter den Schmerzen hervorbringen konnte. „Komm her, mein Kron. Ich werde mich um dich kümmern. Ich bleibe bei dir! Ich tu dir nichts. Keiner wird dich mehr quälen." Er streckte vorsichtig die Hand aus und das Tier ließ es zu, dass er ihm über den geschuppten Hals fuhr, eine Berührung, die es bestimmt seit ewiger Zeit nicht mehr gespürt hatte, die es aber wiedererkannte als die eines Menschen, der sich um es sorgte, es fütterte und pflegte.

Der Kron gab einen leisen Ton von sich, senkte den Kopf und rieb ihn an Jareks verletzter Schulter, aus der das Blut lief und seine Jacke immer weiter durchnässte. Jarek musste alle Selbstbeherrschung zusammennehmen, die er in der Kammer seiner Kräfte noch fand, um bei der Berührung nicht laut aufzuschreien, doch es gelang ihm gerade noch.

Mit blutigen Fingern strich er dem Kron über den Kopf und griff dann nach dessen Zügel.

„Wir müssen los", sagte er zu dem Tier. „Wir müssen Ko finden. Ich habe es versprochen!"

Er schaute sich um, sah einen Splitter zwischen den Felsen liegen und führte das Reittier zu der Waffe. Es wurde ihm leicht schwindlig, als er sich danach bückte. Es gelang ihm, sich wieder aufzurichten, aber er musste sich dabei auf den Splitter stützen. Kurz blieb er bei der Leiche des Mannes stehen, den er zuletzt überwältigt hatte, und nahm den Beutel mit Projektilen von dessen Gürtel. Dann hängte er sich die Waffe mit dem Gurt über die linke Schulter, hielt sich am Sattel fest, setzte den linken Fuß auf den Tritt und zog sich hinauf. Er spürte jeden Muskel, jede Sehne und jeden Knochen seines Körpers. Alles schien in einem Wettstreit zu liegen, was ihm mehr Qualen bereitete. Die Kammer der Schmerzen, in die er diese Gefühle verbannen wollte, war übervoll und es gelang ihm nicht, die Tür zu schließen.

„Los", kommandierte er und gab dem Kron die Zügel.

Das Tier setzte sich bereitwillig in Bewegung und Jarek verließ den Ort des Todes. Der Kron beschleunigte und Jarek ließ ihn laufen, schneller und immer schneller, wie das Tier es wollte, ohne es zu bremsen. Pfadab. In die Richtung, in die Ko noch immer lief, während um sie herum die Schatten immer tiefer wurden und Salas Strahlen den Grund des Pfades kaum noch erreichten.

Jarek spürte jeden Tritt. Jeder Ruck fühlte sich an, als ob ein neues Geschoss in die pochende, immer noch blutende Wunde unterhalb seiner Schulter schlüge, doch er konnte nichts dagegen tun. Wenn ein Kron in der üblichen Geschwindigkeit lief, bewegten sich seine Beine so schnell, dass die Augen sie kaum mehr unterscheiden konnten, und alles verwischte in einem einzigen Wirbel. Der Reiter spürte dann die Schritte nicht mehr, sondern höchstens ein weiches Wiegen, wenn das Tier durch Senken und über Anhöhen eilte, und ein Ziehen in den Schläfen, wenn es durch enge Kurven lief und er im Sattel durch das hohe Tempo zur Seite gedrückt wurde.

Doch Jarek zügelte sein Reittier jetzt beharrlich, obwohl es dagegen ankämpfte und er spürte, dass es lieber viel schneller gelaufen wäre. Er musste den Kron zwingen, im leichten Trab dem Rand des Pfades in einem knappen Abstand zu folgen. Genau das war die Geschwindigkeit, die auch einem unverletzten Reiter durch die heftigen Stöße der einzelnen Schritte das meiste Unbehagen bereitete. Aber Jarek war verletzt. Schwer verletzt.

Sala klemmte links von ihm hoch oben im Raakgebirge zwischen der Niranadel und der Salaspitze im Pass von Ardiguan. Es würde nicht mehr lange dauern und die Farben würden verblassen und die Zeit der Reißer würde beginnen.

Jarek hatte noch immer keine Spur von Ko gefunden und es kostete ihn fast genauso viel Kraft, die aufsteigende Verzweiflung zu unterdrücken, wie die Zügel zu halten.

Sein Memoverstand hatte wie immer rasend schnell die Wegstrecke errechnet, die Ko bei gleichmäßigem Marsch zurückgelegt haben musste, und hatte diese in ein Verhältnis zur Geschwindigkeit des Krons gesetzt. Jareks Kopf hatte ihm das Ergebnis geliefert, wie weit er reiten musste, um die junge Frau an der richtigen Stelle zu treffen. Doch dort hatte er sie nicht gefunden.

Er ritt nun zum dritten Mal dieselbe Strecke ab. Immer wieder stieg er in unregelmäßigen Abständen mühsam und mit fürchterlichen Schmerzen aus dem Sattel, um direkt am Rand nach Ko Ausschau zu halten, doch auch nach dem siebten Mal hatte er sie nicht entdeckt. Er hatte nach ihr gerufen, hatte die Hände an den Mund gelegt und in alle Richtungen ihren Namen geschrien, so laut er konnte, doch es war keine Antwort gekommen.

Ko war verschwunden und Jarek fühlte neben dem heftigen körperlichen Schmerz eine sich ausbreitende, kalte, bohrende Leere in sich. Es war ein ganz anderes böses Ziehen, das von innen kam, aus ihm heraus, und das ihn mehr zu zerreißen drohte, als es eine Salve von Schwarzglimmergeschossen vermocht hätte.

Er hatte Ko versprochen, dass er sie holen würde. Nun war all diese Hoffnung vergebens. Die Bilder versuchten aus ihrer Kammer wieder hervorzudrängen, die schrecklichen Momente, die Jarek so lebendig und doch tödlich vor sich gesehen hatte, als er nur halb bei Bewusstsein gewesen war, und er wusste, es wäre seine Schuld, allein seine, wenn das alles Wirklichkeit wurde.

Er trieb den Kron wieder pfadab.

Er hatte die ganze Wegstrecke bis zum Ort der Schlacht zurückgelegt, wo die Aaser bereits aus den Schatten gekommen waren, angelockt vom Geruch des reichlich bei Mensch und Tier vergossenen Blutes. Am Kadaver des Krons, den der Pfeifer zuerst getroffen hatte, zerrten siebzehn Langohraaser und stritten sich um die besten Bissen aus dem weichen Bauch des Tieres. Die Leichen der Solo waren unter dem Gewimmel der Vierspuraaser nicht mehr zu erkennen.

Von dem, den er Feigling genannt hatte, hatte er nichts mehr entdeckt. Wenn er noch immer auf der Flucht war, würden ihn die Reißer irgendwann finden.

Jarek war mühsam aus dem Sattel geklettert und hatte ein Seilbündel aufgehoben, das am Tragegestell des anderen toten Krons befestigt gewesen war, dann hatte er sich wieder auf den Weg gemacht.

Eine Familie Knochenbeißer rannte zur Seite, als der Kron mit kratzenden Krallen zwischen den dunklen Säulen dahinlief. Jeder Schritt war ein neuer Schlag gegen die Wunde.

Zwischen den sanft geschwungenen Hügeln, die sich in Richtung Raak zogen, sah er das Huschen eines Rudels

Salaschneiderrücken, die dem Blutgeruch nachspürten und pfadauf eilten, in der Hoffnung, dort oben an der Stelle, an der der Tod seine Beute gemacht hatte, noch etwas Lebendiges zu finden, das zu jagen sich lohnte.

Keiner der Reißer schenkte Jarek auf dem Kron Beachtung. Die Jäger des Gelblichts wussten, dass sie diesen Laufaaser niemals einholen konnten, und machten sich daher gar nicht erst die Mühe, ihn zu verfolgen.

Einen Augenblick hatte Jarek gehofft, dass Ko vielleicht doch in die Cave zurückgekehrt war. Er hatte an der Stelle gekniet, an der er die Steilwand wieder heraufgeklettert war, und hatte nach ihr gerufen und auf ihre Stimme gelauscht. Wäre Ko dort unten gewesen, hätte sie Jarek gehört. Doch es war keine Antwort gekommen.

Er trieb den Kron an und der beschleunigte gerne seine Schritte. Es war sinnlos, diese Wegstrecke noch einmal abzusuchen. Jarek hatte alle Möglichkeiten bedacht. Ko musste doch weiter gekommen sein, als er für möglich gehalten hatte.

Oder sie war bereits tot.

Es gab nicht viele Salareißer in dieser Gegend, wie er wusste, aber es fanden sich vereinzelt Rudel von Gelbschattenfetzern, die sich zwar immer Zeit für einen Angriff ließen, aber einem alleine laufenden Menschen wahrscheinlich nicht widerstehen konnten.

Mit heftiger Anstrengung verbannte Jarek den erneuten Gedanken an brechende Knochen, spritzendes Blut und aufgerissene helle Haut in eine rasch geschaffene Kammer und gab dem Reittier die Zügel.

Die harten Stöße der Schritte folgten in immer kürzeren Abständen und gingen dann endlich in die gleichförmige, beruhigende Bewegung über, die dem Reiter zeigte, dass ein Kron seine Marschgeschwindigkeit erreicht hatte.

Jarek legte die Strecke nun ein viertes Mal zurück, an der er inzwischen jeden Stein, jede Biegung und jeden Felsen kannte. Doch als er die Stelle erreichte, an der er das letzte Mal umgekehrt war, ritt er weiter und ließ den Kron schneller laufen.

Sala war nun halb hinter dem Pass von Ardiguan verschwunden und ihr Licht ließ die Salaspitze und die Niranadel scharf abgegrenzt vor den dunkelgelb leuchtenden Himmel treten. In dieser Zeit sammelten alle Farben Memianas noch einmal ihre Kraft und erstrahlten, bevor sie dann mit dem Verschwinden von Sala verblassen und die Graustufen annehmen würden, die sie unter Polos und Nira immer zeigten und die es unmöglich machten zu unterscheiden, ob ein Felsen blassgelb war oder hellrot oder grünlich schimmerte.

Der dahineilende Kron erreichte jetzt die zehnfache Geschwindigkeit eines Wanderers und Jarek musste das Tier zügeln, das nur sehr unwillig das Tempo wieder zurücknahm und erneut in den stoßenden Schritt verfiel.

So weit konnte Ko gar nicht gekommen sein, mahnte der Memo in Jarek, der die zurückgelegte Entfernung genau berechnet und beobachtet hatte. Jarek bremste den Kron, bis der zum Stehen kam. Er fasste nach dem großen Feraring vorne am Sattel, der Jarek zeigte, dass das Tier einst tatsächlich einem Kir gehört hatte. Die Boten der Memo nutzten andere Sitze. Zum wirklich schnellen Reiten war der Kirsattel nicht geeignet, aber er ermöglichte eine entspannte Haltung, weil er bis zur Hälfte des Rückens eine Lehne hatte. Jarek war jetzt dankbar dafür, dass sein Kron keinen der sogenannten Schrägsteiger trug. Geschwächt wie er durch seine Verletzung war, hätte er sich in einem der Rennsättel kaum halten können, und ohne den Ring wäre er jetzt mehr hinabgefallen als gestiegen.

Er griff mit der Linken fest zu, da seine rechte Hand kaum mehr in der Lage war, irgendetwas zu halten, doch bevor er seine Füße aus dem Stützen lösen konnte, fuhr sein Kopf herum.

Der Jäger hatte die Bewegung wahrgenommen und ihn alarmiert. Jarek sah die siebenundzwanzig Langohraaser, die vielleicht dreißig Schritt von ihm entfernt dahinhoppelten.

Pfadab.

Alle Tiere, die er bisher gesehen hatte, waren dem feinen Duft des Blutes gefolgt, der vom Ort der Schlacht immer weiter herabdrang, doch diese Aaser eilten in die andere Richtung. Das konnte nur eines bedeuten: Dort waren Reißer, die ihrer Beute nachspürten, und die Aaser folgten ihnen in der Hoffnung, dass etwas für sie abfallen würde.

Jarek zog sich zurück in den Sattel, ließ die Zügel schießen und gab durch die Zähne einen kurzen, schrillen Pfiff von sich. Der Kron erkannte das Signal für die größtmögliche Geschwindigkeit. Er stieß einen begeisterten Schrei aus, die Krallen schabten über den harten Fels und das Tier rannte mit weiten, raumgreifenden Schritten los. Es beschleunigte mit Begeisterung immer weiter, doch kaum hatte es hundert Schritt zurückgelegt, als Jarek grob am Zügel riss.

Ein schriller Entsetzensschrei erreichte seine Ohren.

Ko.

Ohne jede Rücksicht auf seine Wunde ließ sich Jarek aus dem Sattel fallen und sein rechtes Bein gab unter ihm nach, als er auf dem Boden aufkam. Doch er raffte sich auf, packte das Seil, das er schon lange am Sattelring befestigt und in armweiten Schlingen ausgelegt hatte, und eilte zum Rand des Pfades.

„Ko!", brüllte Jarek. Er beugte sich über den Rand und schaute hinunter.

„Jarek!", kam ihr Schrei zurück, in dem sich Todesangst, Panik und Hoffnung mischten.

„Ich hole dich!", rief er und warf das aufgerollte Seil hinab. Mit dem linken Arm ergriff er das fast unzerreißbare Geflecht aus Foogschwanzhaar und schaute noch einmal zu dem Kron, der stehen geblieben war und ihn aus klugen Augen beobachtete, leicht nach hinten gebeugt und die Krallen gespreizt, als wüsste er ganz genau, was sein Reiter nun von ihm erwartete. Dann drehte Jarek sich mit dem Rücken zum Pfad, ging in die Knie und stieg über den Rand. Das Seil rutschte rasch durch seine Hand und er spürte die Hitze der Reibung, doch darauf konnte er jetzt keine Rücksicht nehmen. Der Pfad war auch an dieser Stelle gute hundert Mannslängen tief und Jarek beeilte sich, so schnell wie möglich hinabzukommen und dabei die fast unerträglichen Schmerzen in seiner verletzten Schulter einfach nicht wahrzunehmen.

Das Seil gab nicht nach. Der Kron stand oben am Rand der Schlucht fest und sicher und machte keinen Schritt, weder vor noch zurück. Das Tier war von einem Könner erzogen und sicher einmal sehr teuer gewesen, das hatte Jarek auf dem Ritt bereits bemerkt. Sonst wäre er das Wagnis auch nicht eingegangen, nur durch das am Sattel befestigte Seil gesichert diesen halsbrecherischen Abstieg vorzunehmen.

„Hilfe!"

Kos Schrei ließ Jarek die Geschwindigkeit noch erhöhen und er riskierte einen Blick über die Schulter.

Was er sah, veranlasste ihn, das Seil nur noch durch die Finger rutschen zu lassen. Die letzten fünfzehn Schritt legte er in wenigen Augenblicken zurück, landete auf dem nachgiebigen Pfadsand, zerrte den Splitter von der Schulter, legte ihn gegen seine Gewohnheit links an, zielte und drückte ab.

Neun Salabreitnacken hatten Ko direkt am Rand des Pfades gestellt. Sie stand zitternd mit dem Rücken an die Steilwand gepresst, etwa zwanzig Schritt von der Stelle, an der Jarek seinen verwegenen Abstieg gewagt hatte. Die Reißer hatten sie in zwei Reihen umzingelt. Die vorderen Bestien waren gerade noch einen Schritt von ihr entfernt, als Jareks Schuss knallte. Er traf den ersten Breitnacken in den Rücken, als der sich gerade zum Sprung in die Luft schwang. Mit einem Jaulen zuckte das Tier zusammen, drehte sich im Flug auf die Seite und krachte direkt neben Kos Beinen in die Felswand.

Die dunkelgelben, gedrungenen Reißer fauchten und schrien erschrocken, als einer aus ihrer Mitte tödlich getroffen zu Boden fiel, und Jarek hatte genau die Verwirrung bewirkt, die er erzielen wollte. Der Angriff auf die leichte Beute, die das Rudel hier gestellt hatte, wurde jäh unterbrochen.

Jarek warf sich den Splitter über die verletzte Schulter, unterdrückte einen Schmerzensschrei und zog mit der Linken den Armlangen Schneider, den er einem der Toten abgenommen hatte. Die Waffe war von einer ganz anderen Güte als die minderwertige Klinge, die er seit so vielen Lichten mit sich hatte herumtragen müssen. Die harte, in vielen Schichten schimmernde Schneide leuchtete gelb unter Salas letztem Licht auf, als er sie herumwirbelte. Im Laufen schlitzte er einem der Breitnacken die Flanke auf und kreischend schlug das Tier nach dem unerwarteten Angreifer, doch da war Jarek schon an ihm vorbei und hatte mit einem wuchtigen Hieb einem anderen einen tiefen Schnitt in den Hinterlauf geschlagen. Dann erreichte er Ko.

Die schmale Solo zitterte am ganzen Leib, als er sich vor sie stellte. Jarek schwang den Schneider drohend von einer Seite zur anderen und brachte die Breitnacken so zum Zurückweichen. Fauchend und knurrend sprangen die Tiere ein paar Schritt von ihm fort und blieben gerade außer Reichweite der gefährlichen Waffe, doch sie machten sich nicht auf den Rückzug, sondern schlossen den Halbkreis wieder.

Jarek hatte einen von ihnen getötet und zwei schwer verwundet.

Sie hatten es nur noch mit sechs Reißern zu tun. Aber von denen konnte jeder einzelne einen Mann mit Leichtigkeit töten, wenn er ihn überraschte.

Er spürte, wie Ko nach seinem rechten Arm griff, und der Schmerz fuhr ihm heiß bis in die Mitte seines Kopfes.

„Wo warst du?", schluchzte sie. „Du hast es versprochen! Du hast es versprochen!"

„Es tut mir so leid, Ko", antwortete Jarek. „Jetzt hol ich dich jetzt hier raus", fügte er entschlossen hinzu und fasste den Schneider fester.

Er machte eine Angriffsbewegung auf die beiden Reißer direkt vor ihm zu, die zurückwichen, doch dann überraschte er die Bestien mit einem Ausfallschritt nach links und rammte einem ahnungslosen Tier die Klinge seitlich in den Hals. Der Breitnacken brach ohne einen Laut zusammen. Verblüfft sprangen die Reißer direkt neben ihm ein Stück zur Seite, eine Lücke tat sich auf und Jarek griff nach hinten. Seine Rechte packte Ko an der Hand, obwohl er seine Finger kaum noch bewegen konnte, und er riss sie mit sich. Mit heftigen Hieben des Schneiders traf er drei weitere Tiere. Blut spritzte, Krallen kratzten auf Stein, Gebisse knackten, Rachen kreischten, dass die Ohren klangen und der Lärm von der gegenüberliegenden Seite der tiefen Schlucht zurückkam.

Jarek kämpfte sich durch die Reißer, die sich wohl in ihrem Leben noch nie einem Feind gegenüber gesehen hatten, der ihnen nicht nur Widerstand bot, sondern sie angriff, sie überraschte und ihnen solche Verluste zufügte.

„Hier rüber!", rief er und zog Ko in Richtung des Seils, das von der Steilwand herabhing und immer noch sanft hin- und herschwang.

Es waren nur zehn oder elf Schritte, doch jeder von ihnen bereitete Jarek einen Schmerz, der sich bis in die hinterste Ecke seines Kopfes bohrte. Ko klammerte sich an seine Rechte, die er kaum noch spürte. Er konnte das Knie nicht mehr beugen, sodass er mit schnellen, steifen Schritten versuchte, die kurze Entfernung bis zu ihrer Rettung zu überwinden. Da hörte er das vielstimmige Gebrüll und drehte sich um.

Mit leichten Sprüngen hetzten weitere Salabreitnacken quer über den Pfad heran. Es waren mehr Tiere, viel mehr, als Ko hier umzingelt hatten. Was Jarek gerade besiegt hatte, war nur die Vorhut des Clans gewesen. Mit aufgerissenen Mäulern, die doppelreihigen Zähne wütend gebleckt, hetzten nicht weniger als siebenundsechzig Reißer heran.

Es war zu viele. Viel zu viele.

Mit drei Schritten hatte Jarek das herabhängende Seil erreicht, packte es mit der Linken, zog Ko mit der Rechten vor sich und rief: „Halt dich fest!"

Ko schlang die Arme um seinen Hals und, ohne zu zögern, die Beine um seine Hüfte. Mit größter Mühe schaffte es Jarek, die rechte Hand zum Mund zu heben. Er steckte den kleinen Finger quer in den Mund, bog ihn leicht, holte tief Luft und ließ einen trällernden, dreimal auf- und abschwellenden Pfiff ertönen.

Der Pfadsand bebte unter den Tatzen der heranrasenden Salabreitnacken. Jarek spürte die Bewegung unter seinen Füßen. Mit der Linken schlang er sich das Seil zweimal um den Arm.

Doch nichts geschah.

Das Japsen, Knurren und Fauchen des Reißerclans erfüllte die kühler werdende Luft im Schatten der Steilwand und das Seil hing weiter nur herab. Jarek stand da, während Ko sich mit geschlossenen Augen an ihn klammerte und er den Duft des teuren Öls roch, von dem er wusste, dass sie es in Salanis gekauft hatte.

Noch einmal ließ Jarek den Pfiff ertönen und diesmal presste er alle Luft aus seinen Lungen, um ihn noch lauter und weiter schallen zu lassen. Er hallte von der jenseitigen Wand wieder und übertönte dabei sogar den Lärm der angreifenden Reißer.

Dann ließ er die Rechte sinken und tastete nach dem Gürtel, wo jetzt wieder der Armlange Schneider steckte. Er wollte ihn herausreißen, um sich und Ko zu verteidigen, bis zum letzten Atemzug, nicht aufgeben, nie, solange er noch etwas sah, hörte, roch, fühlte ... da spürte er den Ruck.

Das Seil straffte sich und er spannte die Muskeln an. Schnell und gleichmäßig wurden Jarek und Ko nach oben gezogen.

Einen Schritt unter ihnen krachte der erste Reißer hart gegen die Felswand, die nächsten versuchten, sich stärker abzudrücken und höher zu springen, doch innerhalb eines Wimpernschlags waren Jarek und Ko außer ihrer Reichweite.

Der Kron hatte den zweiten Pfiff gehört und er hatte ihn erkannt. Er war genau das wertvolle, kluge, gehorsame Tier, das Jarek in ihm gesehen hatte, und er hatte den Befehl verstanden: im Schritt loslaufen, bis das Haltekommando kommt.

Jarek klammerte sich mit der Linken an das Seil, winkelte die Beine an und stieß sich immer wieder von der glatten Felswand ab, um nicht mit Ko zusammen direkt über den Stein gezerrt zu werden.

Die Felswand huschte einen knappen Schritt von Jareks Augen entfernt so schnell vorbei, dass alles verwischte, und jetzt spürte er seinen Herzschlag wieder.

Alles an ihm pulsierte in einer Geschwindigkeit, als wollte das Blut in seinen Adern es dem rasanten Aufstieg gleich tun, und es waren nicht nur die von dem Schuss zerrissenen Muskeln in seiner Schulter, die vor Schmerz schrien.

Ko war nicht schwer und ein gesunder Jarek hätte sie ein ganzes Gelblicht getragen, aber die schwere Verwundung und der Blutverlust hatten ihn geschwächt. Sein linker Arm, der das ganze Gewicht des eigenen Körpers und das der jungen Solo zu tragen hatte, zitterte und Jarek wusste, dass ihm das Schlimmste noch bevorstand.

Wenn er den Kron nicht dazu brachte, rechtzeitig anzuhalten, würde er sie beide mit dem Seil über den Rand zerren. Mit seinem Arm zuerst, mit dem er alles trug und der dabei zerfetzen und brechen würde.

Sie würden hinabstürzen, tief hinunter auf den Pfad, wie es dem Pfeifer geschehen war, dorthin, wo die kreischenden, wütenden Reißer warteten, denen die Beute, die sie schon geschmeckt hatten, doch noch entkommen war.

Jarek stöhnte so laut, dass Ko die Augen aufriss und ihn erschrocken anstarrte.

„Jarek!", rief sie besorgt, doch er achtete nicht darauf.

Er schaute nach oben, wo sich das obere Ende der Steilwand rasch näherte, schätzte die Entfernung im Schatten ab, hob ein drittes Mal den Finger zum Mund, wartete noch einen Augenblick, dann noch einen und gab schließlich einen zweitönigen Pfiff von sich, der auch dieses Mal von der anderen Seite des Pfades zurückgeworfen wurde.

Das Seil wurde langsamer und kam zur Ruhe. Jarek und Ko hingen etwa zwei Schritt unterhalb des oberen Randes, der hier glücklicherweise keinen Überhang bildete.

Jarek holte tief Luft und bemühte sich, seinen Atem zu beruhigen und seiner Stimme einen zuversichtlichen Klang zu geben. „Wir haben es fast geschafft. Kannst du ..." Weiter kam er nicht. Er spürte das Brennen in der Kehle, als alles, was er im Magen hatte, sich seinen Weg bahnte, doch er bezwang die Übelkeit und schluckte, einmal, zweimal, dann hatte er das Würgen überwunden.

„Kannst du da hochklettern? Am Seil?", fragte er.

Ko schaute nach oben und wollte den Blick nach unten richten, doch Jarek war schneller. „Nicht!", sagte er rasch.

„Nicht runterschauen! Sieh nur nach oben. Es ist nicht weit. Du kannst das."

Ko atmete flach, aber sie nahm ihren ganzen Mut zusammen und nickte schließlich.

„Das Seil. Zwischen die Beine", krächzte Jarek.

Sie hielt sich fest und zog sich ein Stück nach oben, kletterte an Jarek hinauf und berührte dabei mit der Hand die Wunde.

Jarek stieß einen Schrei aus. Beinahe hätte er das Seil losgelassen.

„Du bist verletzt!", rief sie erschrocken, weil sie jetzt erst all das Blut auf seiner Kleidung bemerkte.

„Weiter", befahl er nur und biss die Zähne zusammen, dass sie knirschten. „Es geht schon! Klettre weiter. Halt dich fest. Schau nicht nach unten!"

Es war leicht, sich mit Ko zu befassen, ihr zu helfen, ihr die richtigen Handgriffe anzusagen, die Reihenfolge der Bewegungen, die sie sicher nach oben brachten, so leicht, so viel leichter, als die eigenen Schmerzen zu spüren, das Gefühl, als ob Memiana anfinge, sich langsam zu drehen. Irgendetwas schien an seinen Beinen zu ziehen, als ob dort ein riesiger Reißer hing, wie die Bestie vor Maro, mit dem ganzen Gewicht, und ihn vom Seil wegzerren wollte. Er schloss die Augen.

„Jarek!"

Kos Schrei ließ ihn die Augen öffnen und er sah ihr besorgtes Gesicht, zwei Schritt über ihm. Sie kniete am oberen Rand, den sie erreicht und überstiegen hatte.

„Komm!", rief Ko. „Jetzt du! Komm hoch!"

Er suchte in allen Kammern seines Körpers und trug aus jeder die letzten Reste an Kraft zusammen, die er noch finden konnte. Er musste dieses Gefühl zurückdrängen, noch ein letztes Mal. Die Schmerzen waren jetzt doch stärker als alles, was er in seinem Leben bislang hatte ertragen müssen, und ließen sich nur noch mit dem Leid vergleichen, als unter seinen Fingern Yalas Leben zu versiegen schien und ihn etwas in der Mitte zu zerreißen drohte. Er warf den rechten Arm nach oben, packte nach dem Seil und klammerte sich daran, während sein linkes

Bein sich um das feste Geflecht schlang und ihn den kurzen Moment hielt, als die Linke nachgriff und wieder zufasste.

Der Jäger hatte den Memo in seine Kammer gesperrt und ihm verboten, auch nur einen Hauch an Lebenskraft an einen einzigen Gedanken zu verschwenden. Der erfahrene Körper des Xeno, der so viele Gefahren überstanden hatte, handelte wie ein eigenständiges Wesen, bewegte sich von selbst, fand den nächsten Griff und den übernächsten, während die Beine sich festklammerten.

Die Linke erreichte als Erste die Stelle, an der Jareks Gewicht das Seil gegen die obere Kante des Steilhangs presste. Er ließ los, fand einen Vorsprung auf der Höhe, griff nach ihm und zerrte sich über den Rand.

Er war oben.

Jarek rollte sich auf den Rücken, starrte in den Himmel, lag flach auf dem harten Fels, als wäre es das weichste Lager aus Mahldecken, und holte Luft, dreimal, viermal, tief, so tief, wie es das Hämmern in seiner Schulter zuließ, das sich nun auch über die rechte Brust ausbreitete.

Er hörte das Klacken der Krallen und richtete sich etwas auf. Der Schatten des Krons fiel auf ihn. Das Tier war nur ein finsterer Umriss gegen Sala, von der nur noch ein kleiner Teil des oberen Randes hinter dem Raakgebirge zu sehen war. Der Kron senkte den Kopf und rieb ihn an seiner linken Schulter.

„Guter Kron", flüsterte Jarek. „Du bist ein kluges Tier. Hast uns gerettet!"

Er erhob sich auf die Knie, stützte sich mit der Linken auf den Oberschenkel und drückte sich nach oben.

„Komm!", sagte er zu Ko, die neben ihm lag und deren Brust sich immer noch vom angestrengten Atmen hob und senkte. „Wir müssen los."

Obwohl er sich selbst kaum auf den Beinen halten konnte, half er Ko in den hinteren Sitzplatz des Sattels. Dann griff er mit der Linken nach dem Ring und zog sich selbst hinauf. Seine Hände fanden die Zügel, er schnalzte einmal mit der Zunge und der Kron setzte sich in Bewegung. Jarek lenkte das Tier pfadab und er bremste es nicht, sondern ließ es laufen, so schnell es konnte und wollte.

„Ko, kannst du das aufwickeln?", fragte Jarek schwach. Er legte ihr das Ende des Seils in die Hand, das sie hinter sich herzogen. „Vielleicht brauchen wir es noch."

Sie erwiderte nichts, aber er spürte hinter sich die Bewegungen, als sie begann, es in weiten Schlaufen um ihren Arm zu legen.

„Wohin?", fragte sie leise und Jarek konnte ihrer Stimme anhören, das sie nicht mehr als dieses eine Wort hervorgebracht hätte, so erschöpft war sie.

„Der ... Wall ... von Kienast", antwortete der Memo, der sich erst jetzt wieder aus der Kammer hervorwagte, in die der Jäger und der Beschützer ihn verbannt hatten. „Etwas über einen Lichtweg von hier", brachte Jarek noch hervor, dann konnte er es nicht mehr unterdrücken. Die unmenschliche Anstrengung, die er von sich gefordert hatte, verlangte ihren Preis.

Bitter, sauer und schleimig würgte er den Inhalt seines Magens hervor. Er konnte sich gerade noch nach vorne beugen und zur Seite drehen, sonst hätte er sich auf das brave Reittier übergeben. In Krämpfen erbrach er sich, bis aus seiner Kehle nur noch ein schwaches Quieken kam und nichts mehr da war, das er hervorbringen konnte.

Kos Hand strich über seine schweißnassen Haare, immer wieder und wieder, und berührte kühl seinen Nacken. Es fühlte sich gut an und langsam beruhigte sich sein Magen und fand den Weg zurück in die Körpermitte.

„Geht's wieder?", fragte Ko und Jarek nickte einmal und richtete sich vorsichtig auf.

Die harten Tritte des Krons waren längst in das gleitende Wiegen des schnellsten Marschtempos übergegangen und Jarek spürte, wie sich die Schmerzen nach und nach aus den Körperteilen zurückzogen, die nicht selbst verletzt waren, um sich dort zu sammeln, wo der Schuss des Mörders das tiefe Loch unterhalb seiner Schulter gerissen hatte.

„Danke", sagte Ko leise.

Jarek lehnte sich in den halbhohen Sattel zurück. Ko legte ihm beide Arme um die Brust und drückte sich vorsichtig an ihn, aber sie berührte nur seine linke Seite.

„Du hast mich gerettet."

„Ich hatte ... versprochen. Dich zu ... holen", erwiderte Jarek. Seine Stimme klang, als wäre sein Hals abgeschnürt, und seine rechte Schulter klopfte, als wäre dort ein eigenes Herz, das mit aller Kraft kämpfte, das Blut am Kreisen zu halten. Aber er fühlte trotz der abwechselnd dumpf pochenden und schneidenden Schmerzen in sich die Erleichterung, dass Ko lebte, dass sie den Reißern nicht zum Opfer gefallen war, dass er sie nicht im Stich gelassen hatte und doch noch rechtzeitig gekommen war.

„Ich hatte es versprochen", wiederholte er jetzt mit festerer Stimme und spürte, wie der Xeno in ihm daraus Kraft schöpfte. Es war nicht viel, aber nun war es wieder der Jäger, der den Gang der Ereignisse bestimmte. Er war es, der handelte und nicht nur auf das reagieren musste, was um ihn herum geschah.

„Trotzdem", antwortete Ko leise und Jarek spürte, dass sie nun die Wange in sein Genick drückte. Etwas Feuchtes glitt auf seine Haut und Tropfen rollten ihm in den Kragen. „Ich habe gedacht, das ist das Ende."

„Sala geht gleich unter", sagte Jarek. „Wir müssen den Wall erreichen."

„Wir schaffen es bis dorthin", sagte Ko mit Bestimmtheit.

Jarek schaute nach links, wo die letzten Strahlen Salas noch einmal nach der Ebene tasteten. Dann war von der hellen Scheibe nichts mehr zu erkennen. Noch leuchtete der Himmel über ihnen an den Stellen gelb, wo Salas schwindendes Licht noch hinreichte. Der große Fleck um die verschwundene Sala wurde zu den Rändern hin dunkler, bis er einen Hauch von Rot annahm. Aber im Schatten des Gebirges verblassten die Farben bereits und das fahle Graulicht breitete sich aus.

„Ja", antwortete Jarek. Es kostete ihn viel Mühe, den Schmerz zu unterdrücken, aber seine Stimme klang ruhig und zuversichtlich. „Wir schaffen das."

Jarek und Ko entkommen dem Hinterhalt, doch in Sicherheit sind sie deshalb noch lange nicht. Jarek wird bei dem Kampf schwer verletzt und in einer gnadenlosen Jagd sind die Feinde weiter hinter ihnen her. Doch nicht nur die, auch die Raubmörder, auch die blutrünstigsten Reißer Memianas setzen sich auf die Spur der Flüchtigen. Die Lage scheint ausweglos, denn keiner von Jareks Freunden ahnt, wo er sich befindet und in welcher Gefahr er schwebt.

Wieder steht Jarek ungewollt inmitten von Ereignissen, die das weitere Schicksal Memianas bestimmen. Und nicht nur der Kampf gegen alle Gefahren fordert ihn. Auch mit seinen Gefühle kennt er sich nicht mehr aus. Erneut sieht er sich zwischen mehreren Frauen, die Entscheidungen von ihm verlangen, die er nicht treffen will.

MEMIANA.DE

Mehr über Memiana und die Helden der Saga gibt es auf

www.memiana.de

sowie auf der Facebook-Präsenz

https://www.facebook.com/memiana.welt

Dort findet man fast täglich Extras und Meldungen über die Welt ohne Pflanzen, in der es niemals dunkel wird, Artwork, Berichte über Arbeitsfortschritte und noch viel mehr.

wurde 1960 in Darmstadt geboren. Nach einem bis dahin eher ereignisarmen Leben machte er 1979 das Abitur und wurde zum Entsetzen vieler Polizist. Nicht zuletzt zu seinem eigenen. Das steigerte sich rapide, als er den Dienst antrat und sehr schnell feststellen musste, dass man ihm erst beibrachte, was im Gesetz steht – und dann, wie man ungestraft gegen alles verstößt. Da er zudem weder als meinungsloser Befehlsempfänger noch als Schläger auf Kommando zu gebrauchen war, stand er bald vor der Wahl, depressiv zu werden oder mit dem Schreiben zu beginnen. M. H. wählte eine Mischform: Er verfasste fortan kaum verständliche und traurige Prosa. Nach drei Jahren zog er die Uniform aus und hat seitdem eine Allergie gegen grüne Kleidung. Bekam dann in friedensbewegten Zeiten einen akuten Anfall von barfußlaufender Alternativitis und wollte extrempazifistisch Gartenbau studieren. Schaffte es aber nur bis zum Assistenten der Geschäftsführung bei einem Importeur von Pflanzen. Der intensive Kontakte zu kalabrischen Familienunternehmen pflegte. Das Kriminelle sollte den zu der Zeit orientierungslos vor sich hin Schreibenden nicht mehr verlassen.

Einmal Bulle – immer Bulle.

Da auch Wurzeln und Blätter nicht das Wahre waren, verabschiedete sich M. H. nach einem Jahr von dem Gemüse und schrieb sich zum Studium von Germanistik, Buchwesen und Publizistik in Mainz ein. Ein gleichzeitig eintreffender, unbedeutender Nachwuchsliteraturpreis überzeugte ihn davon, dass er als Autor vielleicht doch nicht talentfrei war. Das zum Preis gehörende Seminar vermittelte jedoch mehr den Eindruck, Literatur werde aus Alkohol und Nikotin destilliert. Fast ausschließlich, was ihm als Nichtraucher und Nichttrinker von vorn herein eine Außenseiterrolle zuwies. Trotzdem stürzte er sich in der Wissensmühle Universität, um seiner Schreibe eine Grundlage zu verschaffen. Bald musste er aber feststellen, dass die Germanistik Literatur auseinandernimmt und nicht zusammensetzt und verlor die Motivation. Während er mehr schrieb als studierte, arbeitete u.a. als Kraftfahrer, Bäcker, Fensterputzer, Buchclubwerber, Druckereigehilfe, Installateur, Gärtner, Offsetmonteur, Meinungsforscher, Gewächshausverkäufer, Bewässerungskonstrukteur, Reprofotograf und Hifi-Händler. Neben einem unlesbaren Roman schrieb er in der Zeit verschiedene Theaterstücke, veranstaltete Literaturworkshops und -Feste und betreute mehrere Jahre eine Gruppe junger Autoren, aus der diverse, heute namhafte Künstler bzw. Journalisten hervorgingen. Geld verdiente er als Schriftsteller aber erst, als er anfing, Krimis für Illustrierte zu schreiben.

Einmal Bulle – immer Bulle.

Rundfunkarbeiten und eine Einladung zu einem Drehbuchseminar der Bertelsmann-Stiftung folgten. 1988 gab er seinen letzten Brotjob auf und versuchte seinen Traum zu leben, als freier Schriftsteller zu existieren.

Da er mit seinem ersten Drehbuch gleich als die Entdeckung des Jahrzehnts gefeiert wurde, musste er sich um Aufträge von da an erstmal keine Sorgen machen, gab das Prosaische nahezu vollständig auf und widmete sich dem Mord und dem Totschlag.

Einmal Bulle – immer Bulle.

25 Jahre später hat er mehr als tausend Tote auf dem Gewissen und über 300 Drehbücher verfasst. Er kreierte verschiedene eigene Serien, hatte ansonsten aber auch fast überall wenigstens vorübergehend mal die Finger drin. „Doppelter Einsatz" bekam den Deutschen Fernsehpreis als beste Serie. Dann ruinierte M. H. seinen Ruf als ernstzunehmender Autor nachhaltig, als er die Dramaturgie für die Weltmeisterschaften im Automobil-Hoch-Weitsprung übernahm. Mit ganzer Schraube. Drei Staffeln lang betreute und schrieb er „Alarm für Cobra 11", nachdem er den Überraschungserfolg zur Serie umgestaltet hatte. Danach sagte jeder Redakteur über M. H., ob er ihn und seine Werke kannte oder nicht: „Der kann doch nur Action."

Nach seiner Demission von der Explosion als dramaturgischem Element hatte er folgerichtig diverse Probleme, andere „seriösere" Aufträge zu erhalten und es dauerte einige Zeit, bis M. H. gegen alle Vorurteile für andere Formate Drehbücher schreiben durfte.

In der allgemeinen Wirtschafts- und Fernsehkrise Ende des ersten Jahrzehnts besann er sich dann auf seine Wurzeln und fing wieder mit Prosa an, um endlich einmal etwas schaffen zu können, bei dem nicht 187 Menschen reinreden, die alles besser wissen, es am Ende aber nicht waren, wenn ihre „Einfälle" umgesetzt wurden. Sondern das miese Drehbuch.

M. H. folgte seiner zu diesem Zeitpunkt gar nicht mehr heimlichen Liebe (mehr als 1000 Bände des Genres im Regal) zur Fantasy und er erfand 2009 Memiana.

Da zu der Zeit aber spannende, fremde Welten weniger angesagt waren, als kopulierende Vampire, hielt er sich mit der Veröffentlichung zurück.

Erst als auch am Markt etablierte Autoren sich auf das Eis des self publishing im E-Book-Bereich wagten, fasste er den Entschluss, seine Saga auf eigenes Risiko zu veröffentlichen.

Heute lebt und schreibt er in Limburg an der Lahn, haust in einem Schloss mit Turmblick über die Stadt und teilt sich die Wohnung in einer Autoren-WG mit seiner jüngsten Tochter.

GLOSSAR

Aaro: Salafarbenes, schweres, wertvolles Metall.

Aaser: Alle Tiere Memianas, die nicht selbst jagen, sondern sich mit dem begnügen, was die Reißer übriglassen.

Absitz: Kammer mit Vorrichtung für menschliche Ausscheidungen.

Adolo: Junger Kir aus wohlhabendem Haus mit Memoverstand, von Hama für das Volk rekrutiert und Gefährte von Yala, Carb, Mareibe und Jarek.

Ahnenkreis: Spirale von Statuen der verstorbenen oder getöteten Mitglieder eines Xenoclans. Für jeden Toten wird eine lebensgroße Statue gefertigt und in einer Feier in den Kreis aufgenommen. Mit dem Tod des Clanführers und dem Aufstellen seiner Statue endet der Kreis.

Aliak: Junger Xeno aus Staka, jüngster Sohn des Ältesten des Hosatt-Clans.

Armlanger Schneider: Leicht gebogene Hieb- und Stichwaffe mit einseitig geschliffener Klinge aus Fera und Griff aus Knochen.

Bado: Wirt der Schänke „Zum Großen Höhler" in Fustiba.

Berichter: Solo, der seinen Lebensunterhalt damit verdient, in Schänken und Herbergen alte Geschichten zu erzählen und von neuen Ereignissen zu berichten.

Bilia: Solo, Angehörige einer Steinhauerfamilie, Mutter von Rapo und Kyro.

Blutschader: Fingernagelgroße, dunkelrote Schader, ernähren sich vom Blut der gerissenen Tiere, können es mit langen, spitzen Rüsseln sogar aus Felsspalten saugen. Kommen immer fast als Letzte. Beliebtes Schimpfwort für Leute, die nichts tun, aber immer zugreifen, wenn es etwas zu holen gibt.

Bolopo: Stadt jenseits des Raakgebirges, in der durch einen Felssturz ein großes Unglück geschah.

Bonialk: Mitglied von Ollos Bande, einziger überlebender Räuber der Schlacht von Lastyra.

Botenmemo: Memo, der auf einem Kron von Siedlung zu Siedlung reitet und Botschaften überbringt.

Breitnacken: Kniehohe, gedrungene Reißerart.

Briek: Marktstadt, pfadab von Maro gelegen.

Bringer: Kir, die bestellte Waren zum Käufer transportieren.

Carb: Fero mit Memogedächtnis, gehört zur Gruppe der jungen Leute, die Hama als neue Memo rekrutiert. Besitzer des einzigen 30-schüssigen Splitters auf Memiana.

Cave: Halboffene Höhle im Fels mit einer Wasserstelle. Wo immer eine Cave entdeckt wird, bildet sich eine Ansiedlung. Nur nicht entlang des Pfades - dessen Caven bleiben den Phylen vorbehalten.

Chumuli: Ansiedlung, 30 Lichtwege pfadauf der Salaspitze.

Coloro: Ein neues Rauschmittel, bewirkt bunte Bilder und übersteigertes Selbstbewusstsein. Wird heimlich gehandelt. Herkunft und Zusammensetzung sind ein Geheimnis.

Deckenmantel: Warmer Umhang, aus Mahlhaaren gewebt.

Dreißigschüsser: Splitter, mit dem 30 Schuss hintereinander abgegeben werden können, bevor die Druckkammer wieder aufgepumpt werden muss. Einzelstück, gebaut von Carbs Vater in Ferant.

Ebanga: Reichster Kirclan in Kirusk, nach seinem Ältesten benannt.

Eco: Volk der Händler, das sich in die Stämme der Kir und der Vaka unterteilt.

Ekol: Kir, Held einer bekannten Liebesgeschichte.

Fadu: Solo, Angehörige einer Steinhauerfamilie.

Felsenspringer: Reißer mit langen, starken Beinen, lebt im Hochgebirge.

Fer: Münze aus Fera.

Fera: Grau schimmerndes, hartes Metall, aus dem Waffen, Mechanik (besonders Rohre) und Gefäße gefertigt werden. Kleine Scheiben aus Fera werden als Münzen zum Tausch gegen Ware genutzt.

Feraspringer: Seltene Schwimmerart, die im Wasser von wenigen Caven am Pfad lebt. Der Kleine Feraspringer wird bis mannslang, der Große dreimal so groß.

Fero: Dunkelhäutiges Volk der Metallbearbeiter. Hersteller von Waffen und Mechanik aller Art. Nur die Kir haben Kontakt mit den Fero und treiben Handel mit ihnen.

Ferobar: Memo in Mindola, Ältester der Näher.

Foog: Eine der beiden grünfarbenen Tierarten (Phyle), die nicht zu den Reißern, Aasern oder Schadern gehören. Fooge umkreisen als eine der beiden Herden Memiana und haben den Pfad in den Fels getreten. Sie sind etwa mannshoch, haben scharfe Hornklingen am Kinn und am Schädel und auch jeweils vorne an den Hufen. Sammeln Sonnenlicht über eine Art Flügelpaar, das sie unter Sala entfalten. Fressen nie, trinken nur Wasser. Bis die Jungen ihre Flügel nutzen können, werden sie von den Muttertieren gesäugt. Wertvolle, aber gefährliche Rohstofflieferanten. Werden vom Stamm der Foogo gehütet, begleitet und geschlachtet.

Foogo: Volk der Fooghüter, das mit der Herde um Memiana zieht.

Fuli: Foogo, ältere Tochter von Lasti, der Ältesten der Hirten des Tyrolo-Clans.

Fuuch: Reißer, größtes am Pfad bekanntes Landtier, bis anderthalbfache Mannshöhe. Trägt eine zottige Mähne. Hat eine dreizackige Hornklinge am sehr langen Schwanz, die als Waffe eingesetzt wird, und drei Reihen scharfer Zähne.

Fustiba: Kleine Ansiedlung pfadab von Kirusk.

Gelblicht: Zeit, in der Sala über den Himmel wandert und alles in ihr gelbes Licht taucht. Nur im Gelblicht sind Menschen außerhalb von Mauern unterwegs. In dieser Zeit ruhen die allermeisten Reißer. Sala vertreibt die Kälte des Graulichts. Wenn sie hoch am Himmel steht, wird es richtig heiß.

Gelbschattenfetzer: Einer der wenigen Salareißer. Gelb-schwarz gestreift, jagt geschickt in Rudeln.

Glazia: Auch Hartwasser genannt. Wasser, das in großer Kälte - zum Beispiel in den Nächten hoch im Raakgebirge - erstarrt.

Gorni: Stadt am Anstieg zum Raakgebirge.

Graugrus: Grauer, körniger und weicher Stein, leicht zu bearbeiten und für Statuen beliebt.

Graulicht: Zeit, in der Polos und Nira am Himmel ihre Bahn ziehen. Das Licht reicht aus, alles zu sehen, aber nicht dazu, Farben zu erkennen. In dieser Zeit gehen die meisten Reißer auf die Jagd und Menschen fliehen hinter Mauern.

Graulichtreißer: Alle Reißer Memianas, die nur im Graulicht auf Beute aus sind. Auch Schattenreißer genannt.

Großer Anstieg: Das Gebiet um Pfad und Weg, das von den Ebenen zum Raakgebirge hin ansteigt.

Großer Höhler: Fliegender Reißer mit bis zu 5 Schritt Spannweite und metallisch-weiß schimmerndem Schuppenpanzer. Salareißer, lebt hoch im Raakgebirge. Ein Xeno, der einen eigenen Clan gründen will, muss einen Großen Höhler erlegen. Weniger als ein Drittel aller Jäger kommt zurück.

Großer Kriecher: Beinloser Reißer, kann mehr als 20 Schritt lang werden und Menschen im Ganzen verschlingen. Es ist unsicher, ob es ihn überhaupt gibt. Er kommt oft in Gruselgeschichten vor, die Berichter erzählen.

Großer Splitter: 1000-schüssige Waffe mit sehr großem Druckspeicher, wird auch als Signalgeber eingesetzt.

Gründler: Aaser, lebt tief im Wasser und ernährt sich von den Resten dessen, was die Springer übriglassen.

Halblicht: Der Zeitpunkt, zu dem Sala oder Polos und Nira die Hälfte ihres Wegs über den Himmel zurückgelegt haben. Auch Bezeichnung für Zeiteinheit zwischen ihrem Erscheinen und dem höchsten Punkt ihres Weg beziehungsweise diesem Punkt und ihrem Verschwinden am Horizont.

Hama: Reisender Memo, der junge Menschen sucht, die einen Memoverstand haben, um sie für das Volk zu rekrutieren. Ältester der Memo.

Hammercave: Cave am Pfad, in deren Wasser Springer leben.

Handlanger Schneider: Waffe und Werkzeug aus Fera mit einseitig geschliffener Klinge, meistens mit Knochen- oder Horngriff.

Handsplitter: Neuartiger 5-schüssiger Splitter mit kurzem Lauf.

Hangel: Kleiner Aaser mit hellgelb-grauen Querstreifen, runden Ohren und längeren Vorder- als Hinterbeinen. Lebt meist in der Ebene.
Hartwaren: Alle Handelsware, die nicht essbar ist, wie Kleidung, Werkzeug, Mechanik, Waffen.

Hartwasser: Wasser, das in großer Kälte - zum Beispiel in den Nächten hoch im Raakgebirge - erstarrt. Auch Glazia genannt.

Hauerreißer: Wie Hauernasen, nur kurznasig.

Heilstein (pulver): Pulver aus bestimmten Steinsorten und getrockneten Ölen, das auf Wunden gestreut wird und die Heilung beschleunigt. Auch Wundpulver genannt.

Hirk: Legendärer Xenoclan, der mit einem Kriecher von 20 Mannslängen kämpfte.

Hufas: Stadt, die berühmt ist für ihren besonderen Kaas, den Stinkerkaas, und den ungewöhnlichen Turm über dem Tor, genannt der Hufaswächter.

Hundertfelsenwall: Wall pfadab von Fustiba.

Ili: Jareks jüngere Schwester, auffällig klein gewachsen. Sie gilt als die größte Bildhauerin diesseits des Raakgebirges.

Jakat: Stadt der Foogo, gehört dem Clan der Tyrolo.

Jarek: Xeno aus Maro, Sohn des Clanführers Thosen und dessen Frau Nari. Mittleres von drei Kindern, wird von Hama als Memo entdeckt.

Kaas: Wichtiges Nahrungsmittel neben Fleisch, in verschiedenen Geschmacksrichtungen. Es gibt ihn weich bis steinhart. Nur der Stamm der Mahlo kennt das Geheimnis der Herstellung.

Keraj: Solo, der angeblich von jenseits des Raakgebirges stammt, als Berichter reist und behauptet, Jarek getötet zu haben, um von Ollo dafür das Kopfgeld zu erhalten.

Kir: Einer der Stämme des Volkes der Eco. Schwarzhaarig, gelbäugig, hellhäutig. Hartwarenhändler, die sich mit dem Kauf und Verkauf von allem befassen, das nicht essbar ist. Reichster Stamm auf Memiana mit großem Einfluss und Geschäftssinn. Betreibt keine Niederlassungen, sondern vier Märkte, die im Abstand von 250 Lichten rund um Memiana ziehen. Neben den Memo die einzigen Menschen, die sich Krone zum Reiten und Warentransport leisten können.

Kirusk: Größte Stadt Memianas, Stadt der Kir mit mehr als 300.000 Einwohnern. Auf einer Ebene auf halber Höhe des Raakgebirges gelegen.

Klauenreißer: Reißer von halber Mannshöhe, schwarz und grau gestreift, mit feinem Pelz und einer armlangen

Mittelklaue an den Vordertatzen, die gefährlichste Waffe neben seinen fingerlangen Zähnen.

Knochenbeißer: Handgroße Schader, leben in Familien zusammen in Höhlen und ernähren sich von den Knochen getöteter Tiere.

Ko: Junge Solo, die als Solaga und Colorohändlerin ihr Einkommen hat.

Kobar: Jareks älterer Bruder, berühmter Jäger.

Kolo: Reißer mit langem Hals, vorne kniehoch, hinten niedriger, läuft immer geduckt, grau-schwarz gefleckt.

Kolrak: Xeno in Salanis.

Kontor: Handelsplatz in Ansiedlungen und Städten, meist größtes Gebäude, im Besitz des Clans, der auch die Stadt beherrscht.

Kontrakt: Übereinkunft zwischen Einzelnen oder Clans.

Kreis: Eine Runde der Botenreiter entlang des Pfades um Memiana herum. **Auch:** Teil einer Stadt, von Mauern umgeben.

Kron: Zweibeiniger Laufaaser mit verkümmerten Flügeln, am Kopf anderthalbfache Mannshöhe. Wird als Reittier benutzt, ist aber sehr teuer und deshalb nur von Memo und Kir zu bezahlen. Kann zwei Reiter und das gleiche Gewicht an Last tragen. Verschiedene Rassen und Züchtungen. Niemand weiß, wo wilde Krone leben.

Kurzschneider: Andere Bezeichnung für Handlangen Schneider.

Kvart: Maßeinheit für ein Viertel. Auch Münze aus Fera, Wert: ein Viertel Fer.

Laak: Offene Ansammlung von Wasser. In Mindola gibt es gleich drei davon: Laak Aqua für Trinkwasser, Laak Peca für Schwimmer und Laak Beecha zum Baden und Schwimmen.

Langohraaser: Wie der Langbeinaaser, aber mit tief herabhängenden Ohren.

Lasti: Foogo, Älteste des Clans der Tyrolo.

Lastyra: Ansiedlung des Foogoclans der Tyrolo.

Licht: Zeiteinheit, besteht aus einem Gelb- und einem Graulicht.

Lichtöffnung: Loch in der Decke oder Wand eines Baus, dicht vergittert, damit keine Schwärmer oder andere Reißer eindringen können.

Lichtweg: Strecke, die auch ein langsamer Wanderer innerhalb eines Gelblichts zurücklegen kann.

Lim: Xeno vom Clan der Stera aus Briek. Wollte Kobars Frau werden und geht nach dessen Tod trotzdem nach Maro, um den Clan der Thosen und besonders Ili zu unterstützen. Großartige und berühmte Jägerin.

Mahl: Eine der beiden Arten der Phyle. Genügsame, zottige Tiere mit gelappten, bunten Köpfen. Nehmen mit ihrer dunkelgrünen Haut das Licht auf. Die Herde der Mahle ist dreimal so groß wie die der Fooge.

Mahldecke: In mehreren Lagen übereinander genähtes Fell eines Mahls, weich, dick und warm, dient als Unterlage in Schlafstellen.

Mahlo: Stamm aus dem Volk der Phylo. Die Wanderer ziehen mit der Herde der Mahle. Die Kaaser und die

Händler leben in Städten und Ansiedlungen und verkaufen Fleisch, Kaas, Felle und Kleidung an die Vaka.

Mähnenbreitnacken: Dunkelbraune Reißer, halb so groß wie ein Fuuch, sprungstark, Rudeljäger.

Mareibe: Elternlose Solo, Musikerin. Wird von Hama als Memo rekrutiert und auf diese Weise Gefährtin von Jarek, Adolo, Yala und Carb.

Maro: Jareks Heimatstadt, knapp 1.000 Einwohner, etwas abseits des Pfades auf dem Anstieg zum Raakgebirge gelegen, zwischen den Städten Briek und Ronahara. Hat vor Kurzem von Ronahara den Markt übernommen und entwickelt sich schnell.

Mater: Anführerin eines Teils der Foogherde, der ebenfalls als Mater bezeichnet wird.

Memo: Volk der Boten, Berater, Berechner. Vergessen nie etwas, können aber auch einen Teil ihres Gedächtnisses sogar vor sich selbst verschließen, sodass sie gegen Geld Botschaften überbringen können, deren Inhalt ihnen unbekannt ist. Memo betreiben einen Botendienst rund um Memiana. Der Großteil des rothaarigen und rotäugigen Volkes lebt in der Stadt Mindola, die weit abseits des Pfades liegt und deren genaue Lage nur Memo bekannt ist.

Memobau: Bau eines Memo in einer Stadt oder Ansiedlung, mit der das Volk einen Kontrakt hat. Hier wohnt er/sie und nimmt zu festgelegten Zeiten Botschaften entgegen und gibt erhaltene weiter.

Memokammer: Raum im Gedächtnis und Verstand eines Memo, in dem alle Geheimnisse des Volkes verwahrt werden. Nur über ein geheimes Wort zugänglich. Was in der Memokammer verwahrt wird, kann von einem Memo nur einem Menschen seines eigenen Volkes mitgeteilt oder mit ihm besprochen werden.

Mikklo: Ehemalige Marktstadt pfadauf von Jakat.

Mindola: Verborgene Stadt der Memo, liegt etwa 27 Lichtwege pfadab von Maro und 12 Lichtwege seitlich innerhalb eines roten Berges.

Mondra: Vaka, Heldin einer berühmten Liebesgeschichte.

Mosto: Wirt einer Schänke in Hufas.

Moyla: Junge Xeno aus Staka, Tochter des Ältesten des Hosatt-Clans.

Näher: Heilkundiger, der auch Wunden innerhalb des Körpers behandeln kann.

Nahit: Memo in Mindola, Ältester der Sicherheit.

Nahrmittel: Sammelbegriff für Essen und Trinken.

Nia: Ansiedlung bei Salanis.

Nikapulver: Pulver, das Haut, Haare, Horn, Fera und Stein leuchtend rot färbt. Wird nur von Memo verwendet. Die meisten ortsansässigen Memo haben einen kleinen Vorrat davon.

Nira: Kleiner Himmelskörper Memianas, folgt Polos auf einer niedrigeren Bahn, ist nur etwa ein Fünftel so groß wie Sala.

Nira-Aaser: Aaser, die im Graulicht wach sind.

Niranadel: Einer der beiden höchsten Berge von Memiana, im Raakgebirge gelegen.

Nirariegel: Riegel an der Tür eines Walls. Nur von innen zu erreichen. Wird von Reisenden genutzt, um den Wall bei

Salas Untergang zu verschließen, sodass niemand ihn von außen öffnen kann.

Niraschalenrücken: Winzige Schadlingsart.

Niraspat: Dunkle Gesteinsart.

Niraspringer: Einzige Reißerart am Pass von Ardiguan; sie haben lange Beine mit Hufen und gedrehte Hörner und sind grau gestreift, jagen im Rudel.

Nirima: Ansiedlung pfadauf von Jakat.

Nomiko: Kir, der mit seinem Bruder Prebst den Ersten Kreis von Kirusk beherrscht. Eigentümer der meisten Kontore und Schänken in diesem Teil der Stadt.

Okt: Allgemeine Maßeinheit für ein Achtel. Auch Münze aus Fera, Wert: ein Achtel Fer.

Ollo: Anführer einer Räuberbande, hemmungsloser Mörder, aber sehr schlau, mit der Idee von einer eigenen Stadt nur für Solo, die er beharrlich verfolgt. Hat Mareibe lange Zeit gefangengehalten.

Opferraute: Mulde im Tisch für Speiseopfer (wird von Schadlingen geholt).

Ösut: Solo, Steinhauer, ältester Bruder von Teso.

Paas: Süße Paste, die von Schwärmern erschaffen und im Robel gelagert wird. Wertvoll. Einer der Grundstoffe für alle Arten von Paasaqua.

Paasaqua: Berauschende Getränke, aus Paas in verschiedenen Geschmacksrichtungen und Stärken hergestellt.

Paasgrus: Pflaster aus Paas und einem heilenden Steinmehl, wird nass aufgetragen und trocknet. Wenn es abfällt, ist die Wunde verheilt. Bei größeren Verletzungen wird ein Tuchstück darübergelegt und trocknet mit an.

Palmutia: Kirclan in Kirusk, deren Kontor mit 17 Ebenen das höchste Gebäude der Stadt ist.

Partiola: Flüssigkeit, die bei den Memo eine Verbindung herstellt zu dem Lohk in der Tätowierung auf ihrer Hand und somit ermöglicht, dass die Memo in ihrem Verstand eine Kammer abtrennen können für Wissen und Nachrichten, die andere dort ablegen wollen.

Pass von Ardiguan: Einschnitt im Raakgebirge zwischen der Niranadel und der Salaspitze, an dem der Pfad und der Weg das Gebirge überschreiten.

Pekkagrus: Pulver, das mit Wasser vermischt Haare und Haut dunkel färbt.

Pfad (der Phyle): Schlucht, die sich rund um Memiana zieht. Wurde von den Phylen im Lauf der Zeit in den Fels getreten, als die Herden auf der Suche nach Wasser von Cave zu Cave zogen. Die Wände steigen, je nach Härte des Steins, bis zu 200 Schritt senkrecht in die Höhe. Der Boden besteht aus einem Gemisch aus Sand und Hornabrieb der Hufe.

pfadabwärts, pfadaufwärts: Richtungsangabe: Die Herden der Phyle wandern immer pfadaufwärts.

Pfad der Tyrolo: Kleine Schlucht für die Fooge des Tyrolo-Clans.

Pfadsand: Feines Gemisch aus zertretenem Stein und Hornabrieb von den Hufen der Phyle. Zusammen mit Blut ergibt es einen Brei, mit dem sich Felsen verkleben lassen und der wie Stein aushärtet. Grundlage aller menschlichen Bauten Memianas.

Phyle: Tiere von Memiana, die weder Aaser noch Reißer sind, sondern sich von Licht ernähren. Es gibt zwei Arten: Mahle und Fooge.

Phylo: Volk der Pfadwanderer, besteht aus den Stämmen der Foogo und der Mahlo.

Plada: Platz für das Zylobolaspiel.

Plon: Ansiedlung zwei Lichtwege von Kirusk entfernt, abseits des Pfades gelegen.

Pollok: Xeno, der erfolgreich den Großen Höhler jagte.

Polos: Großer Himmelskörper Memianas, nur im Graulicht zu sehen, etwa ein Drittel so groß wie Sala.

Prebst: Kir, der mit seinem Bruder Nomiko den Ersten Kreis von Kirusk beherrscht. Eigentümer der meisten Kontore und Schänken in diesem Teil der Stadt.

Raakgebirge: Hohes Gebirge am Pfad, das sich quer über Memiana zieht. Die höchsten Berge sind die Salaspitze und die Niranadel, die sich 10.000 und 8.000 Schritt erheben.

Rapo: Solojunge mit viel Fantasie, Sohn einer Steinhauerfamilie.

Reißer: Alle Tiere Memianas, die sich von der Jagd ernähren.

Robel: Bau der Schwärmer in Felshöhle. Auch Bezeichnung für einen Clan dieser Tiere.

Rollschwänze: Gestreifte Aaserart.

Ronahara: Nächste Stadt zwei Lichtwege pfadauf von Maro, früher Marktstadt.

Rückenbeutel: Behälter der Reisenden mit zwei Riemen zum Tragen. Auf der Klappe werden die Deckenmäntel festgebunden, die für das Graulicht und kältere Gegenden gebraucht werden.

Sala: Größter Himmelskörper Memianas, leuchtet hellgelb. Sala zieht ihre Bahn entlang des Pfades, und nur in ihrem Licht sind Farben zu erkennen.

Salafuuch: Geheimnisvoller Reißer, der von gelber Farbe sein soll und unter Sala auf Beute aus ist.

Salagrus: Gelber, körniger und weicher Stein.

Salanis: Kleine Marktstadt pfadauf von Jakat.

Salariegel: Riegel in der Tür eines Walls, der von beiden Seiten aus bedient werden kann. Ermöglicht es, den Wall auch von außen zu schließen, wenn der Letzte ihn verlässt, und zu öffnen, solange der Nirariegel nicht vorgelegt ist.

Salaschwärmer: Fliegende Reißer, die in Schwärmen von mehr als 1.000 Tieren leben und jagen. Flauschige, gelb-schwarz gestreifte Körper, hartes, durchsichtiges Flügelpaar und am Hinterleib eine scharfe und spitze Hornklinge. Sehr gefährlich für Ansiedlungen. Zum Schutz gegen Schwärmer werden die Lichtöffnungen der Wohnbauten eng vergittert. Nur der Große Splitter kann ein angreifendes Schwärmervolk zurückschlagen. Ein einzelnes Tier hat etwa die Größe eines Kinderkopfes.

Salaspitze: Höchster Berg von Memiana, im Raakgebirge gelegen.

Salastein: Hellgelber, durchscheinender Stein, der Salas Wärme speichern kann und langsam wieder abgibt.

Schlafstellen werden damit ausgekleidet, damit sie im kalten Graulicht wärmen können.

Sandland: Gegend weit jenseits des Raakgebirges auf der anderen Seite Memianas. Besteht aus hohen Sandhügeln, die mühsam zu begehen sind.

Sanko: Clan der Kir in Kirusk.

Schabegrus: Waschhilfe aus feinem, scharfkantigem Sand.

Schader, Schadlinge: Kleine Tiere mit harten Rückenschalen und sechs Beinen, die das vertilgen, was die Aaser übriglassen, sich aber auch über Kaas hermachen. Von fingernagel- bis handgroß.

Schanka: Kir in Kirusk, arbeitet als Bringer.

Schauer: In einem Jagdtrupp der Xeno derjenige, der die Umgebung im Auge behält und nach Gefahren Ausschau hält. Auch Turmwächter einer Ansiedlung oder Stadt.

Schneiderrücken: Hochbeinige, schnelle Reißer mit kleinen Ohren, dichtem, feingrauen Fell und geschwungenen, weit vorstehenden Reißzähnen.
Schrägsteiger: Sattelart für Krone, Einzelsitz für größtmögliche Geschwindigkeit. Auch Bezeichnung für eine Schlagtechnik beim Zylobolaspiel.

Schwanzlinge: Kleine Aaser mit langen, dünnen Schwänzen, flink, kommen durch die kleinsten Löcher und fressen am liebsten Kaas.

Schwarzglimmer: Sehr harter schwarzer Stein mit glitzernden Einschlüssen, aus dem vor allem Splitterprojektile hergestellt werden.

Schwimmer: Reißer (Springer) und Aaser (Gründler), die im Wasser in manchen Caven leben.

Solaga: Solo, die Geld damit verdient, dass sie mit Männern das Lager teilt.

Solo: Ausgestoßene, die keinem anderen Volk (mehr) angehören. Ohne eigene feste Ansiedlungen oder Städte. Ständig auf Wanderschaft, weil ihr Aufenthalt innerhalb von Mauern immer nur für festgelegte Zeiten gestattet wird. Arbeiten als Musiker, Artisten, Berichter und Handwerker, als Helfer beim Bauen und Tragen von Lasten, die Frauen manchmal auch als Gefährtinnen für das Lager der Männer. Dazu gibt es eine Zahl von Dieben, Räubern, Betrügern unter ihnen, die für den schlechten Ruf der Ausgestoßenen und das Misstrauen verantwortlich sind, das man ihnen entgegenbringt.

Solowall: Befestigte Unterkunft direkt vor den Mauern einer Stadt oder Ansiedlung und für Solo bestimmt, die nicht in die Stadt gelassen werden.

Splitter: Neuere Schusswaffe. Luftdruck treibt angespitzte Steingeschosse aus Schwarzglimmer durch den Lauf. Im Handel gibt es nur Ein- und Dreischüsser als tragbare Waffen sowie den Großen Splitter als schwere, tausendschüssige Waffe für Mauern und Türme. Sehr teuer und noch selten. Löst aber trotz seines sehr hohen Preises nach und nach den Kurzbogen als Fernwaffe ab.

Springaaser: Aaserart.

Springer: Im Wasser lebende Reißer, die Tiere jagen, die an den Caven trinken. Von den Menschen bevorzugte Schwimmerart, da ihr Fleisch einen besonderen Geschmack hat.

Springreißer: Sammelbegriff für Hochgebirgsreißer mit langen Beinen.

Staatpaasaqua: Sammelbegriff für besonders starke, berauschende Sorten von Paasaqua.

Staka: Stadt des Foogoclans der Stafa.

Stecher: Stich- und Wurfwaffe, zweischneidig. Etwas mehr als handlang.

Stinkerkaas: Besonders stark duftender Kaas, der in der Stadt Hufas hergestellt wird.

Suraqua: Getränk von säuerlichem Geschmack, hat keine berauschende Wirkung.

Syme: Sehr junge Foogo, jüngere Tochter von Lasti, der Ältesten des Clans der Tyrolo.

Tausend-Reißer-Schlacht: Kampf vor Maro zwischen Reißern und dem Rettungstrupp für Ilis Reisegruppe.

Teso: Solo, Steinhauer von großer Kunstfertigkeit.

Thosen: Xeno, Clanführer, der mit der Ansiedlung Maro einen Kontrakt für Schutz und Jagd hat. Berühmter Jäger und Vater von Jarek.

Tila: Junge Xeno vom Clan der Moyla. Jüngste Jägerin, die je einen Zug gegen den Großen Höhler erfolgreich bestand.

Turm der Dinge: Bau in Mindola, in dem die Memo Hartwaren aller Art erhalten.

Turm der Nahrung: Bau in Mindola, in dem alle Memo und Novo Nahrmittel und Getränke erhalten.

Turm des Wissens: Bau in Mindola, in dem Memo arbeiten, die alles Wissen sammeln, das es über Memiana gibt.

Tyrolo: Clan der Foogo.

Uffno: Wirt der Schänke „Zum Salafuuch" in Hufas.

Umlauf: Zeit, die jede der beiden Herden braucht, um auf dem Pfad einmal rund um Memiana zu wandern. Umfasst 1.000 Lichte. Das Alter von Menschen wird in Umläufen angegeben.

Unterrichtungen: Einweisung der Novo in Mindola in die Tätigkeiten, das Können und die Pflichten eines Memo.

Urinspat: Dunkelgelbe Gesteinsart.

Utteno: Stadt der Vaka, ehemaliger Marktplatz, wegen des Sinkens des Wasserspiegels in der Cave aber ohne Zukunft. Liegt 22 Lichtwege pfadab von Maro.

Vaka: Einer der beiden Stämme des Volkes der Eco. Nahrhändler, die sich nur mit dem Kauf und Verkauf von Getränken und Nahrung befassen. Besitzen ganze Städte und betreiben Kontore in Städten und Siedlungen, die anderen Völkern gehören. Hellhaarig, helläugig, hellhäutig.

Vakasa: Stadt der Vaka und zweitgrößte von Memiana. Hat etwa 200.000 Einwohner und liegt 40 Lichtwege jenseits des Raakgebirges.

Vierspuraaser: Aaser von kugeliger Gestalt mit eng zusammenstehenden Vorderbeinen und sehr weit auseinanderstehenden hinteren Läufen. Flinke Tiere, deren sehr tiefe Stimme etwas Größeres vermuten lässt.

Visti: Kirclan mit einem Kontor in Hufas.

Volka: Foogo, Sohn von Lasti, der Ältesten des Clans der Tyrolo.

Wall: Einfacher Schutzbau für Reisende, besteht aus einer

Mauer mit einem Wachturm und einer unterschiedlichen Anzahl von Schlafbauten. Ohne Wasserstelle. Wälle liegen entlang des Weges im Abstand von einem Lichtweg. Die Städte und Ansiedlungen sind für den Erhalt der Wälle in ihrer Nähe zuständig.

Wall der Kolo: Schutzwall zwischen Jakat und Salanis.

Wall der leeren Cave: Schutzwall zwischen Jakat und Salanis.

Wall von Kienast: Schutzwall in der Gegend von Jakat.

Wall von Molonia: Wall in der Nähe von Kirusk.

Waschkammer: Raum in einem Wohnbau, in dem es Wasser zum Waschen und Reinigungsmittel gibt.

Der Weg: Führt rund um Memiana und wird von Menschen begangen und beritten, folgt meistens dem Pfad und verbindet Städte und Wälle.

Wingort: Ein Berichter, der schließlich die ganze Geschichte des Kampfes um Memiana erzählt.

Wundpulver: siehe Heilstein (pulver)

Xeno: Volk der Wächter, Jäger und Beschützer. Braun bis schwarzhaarig, dunkeläugig, hellbraune Haut. Gehen clanweise Kontrakte mit Städten, Clans anderer Völker oder mächtigen Familien ein, in denen sie sich verpflichten, für die innere und äußere Sicherheit zu sorgen und zu jagen. Sind in ihren Entscheidungen frei und was sie anordnen, wird befolgt.

Yala: Vaka vom Clan der Mito, von Hama in Vakasa als Memo entdeckt, entstammt einer weniger wohlhabenden Händlerfamilie. Gefährtin von Adolo, Carb, Jarek und Mareibe.

Yalas Tal der Schatten: Weites Tal, in dem Ollo einen Hinterhalt für Matus' Reisegruppe legt. Der Ort bekommt seinen Namen von Mareibe, als sie ein Lied dichtet.

Zylo: An einem Ende gegabelter Stab aus Knochen und Ferahülsen zum Hüten der Fooge und als Stütze beim Gehen in unebenem Gelände, wird auch beim Zylobolaspiel verwendet.

Zylobola: Ballspiel der Foogo, das jeweils zwischen zwei Mannschaften verschiedener Clans ausgetragen wird, sehr wichtig im Leben der Foogo.